日ざかり

エリザベス・ボウエン

太田良子 訳

The Heat of the Day

Elizabeth Bowen

晶文社

Elizabeth Bowen : THE HEAT OF THE DAY
First Published in Great Britain by Jonathan Cape 1949
First Published in the United States of America by Alfred A. Knopf, Inc., 1948
Published in Japan, 2015 by Shobunsha, Tokyo

装　丁
柳川貴代

カバー写真
岩永美紀

チャールズ・リッチーに

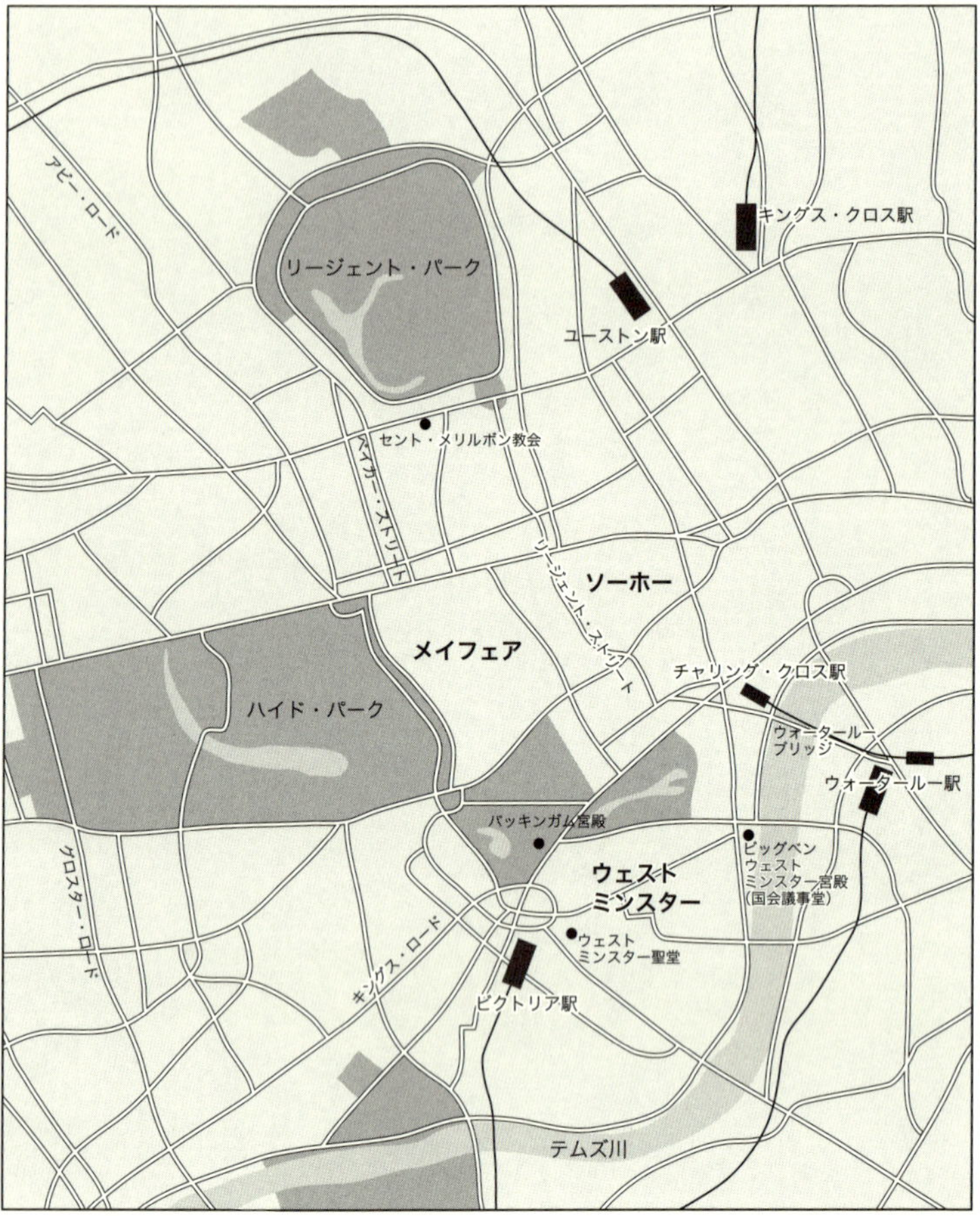

ロンドン、ウェスト・エンド一帯

主な登場人物

ステラ・ロドニー……………本書のヒロイン、ロバートの恋人、ロデリックの母
ロデリック・ロドニー…………ステラの息子、英国陸軍に入隊
ロバート・ケルウェイ…………ステラの恋人、英国陸軍省内地勤務
ハリソン…………………………英国の情報局員
ルウイ・ルイス…………………兵士の妻、ロンドンで銃後の生活
コニー……………………………ルウイの友人、空襲監視人
ヴィクター・モリス……………ステラの亡夫、ロデリックの父
ミセス・ケルウェイ……………ロバートの母
アーネスティン・ギブ…………ロバートの長姉、息子は入隊
アマベル・ジョリフ……………ロバートの次姉、夫の赴任地インド在住
ピーターとアン…………………アマベルの子供
フランシス・モリス……………ステラの亡夫の従兄、モリス山荘の当主
ネティ・モリス…………………フランシスの妻、施設ウィスタリア・ロッジに住む
トリングズビイ博士夫妻………ウィスタリア・ロッジの経営者

一

その日曜日、夕方の六時から演奏しているのはウィーンの管弦楽団だった。野外でコンサートをするには遅い季節だった。すでに枯葉が草地のステージに吹き寄せられていた——そこここで枯葉がひらひらと舞い、死の前ぶれのようにかさかさと鳴り、演奏中にもさらに何枚も散り落ちてきた。

野外劇場は、周囲の芝生から一段ずつ下げて造った草地の壇列を数段降りた所にあり、雑木林と二、三本ある高い木に囲まれていた。上部には柴垣が巡らせてあり、ゲートがいくつかあった。いまその入口がふたつ開いていた。椅子が何列か斜面に並び、オーケストラのほうを向いていたが、満席になるにはまだだいぶ間があった。ここからは、つまりオーケストラが演奏しても音がこもる下の窪地からは、音楽が公園中に伝わることはなかった——だが演奏の気配は切れ切れに洩れてきていた。盛り土の上から、薔薇園から、湖の周囲の遊歩道から、人々が、なくなったものを懐かしむような感慨に動かされて、劇場のほうに引き寄せられていた。多くの人は入口で疑わしげに立ち止まった——背後に残してきたものがすべて日光のなかにあるのに、この窪地は音楽の基地でありながら、薄暮の基地でもあったからだ。戦争によって彼らは昼と夏をあがめるようになっていた。夜と秋は敵だ。そして、コンサートが始まったものの、ほの暗い林のなかの劇場は、久しく芝居の上演がなく、見放された感じがあり、空虚な感じは音楽が鳴り始めてもまだ消えなかった。全部がすっかり日陰にあったわけではない——あちらこちらに日没の光線が鋭い刃を交差し、人々の頭上の樹木の枝々を燃え上がらせ、列になった椅子や顔や手を照らしていた。ブヨが飛び回り、煙草の煙が流れていった。しかし陽射しはもう低く、劇的で、あまりにも黄色くなっていたので、日が暮れようとしているのがわかった。夜が近づいていた。ガラスのように透明な薄暮が、木の葉を一枚ずつ浮き上がらせ、すでに形を成してオーケストラの背後の茂みに陣取り、舞台のもうひとつの背景になっていた。

その日曜日は光に輝き、雲が掃いたあともなかった。いま、空が燃えるようなトルコ・ブルーに染まった昼下がり、透明さが増すにつれて色彩は薄れていった。上空では劇場を囲む木々が色を拭い去り、時間を連れ去っていた。音楽——ワルツ、行進曲、華やかな序曲など——が、時間の消えたこの場所を支配し始めていた。人々の不安定な表情は消えていた。英雄的な行進曲に人々は顔を上げた。オペラを聞いた思い出が顔を作り変えて、無意識にほほ笑み、ワルツの曲が流れると、女たちの瞳は意味もなく甘い涙に濡れて光った。最初は音符ごとに、一滴ずつ、そしてしっかりと、音楽が感覚と神経と乾ききっていた夢想に染み込んでいった。最初は蜃気楼だったものが力を得てひとつの宇宙になり、身なりのみすぼらしいロンドンっ子たちと国を出てきた外国人たちは、リージェント・パークのなかにあるもの寂しい空き地にじっと座っていた。太陽が没したこの日曜日は、一九四二年九月の最初の日曜日だった。

ふたり連れの恋人たちは、互いにふたりだけの一日に疲れてしまい、ふたりだけでいなくてもいい領分に入れたのが嬉しかった。ふたりがまた顔を合わせたら、息を吹き返した愛がそこにあった。母親であることに飽きた母親は子供のことを忘れ、子供たちも母親を忘れていた——母親のひとりは赤ん坊を人形を抱くように抱いていた。既婚者たちはなにも感じないで互いにくっついて座っていたが、ちょっと身体を引き離し始めたように見え、それぞれが初々しかった頃の内なる夢にいままた捉えられているようだった。もっと老いた人たちは、最後の椅子から太陽が消えても帰宅するそぶりも見せず、過ぎた年月を恐れもなく薄暮にさらし、このとき以外には見せるはずもない疲労感に浸っていた。

これらはイギリス人だった。外国人はといえば、ある人は音楽に非常に親しんでいて、どの音符も先に知っているのが感じられた。ある人は目を閉じて座っていた。そのほかは、胸中にある抑えられない動揺によって高揚し、チラッと後ろを振り返ったり、急いで空を仰いだりしていた。信じられない思いが、深い眠りから覚めたときのように、一、二度表情に浮かぶこともあった。しかし多くの者は、座って耳を傾けながら、克己心をいっそう噛みしめていた。

聴いている人たちの一部は孤独な人だった。孤独ゆえに日曜はいつもやって来て、その習慣から、この日曜日に偶然やって来た人たちとの区別が付いた。初めて来た人の顔には、音楽に出くわした驚きが出ていた。多くの人にとってコンサートは、いてもいい場所になってくれた。ここではなにかが行われていて気が楽になる。他の人に混じって座っているのは、ひとりで歩き回っているよりいい。一日の終わりに、これがこの日の最後を飾ってくれる意味を持つ。なぜなら、時は刻一刻と終わりに向かって高まっていき、日曜日の美——特に大切な野心もなく、振り返る友人もなく、思いにふける愛もない人々にとって——が、意味の欠如を心にたたきこむからだ。

ほかの人にくっついてロボットのように劇場に来た人もいて、彼らはなにも求めないでもう座っていた。あるいは目に付いたかもしれない、ひとりかふたりの人間はなにも聞かずに妄念に囚われたままでいる――たとえば、イギリス人がひとり、一般市民の服装でオーケストラから上がる斜面の半ばあたりで、列の外側の端に居場所を見つけている。その左にはチェコ人の兵士、右側には無帽の女がコートにくるまり、それぞれがこの男から無人の椅子ひとつ離れて座っていた。この男の極端な静かさは、それが放棄ではなくて、隠密行動だという印象を与えていた。前かがみに座り、両足は開いて足元の草地を踏み、両肘は両膝に置かれ、右手の握りこぶしを左手の手のひらに一心に叩きつけている。帽子は目深に引き下ろしてあった。両手に向けた渋面が示す集中心は、音楽が彼の固定観念の伴奏に過ぎないことを示していた。彼は間違いなくここでなにかを待っているのだ。なんであれ、それが解決するまでは、てこでも動かないし、立ち去ることもあるまい。しかし、音響は必要な環境だった。そのなかで考え始めたら、それなしでは続かない――一曲が終わり、拍手がひとしきりあるごとに、彼は鋭い目を上げ、侮辱されたような混乱した様子を見せるので、足元の芝生でも動き出したのかと思う。そして渋面を指揮者のほうに向け――指揮者は、聴衆のほうを振り返り、一礼してから、指揮棒をゆっくりと下に降ろした――男はこう言いたそうだった。「なにをしている？　続けるんだ！」それから、演奏が一曲終わるごとに、すぐにいじけた視線を隣人たちに投げ、そこにいるものすべてを責めているような顔をした。

繰り返す視線は最初のうちは、直接誰の視線とも出会わなかった。にもかかわらず、目立つようになり、怪しまれ、次はどうなるだろうと待ちかまえられるようになった――そしてついに捕まった。

右側の隣人が突然口を開いたのだ。「七番目だったわ、いまの演奏は」

彼はすぐに、不愉快そうに、反対方向を見た。

「私のプログラムを見たい?」

「いいえ、どうも」彼が言った。いきなり言葉をかけられて意識が表面近くまで浮上して、煙草を吸うのを忘れていたのを思い出させた。煙草の箱を手探りし、一本に火を点け、マッチを膝の間に落とし、それから片方の足を持ち上げてそれをもみ消した。すべては彼女のほうを見ることなく行われた。

気分を損ね、早口になって彼女は続けた。「わかったわ、あなたが知りたいだろうと思っただけよ」

彼は返事の代わりに、煙草を一口吸い、長い間チェコ人の兵士の向こうを眺めていた。茂みの後ろ、列の向こう端に、日没が最後のきらめきを放っていた。

「私はあなたに話しかけているわけじゃないわよ——もしそう思ってるなら」

「僕が思った?」

「ええ、そうよ!——話しかけるんじゃなかった」

「その通り。では、そういうことにしましょう」

彼女は彼が腕時計にチラッと目をやったのを見て、移動するかしないか計算しているのを感じた。だがオーケストラが演奏体制に入り、楽譜をめくり始め、また演奏を始めるようだった——これ以上の面倒が省けるという期待から、彼は横を向いて話しかけてきた相手を初めて見た。見ただけでなく、目を丸くして、一癖ありそうなこの人物、自分が正しいという熱烈な期待に満ちた人物を見つめ続けた。彼の心には非常に強い習慣ができていて、動機のない行動はないと見ていたし、どんな動機であれ再度調べる価値があるとみなしていた。彼と彼女の視線が合い、そこにはすでに親しみがあった。彼女のしつこさと彼の無礼がふたりの間をつなぐ絆になり、一幕始まりそうになっていた。

彼が対面しているのは二十七歳くらいの女で、乱れた髪と、まだ少し仰向いた表情から見て、草地の上に寝転がっていた人のようだった。見開いた、どんぐり目というほどでもない瞳は、夏の日にさらして焼かれた顔のなかでは淡い色に見えた。その瞳のなかに野外劇場の上部から光が射し込んでいた。額、鼻、頬骨のどれもが顔の幅におさまっているだけの顔。口元が見過ごせない唯一の造作だった。大きな口だった。その両端が、両端だけが、口紅の残りで固まっていて、外に開いた唇の輪郭を口紅が不器用になぞった内側が人目にさらされていた――ふっくらしていて、親しみのある、痛々しいほどの薄い皮膜に覆われ、その色のデリケートなピンクがかった茶色は新鮮なマッシュルームの裏側のような色、これも瞳と同様に、日に焼けた顔と比べると淡い色をしていた。この唇が彼の目を惹き、感動させたかというと、そうはいかなかった。たどたどしいのによくしゃべる、この手の口は、話すというよりは、うっかり漏らすという唇で、締まりはないが、技巧もない口だった。

彼女はイミテーションの駱駝のコートを着ていた。夕方の冷え込みに襟を立て、組んだ膝の上にコートの裾をいっぱいに伸ばしてかぶせていた。片方の手はポケットに入れ、もう片方の手はプログラムの隅をつまんだまま膝の上にあり、こすれたようなこぶしだった。それになにかというと親指と人差し指の腹を黄色い紙にこすり付けている。茶色と白のコンビの靴を履いていたが、安ものではないにしろ、履き古して型崩れしていた。裸足の土踏まずには静脈が浮き出し、むき出しの脚のすねには柔らかい毛が生えていて、軽石や剃刀で脚の手入れをしたことがない証拠だった。その座り方というか、座り方そのものが不格好で、それでも品がないわけではなく、思春期前にあるような強さを感じさせた。全体像としては、一見したところ、ロシアの理想化が最高潮に達していたこの夏の大多数のロンドン娘たちの感じがした――ソ連の同志《コムレイド》というタイプを急いで取り入れたみたいだった。または少なくともそれが彼女がかもし出したいと望んでいる効果のようだった。しかし彼女の場合、成果がないというか、そこまで出来ていなかった――さもなければ、彼と目が合ったときの視線に狙っていた率直さが、あんなに中途半端になっただろうか？　どうして顔が赤くなったり、日に焼けた頬の下で不安げに熱くなったりしたのか？　どこかで自信がなくなってしまったのだ。彼女は全力で、口を利くことで、彼にまた口を利くことで、かつて経験したことのない何者かになろうとしていた。彼女が当面している危機は、この音楽が流れる薄れゆく光のなか、自己開示癖《エゴティズム》なのか孤独なのか？　エゴティズムつまり、自分のことばかりを話したい自己開示癖のほうが危いようだった。女性であるということより自分自身のほうを確信したかった。

お互いの視線は、その間に椅子一脚をはさんで、一、二秒続いた。彼女は、その間、三十八、九歳の男と対面しており、男は灰色のスーツに縦じまのワイシャツ、濃紺のネクタイに茶色のソフトをかぶっていた。その無意識な様子は、彼女を主に惹き付けた一方で、いまは、演奏中ずっと顔に浮かんでいた渋面と同様に、もう消えていた。代わりに、もっと幅のない、それでいて手順通りの警戒心が現れ、彼女は面白くなかった。あの「興味しんしんぶり」――あれは彼の横顔がついた嘘だったのか？　いや、そうでもない。いま彼女の正面にいる彼には、実に奇妙な特徴が現れていた――彼の目のどちらかが、片方よりもわずかに上にあるのか、そう見せているのか、どちらかだった。彼の面影のなかのこのたるみというか不平等は、自分が二度見られているのか、そういう感じを彼女に与えた——観察されつつ同時に監視されているような感じ。彼の額はまだ隠れていて、眉は引き下げた帽子の影の奥にあった。鼻は骨ばっている。短く刈り込んだ、もっともらしい小さな口髭。一そろいの唇——その間から彼は一般市民めいたためらいを見せて煙草を引き抜いた——は、彼がふたたび口を開くいわれはなにもないことを付け加える意図を物語っていた。入口は裏にある顔だった——この顔は、半分が影になった写真のような光のなか、ドアのなかを覗いていて、しかも風雨に晒されているような顔だった。この顔は、意味がなくはないのに、完全に手の打ちようもなくムードを欠いて……。彼女には合わせる顔がないというだけでは済まないものがあった。彼女は視線を伏せ、最後に見たのは、煙草をはさんでいる煙草で汚れた二本の指だった。

「前に会いましたか?」やっと彼がそう言ったが、とにかく考えた挙句の台詞のようだった。

「どういうこと、会うっていうのは?」

「つまり、お互いに知り合いじゃないですよね?」

「知り合いじゃないわ」と彼女。「あなたが誰だか知らないもの」

「では、そういうことで」(とはいえ、彼は納得していないようだった)

「あら」彼女は言い足した。「あなたは特別な誰かなの?」

「ははは、違いますよ。いや、残念ながらそうじゃない」

「ひとつだけはっきりしてるわ。この公園の辺りであなたを見かけたことはないな」

「ああ、そうでしょうとも」

「ここまできたことはないと言うのね？　もちろん、いまはあなたをちゃんと知ってるわよ。私、人の顔はまず忘れないから。あなたは？」

「忘れたりしますよ」ちょっと考えてから彼が言った。

「あなたが必死になって考えるからそうなるのよ、ほとんど気づかない人なんだわ。これだけ楽団がやってるのに、音符ひとつ気づかないんでしょ？」

「だからなんの音楽をやっているか、私が知りたがっていると思ったんですね？」

これが意味深長すぎるにしろ、彼の口調は不親切で、少なくとも自分の意志が不親切にあることを十分納得させた――うまく行った。彼女はポケットからもう一方の手を引き出して、身を守るように、両腕を組んだ。このバリケードの背後でも崩れそうに感じた。手放してしまったプログラムが、まるで罪を犯したように、ひらひらと地面に落ちた。彼女は立てた襟にあごを横向きにうずめ、とにかく不服そうに言った。「あなたは私の正体をキャッチしたいんだ」

「あなたの？」彼は反撃に転じ、神経質なあくびを半分かみ殺して、片方の目をオーケストラのほうに向けた――なぜ中断なんかするんだ？

「だって聞こえるように聞こえたって、それは仕方ないでしょ。私はいつも真実を言うの。だって私は――」

「ああ、もう黙って」彼は頭をぐっとかしげた。「ほら始まった！」

始まっていた。中断していたその瞬間にもっと宙に浮いていた音楽が、ようやくはじけて軽く轟《とどめ》いていた。聴衆はため息をもらして、椅子の上の元の姿勢に戻っていた。夕暮れがその間を縫って劇場に迫っていた。夕暮れの匂いがさらに感じられ、茂みの下から洩れてきて、踏みつけられた草地から立ち昇っていた。煙草がいまに赤く燃えるのが見えるだろう。舞台ではミュージシャンたちがグループごとに集まり、黒服で座っている肉体に幽霊たちの顔と手がくっついている。彼らは遠方の時計が時を打つまで演奏する予定だった——だがあとどのくらい、どのくらい長くなるのかという疑いが空席の目立ち始めた椅子の列に漂い、いつまで楽譜が読めるのだろう？

　ルウイ・ルイス——その名前は、その夕べ、最後まで問われなかった——は、組んでいた両腕をほどき、コートを身体にまた巻きつけた。そのままに、ぜったいにこのままにはできない——というわけで彼女は誰もいない椅子に身を乗り出し、不機嫌な声を小《ソット》声《ヴォーチェ》にして出した。「まだなにか考えるつもり？」

　彼女のせいでそれができなかった。彼女の、その白痴めいたやり方で、彼は思い知らされたのではなかったか、公の場でものを考えるとバカを見るし、自らもそれがバカらしくなる、ということを？彼女のせいで、観察者であるはずの自分が、観察されるという重大な過失を犯した感覚を味わったのだ。新しいことだ、これは感情的な思考にとっていかにも新しいことだと彼はさとり、自分のこの最初の手違いで、それがいかに危険なことか、いまわかった——間違うと考える人を演じてしまう。彼はいま、変装するしか手がなく、それがどう見えるかを正しく判断するために、本来は無意識だった両手のトリックを繰り返すしかなかった。彼はこのトリックのもとを父親に見たのを思い出し、これまでに自分にはないものと思っていた——しかし、彼を待ち受けていたに相違ない。そう、彼は否応なくその道をたどり、そこに落ち込み、今宵、肉体で強調するという前例のない必要に駆られていた。そう、彼は強制されて、厳密な意味で一度も考えたことのないものの道筋に従っていた。頭のなかにある過熱気味のスピードの無益さ、それではと駆け出してみてもゴールはなく、行き止まり、自分が笑いものになっただけ。どこかに行きつかなかったことは一度もなかった。思案を巡らしつつ——ただしこれまでは冷静に対処してきた——ある方針を思い付き、自分も満足し、結果として有効だった方針を編み出さなかったことはない。抜け道がなかったことはなく、回り道か、ほかになにがなくても、出口があった。しかしいまの場合、彼はひとりの女のことを考えていたのだ。

その女は彼に出て行って、そばにくるなと要求した。あなたにできる最善のことがそれなのよ——この前は彼女がそう言った。僕がなにをすると思うんです？　あなたは自分のしたいようにすると思うわ。あなたがなにをするかまるで見当が付かないけど、あなたはきっとなにかするでしょ？　そういうことでいいじゃありませんか？——そして彼女はこう締めくくった。「申し訳ないけど、あなたは私の心をまったく惹かないということなの。お互いに時間を浪費するいわれはないでしょ？……あなたにはなにかがある、というか、なにかがないというのかしら。よくわからないけど」

彼は、しかし、終わりにしなかった。

彼はもう一度、今夜、彼女のフラットに行こうとしていた。彼は、事実、時計が八時を打つ頃に彼女の元に戻ってくると申し出ていた。袖の下になにかを持って——ただ問題は、どのような態度でそれを持ち出すべきか？　彼は、コンサートの席に座っているうちに、答えにたどり着けたらと思い、その後で対面したかった。

ルウイにはこの演奏会の音楽が多すぎるように思えた。やむなくまた放心状態に戻って座っていたら、考えている男にハッと気がついたのだった。放心状態の質のほうはあまり変わらなかった――彼にこちらを向かせたことに満足しただけで、交わした会話を振り返るでもなく、結論がどうなったとか、自分の立場など、自分に問いただしもしなかった。彼とは違い、彼女は自分がどこに着いた、着かなかったという観点で物事を見なかった。彼女の目的は、自分がルウイであると感じることで、さりとてそれを追求するために、自分が言ったか、したかもしれないことを振り返るのはあまり好きではなかった。彼女にはいろいろ不安があった。しかしいつも望んでいた、不安の根拠などないことを。彼女の内部には検閲機関がなく、現在夫のトムは出征していた――陸軍の所属だった――彼女には自分が変態《クウィア》かどうか知るすべはなかった。見知らぬ人に話しかけて、彼らがなにを考えているのか、できれば察知したいと思っていた――いま会ったばかりのこの男のなかに変態さを察知して、彼はきちんと判断する人間ではなさそうだと空想していた。彼女はよくうろたえたが、長くは続かず、どうしてうろたえるのか自問もしなかった。取り残され、ロンドンでひとりぼっちになると、周囲を空しく見回して、真似したくなるような人を探した。いつでも、いやいますぐに誰かにくっついて行きたい、確実な道をたどっているらしい人なら誰でもいい。

　トムは、いまはもう外地に派遣されていた。どうやらインド辺りということはわかっていた。本国に寄越した彼の手紙には、妻が元気で暮らすこと、いい子でいることを望んでいるとあった。これにはなんと答えたものか見当が付かないので、返事を書かなかった。ふたりが結婚してもった所帯、つまりチルコム・ストリートにある小さな家の一軒の二階の続き部屋をなんとか維持し、ロンドンからさほど離れていないもうひとつの通りにある工場で毎日働いていた。チルコム・ストリートの家賃を払うためにルウイは、トムの同意を得て、自分の両親が残した金を使っていたが、両親はふたりとも同じ爆弾で死亡していた。彼女は遅く結婚した両親のひとり娘だった。彼らは、ケント州中部の町、アッシュフォードでちょっとした仕事か小売商で成功した人たちで、商売を売りに出して引退しようとしていた。だから、ルウイが十歳のとき、家族で楽しい休暇を何度も過したことのあるシール・オン・シーへ引越した。このシールの、彼らがとても幸せに過ごした小さな家で、年老いた夫婦は英本土航空戦《バトル・オブ・ブリテン》で一掃されてしまった。ルウイは一九三九年の早い時期にトムと結婚しており、そのときはロンドンにいた。その結婚にみんな驚いたが、特に彼女自身が驚いた——実際には、彼女が育ったよい家庭と彼女を取り巻く人たちがあらゆる意味で堅実だったことが安心材料となった。彼女はどこから見ても悪い結婚相手ではなかった——妻としての彼女については、憶測するしかないが、彼本人も堅実だったし、真面目で仕事の覚えも速い若い電気技師だったトムは、新聞の漫画欄が好きだった。彼がたまたま休暇でシールにいたときにふたりは出会った——彼女が彼の心を捕えるにいたった経過はどうだったのか、彼はその説明をしなかったし、彼女も質問したことはない。生まれも育ちもケント州とあって、ロンドンには日帰り切符で二、三度行っただけの彼女を、トムは花嫁としてロンドンに連れてきた。彼女がいま、つまりこの数年はロンドンを離れたことがないのも、ほかに行く場所がないからだった。

私はラッキーだ、と彼女は理性で理解していた、チルコム・ストリートにいられるのだから。応召した男たちの妻のうち、もといた場所にいられる人はほとんどいなかった。しかし、チルコム・ストリートが我が家だという思いは、いつもトムがいたからこそであって、トムと一緒にその思いもインドへ連れ去られてしまった。彼女としては、こうなってみると、毎朝そこを出られるのが嬉しかった。部屋はどれも無視した――表の部屋と裏の部屋は、アーチ型の入口でつながっていて、そこにトムがカーテンを取り付けていた――トルコ風の模様のリノリウムの床は艶がなくなり、彼女は大きなベッドをだらしなくしたまま出て行った。おそらくそれは復讐心から、なぜなら一晩中ベッドが冷たいからだった。工場から毎夕帰るのは、色々な意味で生き残るためだった――この夏の晴れた夕べには公園を歩くという解決法があった。雨が降ったら、映画館に入るとか、さもなくば、ベッドに横たわり、トムの体が残した窪みに沿って、深いうたた寝を何度も繰り返した。こういうとき、雨が降りそうな暗がりが麻薬のように効いて、ほとんどいつも官能的な肌触りすら感じながら海辺の子供時代に戻るのだった。いま一度、かかとが遊歩道の熱いタールのプティングのような柔らかさに埋もれるのを感じ、また、肘までむき出しにした腕が、雨に濡れたタマリスクの茂みのなかにあるのを感じた。砂利の匂いがして、海に洗われる砂利の音を聞いた。

ルウイは、時間を立体的に捕らえられない点で、子供と同じだった。あの時と今を同じ平面で見た。どちらも同じだった。彼女にはすべてのものが同時に起きているように見えた。だから、従うとなれば、半分疑わしくても、カレンダーか時計に従った。いま、肉体的には夕闇の迫るスロープで椅子に座って音楽を聴いていても、心理的にはふたたび公園の薔薇園にいて、今日の午後に歩いた場所にいた。大きな球状の薔薇が、今日は二度目の花盛りを迎え、太陽が沈むにつれてさらに燃え立ち、池をまぶしくしていた。ルウイは花壇の間の芝生をのろのろと歩き、何度もかがんでは花びらに触れ、そのたびにささくれた指先が柔らかいものに埋もれた。とりわけ二、三輪の薔薇を茎から摘み取りたかった――誰もいなかったら危険を冒して摘み取っていただろうが、英国空軍の友人がいたので、やめておいた。彼女にとって男はみな一点で妙にトムに似ていた――彼らの唇が自分の唇から離れた途端、その唇から道徳的な言葉が出たのだ。

彼の注意を逸らすために、彼女は一度、あえて驚いたように空を見上げた。「見て、――あの気球ったら、全部ほどけちゃってる！」

しかし男はチラッと見ただけだった。「ほどけてないさ」彼は我慢して言った。

「ほどけてる、ってば！」

彼は親指に力をこめ、あらためて彼女の肘を支えた。

「夫はほどけたのを見たことがあるのよ」彼女は即興でそう言った。「私にそう言ったわ」

「別に驚かないよ、彼が君にあれこれたくさん話しても」

トムに対するこのあてつけに、彼女は真っ赤になった――彼女は向きを変えて薔薇から離れ、航空兵が抱えている自分の腕の筋肉を反抗するように引き締めた。彼と彼女は、午後の大部分を寝転がって過ごしたヒイラギの木立の下の丘の斜面に戻った。ここでもう一度彼女はコートを広げ、彼のほうは、どこか気のない様子で、草の葉の先で彼女の耳の後ろをくすぐった。周囲には芝生が広がり、点々と座っているカップルは伸ばした体で太陽の最後の黄色にすがり付いてた。この地点まで、トムが大好きだったこの地点まで、一種の敬虔な思いがあって、彼女はほかの男を連れてくるのだった。

こうすることで、彼女はいつもの日曜日を夫のために生きている感じがした。

「くすぐったくないの?」航空兵が不満そうに言った。

「ええ、私が?」

「わかるはずだよ」彼は言って、草を投げ捨てた。「なんにも知らないんだね?」彼は寝そべって腹をふくらませ、片方の手で目を覆った。彼女は、一瞬彼がどんな顔だったかを忘れ、寝返りを打って、その手に下にあるものはなんだろうと思った。なにかがもっと彼の態度に侵入してきていた――彼が話し始めた。「どこだっけ、君が住んでるといった場所は?」

「あら、なにも言ってないけど」

「でも。どこかに住んでいるはずだよ。素敵な住まいがないと、君のような素敵な子には」

「ああ、あるのよ」彼女は熱心に言った。

「あるの?」彼は手の位置を移し、ついでに振り向いて、つのる興味をもって、彼女を見た。「だけど、寂しいだろう、ひとりきりだと」

彼女は恨みがましく、さっき摘まなかった薔薇を思い出した。そう、どうして彼はそこまで言うのか?「寂しくないわ」と彼女。「おばちゃんと住んでいるんだから。一緒に住んでるのよ」

「おや」航空兵は赤くなって言った。「なんだって急におばちゃんが出てくるんだい?」

「体が不自由なの」ルウイはやたらに急いで告げた。「気の毒なの。外出は一度もなし」

航空兵はまじまじと彼女を見た。「さあさあ」と彼。「ちょっとだけお邪魔して、お茶を一杯ということで――どう?」

ルウイは、起き直って、髪の毛に付いた小枝を払った。「私のおばのことで、あんたがそんなことを言う権利はないわ」と彼女（トムのことだって、あんたになにか言う権利なんかないのよ）。

「君にはおばさんなんかいないよ、僕と同じさ」航空兵はそう言い、性的な怒りでムキになっていた。

「どうして私にわかるの」彼女は答えた。「あんたにおばさんがいないなんて？」

「むかつくなあ」彼は言って、起き上がった。「はじめに寂しいとか言い出しておいて。僕の午後が丸つぶれだ」彼は立ち上がり、上着を引っ張り、ポケットを叩き、最後にかがんでズボンに付いた苔を払った。「恥ずかしいと思うべきだ、夫が戦っているのに」

「ああ、まあ」ルウイは気落ちしていた。「どうしたのよ？」

「時間だ」彼は偉そうに言った。「もうとっくに帰ってないと」

「だけど、素敵だった」彼女は思い切ってそう言い、悲しそうに横になったまま、退却していく彼の後姿から非難の風がとどめをさして吹いてくるのを受け止めていた。でも、これはこれ、これで彼には引き分け以上の仕返しができた、薔薇のこととトムがバカにされたことの仕返しが。彼女が言いなりにならないときでも、いつでもそうではなかったが、なぜかすべてが終わると、彼女は叱責されていた――ため息で晴れるはずもない諦めをもって、彼女は手を伸ばして新しい葉一枚を摘み、実験的に耳をくすぐってみたが、やはりくすぐったくなかった。一番悲しかったのは、薔薇のところに戻りたいという本物の欲望がないことがわかったこと。彼女はいまいるところに留まって、突然硬く冷たくなった、好きでもない芝生の胸の上で、人々がコンサートのほうに行くのを見て、起き上がって、その後に尾いていった。

野外のコンサートには自由がある。入るのも出るのも思いのまま――椅子の列の間に出入り自由な通路があって、足音は草地に消されて、誰の邪魔にもならない。しかし、初めてきた者の小心さか、恋愛にかかわる行為を左右する迷信のせいか、考える人は居場所にじっとして、幕間がくるのを持っていた。音楽を我慢する以外になにもなくなって、彼は固くなって座り、目は時計に据えていた。音楽がやんだ。彼はさっと立ち上がり、まばらに消えていく拍手を見回してから、逃げるように急いで、チェコ人の兵士を通り越し、椅子の列にそって、中央の通路に向かった。いまのところはこれでいい。

それから彼は一分足らず立ち止まり、劇場の入口で方角を確かめたら、そこへ息せき切って走ってきたルウイに出くわした。「私ももうたくさん」彼女が言った。そしてまるで旧知の仲のように彼と並んで歩き出した。「お化けみたいね」芝生の区域を見て彼女が言った。「きっと池から昇ってきた霧だわ」

「では、お休みなさい」彼は言うのが早すぎた――まだ五十ヤードも一緒に道を歩かなくてはならなかった。

「家に帰るんです」彼女は自ら進んで言った。「いまから、ええ」

「一番いいことをしますね」

「夕暮れが早くなったからということ？」

夕暮れは早くなっていた――枝垂《しだ》れた木々が一本また一本と、地を這う霧の波にほっそりと震えている。遥かな丘の上では、ヒイラギの木が、それなりに夜を迎え、その日の死の輝きに染まっている。前方に立っていて、まだ開いているのがクイーン・メアリの門、高々と掲げられた金箔の記念名盤と花綱飾りは、日を浴びて一日中輝いていた名残りがあった。

「あなたは?」とルウイが突然言った。

「なにが?」彼は驚いて言った。「家に帰るのかと? いや、デートの約束があってね——ありがとう」

彼女は関心もなく返事を聞くと、戸惑った目で彼を見つめ、どうしてそんな約束をするのかと不思議に思っているようだった。彼は足を速め、彼女も足を速めた。道が分かれたが、彼らは分かれなかった——彼女は男みたいに彼に並んで歩いた。苛立ちが嵩じて彼は向き直り、きっぱりと言った。「私が言ったのは、私は家に帰る、もし私があなただったら、ということですよ。いいですか、あなたはそのうちトラブルに巻き込まれる。こうやって尾いてくるなんて。おかしな人間がうろうろしてますよ」

「つまり、あなたもおかしい人かもしれない、ということ?」

「あなたはどちらの道を?」彼は問いただし、その場でいきなり立ち止まった。「どちらって?——どちらでも」彼女はびっくりしたような、ほかの考えがあるような口調だった。彼らはもう美しい表門を出ていた。短いうねった道をそぞろ歩き、木立や鉄柵、個人の私有道路の空気などが内郭環状線を下り外郭環状線に達していた、前方にはまだ木々の広がりの幻影が残っていて、その青と青銅色のエーテル状のものをついてリージェンシー様式のテラス・ハウス群の屋根が聳《そび》えていた——これらは半分廃墟で、空の色より少し白っぽかった。もう貝殻だった。黒いうつろな窓の無関心さが、人々が見渡しても目にすることもないであろう風景、動き、公園、そして夕暮れに降りていた。知らぬ間にロンドンは彼らの背後にあった。歩いて家に向かうこの瞬間に居場所があるとは思えなかった——しかし、時間をまたいで、否定するように、セント・メリルボン教会の時計が八時を打ち始めた。最初の時鐘のときルウイと連れは、離れたまま、彼のほうには敵意があったものの、神経が和らぐ経験をしていた。彼は路肩を下りて道路を斜めに横切った。彼女も続いた。「あなたの名前を知らないのだけど」彼女が言った。

「ええ。でもどうして知る必要が？」

彼女は当惑したようだった。「さあ、どうしてかしら。ただ思ったんです……」

「いや、それは私にはどうしようもないことだ。八時でしたね」「ああ」ルウイは責めるように言った。「あなたは約束が！」

道路の終わりが決め手になった。彼女はやっと向きを変え、見つめ、大きな唇をぽかんと開けたまま、驚くべき潔さで去っていった。彼はいわば疑いの後味をおぼえながら立ちつくし、彼女が自分のポケットを狙った掏摸《すり》だったのかと怪しみながら、反対方向に歩いていった。

二

ステラ・ロドニーは自分のフラットの窓辺に立って、ブラインドの紐で遊んでいた。紐を輪にして、そのなかから通りを見たり、指に紐を巻きつけてから振り回したり、かと思うと紐の先の玉飾りで窓枠をこつこつ叩いたりした。厳しい灯火管制のブラインドは、ローラー部分が綺麗な飾りカーテンの陰に隠れていて、いくらか下に降ろされ、夜のような陰影を床のこちらのはじに投げていた。一方、ほかの窓のブラインドは上がっていた。その不ぞろいを彼女はなおさず、おそらくそのせいで、意地悪《メシャン》そうな、だらしない様子があり、ある意味それが彼女の気分でもあった。

なにがつまらないと言って、会いたくない人間を待つことほど気が滅入ることはない。窓辺で愚にもつかない遊びをして、いまからハリソンに会うという思いが引き起こした混乱状態を実演していたのだ——彼女はたまらなく不安であり、全体の事情によって意気阻喪し、怒りがこみ上げてきて自制心を取り戻せなかった。彼は最初から彼女が感じるものすべてに無神経であることを見せつけてきた——果たして彼に、彼自身にとっても、無神経にも戻ってきたその恥知らずぶりを、見せつけてやることができるだろうか？　彼のほうから無理矢理しつこく戻ってきたのだ。

八時を打つのを聞いてから、数分経っていた。どうして来ないのか、彼はどうせ来るに決まっているのに、来ていない——もう来ないだろうと期待するわけにはいかなかった。彼は原則として時間に正確で、約束の時間へと針が揺れるときにふらりと現れ、時計の仕掛けに合わせているかのようだった。八時は彼が選んだ時刻で、彼女をディナーに連れ出すつもりがないなら、馬鹿げた時間に思えた——彼はそう言わないことで、彼と食事を共にするつもりは毛頭ないと彼女に言わせるチャンスを与えなかった。しかし、時間のことでケチをつけてももう意味がないらしい、だって、彼が目的を遂げたその時間が彼が言い出した条件で現に近づいていた。じつのところ、彼がなぜいま権力を握った人間のような口ぶりになったのか、それを探り出すまでは彼とは二度と喧嘩をしないと決めていて、今夜こそそれを探り出そうとしていた。電話で聞いた彼の声はむやみに静かだったので、得体の知れない強迫を匂わせている感じがした——彼を知るまいとしてきたのが彼女を不利な立場にしていた。いざこうなってみると、彼の強迫はどのくらいの効き目があり、どういう性質の強迫なのか、知るすべがなかった。彼はすでに目的を遂げたので——それで彼女はつい考え込んでしまった——彼はもう気を緩めて時間に遅れているのか。敵のことを考えるときに人がよくやるように、彼女は彼のことを細かく詮索してみたが、よく考えてみれば、彼の場合、そんな詮索はするまでもない。

最後の三十分を残すまでは、彼女には少なくとも対抗心があった。とにかく自分で場面を仕切っていた間は、彼のことなど少しも気にしていないし（それは彼もすでに承知の上だったはず）、彼がこれ以上なにか言い出しても少しも気にしないことを見せ付ける段取りはしてあった。生活の仕方が無頓着な放任状態であるのを示すために、通りに面したドアの鍵は開けっ放し、階段の一番上にある自分のフラットのドアは、半開きにしておいた。だから入ってくるのは彼にまかされていて、途中の出迎えもなし、呼び鈴を鳴らして味わうささやかな優越感もなし、あるのは自分でせいぜいなに食わぬ顔をして入ってくることだった。かなり古いこの家はウェイマス・ストリートにあり、彼女のフラットは、その最上階を占めていて、そのほかの階は専門職の人々――医師とか歯科医など――が入っていたので、週末は無人だった。目下彼女の部屋の下には誰もいない部屋があるだけだった。管理人は地下の階に住んでいたが、日曜日の夕刻はほとんどいつも外出していた。静寂が階段を登り、半開きのドアから彼女のフラットに入ってきた。静寂は誰もいない道路から窓を通して入ってきた。事実、この日この時のこの場面は、これほど暴力沙汰にもってこいの場所はなかっただろう――だがその手はないだろう。彼女は彼を初めて見たときから、過激さをつねに自制している人が持つ静けさがあると感じていた。しかし、その静けさが過激さにほかならぬことが今朝の電話でわかった。

時計が時刻を告げ、彼の足音でない足音はありえなかった。足音がして、彼女が指に巻きつけていたコードをほどくと、指に赤い螺旋状の跡がついていた。

ステラ・ロドニーはこのフラットを家具つきで借りており、というのも、所有していた家敷のうちの最後の家敷を手放して、家具を倉庫に預けたら、戦争が始まったのだ。しばらくの間、一九四〇年の秋おそくまでは、ロンドンの下宿屋にいた。ここウェイマス・ストリートでは、誰か他人の文句のつけられない趣味に取り囲まれているような苛立ちを感じていた。このフラットは、平和だった最後の年に改装され、流行という点でも細かいところにこだわったのが残っていた――これが彼女の部屋ではないと知るべくもない人には、このフラットは過不足なく彼女を現わしていたが、それは正しい彼女そのものではなかった。微妙に白っぽい壁はロンドンの天候のあらゆる気まぐれに反応し、十九世紀初期の摂政時代の女神たちを描いた、間違いなく高価な暗いガラス絵の完全なワンセットが、四方の壁に掛かっていた。羽毛の模様のあるチンツ布に包まれた肘掛け椅子とソファは、少しついてしまった汚れによって本来の繊細さを告げていた。低いテーブルのいくつかには背の高いアラバスターのランプが置かれ、木目柄のほの白い笠がついていた。窓と窓の間にある花車な書き物机の上には今週の初め頃に生けた薔薇の花瓶があった——今日は花びらが散り始めていた。彼女の本が何冊か他人の本に混じってアーチ型の壁がんにある書棚に差し込んであった。二台か三台のスツールは台座が刺繍張《グロボワン》りだった。突き当たりの壁のこっち、ドアを入ったところに、二台目のもっと正式なソファがあった——ゴブラン織の布に覆われ、両はじにクッションが山と積まれ、人間ひとりまたは銅像にも十分な長さがあり、身体をいっぱいに伸ばして寝そべることができた。

電熱器が作り付けになった暖炉の上に斜めにもたれかかっているのは二枚の写真、まだ額に入っておらず——ふたりの男のうちの若いほうがロデリック、ステラの二十歳になる息子だった。写真の上には鏡が掛かっていた——ハリソンの足音が現実に階段の上に聞こえるやいなや、彼女は鏡を覗き込んだ。自分を見るためではなく、現実からいま一歩遠ざかって、この部屋のドアが自分の背後で開く、きっと開くに違いないのを見守るつもりだった。しかしまだ、まだだった。彼はまだなにかにぶつかっていて、帽子を脱ぎ、小さな玄関ホールにまだいる。彼女はこれで一瞬再考する時間ができた——彼女はまたくるりと振り向き、結局彼と顔を合わせることにした——じっと突っ立ったまま、両腕を組み、黒っぽいドレスの袖の上に指を広げて置いた。彼が入ると同時に、なにかダイナミックなものが、もうこれ以上動くまいと決めた彼女の様子ににじんでいた。

ステラは、見る方角によって憂鬱そうにも、目立ちたがりのようにも見える、魅力的な顔の持ち主だった。目は灰色。それを細めるやり口は回顧しているような感じを与え、ほとんどの場合、別の考えがうっすらと浮かんでいるように見えた。その雰囲気にくわえて、心に底意《アリエール・パンセ》がありそうで、明瞭でない話しぶりの唇一組に続いていた。肌の色は生まれつき色白で、きめが細かくて柔らかく、薄く刷いた柔らかな化粧の下に透けて見えた。若く見えた——いまも人生と官能的ないい関係を保っている印象を発散しているからだった。前髪にさっと流れる一筋か一房ほどの白髪を自然が与えていて、そのほかは黄褐色の髪をしていた。その白い羽根が額からかき上げられていると、誰もが羨むくらいセンスのいい、手のこんだ髪型に見えた——女たちはどこでそうやってもらうのと訊いてきた。ステラは人に見つめられるのに慣れていた。彼女については、それが、それだけが人目につくものだった。その表情には、最初に見つめた後に、段々と好きになってくるものがあった。それから彼女と知り合いになると、その表情が自分ゆえにいっそう生き生きしてくるように見える。服装が身体にマッチしており、身体は彼女自身にマッチしていて、魅力と安らぎが全体に漂っていた。

彼女は一年か二年この世紀より若く、第一次世界大戦後の世代とともに成長し、世代としては、この世紀によって絶好のチャンスをつかみそこねたと感じさせられてきた。これは前例のない時代なのだと、若い頃に、いたるところで言われてきた——しかし、そういうことなら、彼女自身の経験も前例にないものだった。その前は生きていなかったのだから。早い結婚が早くに失敗したのは、彼女の元気を奪っていた。それでも心の平穏は保ちたくて、一種の殻をかぶったが、あまり頼りにならなかった。両親は死亡していた。ふたりいた兄達は、彼女がまだ学校にいるときにフランダースの激戦で戦死した。離婚したものの、ほぼ同時に夫が死んで、離婚する必要がなかったのも皮肉だったが、彼女には息子が残され、ふたりで生きていく生活が残された。こうして残されてみると、差し迫った問題ではないにしろ、金が問題だった。ロデリックは、この戦争が始まったときは在学中で、いまは英国陸軍にいた――彼女にとって、この先どう転ぶにせよ、我が家から解放され、ロンドンに来て働くのは、ありがたくなくもなかった。戦争と戦争の間の期間、彼女は旅をし、しばしば海外で暮らした。いまは二、三ヶ国語を話す資格があり、二、三カ国について熟知していた――どうしたら一番うまく自分の才量を売り込めるか見当をつけていたし、もっとよくわかっていたのは、それを実行するための願書を誰に頼めば支持してもらえるか、であった。親類縁者、関係者もあって、少なくとも古い友人たちがいた。というわけでいまは就職し、便宜上X・Y・Dと呼ぶ組織にあって、秘密裏の、厳しい、軽視すべからざる仕事についており、一九四〇年以降のヨーロッパ情勢にとってこの組織の重要さは増す一方だった。彼女は用心深くする癖をいっそう身につけ、多くの人間も同様だったが、もともと彼女のなかに傾向としてあったものが強化された。決して多くを訊かなかったが、それは訊き返されるのが嫌いだったからだ。あるいはそれは、境遇のせいだったか？――というのも、気質としては話好きで、一喜一憂したからだ。寛大で元気がよすぎるが、鈍感ではないにしろ、どこから見ても立派というのではない。だが、そんな人がいる？

いま彼女は立ったままハリソンが入ってくるのをじっと見ていた。

「今晩は？」彼が言った。

「今晩は」

「二、三分遅れました。公園に出ているあの楽隊を聴いていまして」

これは、なぜか、意表をついた。彼女は言った。「あら、あなたが？」

ハリソンは後ろを向いてドアを閉めたが、立ち止まって訊いた。「誰かほかの人を待っていませんね？」

「ええ」

「よかった。ところで、下のドアの鍵が外れていましたよ。あれでいいんですか？」

「そうなの。あなたのために開けておきました」

「どうも」彼は感動したみたいに言った。「で、閉めてきました――それもよかったんですね？」

ステラは彼の話が終わるのを黙って待ち、その沈黙には手の打ちようがなかった。彼は、ドアにけりをつけ、絨毯を見つめ、ふたりの間にある絨毯の大きさを見つめ、チェス盤の一連の動きを思案しているみたいだった。やや、控えめにとでもいうか、顔をしかめ、下に向けた目で椅子とテーブル、テーブルとスツールをジグザグに見た。その目つきの後について一歩ずつ前に出てきた。煙草入れのそばで立ち止まり、これで思い出したのか、自分の煙草を取り出した。「吸ってもいいですか？」

「どうぞ」

「あなたは吸わない？」

「ええ――では、もっと早く来ることもできたのね？」

「それはまあ、できましたよ、ただ、行きがかり上、こうなりまして。しかし僕としては、僕らが八時と言ったのだから、それより早いのはあなたに不都合だろうと」

「おいでになること事態が不都合でしたのよ」

ハリソンは、マッチをどこに落としたものかと周囲を見回して、言った。「ははァ、そうか、僕が知るかぎり、あなたはもっとも率直な人だ！——あなたとここで会えたんですか、七時頃でも？」

「そうよ。この件が終わってさぞホッとしていたでしょうよ」

彼は彼女を真っ直ぐに見た。今回はあのイライラさせる自己満足からくる短い笑いを洩らすことができなかった。「いや……」彼は切り出して、そしてやめた——考えたって、打つ手はない。

彼女が続けた。「ほかになにか考えられる？　前回あなたにあれだけ申したのに——不快になることばかり無理やり言わされてしまって——あなただけだわ、また戻ってくると言い張る人は！」

彼が言った。「規則があるようなお話しぶりですね。およそ僕にわかるのは、あなたと僕の間には、ほかにはないなにかがあるということですよ、たとえあなたにはわからなくても。僕はまず間違うことはありません——それに、ともあれ」彼は締めくくった。「あなたはそれでオーケーだと言ったんですよ。あなたが八時と言ったんです」

今度は彼女の番だった。「そう……」肘の上に広げていた指をすぼめ、彼から目を逸らして道路の向こうの窓を見た。紫がかった茶色の夕闇が、この時刻、白いカーテンの額縁におさまっていた。この会合は彼のほうから強迫を匂わせて強要したのだと指摘すれば、彼女の人生でなんらかの強迫が力なり意味なりを持つことを自認することになるだろう。彼女が言った。「なにかおっしゃりたいの？」

「話がしたいと言ったんです——ああ、あそこにあるのは灰皿ですか？」片方の手を煙草の下で用心深くカップ状にして前進し、暖炉の敷物を通り越して、煙草の先の灰を彼女の肩のそばの暖炉の上にあった皿のなかに払い落とした。「綺麗だ」彼はそっと言った。「あなたの持ちものはすべてとても綺麗ですね」

「なにが？」彼女はきっぱりと言った。

「この灰皿だって」彼は指先で皿のへりを撫でていた。普通の七宝の花柄の小さな皿で、中国物産店かどこかにあったものだ。

「私のじゃないの」彼女はホッとして言った。「このフラットのものはなにもかも」

当然ながら、部屋には相当数の灰皿があった。この位置にある灰皿を選んだ作戦を、彼女は無視することで一蹴した。彼は鏡と写真に向き合う羽目になった。彼女は窓の外をずっと見ていた——それでも、その身じろぎもしない無関心さはますます堅苦しくわざとらしくなった。彼は予想外のことをした——振り向いて電気スタンドを点けたのだ。

「かまいませんね？」

かまう？　それどころか、これが彼女を解放した。これで窓を真っ暗にするのが至上命令となった。ひとつまたひとつと移動して、暗幕のコードを引き、ひだをきちんと整えると、開放感がどれほど嬉しかったか、それを見せないように努めた。そして電気スタンドをもうひとつ点けてから、辺りを見回した。彼は写真に見入っていた。「素晴らしい」彼が言った。「もう少しよく見たいと思っていました」

「前にも見たでしょ」

「ずっと関心があったんです。一枚はそっくりだ」

「ロデリックのほう？」

「さあ、どうかな。ご本人に会ったことがないので――いえ、もう一枚のほうです」

ステラは机のほうを向いて引き出しを開け、自分の煙草を一本取り出した。彼に背中を向けたまま、火を点けるのに長々とかけた――相当長くかけたところで、いかにも何気なく言うことができた。

「あら、彼を知ってるのね？」

「彼について知ってるんです――見て知ってるんです。会ったことがある、とは言いませんよ――彼は僕を知らないかもしれない。魅力的な男だ――少なくとも、僕はずっとそう思っていますがね」

「あなたが？」彼女は書きもの机のそばのスツールに腰を下ろし、机から引き出した台の上にある手紙類の間に肘をついた。横目で手紙をあてもなく眺めながら、あてもなく続けた。「まあ、彼を見かけたの？」

「そういうところかな。ひとりのときもあったし、あなたと一緒のときも。率直に言って、彼と一緒にいるあなたを見たのは、僕があなたに会う前でした」

「そうだったの？」彼女はすげなく言った。

「ええ。だから、この快適なフラットに僕が立ち寄らせてもらったときに、この写真を見つけても、別に驚かなかったんです。危うく言うところでした、『いやはや、そうか。僕らがそろって彼を知っていたなんて！』と」

「じゃあ、どうしてそう言わなかったの？」

「さて、どうしてかな――あなたに図々しい奴と思われたかもしれないし。それに癖になってるんです、自分の考えは自分のなかに収めておくのが」

「そうですか。だけど、考えにまとめるほどのことだったかしら？　人はみんなお互いに知り合いでしょ？」

「たしかに、そうだ。しかしその人が誰かによりますね」

彼の不ぞろいな目が電気スタンドの光の輪を通して彼女の目と合い、表情に変化がないことをさらに強調していた。「そのひとりがあなたなら、なんだってひとつの考えになる」彼が言った。「今日の午後に出会った女にあなたは顔を忘れるのかと訊かれて、ときにはと言いました。それは当たってる、と思います――興味を惹かれた顔は絶対に忘れない。あそこのが」と彼は言って、写真に目をやった。「要するにその一例ですよ」

「まあ？　ロバート・ケルウェイは喜ばないといけないわね」

ハリソンは同意しかねるという笑い声を立てた。それから言った。「僕の名前を言いましたか？」

「つまり、彼があなたの名前を私に言ったかということ？」

「いや、あなたが僕の名を彼に言ったかどうかですが？」

「わからないわ。言ったかもしれません。ほんとうに、覚えてないんです」彼女は一息ついて、煙草をもみ消した。「いまだって」彼女が言った。「あなたのほうから今夜ここに来ると――こう申してもいいのではないかしら、あなたは押し入ってきたのよ――そうよ、どうしても緊急に話したいことがあると言って。はっきり言って、あなたはなにを言いにいらしたの？」

「実は、そろそろ言おうとしていたんです。ところがその土壇場に来て、どう言おうか、わからなくなりました」

ステラとしてみれば、これ以上できないくらい啞然とした顔で座っているしかなかった。強調するのに声を上げないで、むしろ下げるのがハリソンの手だった。そのため彼はやたらに小声になって言った。「知り合いの人には、もう少し用心なさらないと」

「一般論として?」ステラは、比較すれば大きな冷ややかな声で聞き返した。

彼は、まるで指令に従うかのように、写真に注目していた。「実際のところ、各論で言ったつもりです」

「でも私、用心していますよ。たとえば、あなたを知りたくなかった」

彼は二、三度煙草をふかし——落ち着こうとしたか、おそらく違うだろう——それから、まだ眉を寄せて考え込みながら、支那の陶皿の上にもっと灰を落とした。彼の心は、ステラに関するかぎり、不透明な濁った水の入った壺のようなもの、そのなかには、誰が知ろう、およそ見たこともない魚が泳ぎ回り、こっちを見たり、そっぽを向いたりしているのだ。彼女は腕時計に目をやり、手紙などにも目を走らせ、鳥肌が立つのを感じ、神経的なあくびをかみ殺した。

「僕はそこまで言うつもりはないんだ、用心なさいということで」彼が続ける。「用心がもっと必要になるんです、あなたがよく知りたい人が出てきたときに——僕の場合は、おっしゃる通り、それには該当しませんがね。けっこう。それはそれです——等分の間はね。あなたが僕を避けるのは、僕があなたとは同種ではないからだ。あなたが僕をつかめないのは、なにかが欠けているとあなたが感じるからなんだ。同感です。欠けているんだ――お望みなら、なにが欠けているのか教えてあげてもいい。いや、教えましょう――虚栄心ですよ。それが僕の気質から抜け落ちているんです。たとえば、ある日、あなたは振り向いて、もう我慢できないと僕に言う――その後で、あなたは思う、これで終わったと」

「ええ、そう思うわ。私の想像では、ほとんどの人もそう思うでしょう」

「あなたが知っている人なら、ほとんどそう思うでしょう。僕にとっては、あなたがもうひとつ言ったにすぎない」

「仕方がないわね」ステラが言った。「私が言うのはそういう意味よ。あなたの想像では、みんなが芝居を打っているとでも?」

「あなたは僕が芝居を打っていると思う?」

「思ったこともないわ。あなたがすることなんかどうでもいいから」

「僕もどうでもいい」ハリソンはすぐさま喜んで言った。「僕は自分のすることはどうでもいいんだ。となるとつまり――虚栄心はないんだ!」

「私ならこう言わないと、感情もないと」彼女は漠然と言った。(彼女は考えていた、結局、これで全部なのか? 介入を匂わせて脅しておいて、引き上げるときに、最後のダメ押しに自分を売込んで、彼女に「関心」を持たせようと最後まで努めているのか? しかし、そうならば――このこと事態が問題だった――彼女にはメロドラマのような恐怖があると、彼がどうして知ったのか? これといって特定しない脅しが彼女には効くと、彼はどうして推測したのか?)

「ああ、それだわ」彼女は続けた。「あなたは感情が理解できないのよ」

「僕は洗練された感情を理解しない——それがあなたの言うことなら。洗練された感情は、獲得するまでに時間をかけないと。僕には時間がない——僕には時間をかけずに獲得できるものを獲得する時間しかないのだが、話がわかりますか？ あなたとあなたが一緒に歩く種類の人たちは、そう言ってよければ、愛情が世界を動かしているといまだに夢見ているようですね。僕にはそれは仕事の進行を邪魔するものとしか思えない」彼は彼女の向こうを見やり、彼女の頭の後ろに影でも見たのか。「あなたはご自分が知り合いたい人たちを信頼したいんだ」

「そう思うわ。なぜ？」

「そのうちのひとりについて、ひとつかふたつお話したら、あなたは驚くかもしれない」

「あら、じゃあ、あなたの正体は——私立探偵なの？」彼女は声に出して笑ったが、本物の笑いでヒステリックなものは微塵もなかった。「公平を期して」彼女が言った。「先に進む前に、お伝えしておきたいのよ、あなたは頭がほんとに普通なのかどうか、よく考えることがあるんです。つまり、いまだにわからなくて——御存じでしょ、最初に私があなたのことを勝手にどう思い込んだか」

「またもや率直ですな、ははは」とハリソン。「ええ、あれはたいした日でした。しかし、あの誤解は晴れましたよ」

「さあどうかしら」

「さてと、どうしていまになって不審に思うんですか？」

「わからないわ。きっと、ある意味、戦争かしら」

「ああ、あなたは戦争のことを？　ええ、戦争もおかしなことになって――ああやってみんな敵と味方に分かれるなんて。さあ、僕の煙草を一本、ぜひどうぞ」

彼はケースを開いて彼女のほうに近づいてきた。診察室の机とか弁護士のテーブルの上で煙草を差し出されると催眠作用があるように、反抗しながらも唯々諾々《いいだくだく》となり、彼女は煙草を一本取っていた。彼はケースをポケットに戻してから、マッチをすった――しかし手元が狂った。炎が揺れ、彼女は意地悪く身を引いて、震えている手をじっと見た。彼も同じく見守った。「ああ、おかしいな、ねえ」と彼。「こんなこと滅多にないのに。きっとここにあなたと一緒にいるからでしょう、こうしてふたりっきりで、なにかしているとすれば、言葉を分解しているだけ――そうだな、僕に逆らうのがあなたの本質なら、どんどん逆らってください。僕が欲しいのはあなたの本質だから――ありのままのあなたがいい」

「はっきり言って、なにが欲しいの？」

「君が僕と付き合うチャンスを。僕はここに来て、ここにいて、出たり入ったり、来たり来なかったり――と同時に、いつでもそうする。あなたの人生に入り込む、とでも言うのかな――あなたの人生に、ありのままの。ただひとつ――」彼は話をやめ、ことの要所をマークするように気を引き締めて、そこから先は口調を変えた。暖炉のほうを向き、写真をつまみ上げると、その顔を壁に向けた。「ただひとつ」と彼。「これはもうやめること。実際、これは完全に終わりに。これきりにしてください」

彼女はいま耳にしていることを彼が言っているのが信じられず、啞然として彼を見た。彼はどうやら彼女が無表情を通していると思っている。「時間を無駄にするのはやめましょう」彼が言った。「僕は仕組みがわかってるんです。その件は調べ上げましたから」

彼女は素っ気なく言った。「私の想像では、ほとんどの人が知ってるわ」

「ほとんどの人は後の半分を知らない——事実、誰も知らないんだ。確実にあなたは知らない」

「なにを知らないのかしら？」

「僕が知っていることを」

「それがなにか私に訊いて欲しいのね？」

「訊かないほうがいい、と思います。ヒントだけ受け取っておいたらいい」

「まさかあなたは」彼女が言った。「どうなの、これが強迫の前触れだと言うんじゃないわね？」

彼は片方の目を横目にして彼女を見た。

そこで彼女の怒りが爆発した。「あなたがちらつかせているのは」彼女は緊張と怒りで真っ青になって問いただした。「ひとつの友情を断ち切って、もうひとつを始めろということね——あなたとの？　しかも両方を同時に、一分でやれと、しかもこれは政府の命令だから質問はするな、いまどき食料品店を変えるほどの面倒でもないし、帽子を取り替えるほど騒ぐこともないと？　あなたに言わせれば、これほど簡単な事はないと——私の言う感情というものがどこにも入ってないわ。それでも、感情らしいものがなにかあれば、悪いけど、少しは時間をかけなくてはならないのよ。あなたが時間を無駄にするつもりのないことが、おかげではっきりしました。ずっとなにかをほのめかしているけど、そのなにかがすべてにとって代わるというのね。もちろん、もしかしたら、単にあなたがご自分を、見るからにそうらしいけど、とても例外的な人間だと見ているだけじゃないのかしら。でも、いいえ、違うわ――つまり、まだもっとなにかがあると匂わせたいのね。だから、なんなの？――ねえ、なんなの？　あなたの言う意味をぜひ知りたいわ。袖の下になにを隠しているのか、ぜひ知りたいわ。つまり、私があなたの言う通りにするだろうと――『あるいは』、『さもなければ』……？　さあ、さもなければなんなの？」

「おかしいな」ハリソンが言った。「あなたが『つまり』と始めたとき、公園で会った女のことを思い出しました。僕としては『なんて青い空だろう』と言うと、彼女はこう言うんだ、『つまり、空が青いって言うの？』と」

「その女はそれでいいのよ。ごく当たり前のことでもあなたが言うと、なぜか、とてつもないことに聞こえるの。この場合、とてつもなく聞こえることを言ってるのね――努めて。もっとはっきりしてくださいな、もし私を脅そうというなら」

「残念ながら、ええ、すでになんとか脅したんですがね。僕らが電話で話したとき、あなたの声が乱れたようでした」

「あなたはまるでゲシュタポのように電話をするのよ」彼女はそう言って、笑いともあくびともつかない声を出した。

「それは僕があなたには与えたくなかった印象だな――。では、あなたはこの世で脅されるいわれはまるでないと？」

「誰がいまどき、そんなことを言うかしら？」彼女は背筋を真っ直ぐにして座っていたが、一息ついて、ドレスの生地を片方の膝の上で撫でつけた。「明らかに」と彼女が続けた。「バカな人ならいつでもそう言うでしょうね。誰が怖いものはないんですか？　だけど、人はこう言うようになるのよ、『そんなことは起こらない』って」

「いや、でも起きるんですよ」

彼女は目を上げた。彼が言った。「ちょっと回りを見たらいい」

「ええ、戦争でしょ。人生を一般論で考えていたんです」

「どこが違うんですか？　そこまで考えるなら、戦争は、前にはなかったなにかを始めたんじゃない――戦争がなにをするかと言うと、我々の別の運命を正当化するんだ。あなたは、そうでしょう、物事は起こらないという前提でやってきた。僕は、反対に、物事は起きないのではなく起きると思ってきました。だから、あなたがいま見ているものは、僕がずっと見てきたものだ。だから僕が有利な立場にいると言うつもりはないが、こう感じないではいられないのです、『やっとここまできた』と」

「別の言葉で言えば、これはペテン師の戦争ということね？」

「僕はそう呼んではならないんです。これは戦争ですよ、もちろん。だが僕にとって第一のことは、僕がペテン師でない時代になったということなんです。僕にはあまり良くない時代がずっとあって、計算がどれも狂ったように見えたものでしたが、それだけに、僕に関するかぎり事態が好転したことを知っていただきたいのです。あらゆることが僕の意図したようになってきている」

「では、あなたが私に言いたかったのは、ご自分のことだったのね？」

ハリソンは見るからに赤面とは縁がなさそうだったが、彼の顔がほんの一瞬見せたのは、ほかの顔だったら顔色が変わり、悔しさに真っ赤になるはずの表情だった。「実は、そうじゃない。――すみません」彼は短く言った。「原則として、自分のことは話題にしません。話題になるとすれば、あなたが少しでも興味を持てばの話です――それも、ええ、ありうることですから」彼はまた顔をしかめて、さらに言い足した。「僕が自分の居場所を持ちたいのがそんなに変ですか？」

「私がとても変だと思うのは、あなたが居場所を作ろうとするやり方だわ」

彼は、彼女が何気なく口にしたこの種の考えに引きずられたのか、裏返した写真の背をじっと見つめた。「あなたは彼に悪いと、痛ましいと感じるでしょう？」彼が言った。「だったら、あなたに言わないといけない――。彼は、あなたにさようならと言うよりも、もっと悪いことがその身に起きることもありえると」

「ああ、そうでしょうね」ステラはおよそいい加減に言った。しかしすぐ彼をじっと見つめる羽目になり、疲労、嫌悪感、不信感、退屈からくる緊張、とりわけ片意地を張り、無理に皮肉屋を気取ることで消耗していた。彼はもじもじして、口髭にさわった――そこにバネが隠してあり、その仕掛けで口が開き最後になにか言うみたいだった。ステラは見逃すまいとした。

「彼の身にあれこれ起きるでしょうな」彼が言った。彼女に感想はなかった。彼が続けた。「いつといわず――それじゃあまりにもまずいでしょう、どうです？　その反対に、なにも起きないかもしれない。あなたと僕で物事を調整すれば、調整はつくものだから」

「話についていけないわ」

「事実、僕らの友達はバカをやったんです。こう言うほうがいい、いままさにバカをやってる最中なんだ、しかも最大限の努力をしてね」

彼女は鋭く言った。「お金の面倒に巻き込まれてるの？」

「そんなに簡単なことじゃない。聞いて楽しい話どころの騒ぎじゃないことがわかりますよ。聞きたいですか？」

「お好きなように」

ハリソンは咳払いをした。「あなたにもわかると思う理由から」彼が言った。「全体像を話すことはできません。事実、我々が全体像をつかんだら、彼はいまいるところにいられなくなるでしょう――しかし、我々が取り組んでいることがまだあるんです。彼は、御存じでしょうが、英国陸軍省にいます――あなたが知っているのは、おそらくそこまででしょう。理屈から言って、どんな社会的な関係であれ彼が常識的な分別のない人間であるとは考えられない。あなたは彼がなにをしているか、だいたいわかっているでしょうが、僕は彼がそれ以上のことをあなたに洩らしていると疑わざるを得ない。不運にも彼はもうひとつ別の方面にかなりのものを洩らしているのです。洩れた先はたどってあります――手短に言えば、彼が担当している物事の要点が敵側に筒抜けになっている。相当前からその疑いはあったんです。いまは調べがついて、はっきりしました」

「ばかばかしい」彼女が口をはさんだ。

「いまのところ、彼は自由に泳がせています。これから先は、ロープをどこまでゆるめて彼を泳がせておくか？　彼をいまのままにしておこう、彼が狙っているものを狙わせておいて、いずれは彼の接触先をつかもうと。我々が追いかけているたいへんな大物がいて、それに比べたら、あなたの友人はメダカの卵だ。彼は監視されている——実は、僕が監視しているんです。彼は監視する甲斐があって——お話したように、僕はあの男が好きになってきましてね。ある意味では気の毒に思っているんです、彼の身にあれこれ起きたのが。しかし起きたとなれば、はっきり言わせてもらうと——ここに来て、そう、もうひとつ別の議論が起きてきて、いますぐ彼をしょっ引くのに賛成という話が出てきた。彼は自分がしたいことの半分もしないままに、なにほどかの損害をもたらしている。となると、我々はもうひとつのことで振り出しに戻ることになる。とはいえ、こういう意見もあって、なにがなんでもしょっ引いて、あの腐れ仕事をやめさせて、我々の損失を減らせと……。僕としては、まだ気持ちを決めかねています」

「決めかねている気持ちって、そんなに大切なんですか?」

彼は控えめに言った。「さあ、大切と言ってもいいでしょう。いまの事態がこうだから、僕なら秤をどっちにも動かせます。僕が提出する彼に関する情報次第です。その点については、あなたにこの話が通じるなら、僕は自分の判断に従います。あと少しばかり僕の判断を利かせることもできるんだが……。僕は、たとえば、まだおもてに出していない彼に関する相当量の情報を手元に持っている。もう持ち込まないといけない——どうしてもまだ決心がつかないんだ。もしかしたらあなたに助けてもらって決心できるかと?」

彼女は彼を見て、笑い出した。

「延期してもいいんです」彼は続けたが、心のなかで熱心に議論している様子があった。「かなりの期間。そうなれば、なにが起きなかったかなんて、誰にわかる——このショー全体が終わっているかもしれない。彼だってなにか理由があって考え直し、自分の責任でこのちょっとしたゲームから降りるかもしれない。彼にはラッキーな成り行きになるかもしれない。なんとも言えないところです。ともあれ、ひとつ希望がある——彼がもう少しだけ問題の外にいられたらという希望が。そしてそれがむしろ僕の出方にかかっていると僕が言うのは、僕の感じとしては、あなたの出方にかかっているということなんです」

「ええ、よくわかります」

彼はホッとして言った。「わかるんですね?」

「完璧に。私がいまから不本意な付き合いをして、ひとりの男がこれからも自由に自分の国を売り続けられるようにしてやるの」

「その言い方はちょっと露骨だな」ハリソンはそう言って目を伏せた。

「ものの言い方はもっと問題になるわね、もし私たちがほんの一瞬でも同じ男の話をしているとしたら。明らかに私の言った通りね——あなたは頭がおかしくなってる。いつこんなことをでっち上げたの?」

彼は疑わしげに言った。「あなたには意味が通りませんか?」

「残念ながら」

「いまさら、どうして?」

「あら、どうしてもこうしてもないわ、だって、あなたのいう意味が通らないんですもの。通ったためしがない。ロバートと、彼について私が知っている一切は別として、なにを言っても真に受けとれない人というのはいるのよ、理由もなく、あなたはそのひとりだわ」

「いや、わからないな……」と彼。

「なにがわからないの？」

「あなたにわからせる方法がまったくわからない。証拠はなにも挙げられないし――僕はすでに深入りしてしまったんだ、あなたにここまで言ったことで」

「ほら――そうでしょ！」彼女は叫んだ。「別の話になるわね、もしなにかもっと必要というなら。もしこの話が少しでも真実なら、もしあなたが少しでもあなたがほのめかすような人物なら、私に、よりによってこの私に話しますか、私がすべてを持ってロバートのところに直行するのを承知の上で？　私はもちろん彼になにか話しますよ、単なるお笑い種《ぐさ》としてね。ほかにあなたはなにを期待なさるの？」

彼女が彼の顔に投げつけた言葉は、風船が、バカにしたか、軽く叩いた程度に届いた――その顔は石のようで、確固としていて、ある意味で憎むとしても無視できないくらい成熟を遂げていた。彼が言った。「期待ですか？　あなたはもう少し頭が回る人だと期待していたんだが。彼に警告する？それは残念だな――しかし、僕にとってじゃないですよ。いったん通報を受けたとなれば、彼はもう我々の役には立たないから、あとはただちにしょっ引かれるしかない。いや、あいつの友達として話すなら、まさか僕なら警告なんかしませんね」

「それで、あなたからここまで聞いて、質問はもうなにもしないで、ロバートと切れろと言うの？」

「それが彼には一番いい」

「そう、でもちょっと待って——『通報を受けたとなれば』ですって？　そんなこと誰にわかるの——それだけじゃないわ、どうやったらそれがわかるの？」

「そんなの僕なら一マイル先からでもわかりますよ。あなたは彼が笑い飛ばすと思っているか、あるいは、そうだな」彼はデリケートな様子を見せて言った。「キスしておしまいになりますかね、いざあなたがこの件を持ち出したりしても。彼はあなたの気持ちをやわらげて楽にして、元のままのあなたに戻したい。だから、間違いなく、もし彼が半分でも僕らふたりが考えているようなやつだったら、彼はそうするでしょう。しかし忘れないで、彼の心にはあなた以外のこともある。あなたと僕の今宵のおしゃべりについて、君から聞かされてその要点をつかんでも、あなたは、彼が路線を少しも変更しないと本気で思っているんですか——仮にそれが一つ二つの些細な点の変更だとしても？　彼の行程表が変更になり、彼の持ち場も——それが起きないはずはない。どうしてもそうなる。出入りしていた場所の一つ二つで、おなじみの彼の顔が見られなくなる。仲間のひとりふたりとは付き合いを悪くしていく、などなど。少しも舵を切らないということは、きわめてわずかなことではあっても、人間が人間として持っている以上の神経が要るものでね、監視されていると知って、態度を変えなかった人間を僕はまだひとりも知りません。まさにそういう変化が監視されているのです。いや、彼がたちまち我々に知らせるんです、彼が目配せを受けた途端に。その場合、どうなるか？　彼はしょっ引かれてますよ、誰だってアッという間もないし、彼だって目配せを返す前に……。僕だったら彼にはなにも言いませんよ、もし僕があなただったら」

「まあ、ありがとう。だけど、私が彼に言うのをなにがどうやってとめるのかしら、『いままで通りにやって、でも気をつけてね。本当に気をつけて、いままでやってきたようにやってね』とでも?」

「止めるものなど、なにもありませんよ、なにひとつありません」ハリソンはすぐさま言った。そして両肩をすくめた。「その場合は、あなたが彼をどれだけよく知っているかを試すことになりますね。僕は、もちろん、単なる部外者として話しています。彼が相当な神経を持っていることは、よくわかります——しかしこれはもっと規模が大きいんだ。最高最善の行動を要求します。彼がどの程度の役者になれるとあなたは踏んでいるんです?」

彼女は奇妙にうろたえた。「役者? よりによってどうしてそれが私にわかるの? 彼には役者になる理由などないわ、私といるときは」

「ああ」彼は考えながら言った。「ああ、ないでしょうね」

「ないわ」

「いや僕は断言してもいい、もしある男が恋愛で演技ができるなら、そいつは役者になりおおせてなんでもやり遂げると」

「私は——私はそう思うわ」彼女はそう言って、顔をそむけた。

ハリソンは、少し待ってから、早口でさらに言った。「その辺にしておきましょう、彼は役者という柄じゃない」

それはもう質問ではなかった。これが見せた後悔の念、彼女の生傷と思われるものに言及してしまってから押し殺した後悔の念ほど、多くを語るものはなかった。ついで彼は、あらためてぎこちなく黙りこくることで、相手が彼に明らかにしたことを相手に明らかに伝えた——つまり、彼女にとっては最初の最初から忌まわしい衝撃的だった会話全体から出てきたこの一言が、彼女を心底苛立たせたのだった。ハリソンは唇を閉ざし、音のしないハミングのなかに逃げ込んだように、その間ずっと部屋を見回していた。いま議論中の人物をよく知っているに違いないその部屋を。彼は実際にあらゆる場所を見ながらステラだけははずしていた。ついに彼が言った。

「しかし、このすべてに関しては、僕は当然ながら当事者じゃない。とにかく僕が言いたいのは、もし僕があなたをけしかけたせいで彼が身を滅ぼしたら、僕としてもいい気持ちがしないということなんです。身を滅ぼす奴がしょっちゅういたって、僕は少しも驚きませんよ、誰かの期待が大きすぎるんだ。もちろん、あなたに僕の助言を無理やり押し付けることはできない――承知していますよ、この件に関する僕の立場がどこか変な感じがするのは。僕はともあれ、『ロバートを精算したほうがいい』と言いにきたんです。しかしそれは友人として消せという意味で、理解されたい。それ以外では、僕は彼に文句があるわけじゃない。あなたは、いいえ、彼はうまく演技ができません、と言う。だったら、そんなきわどい危険は冒すべきじゃないでしょ?」

「危険とは、あなたが話したことを私が彼に言うことね? 話さないでおくわ」彼女の従順な言い方に、彼は疑いの目で彼女を見た。思った通り、彼女は聴いていなかった――または完全には。彼女は考えが脱線し、たどり着いたのは、どう見ても、ハリソンの言うことにこれ以上耳を貸すこともないし、二度と聴く必要もない心境だった。彼女の瞳はまともに彼の瞳を見据えようとして、まったく新しい暗さと戦闘態勢に入った輝きをたたえていた。「あなたの立場が変ですって? でもとてもご親切に――私やロバートや、あなた以外のすべての人のことを考えてくださるのね。いまは私たち、間違いなくあなたについて考える時だわ。あなたじゃないのかしら、危険を冒しているのは――もしあなたが自分でさかんにほのめかしているような人間だったら？　どうやら、もしかしてあなたは――そうよ、そうなんでしょ？　ほかの方法ではあなたの説明がつかないもの。まるで信じられないわ、あなたが一日中公園に座っていたなんて。あなたが務めを果たしているなにかについて自分から情報を伝えたことは一度もないのよ。最近では誰だってやむなくなにかしているに決まってるし、多くの場合、なにをしているかは誰も訊かない。だから、ここでこうしてみましょうよ、あなたは敵側のスパイで、つまり、私の理解では、二重のスパイで、正式に政府に雇われているということに。そうなると、お訊きしてもいいかしら、あなたはなにをしているの？　雇われていて、信任されているあなたが、その道を逸《そ》れてまで――忘れないでくださいね、私からなにか訊いたわけじゃないのよ――あなたが勘づいていることが、あるいは瀬戸際まで追いつめたことが、この国と私たちの戦果にとって途方もなく危険ななにかだと私に話すなんて。あなたは情報の漏洩をたどってきて、あるいはたどっていて、そこにはX名の人間が含まれている。もしそれが本当なら、命がけの問題だわ――命がけとなれば、一番の必須事項は極秘に徹することよ、秘密厳守じゃないの？　でも、ああ、違うのね。あなたはべらべらと――いいえ、冷静にこう言いましょう、あなたは話したのだと――私に向かって自分には天秤を操る力があると。その力があなたにあると仮定して、私の想定では、特大の責任を負わされないで、そんな力を持つことはないでしょ。ましてあなたは、あなたのヒントによれば、キーマンなんだから。いいわ、それで――だから？　あなたの振舞いには唖然とします。この国にはそこまでひどい役人が仕えているの？　あなたはなにをしてるんです？――自分でこのフラットにやってきて、密告して、交換しようとするなんて、この情報と、あなたが欲しいと思っている女を手に入れる目算を。あなたは自分が知っていることを使って、強迫を実行しようとしている。あなたの申し出は、あなたの愛人になることで、私にひとりの男性を解放してやれと、その男に私は関心があり、あなたのショーによれば、彼はこの国にとって危険な人物なのよ。それがあなたの申し出ていることなんですよ――もし間違ってたら、ストップと言って……。よくわかりました。あなたは四六時中『僕ら』と言って私を脅してきたわね――あなたの『僕ら』は、私の『彼ら』ですから。『彼ら』はこれをどう見るかしら？　私があなたを通告してはいけないという、なにか理由があるかしら――あなたは、愛欲的な理由から、政府の秘密を利用しようとしています、この苦難の時に、と？　口が裂けても言いませんよ、あなたが欲しい女になれて私は嬉しいなんて――でも、もっとはっきりさせたいのは、私はこれで釣るには向かない女だということよ。ところ変わって今度は私がなにかを密告すると決めたら、それが正しい部署に行くのをこの目で必ず見きわめますから。行くべき場所を知らない女じゃありませんから。もし私がロバートを消したらあなたは気の毒だと思うそうだけど、これはどうかしら、もし私があなたを消したら？」

ハリソンは、この間ずっと脇目も振らず、ステラの顔に忍耐と称賛の表情を注ぎ続けていた。彼女が言葉を切ると、少しびくっとして我に返った。「まったくだ」彼は同意した。「あなたにはそれもあると」

彼女はさらに背筋を伸ばして座り、膝に置いた手を押さえたら、手が震えているのがわかった。

「あるいは、こう言うべきかな、あなたにはそれができると？（あなたは第一級の頭脳をしている。

それが僕の好きな点のひとつですが）ひとつあるとすれば、それですよ」

「あら。それって？」

彼は熱くなって言った。「あなたが言ったことは、聞いていると立派なものだ——おっしゃる通りに正しくやって、真っ直ぐ先に進んだらいい。でもこれもありましてね。——想像してますか、あなたの友人の調べをつけたのは僕だけしかいないと？　そうだとしたら、僕はもっとはっきりさせるべきでしたね。言わせてもらえば、はっきりさせたと思う。ダメですよ、僕をはずしたって、ことは終わらないし彼には不利になる。事実上、正反対の影響が出るでしょう。あなたは、そう言ってよければ、最高にチャーミングな女性であるだけじゃない。あなたは大した度胸の持ち主であるとして当局にも知られています。つまり——どういう言葉にしたらいいかな？——こと僕らの友人に関しては。あなたのロバートに対する関心は、彼に関する諸事万端を含めて、どこかよその場所でいささかの関心を集めているんです、それも相当長い間——ええ、こう言っちゃなんですが、僕はこの特別な話にずっと通じていたんですよ、あなたに会う前から。行くべき場所を知っているとあなたは言うし、僕もそれは疑わない——しかし、想像がつくでしょ、あなたがそこに着く頃には、そこにいる誰かが想像するでしょうね、あなたは真っ直ぐここに来たのかなと？　仮にあなたがロバートのところに伝言をしに立ち寄らなくても、伝言したと見なされる——女はやはり女だとかなにかが始まるだけだ。仕掛けた鉤竿《かぎざお》は無駄になった。ゲームは終了ということになる。ええ、そうですよ、あなたはドア口まで見送られて、握手したり、心からお礼を言われたりする——しかし僕はこうも言える、実際にあなたがタクシーに乗りこむ前に、伝達がいきわたり、あなたの友人のロバートは、同じ意見の人たち

（僕だとは言いませんよ）がたくさんいる所にいるでしょうね。その意見とは、もっと早くに彼を留置しておくべきだったという意見です。あなたもはっきり見なくちゃいけない、ここでバッサリやることが、彼をもっと泳がせておくことに代わる、唯一可能な議論として通っているということを。僕が去る——彼が去る。しかし、いうまでもなく、それはあなた次第です」

「私は義務を果たすべきだったわね」

「ああ——国に対する義務ですか？」彼は驚くほど気楽に要点に飛びついて言った。「その通り——まったくその通り。それになんというか、」彼が言い足した。「あなたが正しいのがあまりにも正しいので、僕はあれっと思いましたよ、前にここまでたどり着いていなかったのかなと。当然ですが、もしあなたが国家のことを考えているなら、僕らは元に戻って、もう一度全容をおさらいしないといけない。つまり、すべてが違った光のなかに見えてくるからです。だから、もしあなたの考えがそうなら——」

「——いえ、そうじゃないわ。もしそうだったら」彼女が言った。「あなたは私が自分の良心を預けわたすとでも？」

これについては彼に意見はなさそうだった。あるいは、ともあれ、大した関心は見せなかった。疑わしく部屋の置時計を見てから、自分の腕時計と比べて時計が示している時刻を確認した。「知らなかった、そうか、もうこんなに遅いのか！」

「知らなかった？」

もう深夜になっていただろうか——いまにも消え入りそうな幻覚めいた一時、二時という時刻だったかもしれない。彼女のほうはもう疲労という領域を通り越して内なる空白にのめり込んでいて、空腹感すら忘れていた。なにも欲しくなく、彼がもうそこに存在するべきでないということしかなかった。手の指は、震える能力を使い果たし、互いに触れ合う力もなくなって、膝の上で動かない塊になっていた。あまりにも長い間、背もたれのないスツールに座っていたので、背骨が痛かった。頭は空っぽだった。

「ほかになにか?」彼が言った。「では、もしないなら――」

「どうしたらこれがこけ脅しでないとわかるの? ――事実、あなたが脅しているのはわかっているわ」

彼は立って、顔をしかめ、口髭の奥でチッチと言った。「ええ、それが厄介なんですよ、もちろん」彼は感情をこめて言った。「僕には見当がつかないなあ、あなたがどうやってチェックできるか――僕について調べるには、つまり――大声を出さないではすまないんだ。いくら注意しても足りませんからね」

「それでも、私はまだあなたがペテン師だと確認できる人がいるような気がする」

「困ったことに、いまはみんなガードがクソ固いから」

「でも私、知り合いはたくさんいるわ!」彼女は初めてヒステリックになって言った。

ハリソンは肩をすくめた。「またしてもそれだ、つねにあなた次第ですよ。どんどんやったらいい」

とにかく感情を開放すると、すべてを開放することになりかねない。ステラは立ち上がり、暖炉まで行き、ハリソンの向こうに無造作に手を伸ばして、ロバートの写真をもう一度返して部屋が見えるようにした。「次のときは」彼女が言った。「私の物にさわらないでね！」そして彼のほうにまともに向き直ると、一ヤードと離れていなかった。目と目を見交わす、非常に激しいその怒りは親密さに通じるものがあった。殴る寸前とキスする寸前の顔色にほとんど違いはない。彼女と彼を隔てている空間はなきに等しく、ふたりあることの緊張感によって力がみなぎっていた。口にできない、執拗な、愛されないなにか——彼自身——が、そのわずかな間に、ハリソンのまなざしにあらわに出ていた。まさに危機だった——その夜初めて、彼女には初めてではなかった——彼の感情的な愚鈍さがゆさぶられ、頭脳のない者が洗脳されるように神経がぴりぴりした。

その瞬間が去った。彼は彼女に触れなかった。垂れてきた袖を振るわせながら、彼女は暖炉に肘を付き、顔の片方を手のひらに当てて、ぼんやりと彼を観察し続けた。彼のほうは、せわしなく煙草を吸う合間に休憩を取り、両手をポケットにゆっくりと滑り込ませた。「少なくとも僕らについては、よく考えてみて」

「あなたなんか絶対に愛しませんから」

「僕は愛されたことなんかないんです」

「不思議じゃないわ！」

「つまり、僕らが互いに知り合う、ということになる」

「私があなたの言う通りにすると、まだ考えているんじゃないわね？」

ハリソンはやさしく言った。「そうしていただけたらありがたい」

「ロバートには二度と会うなと？」

彼は唖然とした。「あるいは――それではちょっと怪しくないですか？　もっと提案するべきでした、こうなればやめるべきです」

「ということね、わかりました――あなたは愛についてだいぶ御存じなの？」

「たくさん見てきました」

「どのくらい時間を下さるの？」

「いいですか」彼が言った。「そういう言い方は嫌いです」

「一ヶ月？」

「それくらいなら。もし差し支えなければ、ときどき立ち寄っていいですか？」

「万事きちんとやってるか見に来るのね？」

「ということは、決心なさったわけだな」

「その間になにも起きないわね？」

「それはまずないだろうと、まず言ってもいいと思います。――では――」

「ではなんなの？」

「だめですか、晩の食事の話は？」

「いいえ、すみません」彼女は切り上げるように言った。

彼はうつむいた。「ああ、だが、その、まあ――テーブルを予約したんです。どうしたんですか？動揺しているわけじゃないでしょ？　食べられないんですか、腹が減ってないんですか？」

「単に家にいたいの」

「ああ、そうか、では——家にいるって？　誰のためにいるんです？」

彼がステラより早く電話を聞きつけたのは、ベルが鳴る前に振動を聞き取る人間のひとりだったからだ。彼は頭をぐいと持ち上げて間仕切りドアのほうを見たが、そのあとで彼女は自分の寝室にある電話に気づいた。同じ予感にふたりはちらりと目を見交わす——もうすでに共謀関係ができたようだった。彼女はその場に立ち尽くし、頭をたれ、その間電話がリンリンと二度ずつ鳴る音を繰り返した——ハリソンとしては耳を澄ませ、暗号を判読しようとしているようだった。

「さあ、取りなさい、どうして取らない？」彼がついに言った。

彼女はさっと身をかわしてその先の部屋に入り、背後でドアをバカにしたように開けておいた。鏡の後ろのカーテンはまだ引かれておらず、灰色の暗がりが窓にあった——彼女はベッドのすそを回って、枕があるほうに座り、うしろに残した場面に背を向けた。暗がりのなかで受話器を取り上げ、そのたしかな手つきは、夜のいついかなる時間にも、仮に深夜であれ、電話を受けるのが習慣になった人のものだった。その手は目を開く前に目ざすものに届いていただろう。頭脳が動き出す前に耳は準備ができていて、最初に聞く言葉、あるいは自分が最初に口にする言葉ですら、見終わっていない夢が霧となってうっすらとかかっていたのだ。機械的な物事に対して彼女がとった機械的な反応が、となりの部屋で気を張りつめて立っているハリソンに示唆したのは、詩について初めて彼が抱いた考えだった——彼女の人生について。自分の目が届かない絵柄にあおられて、彼はこれしか考えられなかった。「ああ、それはこんな風になりうるのか！」その間、ランプがついた居間に根が生えたように両足がふんばっていて、パリを占領したドイツ人みたいに部屋中を見回す彼がいた。

「ハロー？」彼女が言った――待たされている。相手が誰であれ、公衆電話のAボタンを押し忘れているのだ。それから――「ああ――あなたね――まあ、ダーリン！……そう、そうなの？　どのくらい長く？……だけど、なにもないよりいいわよ。でもどうして知らせてくれなかったの？　食事はしたの？……ええ、それが一番いいかしら。このフラットにはなにもないと思う。せめて知らせてくれたらよかったのに……。その後真っ直ぐここに来るのね？……もちろん、当たり前でしょ。なにをバカな……。ええ、いまいるけど、すぐいなくなるわ……。いいえ、あなたの知らない人……。じゃあ、すぐに――できる限り急いでね！」

彼女は電話を切ったが、そのまま寝室のカーテンを引いて真っ暗にした。レールにカーテンを走らせる一連の音のなかに解放があり、軽やかな、上げ雲雀《ひばり》のような気分が彼女にあることが聞き取れた。化粧台に明かりを点け、メロディをハミングしながら、髪にそっと触れた。ハリソンはドアロまで退くほかなく、そこで立ち止まった――そして視線を部屋に走らせ、作り付けの戸棚、サテン張りの低いベッド、彼女の顔が明るい鏡に映っていた。彼が言った。「では、ということで。あなたはいつも驚いているように聞こえますね？」

「驚いたときだけよ」と彼女は答え、振り向いた。「あれは私の息子よ、休暇になって」

「ほほう」

「ロンドンに着いたところ。駅にいたのよ。ここに来る途中でしょう」

三

ロデリックは予告しないでフラットにきたことはなかった。

その夜、十時十五分前に、道路側のドアのベルが鳴るのを聞いたとき、ステラは戸棚から毛布を引きずり出しているところだった。ハリソンと違った別れ方をしていたら、階下へ下りて行く彼の背後から呼びかけて、「また掛け金をはずしておいてくださいな、ロデリックが来るから！」と声を掛けただろう。しかし実際はいらいらした気持ちで、ハリソンが外に出てじっと佇《たたず》み、ドアをかっちり閉めてから、ウェイマス・ストリートのほうへ去っていくのを聞いていた。彼は去った――しかし、彼がただの出入りに過ぎなかったものを生き返らせたので、単純なものはなくなり、ドアを開けることすら単純でなくなった。ステラが、息子がソファで一夜を過すべく腕いっぱいに抱えていた毛布を下に降ろしたところで、ロデリックがベルを鳴らした。

いずれにしろ、階段まで出迎えるつもりだった。

道路側のドアはこっそり開ける時刻だった。階段に明かりが洩れてはならない。ロデリックは、重装備をしているために相当な横幅があり――「全部ここに」彼はかつて言っていた。「ネズミ捕り以外は、と言っても、それもないわけじゃないな」——母親が支えているドアを廻って彼はじりじりと入り込んできた。ふたりで抱き合った。彼女のほうは歓声を上げ、この再会の幸せはそれほど思いがけないものであった。階段を上がる途中で彼が言った。「息が切れてる！」

「太ったんだわ」

「それは願い下げですよ」ロデリックは本気で言った。

「さあ、行って」彼女は階段の上で言い、立ち止まって階段の踊り場の電気を消した——ドア口から彼女が見ると、一ヤード四方の玄関口で、ロデリックは短く刈り上げた頭を斜めにして、装備を降ろしていた。手間取りながらやっと解き放った重荷とは、彼女の目には得体の知れないもつれた網や、ぶつかり合っているものなどで、彼は動物のような忍耐強さを見せて作業していた。装備のいくつかはそこに積み上げ、残りは蹴飛ばして見えない場所にやり、鉄兜だけは大理石の小テーブルの上にごろんと置いた。玄関口にはほとんど空きがなくなり、彼のほうが移動しないと、彼女はフラットに入れなかった。だから彼はおもての部屋で待ちながら、ぼんやりと辺りを見回すと、白いランプが点いていて、暗いガラス絵に反射していた。見たところ家庭らしくない。しかしなにかには見える——もしかしたら小説か。

彼女が入ってきて言った。「ロデリック、あなた本当になにか食べたのね？　電話の後で心配してたのよ、この頃どこでも日曜日はお店を閉めるから」

「フレッドがポークパイを食わせるパブを知っていたんだ」

「フレッドと一緒だったの？」

「うん。彼は結婚した姉さんがいるウッド・レインに行った」

「コーヒーを淹れようかと思ってたのよ」

「それより」ロデリックは訊いてみた。「ケーキないの？」

「全然ないわ。ということなら、ダーリン、前の日に言ってくれないと！」

「すべてがなにかとからんでいてね――お風呂、入っていい？」

「ええ、どうぞ。その間にコーヒーを淹れましょう」

ロデリックは浴室のドアを半分開けたままにしていた。湯気が渦巻いてステラのいるキッチンに入ってきた。そのうちにパーコレーターがぽこぽこといい始めた。後に彼が「ガウン、あるかな？」と怒鳴ったので、ステラは物干し場からロバートのガウンをはずし、湯気の壁越しにロデリックのほうに放り投げた。家族として母と息子はコーヒーは濃いのが好みだった。だからステラがパーコレーターのそばにじっと立っていたら、息子が風呂から出てきて、ドア口に斜めにもたれて佇んだ。このキッチンは、不動産屋によれば、正式にはキチネットだそうだが、電気ストーヴと流しと冷蔵庫がある場所には、細身の人間がひとり立って、方向変更ができる空間しかなかった。その他の器具は、上に吊るか下に収めるようになっている。ロデリックは自分が演じる役割がないこの場所を面白そうに見ていた――ガラス張りの外科手術用みたいな小部屋がキッチンで、ロデリックは家事をしている母をそこで初めて見た。カップのほうに手を伸ばしながら彼女が言った。「もう乾いた？」

「乾きかけてるところ」

「だんだんとあなたらしくなってきた」

「だんだんと僕らしく、見えてきた?」ロデリックは好奇心と関心を見せて訊いた。母の真意を覚えておきたかった。そして反射的にロバートのまだら模様の絹地でモールの縁取りのあるガウンを見下ろし、しかめ面をして腹の回りにきつく締めた紐の先端を引っ張ってみた。当然ながら、ガウンはなんの手がかりにもならなかった。彼の骨格の出っ張った部分にそってビザンティン風のひだを作って垂れ下がり、彼の皮膚のまだ濡れた部分でところどころべったりとくっついている――母親の疑いは当たっていた。乾き方が不完全だった。「その辺に僕のパジャマがあったっけ?」彼が言った。「なければないでいいんだけど」

「あら、あるでしょ。あるはずよ――自分でここに置いてったんでしょ?」

キッチンでおよそステラがすることは、手際は悪くないが途切れがちで、思索によって寸断された。今宵、彼女はせっせと事を運びながらも順序が狂っていた――陶器に手を伸ばし、スプーンをガチャガチャ言わせ、容器にこびりついている先週配給された砂糖を削り落とし、やっとそこでトレーが要ることを思い出したが、トレーはまだロデリックの頭上の棚に乗っていた。それでも彼には母の行動のすべてが魅惑的で器用に見え、彼は体の重心をもう片方の足に移して、ドアロでまた斜めにもたれ直した。休む態勢になると、彼は母親がよくやる立ち姿になっていた。こういう位置関係になると、こうして帰宅するたびに、彼は初めのうち肉体的に身の置き場がなかった。だがやがて母親の態度をまねることで振舞い方、目のやり方、立ち方がわかってきた――あるいは、あ(ヽ)り(ヽ)方(ヽ)すらわかってきた。彼の身体は、すぐには取り戻せなくても、兵士らしくない柔軟さと自発性を少なくとも真似て見せることはできた。こうした振舞いを一つひとつこなしながら自分のやり方をたどり、一つひとつの行動が手がかりや道しるべになって母親が覚えているロデリックになっていき、母親が会いたがっていると彼が感じるロデリックになっていった。彼はステラの才量に預けた自分のアイデンティティを探っていた。本来は母親のために取り組んだ捜索だった。ただし母は喪失ないしは変化を彼に意識させただけだった。彼は無意識のうちに、母と息子が共有していたものをいちいち確認しようとした。これが一つひとつ効き目があった。彼女は一つひとつ安心していた。彼女とロデリックがかくも親密でいる間は、息子が母の視界の外に出ていくことはなさそうだった――なにが起きようと、彼の身になにがあろうと。彼女の心を苦しめたのは、彼女が戦闘服を着た兵士に出くわすたびに目にちらついたのは、英国陸軍がロデリックの抹消に手をつけるという恐怖だった。工程を経るうちに、加工処理され、彼女にはそれをとめる手段がないままに、彼女の息子は消滅してしまうのではないか。戦闘に加わるまでにまだ何ヶ月もあるはずだ。彼女は彼の死を思い描いたり恐れたりしているのではなかった。彼の内部崩壊が、修復不能の崩壊が、恐ろしかったのだ。

陸軍にいた何ヶ月かでロデリックは、家にべったりだったときは当たり前としてきたことに気がついていた――母親が住んでいるのは特別な風土だったのだ。その気温とか気圧は、自分以外には、ロバートだけが計測していた。この風土に再度入り、影響を受けるのは、彼女を愛していない者には、神経が疲れることだっただろう。彼は前もって考えを整理していた、訓練中の兵士であるということは思索を散漫にし、感情を不活発にすると――しかし、もし判断を任されたとしてほかになにが、もっとなにが、もっとましななにが彼にできたか？　彼が十七歳のときから、戦争がいろいろな選択肢にダメを出してきた。彼は中立のまま兵士になるだろうと思い、いまは兵士だった。彼のオクスフォードでの一年は意味を否定された——どんな意味であれ、もし見出していたら悲惨だっただろう。いま、ほかの役割が演じられないこの時代は、もしほかに演じる役割があったとしても、彼をいっそう失望させた。誰もが同じ気持ちを味わっていた。ステラの心につきまとうほかの選択肢が、彼女を悩ませていることで、彼は悩んでいた。実感こそなかったが、世界におよぼす戦争の残酷さがわかったので、自分の将来を決めていなかった。用心してきたので、まだそこまでコミットしていなかった。

もっとくだらない悩みは、今晩、パジャマがきっと消えているということだった——あれだけが母のフラットにある自分のものだったのに。彼はここに来るまでそのことを考えていて、フレッドにその話までしていた。彼のその他の持ちものは、ステラが彼らの家を手放したときに、倉庫に行き、忘却の彼方に行ってしまった。

これに反して、ロデリックは自分が見たこともない資産の所有者になっていた。この五月に、彼は父の従兄からアイルランド南部にある屋敷、モリス山荘を相続し、それには約三百エーカーの土地がついていた。遺言の検認は、モリス山荘の所在地がこの大戦では中立国であるアイルランド共和国にあるという複雑な事情によって遅れるようで、まだ完了していなかった。法律的には、この所領は彼の所有になる過程にあった。個人的には、遺書の効力が知らされた日に彼の所有となっていた——この贈与は遺言者の死亡と同じく、予想外のことだった。その日までロデリックがこの屋敷について知っていたのは、彼の両親が新婚旅行をそこで過したことだけ。見方によってはモリス山荘は不吉な家だった。なぜならその結婚は、ひとりっ子の彼をもうけたものの、彼が三歳になる前に破綻してしまったからだ。父と母の離婚と父の死がきわめて短期間に起きたので、きちんと整理した上で（いつもことの前後を調べるたびに彼は相当頭を使った)、息子はどちらが先に起きたことであるかを確認した。モリス山荘のカズン(義理のいとこ)・フランシス・モリスは、ロデリックと母親のその後の生活になんら役割は持たなかった。

モリス山荘を所有したことはロデリックに強く影響した。それは歴史的な将来というべきものを確定して、日毎に拡充していた。その屋敷は、執着心がでてきた彼を出迎え、さらには、おそらく、地理的にも戦争の外に立っているという点で、現在という時の外にいるように見えた。屋敷は、人間ではないから、彼の想像上の生活の、そして空想やファンタジーの車軸となったが、それは現状がこうした思いを現実から締め出していたからだ。水面下にあり、眠っていて、しかも力強いこうした空想は、日を追って彼に馴染んでいった。彼がそれを求めたのかその反対か、それが彼を育てたのかその反対か、どちらとも言えなかった。欲望にまでふくらまなかったのは、目的がなかったから。幻想にならなかったのは、それが彼を騙したり緊張をもたらすことがなかったからだ。いま彼は陸軍にいて、日課の底にある空虚なポケットをそれがすべて満たしてくれた。眠る前に肉体が麻痺状態になるとき、それはとても鮮やかで、とても満足させてくれた。日中は、大人しく順番を待つしかないさらなる作業、疲労、検査、ないしは時間つぶし、といった一連のルーチンに変化をもたらしてくれた。

彼は夢想家のひとりとして知られるようになり、それでなんとなく切り抜けていた。彼の心が乱れがちになるのは、母が彼の陸軍入りを悔やんでいるのを悔やまなくてはならないときだった。会うたびに、母の最初のまなざしが、「あなたにやつらはなにをしたの?」と叫んでいた。いかにもむき出しの、初々しい、滑稽なほど子供っぽい細い首が、地厚な戦闘服の衿から突き出ているのを彼女は見た。肌のきめが彼女と変わらないくらい華奢な頰骨の上でざらざらになっている。刈り上げて硬い毛根を見せている髪の毛を通して、頭蓋骨の平らな部分が見て取れた。彼の目は、彼女の目のように、生き生きしているというよりは人目を惹くような具合に眼窩におさまっている。その目は――いまの彼を取り巻く状況と服装から――時代錯誤に見えた。最近の彼は、鳩のように胸をふくらませて、カーキ色の地厚な軍服のだぶついた部分を満たそうとしているようだった。それはうまく行かなかった。背が伸びすぎた痩せた体は扱いにくく、骨格はぎこちなく細いので、いったん装備を土台からはずすと、大きな軍靴だけが彼を地上に繫ぎ止めていた。彼がもっと、どんな兵士でもいいから、もっと兵士らしく見えていたら、彼女はもっと冷静に受け止められていただろう――現実の変化という権威を実感することができただろう。

しかし、息子の外観がちぐはぐなので、ステラは彼とどのような立場にいたらいいのかわからなかった。自分の位置が彼にわかっているとも思えなかった。たとえば、陸軍にいるのが気に入っているのかどうかロデリックに訊いたことは一度もなかった。……だから彼は、もうひとりの男のガウンを着ていても、だいぶロデリックらしく見えると言われてホッとしていた。まもなく彼女がカップの乗ったトレーを彼に渡して、言った。「向こうの部屋に運んでくれる？」

「どこに置くの？」

「どこでも好きなとこに」

「うん、母さん、はい」ロデリックは我慢して言った。「だけど、カップがいつも行く決まった場所があるんでしょ？」

「どこでもいいのよ」彼女は答え、あまりわかっていなかった。

彼はため息をついた。このフラットでは、各部屋に名前がなかった。ふたつしかないので、自分がいないほうは「別の部屋」だった。応接間と彼が見なしたものに向かい、トレーをつかみ、ロデリックはまた回りを見た。ここにある椅子やテーブルの間のどこかに、日常生活の匂いの跡が走っていて、たどることだってできるはずだ。彼は母親が完璧なひとり暮らしをしているとは想像できず、なんの習慣もなく暮らしているとも思わなかった。フレッドをはじめ彼の友達はみんな家庭生活の正当性に賛同していた。彼らが最も望まないのは「無礼講の家《リバティ・ホール》」だった。ロデリックは一瞬、トレーを置く正しい場所がないので困ってしまった――彼は探偵みたいに探りを入れ、どの肘掛け椅子に一番よく人が座ったか、どの灰皿が一番最近に使われたのかを見た。不思議なことに、吸殻が山積みになった小さな陶器の灰皿が暖炉の棚の上にあった――立ったまま長時間煙草を吸わなくてはならなかったのか？

彼は諦めて、トレーを床に置き、やがて自分のベッドになるソファの端に座った。裸足になった片方の足を持ち上げて撫でさすり、棘を抜く少年のような名高い彫刻の姿勢になり、つま先の一本の関節をしきりに調べた。「あれえ」彼が叫んだ。「マメができちゃった！」

「なにができたって？」

「ああ、なんでもない」彼はもう面倒くさくなっていた。両足をソファの上に投げ出して、長さを確かめ、ガウンを身体に巻きつけると、つづれ織のクッション数個を肘掛にして、さらにクッションを二個放り投げて足にかぶせた。「なにをしているの？」彼は叫んだ。「僕はもうこのベッドに入るよ」

母がコーヒーを持って入ってきて、トレーを目で探し、大きな声で「あらまあ、ダーリン！」と言い、トレーを床からスツールに移した。それからスツールをソファの近くに引き寄せた。「なにか」彼女がコメントした。「食べるものがあったらいいのに」彼女はソファの端の彼の足もとに腰を下ろし、クッションをいくつか動かして自分の肩甲骨の後ろに当てた。そして注目した――「あら、ロデリック、これ、マメじゃない？」と言って、目を丸くした。

「いまそう言ったところ」

「もし足が冷たかったら、毛布を持ってくるわ」

「マメと霜焼けを混同してるんだ――もう行かないで！」彼が言い足した。「僕たち、もう同じボートに乗ってるんだから」

「なんですって？――どうして？」彼女はぎくっとした。

「こうしていると川に浮かべたボートに乗って、向かい合わせでいるみたいだ」

「川に浮かべたボートに一緒に乗ったことなんて――あった？」

「モリス山荘にはボートを浮かべる川がある？」

「川があったのは覚えてるわ。秋だったけど」

「それじゃあ、ボートがあったかもしれないと思うんだね？　早くタールを塗ったり、樹皮で空気漏れを防いだりしないと――誰かがそこまで面倒を見ているとは思えないでしょ？　できたら今度弁護士に手紙を書くときに……」

「いいえ」彼女がきっぱり言った。「そこまではまだ無理よ。まだわからないでしょ、ボートがあるかどうかも。――もしかして、このコーヒーで眠れなくなるかしら？」

「眠れなくなるものなんてないよ」とロデリックは宣言し、小さなカップを冷まそうと行儀よく吹いた。――「なるたけ長く起きていたいな。知りたいことが山ほどあるし――たとえば、なにが起きているんですか？」

ステラは髪の毛の白髪のすじに指を走らせた。「どうしてなにかが起きたりするの？」

彼は不自然でない驚きの目で彼女を見た。「僕はただ」彼が説明した。「あなたがこの前書いてきたから」ここで言葉を切り、視線をトレーに注いだ。「母さん、僕はあなたが言ったと思って――」

「――なにを？――」

「――食べるものがなにもないと。だったら、あの三つのビスケットは何なんですか？」

「ああ、あなたのよ、当然だわ。でもカビてるかなと思って」

ロデリックは試しに食べてみて、落ちたくずを胸から摘み上げた。「ここにいたのは誰なの、僕の知らない人でしょ？」

「いつ？」

「いまさっき、今晩、僕が電話したときさ。相手がいる声で母さんはものを言ってましたよ。聞いてわかったんだ。興味のある新しい友だちができたんですか？」

「いいえ。あれはただのハリソンという男よ」

「葬儀のときにいた男だ――なんの用事で来たんですか？」

「私に会いに来ただけよ」

「でもあなたは彼はセールスマンだと言ったのでは？」

「そう言ったのは、そんな印象だったから」

「とにかく、今日は日曜日だから、彼は一日休みを取ったんだな。もしセールスマンじゃないなら、彼はなにをしているんです？」

「ロデリック、あなたの任官はどうなったの？」

ロデリックは肘の下でクッションを按配した。「どういうこと？」彼が言った。

「なにも聞いてないの？」

「もし聞いてたら、僕が驚くよ。どうして僕が？　昇進して衿線が一本増えたりしたら、それこそ驚いちゃうよ。――ええ、フレッドは、一ヶ月前に昇進しました。お気持ちはわかります。ほんとに、ほんとに、ごめんなさい、母さんの兄弟のようでなくて、でも、それが現状です。本気で努力して頑張ってもいいんだ、もしあなたがそうしろと言うなら、だけど、僕が思うに、陸軍はあなたの頃とはだいぶ違っていて――あらゆることがほかの事で決まるみたいなんだ。言わせてもらえば、僕は、モリス山荘に落ち着いたら、『大尉の殿さま《ザ・キャプテン》』として知られたいな。しかし、その前に相当量の水が橋の下を流れないといけないんだと思う」

「あなたの任官が気になってね。ロバートにも話していたの――」

「ああ、そうだ。ロバートはどうしていますか？　元気だといいけど？」

「とても元気よ。この週末は母上のところに」

「僕みたいだ」ロデリックは楽しそうに言った。しかし、この年上の男のことを思うと、ロバートのガウンを着た自分の体全体をつい不安そうに見下ろした——コーヒーをこぼしたことが気になっていたが、はだけた胸に一筋流れただけだとわかってホッとした。彼は不思議だった、なぜ母は自分の任官について質問して来たのか、それもいきなり——それは彼女が原則、最も遠回しに訊いてくるか、ほのめかすだけの話題だったではないか。その物腰から見て、母がそれを強く感じながらも、ほかになにかがあるのがわかった。任官は、今このとき、気分転換ないしは無意識の報復という働きをしている——母は彼をじらせ苛立たせるためになにかを言ったが、それは彼が、どこかで、彼女をじらせて苛立たせたからだ。だとしたら、なんだ？　彼が見上げたそのまなざしは、こと母親に関しては、知的な思索というよりは、若い獣が密かに本能を働かせているかに見えたが、ロデリックはステラをじっと見た——彼女は彼がさっきボートと呼んだソファの上で位置を少しずらしていた。

空想の現実味は、部屋の非現実性より好ましかった。ボートのなかだったら、日光と空気と水と向かい側にある顔と遊んでいるだけで幸せだ。ソファの上では、欠けているものに囲まれているだけ。このソファは壁に沿って置かれ絨毯の上にあるだけで、周囲の環境に欠けていた。空襲のあと路上に捨てられたか、洪水で見知らぬ浜辺に押し流された家具みたいだった。彼が母のもとに帰還したのは、もっといいものを乞い求めてのこと——出会いとして、これは自然さを掻き集めなくてはならず、本来あるべきなのがその自然さだった。しかし、周囲の事物からは、なんの思いやりももらえなかった。なじみの音楽が待っている、ことにこんなときには、それが一番望ましい。愛は孤立させられて、空白に話しかけるしかないのを恐れている。はじめのうち、愛は話すよりも聴きたいのだ。恋人同士であっても、こう感じている――いったいどれだけ多くの情熱がホテルの部屋によって消沈させられずにいられただろう？――母親と息子の間では、当たり前のことをなにひとつ共有してこなかったので、不当な緊張感をもたらしていた。ロデリックがクッションにあれこれ手間取っているのは、少なくともクッションには順応しようというのだった。ステラとロデリックはふたりとも、それぞれ形は違っても、今宵は、いま彼らが持っている生活能力を超えたものになると感じていた。彼らは、本来のあるべきやり方で、今宵を過せたらと願っていたのかもしれない。

ふたりは人間であること、そして母と息子であることが内に秘めている偉大さを感じていた。彼の帰還は、尊い書物の一章として付け加えられるべきものだった、彼ら自身のことよりももっと偉大な主題を持つ書物の一章として。必ずそうなるはずが、彼らのヴィジョンが邪魔をした。神のヴィジョンにあっては、そうした一章がありえたかもしれない。彼らに関していえば、あらゆる消費に加えて、感情のほとんどすべての消費量に関する禁止、制止、用心が彼らを制限した。警戒心が詩文を追い払った。感じるのをためらっているうちに、もはやなにも感じられなくなる瞬間が来る。これは戦争のせいだろうか？　一日ごとに、一晩ごとに、存在がどんどん流出していた――誰もが、自分自身が、ある瞬間とか今夜のようなある出会いによってのみ、なにが起きているかを意識させられているのだ。

ステラとロデリックはとても親密だったので、この本能的な喪失感が相手に通じてしまい、親密なだけに正直になり、芝居をすることができなかった。この問題が彼らだけのものだったら、取るに足らずとして打ち消すこともできただろう――ロマンチックに似通ったふたつの性格のロマンチックな気の迷いとして。しかしそれではすまなかった。それは、彼らのなかでは、世界が貧相になったしるしだった。ふたりが発言することはどちらにもさほど残されておらず、ふたりはいま座っているこの部屋にいてもなにも語らなかった——以前であればミステリアスな羽ばたきが、燃える暖炉の火が羽ばたくように刻々と生まれていたのに、いまは停止したように思われた。電熱器の現実の炎が、垂直に並んで立っている熱い唇のように、部屋の誰もいない一角に向かってにやりと笑っている。半分から上が影になった部屋の、スタンドの光が当たる少し上で、二枚の写真は生気のない黒ずんだ二個の四角形になっていた。カーテンのマスクで覆われた窓の外は、その下を走る街路がもうひとつの街路に車もろとも走りこんでいて、灯火管制の静寂を聴覚が感じ取っていた。

それは不完全な静寂で、音声に反抗しているだけだった——ロンドン内部の緊張が襲撃され、繰り返し襲撃されながら、破壊されるまいと反抗していた。聞こえようが聞こえまいが、この戦時の街はアイドリングの音を立てているようだった——この一角から、この目の前の街路から、私用で運転している車の走行音が消えてしまっても、周辺部では四六時中ざわめきがあり、生活必需品を運ぶエンジンの音が途切れることなく環状線を通過し、環状道路へ抜けていった。それで全部ではない。一度か二度は目の前の聞こえる場所でタクシーが一台、戦火をかいくぐるかのように走り去った。

部屋にはもうひとつ足りないものがあった。時間の感知だった。このなかでは時間と季節から感覚が切り離され、時計だけがものを言っていた。一日はステラが作りつけのブラインドを下ろし、その上に防音カーテンを引いた瞬間に過ぎ去った。その代わりをするものはなにもなかった。隙間はすべてふさがれていた。暗闇はかけらも入ってこなかった——部屋は、人工的な光で封印され、誇張され、感情よりも知性に訴える状態にあった。

にもかかわらず、なにかが起きた――書きもの机の上の鉢に活けた薔薇の一輪から花びらがこぼれて、一枚一枚、机から引き出した台の上に置いたステラの手紙の上にはらはらと落ちた。ロデリックが見ていた。彼女は振り向いて彼がなにを見ているのかを見て、自分も見た。そして言った。「あれで思い出したわ――カズン・フランキーの弁護士から今週、手紙がさらに三通来たの。あなたに見せないと。まとめて返事をしておきました」

「すみません、僕がまだ未成年で面倒でしょう」とロデリック。「だけど、それは時間がくれればいいことだから。まだなんでしょ」彼はソファの上に身体を起こして訊いた。「サインをしなくてはならない大事なことは？　いつ僕が所有者になるのかは、まだわかりようがないんでしょう？」

「この分で行くと、あなたが八十歳になる頃かしらと思ってしまう」

「フレッドが言ってたけど、もっと簡単に行く事例のはずだって。――まさか一日中僕のことで手紙を書いていたんじゃないでしょうね？」

「いいえ、そんな。ほかにも何通か書いたのよ――長いのをあなたにも書いたわ。ただひとつ心配なのは、あなたが来るのを知らなかったので、今日仕事を休んでしまったことなの。明日は働かなくちゃいけないのよ。あなたはどうする？」

「ああ、いや、それは仕方がないさ。母さんが日曜日に自宅にいるほうがずっと自然に見えるし。――じゃあ、手紙を書いている途中で、気の毒なミスタ・ハリソンが来たんですか？」

「どうして『気の毒』なの？」

「だって、まず飲みものすら彼に出さなかったようだし、とにかくグラスがどこにもないから。あなたが彼を好きじゃないのか、あるいは彼が禁酒主義者なのか？」

「ええ、好きじゃないの」

「それでも」ロデリックはそう言って、なにか考えながら暖炉の上の灰皿のほうをちらりと見た。

「彼は延々と居続けたんでしょ。あなたによほど魅了されたんだね、母さん」

ステラはコーヒーのカップを下に置くと、ソファから離れ、モリス山荘の手紙のことでなにか言い、書きもの机のほうに行った。払いのけることが急務であって、ロデリックがいることが無意識の助けになり、部屋のその場所、つまりハリソンに話を聞かされ、無理やり座らせられていた場所の不快感を克服したかった。そこに肘をついて話を聞いていた書類や手紙までもが、汚染されたような気がした。それに、タイプの紫色の活字で書かれた言葉は、話を聞いている間中、視線がしばしばとまったもので、いま見ても体がすくんだ。さらには、それらの書類が荒らされたふしがあり、その午後に彼女が置いたままの状態ではなかった——ハリソンは、疑いなく、彼女が電話に出ているすきに、それらにさっと目を通したのだ。彼女は一切合財を燃やしたかった——麗しい花の生涯の終わりにここに落ちてきた薔薇の花びらを哀れみながら、彼女は台の上から花びらを払いのけ、その勢いで、さらに花びらが散った。

「でも、母さんには明日の晩は会えるんでしょう?」ステラは彼がそう言うのを聞いた。

ロデリックがもう一晩ロンドンにいることは、無論、ロバートのほうを延期することを意味した。彼女はふと感じた、もしロデリックのことがなくても、自分のためになにかほかに延期の口実を用意したかもしれないと。ロバートとまた会う前に、考えておかなくては——しかし考えるには、自分はとりわけ力不足だ。したがって、現に彼にまた会うとなれば、ちゃんと考えてからにしないと？　そうなると、彼とは二度と会わないかもしれない。

「遠路はるばるロンドンまで来るなんて、どういうことなの？」ロデリックは追求し、ステラが座っていた場所に自分の足を組みなおした。「彼は喉が渇いただろうと言いたかっただけだけど」

「誰が？　ハリソンが？　いいえ、彼は公園で楽団の演奏を聞いていたの」

「あれ、ここの人たちって、日曜の晩はまだそんなことやってるの？」ロデリックはこう訊いて、市民生活について情報を収集したそうにした。「でも、それも中止になるでしょう。冬がもう来るから」

「ええ、冬がもう来るわ」彼女はそう言いながら、彼に見せるべき手紙をなんとなくいじっていた。

「もう冬ね」

「あれはもうほとんど最後の薔薇でしょ」彼は二十歳に特有な哀調をおびた悦びをこめて机のほうを見た。「母さん、そうやって振り落とさないほうがいいと思うな」

「まだやっと九月よ」彼女はきっとなって言った――「ほら、これ読みたい？」

彼は弁護士の手紙に手を伸ばしたが、ただこう言った。「じゃあ、彼は音楽好きなんだね？」

「まったくもう、ロデリック――ハリソンのことばかりだらだらと！　いったいどうしたの？　私が彼にはうんざりしているのがわからない？」

「じゃあ、どうしてフラットまで来させたりするの？」

「人が来るのよ、わかってるでしょ」

「人は屋敷にならよく来るけど。フラットは人が続けて来るところじゃないと思う。それがフラットの利点だって、いつかあなたが言いましたよ」

彼女はまたソファに座り、クッションをひとつ乱暴に取りもどすと、無意識にそれを盾のように抱え込んで言った。「意地悪をするために大きくなったんじゃないでしょうね？」

彼は滅多に腹を立てることがなく、いまも腹を立てていなかった。「だけど、僕はいつもあなたに関心があるんだ、母さん。昔はあなたの友達はほとんど知っていたか、少なくとも話には聞いていたから。ときどき彼らはどこにいるかなと思うんだ」

「じゃあ、みんな過去形でくるつもりなのね？」

「いや、違いますよ」ロデリックはそう言って、また驚いていた。「あえて言うなら、過去形になったのは僕ですよ」彼は寝る支度に入り、横になると、両腕を胸の上で軽く組んだ。あくびをした後、口元を少し開いたまま、頭を仰向けて、逆さまになった天井の奥行きを見つめた。「毛布があるって言ってたけど……？」

彼女は彼を見つめて繰り返した。「明日は本当にごめんなさいね」

「寝ることにしようかな、うん」彼はそう言って、われ関せずという様子を見せた。

「でも明日一日中は――寝てられないでしょ？」

「わかってないな、どんなに僕が寝ていられるか」

「すごく無駄なんじゃないの」

「なにが無駄なの？」

彼女は確信がなさそうだった。「無駄なのは……」彼女はまたそう言って、一瞬目を閉じた。そして身体をもぞもぞさせてから言った。「お友達はどうなってるの？　たとえばデヴィッドなんか、先日通りを横切ってきて、あなたがどこにいるか訊いてましたよ。ハティも見かけたし、バスの二階に乗っていて、とても素敵だったわ」

「デヴィッドにもハティにも反感なんかないけど」ロデリックは穏やかに言った。「ただ僕から彼らに言いたいことはなにもないんだ」

「向こうはそんな予想はしていないんじゃないかしら」

「そんな予想をするわけないか？　予想するべきなんだ。フレッドは予想してくれている」

「ああ、そうなの」母が言った――。「あなたがもし目が覚めたとして、お金はあるの？」

「いや、それが問題なんだ」彼は認めて、眉を寄せた。「あのね、それが問題かもしれないんだけど――つまり、僕が言いたいのは、もしできたら――」彼は、今夜初めてなにか言いよどむ様子を見せた。「でも、ダメかな」彼は続けた。「想像がつかないんだけど、よく考えてみたんだ、明日の晩、ディナーに出られそうですか？……もしできたら、あなたと僕でどこかに行って、すごいご馳走《ブロウアウト》にしませんか」

「ロデリック、それほど嬉しいことはないわ」この返事は、いつも自然だったが、この場合は、脅すように本物だった。夢のようだ――現実にはどのくらい続く夢だろう？――こうして欲望が逆に返ってくるなんて。「あてにしていいのね」彼女は言った。「あなたがその頃には起きているって？」

「うん――さてと」彼は言ってため息をついた。「これは素晴らしいや。そうなると、ローンをお願いできたら嬉しいんだけど」

ロデリックが子供だったときからはっきりしていたのは、彼との友情関係は一方通行に限られるということだった。人に会うか会わないかの基準は明らかに本人の出たとこ勝負。行儀よく快活に応対したが、それが間違って受け取られて、彼を喜ばそうとか彼に好かれようという努力を招いたりした。ステラは、気に病むほどではないが、関心を持ったものについて希望的コメントをしようとする彼の愚かしさを了解していた。もし彼が、ハリソンが主張したような人間で、虚栄心がなかったら、それは人間関係において彼をいっそう受身にするだけだ。彼が新しい話を聞きたがるのが新しい友人関係を求めているように見えたとしたら、ロデリックではなく騙されたほうが悪いのだ。彼は好感と好奇心をカップルにして事件に対応しながら、自分が巻き込まれるのはごめんだった――というよりも、巻き込まれるなんてありえないと確信していた。一般的に見て、彼は目の前で起きている事件の味方に立ってきたが、すでに起きたことはもっと完璧であって欲しかった。これまでのところ、彼のハートは居場所から動いたことがなく、それは動くものに引っ張られたことがなかったからだ。彼の注意力は、全体として、まだ臆病で、まだ数に入っていなかった。いままでのところ十分に用いられたことがなかったのだ。彼の動機の数々は奥深いと呼ぶには直接的でありすぎた。彼は家族のお茶に出かけるのが好きだったが、その家族は小川が流れている庭を持ち、刈られていない草地には仮想上の蛇がいて、なんらかの収集品が飾り棚に並び、お化けの出る部屋、鉄道の模型、変な叔父さん、秘密の引き出しのある机があり、彼はそういう家族の子供たちと仲良くするために、阿《おもね》るような、粘り強い、下手に出る方法を取った――とはいえ、計算づくで愛情を求めているとして彼を非難するのは当たらなかった。

　ステラはなんであれロデリックにひとりっ子臭さがあることを非難できなかった。ひとりっ子にしたのは自分のせいでは？　ひとりの子供として彼が人間たちよりも物や神話のほうを好んだとしても、それは、おそらくほかのどの子供とも同じだった。彼女が形にならない不安を抱きはじめたのは、彼がこの段階から卒業しないからだった。前は大人びて見えたのに、いまは年の割には幼く見えた。彼女の心配は自責の念と混じり合っていた――もし彼が世界を重要視するようになったらどうなるだろう、彼女が、自ら、今世紀の道具として、彼から奪い去ったその世界に？　彼は、たとえば、有機的な家族生活を評価しただろう。彼女は彼に父親を失わせただけでなく、自らを（息子もともに）彼の父方の親戚すべてから引き離してしまっていた。それに、彼女は見てわかっていた、ロデリックは社交について、抽象的であれ、高い理想を心に抱く時期に来ていることが――彼が赤ん坊だった頃、ステラは絵が付いた扇子を開いたり閉じたりして彼を喜ばせたことがあり、上流社会《ボウ・モンド》の人々が仕草や花輪でつながって群れたり立っていたりするその絵柄を、彼が内なる視界から消したことはあるまい、とも憶測していた。もろい象牙の骨の上に張られた扇子は、いまは閉じられたまま。母と息子がその幻想をふたりの話のなかで描き出せたら彼はとても幸福なのだ、と彼女は感じていた。

　そう、彼にとって、人々のなにがいいかというと、彼らが配置されている秩序だった。彼が形式をそこまで理想化していることが、最近、母親を不安にしていた。しばらくの間彼女は、思春期になれば、彼がさらに難しくなりはしても変人ぶりは減るものと思っていた――陸軍に入ってもまだ変化はなかった。それより前に彼女が見てきた彼は、形式なしに好き勝手に振舞う人々だけでなく、彼の見方からすれば、もっととんでもない人々とも出会っていて、彼らのほうの理由で自分が好かれることを期待していた……。それ以来彼女が感じ、感じていると信じていたのは、ロデリックは変わるべきだということと、いかに愚かしい不安であるかはわかっていても、陸軍が彼を変えてくれるな、ということだった。

「ええ、あなたの休暇なんだから、ダーリン」彼女は言った。「好きになさい」

ロデリックは母親がまだ毛布についてなんの手も打っていないことを絶対に気づかせたくなかった――だが自然が代弁してくれた。くしゃみが二回出たのだ。これで母は飛び上がった。彼は組んでいた腕をほどいて尻の下のクッションを手探りし、ソファの割れ目に手をやり、ハンカチを探した。しかしなにも出て来ない――「待って」彼が言った。「もしかしたらポケットのなかかもしれない」彼はすべすべしたガウンのポケットに手を突っ込んだ。なかで音がして、手が少なくともなにかをつかんだ。ステラと彼はふたりで、かさかさとこすれ合う紙の音を聞いた――紙は、ずっと前に畳まれ、長い間畳まれていたのでパルプ状になり、体温の近くで絹布のなかにいたために柔らかくなっていた。ロバートのポケットから聞こえた音に、ステラはどきっとした。その瞳は押さえ切れない激情をたたえ、息子の瞳を探っていた。「書状かな？」ロデリックはなんとなく言った。彼は書類をつまみ出し、手に持って横になり、じっと見つめ、あっけらかんとしてそれをくるくる回した。

「あなたのじゃないでしょ」彼女は鋭く言った。「もとに戻して」

「あるいはあなたが預かったほうがいいんじゃないの？　また落ちるかもしれないよ」

「いまは落ちたんじゃないわ」彼女はやむなくそう言った。

「だけど、落ちるかもしれないでしょ。そんなの誰にもわからないよ」

彼女が言った。「いったいあなたはなにが言いたいの？」

「あのさ、誰にもわからないでしょ、ほら、誰がなにを拾うかなんて。それに、ロバートがやっているることはとても重要なんでしょう？」

彼女はわざと気楽そうにほほ笑んで、彼から書類を取り上げ、すぐにも破ろうとした。「ちょっと！」彼は説得に努めた。「これはあなたのものでもないでしょ」

「たいしたものじゃないわ」

「でも」彼は真面目に言った。「取っておく価値があったんだよ」

「古いバスの切符だって、空っぽのマッチ箱だって、二ポンド十一シリング三ペンスで買ったもののレシートだって、電報が入っていた封筒だって取っておくわ」

「でも、やはり、一目見たほうがいいと僕は思う」

「そう思う？」彼女ははぐらかすように言い、二重折になった、へりが汚れた紙を両手の親指と人差し指の間に挟んで持った。彼女はロデリックの視線が、宙ぶらりんの、感動のない好奇心をたたえて、自分に注がれているのがわかった。いままでのところ、ふたつの愛情を区別するには当然ながらためらいがあったので、彼女は自分とロバートのことをロデリックがどう思っているか、どう思っていないか、それを自らにもロデリックにも問いただささないままできた。もしかしたら、ロデリックはなにも考えないようにうまくやってきただけかもしれない。もしそうなら、いまがふたりにとって重大局面だった。有名な試合をなにも知らずに見ている観客が、得点を数えてルールの要領をつかもうとしているように、息子は彼女がこれからなにをするのか見せてもらおうとしていた——そして、明らかに、愛情という特権がどこまで行くものか、それを学ぼうとしている。彼が見ようと身構えていたのは、ロバートのポケットから出てきたこの紙が重要なのかどうか、彼女の物と言えるくらい重要なのかどうかだった。たいへんなヘマをやったもんだ、紙を破ろうといういまの茶番劇で、事態はむしろ土壇場に来てしまった。礼儀正しくやってきて、彼女とロデリックの間にあった甘美で永続的だったもののすべてが、この瞬間に正体を現したようだった——その一瞬彼女はとうてい礼儀に配慮することができなかった。

彼女が親指と人差し指の間に挟んでいるのは、ダイナマイトだった。自分がこの紙に怖気づいていることが——どうなんだろう、ロデリックにもわかるだろうか？　秘密めいたふたつ折りにした青灰色の便箋の半切れは、疑惑の集合体になっていた——罪悪、私の罪悪、卑劣さ、私の卑劣さが寄り集まっている。彼女はなにがあり得ると感じたのか？——そして、いまなにがあり得るか？

ステラは、ほほ笑みながら、程度の低い同世代人を相手にしたようにロデリックに言った。「女性から来た手紙、ということだってあるでしょ」

彼は無邪気に言った。「あれ、僕はそうは思わないな、ほんとはどうなの？——違うな、会話を書き留めたものじゃないかな」

「でも、どうして会話を書き留めなくちゃならないの？」

「いや、だって、母さん」彼は大きな声で言い、ソファの上で身体を起こし、さらに主張した。「会話はこの戦争では主役ですよ！　それくらい僕だって知ってるさ。あなたと僕がやらされているのは全部、すでに話された何事かの結果なんだ。会話なしにどこまで行けると思っているんです？　それに母さんは本当に推測もしないんですか、ロバートがいる場所で、誰かが会話について会話をしているんじゃないかと、仮に彼が自分では会話なんかしていなくても？」

「はい、はい、よくよくわかりました。彼はきっとそうでしょうね」

「となると」ロデリックはそう言い、気をよくしてまた横になった。「彼は要点を書き留めるように言われているかもしれないよ」

彼女は、しかし、宙を見つめたまま、突然質問した。「あなたは言われたことを信じるの？」

「なにを言われたかによるなあ、それに誰に言われたかも」

「当然ね。でも、一般論としては？」

「ああ、僕はあまり言われたことがないんだ。事実、フレッドが言うように、なにか言われると、これは臭いぞとなるんです。自分で見つけたことをもとにして進め、と彼は言うんです。もしあることが真実だったら、自分の目で見れば、一マイル先からわかりますよ。だから、誰かがわざわざなにか言いにきたら、フレッドが言うには、そいつは腹に一物ありと踏んだらいいと」

「あなたが言われたことが、あなたの知人のことだったら？」

「そのときは、人からなにか言われたりしないでしょう？　もし僕がある人をちゃんと知っていれば、そのことはもう知っているんだから、と思うのが普通でしょう。僕が言われたことが真実だとわかっていたら、それはもう僕にとってはニュースじゃない。もしそれがニュースであり、それが真実だとわかったら、僕はその人をちゃんと知っていなかったととるしかないと思うな」

「ずいぶん簡単な話ね」

「なに、簡単な話なんですよ。ええ」しかし彼は、自信なさそうに考えながら、ステラの顔を見て言い直した。「ダメですよ」彼は母親に警告した。「複雑なことで僕から答えをもらおうなんて――僕は誰のこともよく知らないんです、あなたとフレッドのほかは」

「きっとフレッドなら紙切れ一枚をどうするか、知ってるわね?」

「一番いいのは、出てきた場所にこれを戻すことかな?」ロデリックは、猛烈な勢いで長いくしゃみをひとつして鼻をすっきりさせてから、付け加えた。「僕がなにをしていたかというと、ハンカチを探していただけさ。しかし運がなかった。――あなたのを貸してくれませんか? 頭文字《モノグラフ》が付いた上等のやつでないのを」

彼女はうなづいた。そして急いで紙切れを開いた。そしてそこに書かれていることに、やや漠然とした、冷静な、非常に事務的な態度で目を通した。「なんでもなかったわ」彼女が言った。「さっき思った通りよ」そしてだるそうに手紙を横に裂き、さらにだるそうにもう一度横に裂くと、立ち上がってドレスにこぼれた紙屑を床に落とした。

「紙屑籠が要りますね」ロデリックが言った。

しかしステラは、ハミングしながら歩いていき、毛布とハンカチを持って戻ってきた。彼女は毛布でロデリックを覆って夜にそなえ、彼は鼻をかんだ。セント・メリルボン教会の時計が十二回打つまでに、ソファは独り寝のベッドになっていた。ここと隣の部屋を分けるドア越しに、彼はまだ意識の表面にいて、うつらうつらと漂いながら、母親がのろのろと動き回り、真珠のネックレスがガラス張りのテーブルの上でかちゃかちゃと音を立て、そのテーブルの上に小さなピンや容器の蓋が落ちるのを聞いていた。彼女は靴を蹴って脱ぎ、ドレスを戸棚の棒のハンガーに音を立てて掛けていた。間もなく彼は、聞いているのか夢で聞いているのかが、はっきりしなくなった。母が優しく言ったのか言わなかったのか、「ロデリック?」と。――しかしなぜか彼は目を開いた。彼女は電気スタンドを点けて、彼のそばのスツールの上に置いていた。天井に映った波紋のような円形が一瞬揺れて震えたように見えた――こうして地面が揺れる話が始まる。しかしこれはたかがロンドンがいつもの眠たげな身震いの発作を起こしただけ、そのこだまが彼のくつろいだ手足を駆け抜けた。

スタンドの明かりの笠がまぶしく射す位置が彼の目の高さだった。その先は彼本人の眠りの波が部屋にあるものすべてを水面下に押し流し、ぼんやりと滲ませていた。手を伸ばしてスタンドを消せばいいのに、彼はしばらくの間横になってそれを見つめ、麻薬をやった人間のような至福の無力感を味わっていた――だがついに、悲鳴のようなため息をついて身体を持ち上げ、顔をソファの背に向けた。そして細かいゴブラン織に額を押し付けて眠りに落ちた。

隣の部屋では電話が一回鳴るだけの時間を与えられた。ステラが低い声で早口に答えた。「戻ったの?」彼女が言った……「ねえ聴いて、いま話せないの。ロデリックがここにいて、眠ってる――と思うの……私だって知らなかった。今夜来たのよ……。四十八時間休暇で」

四

ロデリックはハリソンを葬式にいた男として正しく記憶の棚にとどめていた――カズン・フランシス・モリスの葬式だった。四ヶ月前のあのときにステラは初めてハリソンに会った。喪に服した小さな家族のなかで誰も彼を知らなかったし、彼が誰なのか、どうして彼がその場にいるのかも知らなかった――葬儀は身内だけですませるはずだった。侵入者は、黒っぽい背広を着て、彼がひとりで占領した家族座席のひとつは教会の後部に当たり、親族が並ぶ座席の最後の列から少し下がったところにあった。その後、一行が三々五々墓石のそばを離れ、屋根付きの墓地門《ライク・ゲート》をくぐって村の通りを進んでいくと、その行列の尻尾についている彼が見受けられた。ステラが最初に見た彼は、ちらっと後ろを見たときの、墓石の間を鶴のような足取りで歩いている誰かだった。行列がホテルに着くまでの間、ホテルでは個室で立食ランチの用意があったが、小声の話し合いから浮かび上がった意見は、あの男はこの葬式をフランシス・モリスではない誰かの葬式と勘違いしたのだというものだった。見当外れな印象のもとで彼が敬虔な義務を果たしていると思うと、気まずい空気が流れた。彼に言葉をかける者はいなかった。

ステラはハリソンの存在が引き起こした騒動がむしろありがたかった。その日は楽な日ではなかったからだ。その日にあったことは、この新しくできたベッド・タウンの中核に位置する旧世界までの列車の旅と、一度は義理の親戚だった人々に顔見せしなくてはならないことだった。彼女は彼らに会ったことがなく、彼らは彼女に会ったことがなく、それも短い結婚生活の惨憺たる結末のせいだった。彼らは彼女に対して冷ややかな思いでいる理由がいくらでもあり、そしてこの日、まずは、その思いのままだぞという証拠を見せた。

彼女は葬式に出るつもりはなかった。別れの挨拶をカズン・フランシスには、新婚旅行の終わりにアイルランドの彼の家の階段のところですでに交わしていて、それを最も幸せな最後の挨拶として残しておきたかった。彼の死の知らせは、歓迎したくない思い出を揺さぶられただけだった――彼に対する彼女の憂いに満ちた、むしろ罪悪感の残る感慨は、人が死者に対して抱くようなものになってもう久しかった。現実に死んだことで彼はまた生き帰った――眼窩に沿って迫ってくるガラスのようなまなざし、親切で野性的な笑顔、そしてもじゃもじゃの胡麻塩色の口髭までもがそのままに。あの仕草と抑揚のある声とが、もう繰り返されず、耳にすることもなくなったという事実のゆえに、その特徴が新たに甦った。ステラは生前のフランシス・モリスとは完全な没交渉になっていた。彼がイギリスにいたことすら、彼がこの場所で急死したと聞くまで知らないでいた。

彼女が葬式にやってきたのは、弁護士の手紙に、すでに決まった葬式の段取りが知らせてあり、手紙の最後に彼女が息子とともに葬儀に出たほうがいいとほのめかしてあったからだ。ことはどうあれ、彼女はその招待が意外だった。それでも彼女が出て来たのは、カズン・フランシスその人が、その他のアイルランド人同様、たゆまず、感情をこめて、葬式に出る人だったからだ。ステラが彼の家に滞在した間に三度、彼は出かけていき、トップハットをかぶり、全身カラスのような黒ずくめで、何マイルとも知れぬ彼方へ出かけていった。不公平、といっても彼の死がではなく、彼の死に方と死んだ場所の不公平さに彼女は心動かされ、心を痛めた。戦争で彼の遺体をアイルランドに戻すことは実現不可能だった。祖国に帰れば、彼の葬列は一マイルの長さにもなっただろう——彼は敬愛された地主だったから。だが死は隣人のないこの場所で彼に不意打ちを食らわせた。しかも生き残っている彼の親戚はイギリスのどの場所にももうほとんどいなかった。発作と死去が数分のうちに起こり、彼の弁護士——というか、彼のダブリンの弁護士のロンドンの代理人——は、電話で知らされて、処理にあたり、カズン・フランシスにとって最大の社交行事となるはずの一日として、地味でささやかな段取りを二、三つけた。喪主はいなかった。従兄弟同士という不明確な関係の上位にくるような人はひとりもいなかった。優先順位のない気まずさが参列者の間に次第に高まっていた。筆頭者が欠けているだけでなく、哀しみの核もなかった。彼らは羊飼いに従うように弁護士の指図通りに動いた。

カズン・フランシスが心臓麻痺のためにウィスタリア・ロッジで死去したのは、厄介きわまる事態だった。あらゆることをひた隠しにする必要があった。トリングズビイ博士夫妻がここで預かっている、もの静かな、未登録の六人の精神症患者の平静を掻き乱す恐れがあり、そのうちのひとりネティ・モリスは、死んだ男の妻だった。この恐るべき出来事は、トリングズビイ夫妻の見舞い客を受け付けないという偏見を強めた。戦争を理由に、彼らは数年間フランシスをうまく遠ざけていた。彼はきっと動揺をもたらすと彼らは感じていた——事実、その通りだった。幸いなことに、事態はいち早く片付けられ、その間、愛すべき人たちは自室にいるように仕向けられた——最初に部屋を抜け出した人は、応接間に立ち入る前に、誰かが天国に行ったと教えられた。カズン・ネティは、手芸や工作で忙しく、なにも期待せず、なにも推測せず、なにも言われなかった。彼女はカズン・フランシスが来ることを忘れただけでなく、ときどきやってくる幸福な期間を楽しむときに当たっていて、夫がいることすら忘れていた。

カズン・ネティは元のままが一番よかった。天国が彼女のために介入してくれた、というのも、彼女は夫と顔を合わせると、夫が私を連れ出しにきたに違いないと思うからだった。そうなると、海を渡らなくてはという恐怖が強烈に戻ってくるのだ。ウィスタリア・ロッジに入れられたままなんの邪魔もなく何年も過ごしてきたので、トリングズビイ夫妻も確信していた、彼女はいまや、元の彼女自身になっていると。おそらくいまほど幸福だったことはなかっただろう。カズン・フランシスが見舞いに来るとなると、ネティのよき友人たちは夫妻の仕事が無駄になると予想した。なににつけ、この老年の男の頭の硬さときたら、いわば——いまやそれも終わったと彼らは思った——その急死以上に、誰にも説明できなかった。検死によってこのふたつめのほうの急死の理由は明らかになった。しかし、最初のほうはなにひとつ理屈が通らなかった。一、二ヶ月前までの彼は患者の理想的な夫だった——別の場所にいて、音沙汰なく、きちんと支払いをしてきた（弁護士を通して）。どんな見舞いであれ、トリングズビイ夫妻の意見によれば、完全にうまく行く期待が持てるはずがなかった。カズン・フランシスの訪問は、タッチの差で、ウィスタリア・ロッジの大失態になるところだった。しかし、彼に死が訪れ、それも応接間で訪れたので、彼が階段に足を乗せて哀れなネティの部屋に行く前のことだった。

タクシーが一台、カズン・フランシスがまた駅まで戻るためにしておいた予約に応じて、彼の遺体を引き取りに来た救急車のすぐ後に到着した。どちらの車両も患者たちの部屋から漂ってくる蓄音機の音楽に迎えられた。今月は、この家に名前を与えた藤の花が開花して、紫色の房がクリーム色の漆喰の玄関に咲きこぼれていた。昼下がりの太陽が応接間の窓に取り急ぎ引かれた青いカーテンに射していた。ドクタ・トリングズビイは、近頃患者をドライヴに連れ出す手配が難しくなっていたこともあり、タクシーが無駄になって帰っていくのを見ていらいらしていた。カズン・フランシスの輸送がやっと終わると、トリングズビイ夫妻は座り込んで、互いに顔を見合わせた。これが合図になり、なにがあってもこれ以上なにもしないぞという気分が夜明けを迎えた。彼らはすでに死者の弁護士に電話をしていた。前から連絡を取っていた相手でもあったので、カズン・ネティのための段取りのすべてをその弁護士が取り仕切ることになり、彼が事細かに出してきた費用を、夫妻も負けじと目くじらを立てたあとで支払った。弁護士は夫妻を高く買っていて、彼らも彼を高く買っていた。頼りになる弁護士は彼らの主旨を理解し、ウィスタリア・ロッジ「から」葬式を出すことは、いかなる条件の下であれ、あてにするなどもってのほかと諒解していた。次の日、ミセス・トリングズビイは元気を出して花屋に電話をかけ、美しい花輪を注文した——カズン・ネティが送らなければいけない花輪、しかし彼女は教会で見ることは許されない花輪だった。ミセス・トリングズビイがカードに書いたのは、彼女はまた、ステーション・ホテルに頼めば軽い立食パーティができるのでは、という提案もした。思いがけず――また、感じよく――ミセス・トリングズビイは葬式に姿を見せた。さらに、彼女は患者のなかで最もしっかりした人をふたり連れてきて、悲しむ人々が悲しいほどまばらな列を水増ししてくれた。このふたりは、このほど死亡したある紳士の葬式だとだけ知らされていた。彼らは静かに楽しく過ごし、質問などなにひとつ出なかった。

カズン・フランシスがウィスタリア・ロッジを訪れるのは名誉の問題であって、単に頑固だからではなかった。イギリスまで旅してくる真の目的は、その国に戦争でなにかと奉仕することだった――彼自身の国が戦争を回避したことは手痛い打撃だったが、彼は打撃を受けっぱなしですますわけにはいかなかった。モリス山荘には情熱と義務感で縛られていたが、二年半の間、アイルランド《エア》が戦争不参加の決定をくつがえすのを待っていた。ドイツの侵攻という希望がその間の彼を支えていた――彼はモリス山荘への通路すべてに戦車壕を掘っていた――しかしそうした希望が先細りになると、彼は行動に出る決意をした。長く待ちすぎたように思えたくらい、いまやエアの国民がイギリスに渡航する際の規則は、手の打ちようもなく厳しくなっていた。あらゆるツテ、あらゆる人物に当たってみたが、気持ちは焦るばかりで、カズン・フランシスが上げた成果は、「同情すべき」根拠で出国許可が得られるということだけだった――病床にある妻を見舞うことを口実にして。訪問するなど真っ平だ、無意味だという思いを、この際見過ごさなければなるまい。トリングズビイ夫妻の手紙にある調子が嫌味に思えたが、内心、ネティはひとりにしておくにかぎるという彼らには、彼自身この上なく賛同していた。しかし、彼の六十五年にわたる歳月の間に、ウソの見せかけでなにかを手に入れたことは一度もなかったので、彼は、種々の事情から見て、ウィスタリア・ロッジ訪問を省略することはできなかった。アイリッシュ人の紳士の名誉心は厳格な支配者である――彼は苦い薬を丸呑みにして、ネティのことをただちに処置し、自分の時間を自分のものにしようと決めた。そこで――ロンドンのホテルで一日を過し、彼が自分の知人だと思っている有力者と、有力者ではないかと彼が思っている知人に手紙を書き、会う約束をひとつすませた――彼は翌朝、ロンドン周辺の一都市ホーム・カウンティに行く列車に乗った。この時期、何時間かロンドンを離れていれば、書いた手紙に成果の出る時間が与えられよう。もちろん、誰かが電話してきたら、残念なことになる。彼はそういう人たちには八時までには帰ると伝えるようにホテルに言い置いてきた。

こうした手紙の受け取り手たちは『ザ・タイムズ』のコラムを見て、面倒な返事をする手間が省けたことを知った。記事には「突然」という言葉があり、死亡した場所が秘匿されていたので、とある部署ではカズン・フランシスが爆撃で死んだという解釈をした。これは、敵軍の戦闘行為が激しくない月間に当っており、つい最近彼自身の安全な海岸を離れてきたばかりの老人には格別痛ましく映った。このほかの点では、どんな状況下であれ、名もない老齢のアイルランド人地主の死については、割くべき感情もさほどなかった。考えてみれば、未亡人は手紙を受け取れる状態ではなく、最後は安堵のため息が洩れた。なによりもありがたかったのは、葬儀は身内のみで行われるという記述だった。

ステラは時間と場所を知らされた少数の人間のひとりだった。弁護士の手紙は、彼女が戦前にいた住所から転送され、当日の前夜にやっと届いた——彼女はこれを利用して、ロデリックにわざわざ連絡する労を取らないことを正当化した。これほど切迫した通知では、母親の従兄の葬式だからといって、彼に休暇が取れるわけもなかった。彼女自身が休みを取るのもけっこうたいへんだった。とはいえ、彼女はやはり——列車に乗って半分ほどきたときにやっと気がついた——カズン・フランシスが死んだことをロデリックに知らせるべきだった。彼は少なくともひとつの名前であり、息子は名前というものを重要視していた——ただし、ロデリックとカズン・フランシスの唯一のつながりは、彼の屋根の下で胎内に宿されたということだった。事の真相に直面するとなると、彼女はその場に息子を同行したくなかった——自分がけんもほろろな扱いを受けたり、もしかしたら無視されるのを息子が目にするのは嫌だった。それに、あれが悪い母親と暮らす父親のいない息子だという、穿《うが》ったような目で彼が見られるのも望まなかった。いまも人を落伍者《デクラッセ》と見たがる世間を彼女は総じて無視してきたが、そうはいかないこともあった。

ひとりで行けば、涼しい顔で通すこともできた。列車が速度を落として駅に近づくと、彼女はハンドバッグの鏡で自分をさっと見て、うろたえない表情を作ってみた——必要とあらば、図々しい表情だって。彼女が着てきたロンドン仕立ての黒いスーツは、簡素で艶消し生地だったものの、なぜか喪に服している衣裳には全然見えなかった。そのほかの会葬者は、結局、彼女と同じ列車にはいなかったらしい。ほかの人はみな、十分間に合うように余裕を取ったのだろう。彼女は駅から教会へ行く途中で道に迷い、入り口に着いたのは遅れなかったというだけ、そしてハイヒールをこつこつ言わせて教会の中央通路を行くと、先に鏡を見てやった練習を裏切る色が表情に出て、頬を真っ赤に染めるのを感じた。数個の頭が半分振り向き、半分のままじっととまる。彼女はチューリップと白いライラックの花束を持参していたのに、カズン・ネティの花輪のほかにまだ飾るもののない裸の棺に、それを置くのが恥ずかしかった。

自分は誰なのか知られているために仲間はずれとなった彼女は、誰だかわからないために仲間はずれになっているハリソンに気づかないわけにいかなかった。やっぱりよかったんだ、と彼女は思った、ロデリックをこの件から締め出せて。

ところが、遺言状の内容を知ってはじめて、前とは逆に、自分が大いに間違っていたことがわかった。ロデリックこそが教会を出てきた頼りない行列の先頭を進むべき人間だった。ロデリックこそが孤独な墓穴の掘ったばかりの生土の入口に立ちはだかって、息子のなかったこの男にできるかぎり近づくべきだったのだ、その男はロデリックを世継ぎと名指すことで、彼を息子と定めたのだから。カズン・フランシスはモリス山荘とその土地をロデリックに遺していた――「願わくは」と書かれていた。「彼なりのやり方で古い伝統を遵守継続せんことを願いつつ」未亡人に生涯支給される信託金以外の財産は、すべてロデリック本人にきた。残るものも後日ロデリックにくることになっていた。大したものではなかったにしろ。

これは、もちろん、彼らがホテルに着いてはじめて、ステラが脇に呼ばれてから告げられたことだった。それまで弁護士は、牧羊犬みたいに動き回るばかりで、主催者の役割を影のように勤め、会葬者のまばらな列を右往左往し、思いついた挨拶をそれぞれに小声でしていた。集まりがまだ終わらなかったのは、どうやら、運行列車の数がますます減らされ、上りであれ下りであれ、誰もが二時間近く出発できなかったからだ。だから哀しみの弔問客をなだめる必要があり、とにかくうまく説きつけて立食のランチを長引かせるしかなかった。率直な話、ここにはおよそ観るものも鑑賞するものもなく、あるのはその教会だけだった――それもいまは、もうさんざん観た後だった。そこで、ともあれ、弁護士が言った――ミセス・トリングズビイは、地元をむしろ誇りにしておられ、道路に沿って見るべきものをあれこれと指摘していました、と。

メイン・ストリートはすでに無人になっていた。今日はもうなにも起こらないだろう。お昼前には家庭の主婦がわんさと出てきて、どの店もすっからかんになるまで剝ぎ取られてしまったので、なぜ店がまだ開いているのか自問する人がいたかもしれない。魚のうろこが一枚か二枚、魚屋の大理石のまな板にくっついていた。焼き菓子店のガラス棚には、色々と興味深いパン屑が陳列されていた。果物屋は長期にわたる空白を、ボール紙のバナナの箱と「勝利のために庭を掘ろう」というポスターを扇子みたいに広げて埋めていた。八百屋の木箱が泥だけ残して空っぽなのは、自分の庭をちゃんと掘らなかった人たちのせいだった。肉屋は紫色がかった得体の知れない肉の骨付き肉をぶらさげて、これは誰も買うまいという自信のほどを見せつけていた。牛乳屋は瀬戸物の牛一頭に限定していた。食料品店は、費用がかからない景気づけに、展示用の缶詰めとカートンの在庫が手つかずに取ってあった。菓子屋の窓には展示用のチョコレートの箱の上のリボンが色褪せていて、その回りに貼られた戦前のブロンド美人の切抜きにはハエの糞がしみになって付いていた。新聞のない新聞屋は怒り狂った赤いチョークで、マッチもないと書き出していた。電話ボックスの内部には、電話の回数を減らせというチラシが貼り付けてあった。

太陽は輝いていなかった。そして、五月にはままあるように、低く垂れ込めた空と彼方に横たわるインク・ブルーのくすんだ暗さには、どこか落ち着かないものがあった。歩道に沿って並んだ刈り込まれた樹木の葉の燃えるような新緑が不自然だった。見張っているかのような墓石が並んだ墓地を後に、人は未来も秩序も活気もない情景に向かっているような気がした。ともあれ、ありがたいことに、こんな場所に住んでいるわけではないから、参列者たちは、ほの暗いショウ・ウィンドウに暗く映る自分の姿をちらりと見ながら商店街を通り過ぎた。ひっそりとするなか、急行列車がここには停まらずに、轟音を上げて下の本線を走り抜けるのが聞こえた。

「実は兵隊さんでいっぱいなんですよ」ミセス・トリングズビイはそう言い、一行の先に立って車の往来のない通りを横切った。「兵隊さんはやっぱり面白くてね。うちの人たちは兵隊さんを愛してますのよ。でもいまはきっと食事どきなんでしょう」

ステラは、まだ自分が相続人の母親であるという身分を知らず、弁護士とひと言交わす順番がきたのが嬉しかった。相手になる用意ができていた。ほんの偶然から、彼女はとぼとぼとひとりで歩く羽目に陥らずにすんだ――トリングズビイの患者のひとりがとなりに近づいてきたが、彼は歩道に上がったり下りたりするだけで、口を利かなかった。道路とその日と墓石の記憶をふるい落とそうと――誰もが墓石に臆面もなく、そそくさと背を向けたように見えた――ステラはロバートのことを考えることにした。弁護士が彼女の肘のところに来て一礼し、ロデリックがこられなかったのは非常に残念ですと言ったので、彼女はもう一度、彼は陸軍に入隊しているのでと説明した。弁護士は信じられないのかまた一礼し、後ほどご一緒にお話をと言った。彼女はたちまち顔を曇らせた。彼はなにかを吹き払うように咳払いをしてから、あなたはあの見知らぬ人が誰だか御存じかどうかと訊いてきた。

「いいえ、全然知りませんで」彼女は言って、背後を見た。「誰かがほかに御存じなのでは？」

「誰も知らないようで。それに彼は私のリストにある誰とも合致しないんです」

「あら、まあ」ステラはなんとなく言った。「では彼の狙いはなんだと思われます？　もしかしたら『タイムズ』でこの件を見かけただけかもしれませんね」

「しかし私は『タイムズ』には葬儀の時間も場所も載せてませんよ。それで葬儀はごく内輪だけでするという一般的な感情に合わせたんですが」

「でも、どういうことなの」ステラは叫んだ。「誰の一般的な感情なんですか？　誰だって思うんじゃないかしら、カズン・フランシスは首吊りになったと！　私の感情からいえば、彼はちまちまとやってくれなどと望んだりしなかったわ。彼にはお葬式を出して見送ってあげるべきでした」

「このすべてはトリングズビイ博士夫妻にはたいへんお辛いことでして」

「でも本当はカズン・フランシスにはもっともっと辛いことだったわ！」

弁護士は、唇を噛み締めていたが、それをまた開いた。「しかし、マイ・ディア・レディ……」と言って一息つき、ステラの人柄を見込んで、また口を開いた。

「私は感情に配慮していますよ」彼が言った。「私とて感情がないわけではありません。同時に、私のいまの立場では、ミスタ・モリスの近親者からはなんの意思表示もなかったので、トリングズビイ博士夫妻の利益を無視するのは私の感情が許しませんでした。未登録の患者たちを博士たちがしてきたような形で引き受けるのは、つねに微妙な問題です。夫妻がウィスタリア・ロッジに関して取った行動には、非難の余地はないと確信しています。だからこそ、私はこれ以上の面倒があの施設におよばないよう、さらには歓迎しかねる形で公にならぬよう骨を折っているわけです」

「はあ」

説明が長くて閉口してしまい、ステラは弁護士から目を離して遠くにいる会葬者のほうに目をやった——無帽のトリングズビイの患者が『デイヴィッド・コパフィールド』に出てくる、人のいいミスタ・ディックに似ていなくもない。ふと思いついた——「もちろん」と彼女は言ってみた。「あなたが言う身元がつかめない見知らぬ人は、ウィスタリア・ロッジからもうひとりきた人じゃないんですか?」

「はあ?」と弁護士。「ああ……」彼はすぐ先に行って、ミセス・トリングズビイに確かめた。彼がステラの言う通りだと告げに戻って来ないので、ステラはハリソンがトリングズビイの患者のひとりだという考えを捨てなかった。彼はそういう人だと決めていたら、ホテルで彼がコーヒーカップを手にして近づいてきた。色々な思いが、芝生のタンポポのように、しつこく生えてくる。タンポポは、先っぽだけ摘み取っても根っこは残っていて、地下茎の吸管を下に伸ばして、またもや芽を出してくる。ハリソンは怪しいという否定しきれない感覚は、その後にわかったように、この葬儀の日から始まっていたのだ。彼の話がたびたび途切れたのは、明らかに内部にこだわりがあるせいだ。動作が極端に静かなのは、重要な動作だから、なにはさておき隠さなくてはならぬのだ。相手を見るときに左右の目で同時に見るような落ち着かないやり方——こういうことが、続く何ヶ月もの間、彼女の最初の考えを助長するように養分を与えつづけた。葬式の後について来たのも、船を追うサメのようだった。「はじめから」と彼女は彼に何度も言う羽目になった。「あなたは頭がおかしいのだと思い込んでいたのよ。それが間違いだったかどうか、いまでも自信がないわ」

一行がホテルに着くと、ステラはすぐさま弁護士に連れて行かれた。ふたりで話せる場所がほかにないとあって、彼が選んだのは階段の下の片隅だった。たくさんぶら下がっているレインコートに囲まれて、彼はカズン・フランシスの遺言の主旨を知らせ、タイプライターで打ったコピーが入った封筒を彼女に手渡した。それを斜めに見て彼女は言った。「でもこれはあなたが声に出して全員に読むものじゃないんですか?」「そのつもりはありますよ、その意志表示さえいただけばすぐにも。しかしあなたと私で了解した通り、遺言はここにいるほかの人には言及がないのです。つまり、おっしゃる通り、ご子息が出席されなかったのが残念です。とはいえ、彼がまだ未成年者であり、あなたは彼の後見人でありますので、遺産は、当分の間、あなたに関わると言っていいでしょう」

「ええ、もちろん、わかりました」

気持ちが揺れて、ステラはなにを感じているやら、ロデリックがどう感じるやらもわからないまま、二階の個室にいる一行に合流した。新しい目で人々を見回していると、頭に浮かんだ、もし彼らが遺言にあったことを知ったら、新しい目で私を見るのだろう。ここにある顔のうち、はっきり目立つ顔はなかった。室内は、こげ茶色の壁があり、その日の戸外に似たのか、どんよりしている。窓には金網の半ブラインドがついていて、窓のひとつに栗の木が濃い緑色の影を映し、蠟細工のような花々を乗せているのが、部屋の向こうの曇った鏡に映っていた。背の高い大きなこの鏡は、消えてしまった舞踏室《ボールルーム》の名残りで、映っているロデリックの父方の縁者たちは、ビュッフェ式の料理の上にいかめしい顔を並べていた。ミセス・トリングズビイは、ハリソンを誤解して気を悪くしており――あの男は、私の目には、私の自宅に置くはずもない人に見えますので、と弁護士に話したのだ――本物の自分の大事なふたりを並べてベンチに座らせ、それもできるかぎり侵入者から離れたベンチに座らせた。それから彼女は自分で一行の残りの人々を巡回しては、サンドイッチをもっと持ってきて、しきりにベンチに戻り、楽しんでくださいねと言っているのが聞こえた。

ステラが室内に入るとすぐハリソンがコーヒーカップを手に持って近づいてきた。「あるいはあなたがお好みなら」と彼。「あちらにポートワインみたいなのがありますが」

「これがいいわ」彼女はそう言ってコーヒーを受け取り、どっちつかずにほほ笑んだ。

「それともこっそり抜け出して、バーになにがあるか見てくるくらいできますが？」

「いいんです、ありがとう。本当にこれでいいんです」彼女はその場を離れようとしたが、彼は今度はサンドイッチの皿を持って彼女の前に立ちはだかった。「送別にしてはお粗末ですね、これでは」彼が言った。「彼も気の毒に。こんな所で消えるとは、すったもんだした挙句！」

「ウィスタリア・ロッジのこと？」

「いや、まあ――精神病院みたいな所で、ということですよ！　少しでも彼が楽しくやれたならいいけど……」

ステラは眉をひそめ、サンドイッチを少し齧り、少なくともそのときだけ、この男に関する自分の考えを改訂した。つまり、始めたところにまた戻ったわけで――白紙になった。彼女は言った。「あら、では、フランシスを御存じだったんですか？」

「決まってるでしょ？」と彼は言い、すねたような、からかうような目で彼女を見た。「でなければ、どうしてこんな機会に顔を出しますか？」

「わからないわ、全然」

「僕が誰だか判断がつかないんでしょう？」

「判断しようとしたかどうか――私はカズン・フランシスには長い間会っていないので、彼が誰を知らないかなんて、見当がつかないんです」

「正直、僕だってそんなもんです」ハリソンはすぐそう言った。「まあ、海のこちら側ではね。あなたはどうかするとアイルランドを除外していますね？　僕は彼をあそこで知りました。古い領地を持っていたんです――人跡未踏の土地ですよ！　たいした歓迎ぶりでした――ほとんど東洋の歓迎でした！　そう、懐かしいフランシスと僕はとてもウマが合いましてね。びっくりなさるかな、僕は何回もあなたの名前を聞いていたんですから――いいんですよね、あなたはミセス・ロドニーだと思っても？」

「ええ」彼女は言ったが、少しも嬉しくなかった。部屋を見回し、どこかに出口はないかと思った。仕方なく言い足した。「アイルランドのご出身ですか？」

「あそこには行くんです」

「釣りに？」

「悲しいことに、暇がなくて」

彼女もないだろうと思った。そして二番目の考えに移った――その考えもそれなりに根を降ろそうとしていた——彼はセールスマンに違いない、ただし紳士系の。彼が小さな車を漕いで、カントリー・ハウスの階段にたどりつき、あなたは由緒ある素晴らしい邸宅をお持ちですねと持ち主に請合っている図を想像した。カズン・フランシスは新しい発明を肯定的に見てきたのに、いざ利用する段になると踏ん切りがつかなかった。暖房、照明、排水施設については、モリス山荘がほとんど現状のままでいるのを好んでいた。農場経営と土地の管理に使った機具は、祖父の時代に知られていなかったものはほとんどなかった——とはいえ、設備、用品、緊急用品、部品、その他の省労力用のあらゆる機械は彼をうっとりさせた。広告で製品を見ると、片っ端から手紙を書いて、さらに詳しい説明のあるパンフレットを請求した。いい気になって、危うく契約不履行になる寸前までいったのは、空調装置、室内電話、電気皿洗い機、それに耐火性の屋根だった。セールスマンはみな彼をらくに「口説ける」と見たにしろ、結局は落とせない相手であることがわかった。時間の無駄で有名、というレッテルを貼られていたかもしれない。

「そう、どこから見ても由緒ある素晴らしい邸宅の所有者でもありました」と彼は言い、見ていたような千里眼ぶりにステラはギョッとした。「それがいまは、僕の記憶では、あなたの息子さんに行くんですね？」

彼の態度に戸惑うあまり、その博学ぶりに驚くのを忘れて、彼女は言った。「そのようですね、ええ」そして部屋をまた見回した。内心ではつぶやいていた、この人を引きずってきたなんて私らしいわ、と。どんな観点から見ても、これは我慢の限界だ。彼女はポール大佐の心配そうな目をとらえ、しばらくその視線を合わせていた。するとやがてハリソンの口から——彼女に関するかぎり初めてだった——笑い声が漏れた。「ちょっと驚きましたか」彼が言った。「僕があなたを探り当てたのが？　ルールとして、こんな機会に人の紹介はしないので、二と二を足すんです——。僕の名は、ところで、ハリソンといいます——正直、ここにはほかに見当たりませんよ、あなただろうという人は——僕は、こう言ってもいい、あなたの賛歌を幾たびも聞いていた」

彼女は叫んだ——自分に向かって、彼を無視して、声に出して——「知らなかったわ、彼が私を覚えていたなんて、ずっと私に好意を持っていて、私の噂ばかりしていたなんて！　何回でも、いくらでも彼に会いに行けたのに——それにロデリックを会いに行かせたのに、それが彼の望みだと知っていたら！」

「ええ」ハリソンは涼しい顔でそう言った。「惜しいことをしました、まったく。人は手遅れになったことを、何回も思うんですよ」

涙が彼女の目にあふれた。その時から、彼女はハリソンを憎んだ。

彼は続けた。「ところで、先日ロンドンでフランキーを見かけたときは——」

「彼を見かけたって？　今回——彼が出てきたとき？」

「ええと、まあ。おかしいですか？」

「偶然出会ったんですか？」

「とんでもない——会う約束があったんです。そのときに彼が言い出したんです、ここに、この場所に、次の日に、来るつもりだと、哀れなオールドガールを見舞いに行くと。僕らはそこで別れましたが、彼がロンドンにもどったら翌朝一番で僕がまた電話することにしていたんです。僕が電話したら、大火事みたいな騒ぎになっていました。ホテルには彼がぽっくり死んだという連絡が入りました。そこで、彼の弁護士連中が乗り出してきて、彼らの指令でフランキーの部屋には鍵がかけられました。ひどいもんです、僕の物も少しそこに置いてましたから。もちろん僕は出向きましたが、ホテルのマネージャーは取り合わない。それで考えたんですよ、残る一手は、哀れなやつのそばに最終ラウンドまで立ち会ってやろうと。次は、もちろん、疑問がひとつ——いったいどこで？　手短に言うと、二と二を足したんですよ。ロンドンでは埋葬場所に需要が殺到しているのは知っていたし、いまどき死体をアイルランドまで運ぶのは二の足を踏むとわかっていたし、そこでここだなと賭けてみたら、これが当たりで。いやなに、わざわざ調べに行きました」

「たいへんなご苦労でしたわね」

「ですから、ほら、決まってるでしょ？」彼が言った。「旧友ですから」

彼女は不可解な思いに囚われていた、どうしてこの返事が自分にとって非難にも納得にもならないのかと思っていると、ポール大佐がポートワインのグラスを持って近づいてきた。ポール大佐は、逃げ場がほしい彼女の視線があたりを付けていた人で、ここへきて、この婦人と一行の残りの人たちの間を隔てている湾流を横切ろうとしてくれていた。彼は、妻のモードがミセス・トリングズビイとの会話にのめり込んだのを、決行する機会ととらえた。礼儀正しくきっぱりといからせた肩で、彼はステラとハリソンの間に割って入った。後者はたちまち退散した。ポール大佐は言った、私を覚えていませんね？

「もちろん、覚えていますよ！」とステラ。「いまでもあの可愛いサモエッド種の子犬を育てておられるんですか？」

「ヒットラーがあれにストップをかけましてね、ここしばらくですが。ポートワインはいかがですか？……ああ、あなたの言う通りだ」ポール大佐は首を振った。「フランキー本人だったら」と彼。「もっともっともてなしてくれたでしょうな。万事色々と譲歩しても、あの弁護士のやつが最善を尽くしたという感じはまったくしない——同時に、あいつが勝手にやりすぎているという気がしてなりませんよ。トリングズビイ夫妻についてうるさく言い立てて——あそこの施設に自分が金をつぎ込んでいると思わせたいのかな？　わかっていないらしいですよ、今日は誰が来て誰が来ていないかも——たとえば、あなたの息子さんがいない、ということでしょ？」

「ええ。彼は——休暇が事前に取れなかったものですから」

「非常に立派でした。ひとりでよくここまできたものです」ポール大佐は注意深くハリソンのほうを見やり、補足した。「いや、あの人は友人ですか？」

「いいえ」

「私はなぜか違うと思ってたんだ」彼は叫んだ——ばかに熱がこもっていたのは、妻のモードが別の見方をしていたからだ。「驚きませんよ、あなたから彼の正体は知らないと聞いても——それも、いわば、ほかの誰も知らないんだから」

「名前はハリソンだと言ってました」

「それもたいして役に立たないな」

彼女も同意した。ポール大佐が続ける。「あなたを困らせていませんでしたか？」

「というほどでも」

「ここでなにをするつもりか言わなかった？」

「カズン・フランシスとはアイルランドで知り合ったと」

「アイルランドで？　あの不運な国では物事が昔のままじゃないらしいが、私に信じろといっても無理ですよ、あの男がアイリッシュだなどと！　では彼がなにを狙ってきたのか、それを知らないといけませんね？」

「彼はなにも言いませんでした」

「どうせインチキ狙いに決まってる」

「カズン・フランシスは彼のことはなにもかも知っているようでした」

「いかにもフランキーらしいなあ」とポール大佐。「彼はその目で見ていても、インチキ話がわからないんです。ある程度まではどんな話にも耳を貸すんです。生まれる前の赤ん坊にように無邪気でね。それと同時に、彼の記憶力はザルみたいなものでしたから――完全に忘れてしまったんでしょう、あの男に会ったことなど」

「そうじゃないと思います」ステラはおだやかに言った。「彼らは約束していて、ロンドンで会ったんです、つい先日」

「まさか、今回の話じゃないでしょうね？」ポール大佐は顔色が変わっていた。

「ハリソンがそう言ったんですよ。カズン・フランシスがここに来る前の日ですって」

「ちょっと信じられませんな！　約束だって？　ロンドンで会う？　いや、フランキーがこの国にいるなんて、誰ひとり知らなかった。あなたはなにも聞いてない？——そうでしょうね。モードも私も聞いてません。それに、今朝私が理解したところでは、今日ここにいる人はみな暗闇のなかにいるも同然です。実を言うと、それが一番こたえました——フランキーがロンドンまで来ていながら、私になにも知らせないなんて！　彼と私は、あなたも知ってる通り——いや、知らないかな——いや、知るわけがないかな？——少年時代は一緒に育ってね、一時期なんか、兄弟みたいだったんだ。血は水よりも濃し、なんだな、ほかになにを発明しようと。私の年になると、記憶だけが大事になるんですよ」ポール大佐は、すっかり悲しげな顔になり、一息ついて、顔をしかめ、それからさらに小声になった。「最近いやでも一つ二つのことで自問するんですよ、こうして引き伸ばしているだけの悲惨な処置を哀れなネティに施したことで、ある意味フランキーがガタガタになったんじゃないかと。そこにアイルランドが中立とか言ってごたごたしたでしょ、これが運のつきだった——私が若い頃にはこれほど勇敢な国はなかったんですがね。昔のことを考えても、なんの役にも立ちませんが。手綱をいったん無法者連中に渡してしまうと——！　しかし、ほら、フランキーがいたんだ——驢馬みたいに頑固なやつが。彼の根っこがあそこにあるのは認めてやらねばならない事実です。怒りっぽくなっていましたがね——いや、言いたくはないが！　たとえば、去年のクリスマスに、毎年手紙を書くんだが、ついあてこすりを言いたくなって、私がいけなかったんだろうが、こう書きました。『さぞかし誇らしいことでしょう、特に近頃は、君の大切なお国のことが』。すると、いいですか、火のような手紙が返ってきて、頭を吹っ飛ばされました——ああだこうだ、なんだかんだと、ほとんど国粋主義者のような調子でした。モードですら言ってました、『あら、フランキーはユーモアのセンスがなくなったわねえ』と。断っておきますが、そのとき私はモードに賛成するだけで、後はたいして気にも留めなかったんです。いまになってみると――いや、あれ以来――。私が彼を傷つけたと思いますか、どうです？　彼と私は口論ばかりしていて、お互い激しかったから。いまもそういうことで。今度イギリスに来て、ほんとに久しぶりなのに、私にひと言もないとは。しかし……。コーヒーをもう少しいかがです？」

「いいえ、もう、ありがとうございます」

「おそらくあなたに必要なのは、私と同じくまともなランチでしょう。こんな朝はランチを抜いてしまい、考えるばかりになる。ひょっとすると私は物事を桁外れに見ていますかね？　いや、なんとおっしゃろうと、あれはフランキーらしくない。――もうひとつ、どうしても知らなければならないことがあるんです――あの場所はどうなるんです？」

ステラは目を上げた。「私の息子に遺されました」

「本当に？　そうでしたか……？」ポール大佐はこの件をゆっくりと消化していた。「ますます残念でしたな」と彼。「フランキーがそう見ていたなら、あなたの息子が今日ここに来られなかったなんて」熟慮が彼の青い目に浮かんだ。跡継ぎ息子の母親を、てらいのない関心を示して見つめている。

「無用の長物《ホワイト・エレファント》だな、息子さんはどうするんでしょうね？」

「彼はまだなにも知らないので、私にはなんとも」

「彼の世代が望まない最たるものだ。私自身は、あそこで過ごしたあの頃ほど幸福だったことはないが。今日もあの場所がちゃんと見えるし、一木一石まで。しかし直面しないといけない。すべては過去のものなんです。私には、そうとも、モリス山荘が続くと考えるほうがありがたい。とはいうものの」ポール大佐は声を一段と上げ、肩をいからせて言った。「あなたに忠告しますよ、息子さんに忠告してあんなものは処分しなさいと——売り払うんです、彼が縛られないうちに。彼の年齢では、時代とともに動かなくてはならない。あの樹木は相当な値段で売らないと。いますぐ彼がすべきことは、屋敷の屋根を取っ払うことだ、さもないと、あっという間に、鳥のアオゲラだらけになりますよ。私からだと彼に言ってください」

「そうしましょう。でも彼が自分で決めないと」

「いや、フランキーのことを思うんだ！——どうなんですか、彼はご子息に会う喜びを味わったのかどうか？」

「会ったことはなかったんです。それにロデリックはモリス山荘を見たこともないし」

「なによりでしたよ、間違いなく。感傷が入り込まないからね」

「ええ、そうでしょうね」彼女は同意したが悲しかった。

「感傷は」とポール大佐。「悪魔です。人の一生に輪をかけて台無しにするんです、はっきり言ってよければ、酒や女どころじゃない。しかし、あなたのお若いロバートは——」

「——ロデリックです」彼女は熱くならずに訂正した。

「失礼しました、ロデリックでした——彼も彼の世代も感傷に用はないでしょう。彼らが欲しいのは、身軽に歩き回ること。結局は、未来は彼らの手中にあるんです」

「そうだとすると、果たして身軽に歩き回れるものかしら？」

ポール大佐は焦ったようだった。「いや、彼らに未来はありますよ。彼らがそれをどうするか見るまで私がいることはないでしょうが――さてと――あなたはモリス山荘を御存じ、でしょうな？」

「一度は。ヴィクターと私は新婚旅行であちらに行きました」

彼は無理に決めようとしなかった、彼女の瞳が、霧がかかったようなその横目が、犠牲になった瞳なのか、あるいは運命の女《ファム・ファタル》の瞳なのかと。彼は話の全容を知らなかったし、知りたくもなかった。噂に聞いたのはこのことだった、結婚して二年後に、ステラ・ロドニーは夫に離婚を求めた。ありうることは彼女の人生にほかの誰かがいるというだけのこと。しかしながら、痛手をこうむったヴィクターは、最後のドン・キホーテよろしく、彼女に離婚を許した。その不正に加えて、彼女に子供の親権が与えられる栄誉がついたので、彼女はヴィクターの家族にとって永久に憎たらしい存在になり、その急先鋒がモード・ポールの一派だった。ヴィクターはおおかたの理解ではステラを崇拝していたが、相手が悪かった！ ふたりが結婚する少し前に彼が一九一四年の戦争から、いまも厄介な戦傷を負い、健康も不安定になって生還した――彼は体力増進が必要だったのに、彼女はその彼を見捨てたのだ。いいところがひとつもない彼女のせいで、彼は妻と息子と家庭を失った。離婚が成立したあと三週間たって彼は死んだが、彼が避難していた親切な中年女が所有する屋敷で死亡した。その女性は戦争中から彼を看病していた人だった。モードとその家族の唯一の満足がこれだった――つまり、見知らぬ男のためにステラはヴィクターの命を踏み台にしたわけだが、その男は彼女が自由の身になったいまも求婚しに現れないのが事実だったからだ。だから彼女はあのざまなのだ。なんでも、息子を連れて地方の小さな家を転々とする暮らしで、モード・ポールの予想では収入は年に九百ポンドほどらしい。

ある男やもめの家に住んでいたときは、当の家主とねんごろになったことがあるらしいという噂のほかは、良きにつけ悪しきつけ、ほとんど聞こえてこなかった。古い話なのに、このすべてが惜しくも詮索されることになったのは、彼女が葬式に現れたから、そして今日はそのことで持ちきりだった。

ポール大佐は、しかし、彼女が出てきたことを相変わらず立派だったと考えていた。彼の知るかぎり、ファム・ファタルをその目で見たことがなかったので、いまそれを見ているのかどうか、よくわからなかった。フランキーの死の衝撃が影響したのかしなかったのか、彼は彼女に心を打ち明けるしかなかったのか、つい打ち明けてしまったのか、それもよくわからなかった。彼女はもちろん打ち解けてはいなかった——もう彼女の目は見ていなかったが、そのままついつい真珠の首飾りを見ると、首に年齢は出ていなかった。立派と言うだけでは足りない女性だ、感情がある。故郷を遠く離れた場所に哀れなフランキーを埋葬する、貧相で人もまばらなこの集まりに、彼女は優美さをもたらしている。けしからんことだ、彼女の相手をハリソンひとりにまかせきりとは。彼は言った。「さて、なにかお役に立つことがあれば……」

「煙草がすごく欲しいんですけど」

ステラは総仕上げとして、衆人環視のなか、ハリソンに付き添われてロンドンに帰ることにした。ポール夫妻は反対方向に行くことがわかった。帰路の途中で彼らはミッドランド地方を通るのだ。ステラは、ポール大佐と長く話したことで、しばしの間、面目を施し、後でさらに家族の三、四人がお辞儀をしたり、話しかけたりした。しかしお辞儀をしたり話しかけたりした少数の人のうち、ロンドン行きの列車に乗る人は、ああ、結局ひとりもいないことがわかった。断固としてそのどちらもしなかった人たちが、駅のプラットホームの向こう端で群れを作り、身を寄せ合って冷ややかに話し合っている。ハリソンはといえば、ホテルのバーを飛び出してきて、駅の入口でやっとステラに追いついて、こう言った。「よかった。これで僕らは同じ方向に帰れる……。一等の喫煙車ですね？」彼が訊くと同時に列車が入ってきた。

彼女は言った。「私は三等車で帰ります」

「ああ、さあ、さあ——フランキーのために、どうです、大いに散財するとしましょう！」彼は列車に乗ってから彼女の切符の差額を支払った——そして、見ると、自分のも払っていた——金のもとはとったという様子だった。「ざらにあるわけじゃありませんからね」と言いながら、彼は楽しそうに一ポンド札の釣銭をポケットに押し込んだ。「ずっと会いたかった人に出くわすなんて。僕はあなたの息子さんも集まりに出ていたらいいと願ってました——もしこれを知っていたら、彼はきっと出てきたでしょう。お目にかかりたかったなあ。どうです、段取りをつけませんか？」

「ロデリックはいつも遠くにいて、いまは軍隊におりますから」

「お寂しい——でしょう？」ハリソンが言った。

「よくわからないわ、どうしてあなたが彼に会いたいのか」

「第一に、わかりきってますよ、彼はあなたの息子でしょう？」

これを受け止める理由がないと見て、ステラは煙草に火を点けるのに忙しく、それはポール大佐が自分のケースから彼女のケースに差し入れてくれた煙草の一本だった。ハリソンのケースは、開いたのに間に合わず、悔しがる鰐《わに》の顎《あご》のようにパクッと閉じた。

「それにもうひとつ――それともあなたにはこれは滑稽に映るかな？　――あなたの息子は、僕に言わせれば、懐かしいフランキーが残したすべてのような気がするんです」

「ああ！」と言った彼女の声には冷たさがもう消えていた。

「それが僕の心境です。とはいっても、まだほかにありまして。ははは――嫌なやつだと思わないでくださいよ！　どうしても自分のものを取り返したいんです、ほら、お話したように、ホテルのごたごたと一緒にされて鍵がかかっていましてね。となると面倒で、厄介なことになりそうで。どういうやつらか御存じでしょう、弁護士連中なんて。知らん顔を決めるんです。息子さんが残余財産受領者なら――」

「でも、執行人だけでしょう、カズン・フランシスの物に手をつけられるのは？　あなただって出向くべきじゃないのかしら？」

「なるほど、そうでしょう。もちろん、そちらへ出向きますよ。しかし、ここにまたややこしいことが待ち構えていて――その物が僕のだという証拠がないんです。いきなり顔を出して渡せと言っても、執行人たちはこいつは臭いぞと思うでしょう。彼らを責めたりしませんよ。僕だって臭いと思いますよ。あのフランキーならお墨付きをくれたでしょう――そもそも、彼がここにいてくれたら、こんなことにはならなかったんです。というわけで、僕の立場がわかるでしょ？　もし、あなたの息子さんが同行してくれて、知人だといってくれたら――」

「でもロデリックはあなたを知らないわよ」

「いや、そうなれば知り合いますから。あるいはあなたが知人だと言ってくれても――」

「申し訳ないけどそれは事実じゃないでしょ」

「ははは――しかし僕らは急速にそれを事実にしている、と願いますが？」

その願いはとうてい共有できないことを彼女は匂わせた――彼が熱心に前に乗り出しているのに、彼女はすげなく身体を後ろに反らし（彼が車内の向かい合わせのすみの座席を確保していた）、横を向いて飛ぶように過ぎる景色を眺めたり、驚きも見せない他人行儀な顔になったりした。修復がすんだくらいの時間が経った後、彼女は言った。「さっぱりわからないわ、あなたがなにをミスタ・モリスの部屋に置いてきたのか。商品かなにか？　説明書？　なにかのサンプルとか？」

「ばかばかしい、違いますよ――一枚か二枚の紙なんです」

彼女は、滅多に見せない無礼な態度で、言った。「きっと詩を書いたのね？」

本物の斜視ではない視線をステラに集め、彼はまともに答えた。「いや、そういう傾向にあったことはないんです。いや、あれは僕が書きとめただけのもので、旧友が喜ぶかなと思って。覚えているでしょう、彼は事実と数字のオニだったでしょう」

「頭のなかにまだあるなら、また書きとめたら？」

「そう、半分は僕のメモで、後はフランキーがくれたメモなんです。交換したんです。それから僕が引き受けて、二と二を足せば四になることを彼に見せたかったんだ。話を全部お聞きになりたいなら、始めましょう――実は――」

「――いいえ、わざわざそんな面倒な。後で執行人におっしゃることだわ」

「そうなると、始めに戻ることになる」

明らかにそうなっていた。彼女にはたったひとつ、元気が出たことがあった。ロンドンに近づいていたのだ。広告板がだんだん増えてきた。家々の庭の柵が縦に横に交差している。焼け跡が線路に沿って列になっている。郊外地区が両側にますます色を深めるにつれて、ステラは肩の力が取れて、大胆になった。ふたりきりではなかったが、残りの客たちから遮断されたように感じたのは、ハリソンが片方の足を斜めに突き出し、それだけでなく、彼女に強圧的な態度を見せていたからだ。これが人目に立たないといいと思うのは無理な相談だった。しかし、もうすぐキングズ・クロス駅だ。

「いいえ、どう見てもお役に立てないと思います」彼女はきっぱりと言った。「私に言えるのは、あなたがカズン・フランシスの知り合いだったということだけで、それならあなたがご自分で言えばいいんですから」

「ああ、その通りです」ハリソンは同意した。「その通りです」

「あなたにとって厄介なのはわかります」

「ただの厄介ではすまないかも」

「はあ？」

「うかうかとあなたに話すことになってしまった」

彼女は声を冷ややかに半音上げて言った。

「執行人のひとりに手紙を書きましょうか、多少知っている人ですので。それに、ミスタ・モリスからあなたに来た手紙を彼らに見せないんですか、ロンドンで会う約束をしたんでしょ？」

「それもありますね、ええ」彼は敬意をこめて両方の目で彼女を見た。

キングズ・クロス駅で彼女はうまく彼をまいたか、うまくまいたはずだった。彼はタクシーを探しに一足先に行ったのだ。彼女は回れ右をして人ごみにまぎれ、地下鉄に乗った。彼のことを二度と考える必要はないと思った——熟慮の末に、執行人との折衝に自分が巻き込まれる理由はないと見た。彼は私の住所は知らない。私の名前もロンドンの電話帳には出ていない。だから、二晩後にハリソンが電話をしてきて、無事のお帰りをどれほど願っていたことかと言ったときは、困惑を通り越して、開いた口がふさがらなかった。だがこのふたつの感情もすっかりかすんでしまい、彼女はもはや不安でいっぱいだった——ロデリックは、葬式のことを事前に知らされなかったことで心底怒っていた。彼がそこまで強い感情を抱いているとは思いもよらなかった。この件を改善し、息子と必要な事務的な打ち合わせをするためにも、彼女は次の休みの日にまた列車に乗って、彼のいるキャンプ地の近くで彼に会った。その間に、カズン・フランシスの遺書のコピーをとって投函しておいた。会う前に消化する時間が彼には必要だった。

果たして消化しただろうか？　予定した午後、ティーショップのテーブル越しに母と息子は向かい合っていた。ロデリックは顔をしかめて書類を開いた。指の跡がたくさんついている。彼はタイプされた文章にざっと目を通し、一行に目を留めた——「ほら、あなたの考えを聞きたかったのがここなんです。カズン・フランシスはいかにしてマウント・モリスと、所領、その他、などなどを従弟のロデリック・ヴァーノン・ロドニー、この僕に遺贈すると言ってから、彼は続けて、『彼なりのやり方で古い伝統を継続されんことを願いつつ』とある。——どうして弁護士連中は、コンマを省略するんだろう？」

「彼らの書くことが、コンマなしでも明晰だということじゃないかしら」

「いや、今回は明晰じゃありませんね。カズン・フランシスはどういうつもりだったんだろう？」

「どういうつもりってなにが、ダーリン？」

「彼は、僕なりのやり方でやって欲しいのか、僕なりのやり方で古い伝統を継続して欲しいのか、どっちなのかな？」

理解できなくてステラはロデリックの短く刈り込んだうつむいた頭のてっぺんに目をやった。「要するに」彼女ははったりを言ってみた。「同じことになるんじゃないの？」

「要するにどうなるかなんて訊いてるんじゃありませんよ。彼の意図が知りたいんだ」

「わかりました。だけど、あなたが一番に決めなくてはならないのは――」

「僕がなにを決めるの？　彼が決めたんでしょ。僕のものになったんだ」

「あなたがいまからすることを考えようと言ってるの」

「でも僕は、彼がどちらのつもりで言ったのか知りたいんです。彼は、僕が継続しているのが伝統でさえあれば僕の好きなようにやってもいいのか。あるいは、僕が彼がしてきたのと同じようにすれば、『伝統』を僕の好きなように解釈していいのか？」

「もうひとり従兄がいるのよ、ロデリック。ポール大佐よ。お葬式に出て、こうおっしゃたわ――」

「ええ、母さん、わかってますよ。でもポール大佐なんかどうでもいい。いま考えるべきは、カズン・フランシスがなにを言いたかったかなんです。それで僕のすることが大きく違ってくる」

「死んだ人にあまり影響されないでね！　結局、人は生きるように生きるしかないのよ。それで一般的に、生きられる生き方はひとつしかないことがわかる——そうなると死者たちを失望させることがよくあるのよ。死者たちはそれが私たちにとってどういうことか知らないんだけど。もし彼らがまだ生きなくてはならなかったら、彼らだって失望する羽目にならないなんて、誰にわかる？」

「カズン・フランシスが失望したと思う理由があるんですか？」

「そう見えたのよ、多くの人の目には、失望した人に見えたわ」

「カズン・ネティは頭がどうかしてしまい、アイルランドは戦うのを拒否した。でもだからと言って、彼は自分から降りたということじゃないでしょう。——でも」ロデリックは言葉を切って、遺書を畳み、封筒のなかに戻した。「そのくらいにしておきましょう。僕は決心がついたから」

「ポール大佐はあなたが考え直すべきだ思っているようだった」

「考え直しました」

「フレッドは反対意見なんだ」

「ポール大佐はあなたが自分を縛り付けるべきじゃないと感じていたわ」

「あなたはしばらくあそこへは行けないでしょう——あれはエアにあるのよ、あなたはイギリス国民だし、おまけに軍隊にいるんだから」

「それはどうしようもないさ。モリス山荘は逃げ出さないでしょ」

「だけどその間に屋根が落ちたり、木が倒れたりするかもしれない」

「そんなことないと思うな」もの静かなロデリックが言った。

五

遺産相続がロデリックにもたらしたものが、ステラにとってのロバートだった――すみかである。恋人たちは二年間、密封した世界を所有し、なにも書いてない理想的な本のように、その世界は内部の力によって単独でそれ自身であり続けた。彼らは一九四〇年の九月にロンドンで初めて出会い、ロバートはそのとき、ダンケルクで負った傷のために入っていた病院から退院し、陸軍省勤務に就いたところだった。負傷は膝だった。歩行するときに影響が残り、少し足を引きずることになった。ふたたび現地の戦闘にまみえる可能性は消えたといえるだろう。名誉の負傷が原因の奇妙な歩きぶりは、色々と変化した。初めから存在しなかったようにコントロールするときもあり、あるときは大げさに足を引きずってせかせかと歩調を速め、背が高いのでさらに大げさに歩くことも。この使い分けは、ステラにはわかったが、吃音症にもあるように、精神的な背景があった――彼がその日に、負傷した人間のような気分でいるかいないか次第だった。これに彼女が気づき、彼が気づかないことが、彼らの親密さに深くかかわる構成要素になり、もしふたりの出会いが一九四〇年以前だったら、彼の気まぐれな膝の代わりをなにがしただろうと彼女は思った。最初に二、三度会ったときは、異常に気づかなかった——というか、仮に微かに気づいたにしろ、それは爆撃下のロンドンの震動のせいか、気分が揺れているせいだと思った。

ふたりは何度か会って、最初はそう頻繁ではなかったにしろ、最初のロンドン空襲があった秋の時期をうっとりと過ごした。あの季節ほど感覚に残る季節はなかった。人は詩的な感覚を死の感覚で買っていた。朝の霧は、焼け跡から立ち昇る煙で黒くかすみながら、来る日も来る日も、霧のない明るい高みに昇っていた。日没の最後と最初の空襲警報《サイレン》の間に、ほの暗い鏡に写るように、夕刻の緊張感が描き出された。目覚めた瞬間から甘美な秋を味わい、舌先と鼻腔にある焦げ臭さが、返って甘美な味を増していた。そして焦げた埃がおさまり、煙が薄れると、自分で観察せよと求められたような気になり、日昼は恐怖から逃れた純粋で奇妙な休暇と同じになった。ロンドンはどこへ行っても道路の危険区域を示すロープが張られ、恐怖と高揚感が入り混じった沈黙の小島をいくつも作り、人々はロープぎわに群がって、向い側の日のあたる空間に見とれていた。大通りで通行止めにあった交通は脇道に迂回し、トラック、バス、バン、荷車、タクシーが留まることなく走馬灯のように流れ、ロンドンという大都市の持つ有機的な力の圧倒的な感覚に寄与している、つつましい窓や静かなドアを通り過ぎていく。——この辺りのどこかに源泉があり、そこから重量級の行動が沸き起こり、繰り出し、せき止められることなく、自ら新しい進路を切り開いているのだった。

この都市の土壌そのものはいまの時期、さらに力を生み出しているようだった。公園では大輪のダリアが葡萄酒色のベルベットになって咲き誇り、木々は黄色い木の葉の葉脈の一本ずつが完全な姿で、最も素晴らしい時間を心得た太陽に向かって伸びていた。時限爆弾のせいでどれも突然閉鎖された公園――枯葉が舞って誰もいないベンチに座り、小鳥たちが目にまぶしい強い静かな湖面に浮かんでいた――が、まだ公園を守っている鉄柵の間から見せているのは、安らぎに満ちた蜃気楼だった。来る朝ごとにこのすべてを見る者は頭が軽くなった。睡眠不足は観察者の体から抜け出していた。

現実には休日などどこにもなかった。どんなに頭が軽くなっても、自由にあたりをうろつける人はほとんどいなかった。過ぎた夜とこれから来る夜が正午を境に、緊張のアーチのなかに入っていくようだった。働くのも考えるのも苦痛だった。オフィス、工場、教会、商店、台所のなかで、午後の暑い黄色い砂が砂時計をゆっくりと流れて落ちていった。疲労がひとつの現実だった。睡眠を思い描くこともなかった。無感覚になり、重傷を負い瀕死の状態で病院にいる人々は壁に映る光の変化を見守り、それも今夜くずれ落ちるかもしれない壁だった。家をなくしたものたちは、送られた場所に座り、もっと悪くすると、動物の頑固さで、たどった道をまた戻っていったが、探すものはもうどこにもなかった。死者たちのほとんどは、死体仮置場からであれ、瓦礫の山の下からであれ、無名のまま出てきて――今日の死者というよりも昨日は生きていた人として――ロンドンのいたる所でその存在が感じられた。数に数えられないまま、彼らはシティの一日をかけて続々と大量に運び込まれ、見えるもの、聞こえるもの、感じるもののすべてに、引きちぎられた感覚とともに浸透し、彼らが期待していた明日に誘われていた――死がこれほどいきなり来るはずはないからだ。彼らの人生であった通常の仕事から姿を消し、死者たちは通常の仕事に不在の刻印を押した――死者が誰だか知らないので、今朝最初に誰かが登らなかった階段はどれだかわからないし、新聞売りが顔をひとつ見過ごしたのはどの通りの角だったのか、帰りの混雑した列車かバスのうち、少なくとも乗客がひとり減って軽くなったのはどれだか、誰も知らなかった。

これらの知られざる死者たちは生き残っている者を非難したが、この夜にも共有しかねない死そのもので非難したのではなく、自分たちが知られていないことで非難したわけで、それはもはや修正がきかないからであった。誰が死者たちを悼む権利を持てるだろう、生きてきたことを大事にしてこなかったとしたら？　だから、いまも食べたり、飲んだり、働いたり、旅をしたり、立ち止まったりしている群衆のなかに、本能的な動きが生まれ、まだ時間があるうちに、関係ないという気持ちを打ち破ろうとしはじめていた。生きている者と生きている者同士の間にある壁がもろくなるにつれて、生きている者と死んだ者の間の壁が薄くなった。その年の九月の透明さのなかで、人々も透明になり、少しだけ黒ずんだ心臓の鼓動によって居る場所がやっとわかった。見知らぬ人たちが「お休みなさい、グッドラック」と街角で互いに言い交わし、空がまず夕暮れに白っぽくなってから褪せていくと、その夜は銘々が死なないように願い、誰にも知られずに死なないように特に願った。

一九四〇年の秋は、二回後の秋の頃には聖書外典のようになかったもののように思われ、平和から遠ざかっていった。天体が回転しても生と死のあの特殊な組み合わせは、二度と戻ってくることはないだろう。あの特殊な精神状態のロンドンは永久に過ぎ去った。爆弾はもっと落ちてくるだろうが、もう同じ都市には落ちてこない。戦争は地平線から地図に移った。そしていまや戦争を見たり、聞いたり、嗅いだりできなくなると、黙って戦争に順応するようになり、それが定着していった。廃墟の最初の世代は、焼け跡を片付け、補強しながら、難局に馴染んでいった——昼間の光のなかで見る自分たちの屋敷が、いまの情景の規範なのだと観念した。二年後の九月に空襲の危険が去った夜には、これらの屋敷は暗闇に姿を消した。この新たな、密やかな、こだまも帰らない、体裁だけの廃墟から、人々はマラリアみたいな毒気を吸い込んでいた。敗北、損失、膠着状態はいまや見過ごされて、増殖していった。ニュースが毎日また釘を一本打ち込んでも、意識のほうはもはや痛いと言わなくなった。聞かされないし、聞きたくもないもっと悪いことがあるのだという重苦しさが、いたるところに垂れ込めていた。戦況は明かりのないトンネルの真んなかに来ていた。信仰はスローガンに成り果てて、必死で人目を引くように書き換えられ、そのたびにいっそう目立つように、板塀や記念碑の台座に貼り出すようにと奨励された。……そう、当局の対外的な命令のどこにも善はなかった。幸いなるかな、内なる源泉より善を引き出せる人は。

ステラには、ロバートと知り合った初めの頃が、かさかさに乾いた枯葉と一緒に掃き寄せられる、割れたガラスがちりちりと鳴る氷のような音と、毎朝の新鮮な焦げた臭いが一緒になって連想された。一九四〇年のあの秋は、感動のなかでのみ再現できた。思考のほうはなにか思考したとしても、二度と確認できなかった。あの身軽さは覚えていた。息子が去った後、特別に愛する人がもうロンドンにはいないと知ったあの身軽さ――ある朝、目を覚ますと、その身軽さが去ったことを知った。その朝、目を開ける寸前に、ロバートの顔が幻覚のような恐ろしい明るさで浮かび上がった。実際に目を開けて、日光が射し込んだ部屋を見回し、彼が死んだに違いないと思った。とにかく、なにか決定的なことが起きたのだ。その秋、彼女は広場にある屋敷に間借りしていた。寝室のサッシ窓を押し上げ――二晩か三晩前に窓ガラスが吹き飛ばされ、重かった窓がお化けのように軽かった――身を乗り出し、鉄柵のなかで熊手と手押し車でのろのろと働いている広場の庭師に声をかけた。あなた、ねえ、あの、あなた、昨晩どこに爆弾が落ちたかわかりますか？　彼は言った、誰かはキルバンに、誰かはキングズ・クロスに、と言ってましたがね。彼女は大声で「じゃあ、ウェストミンスターじゃないのね？」と訊いたが、彼は肩をすくめ、また背中を向けてしまった。太陽が向い側に並んだ屋根の上にあまりにも高く昇っていたので、ステラは時計を見た――ああ、太陽は正しい。寝過ごした。目下のところは、知人の誰にもなにも起きていないのだ、あるいは自分が知っていると思う人には――しかし、今日はあるショックで全身がヒリヒリしていた、戦闘免除が切れたというショックで。窓ガラスがなくなったこと、広場が教会の庭のように静かなこと、化粧台の上まで飛んできた砂塵など、そのすべてが初めて不吉に思えてきた。一度ならず電話に手を伸ばしたが、電話は故障中だった。目がくらむほどまぶしい日光のなかで、急いで着替えようとしたが、じっと立ったままなにかが頭のなかで、思考にまとまらぬままに、牢獄のなかでハミングしているような感じがして、せっかく稼いだ時間を無駄にしていた。この苛立ちは本当に過労以外のものではないのか？

フランスがドイツに陥落して以来、それ以上の損失はありえないと思われた。その後の夏の間、ステラはその心理的な打撃から立ち直れず、そのまま秋のロンドン爆撃に突入し、傍観者のようになって、これ以上失うものもない有様だった――息が切れたように感情が切れてしまった。自分自身の人生から賜暇《しか》をもらったような動揺があった。この九月の空襲が続く間、彼女は畏怖の念を抱き、高揚し、それが嵩じて、一種の抽象された憐憫《れんびん》の情に溺れた――およそささやかなものにのみ、たとえば、美しい衣裳の切れ端に涙ぐんだりした。仕事をすることが彼女を支え、仕事を離れると仲間との付き合いで陽気に過ごし、仲間の気分を自分の調子で盛り上げた――社交が楽しくなっていた。ロンドンに留まっている人々はそういう気質になっていた。互いに取り巻き合っているこういう人々の存在は、毎晩観察するにつけ、流動的で、気楽で、快楽の理想を内部に秘めていた。こういう人たちは、家具がなくなって風通しがよくなった屋敷か、疎開して空き家になった高級フラットの片隅に野営していた――ざっと見て、悪いのが残り、いいのは去ったというのが了解事項になっていた。こうしてできた新しい社会は、裕福で、しぶとくて、好きなように生きていた――危険な風土が身に合っていて、見た目までがみんななんだか似通ってきて、太陽と雪と同じ高度のスポーツ基地にいるとか、南フランスの同じ浜辺で風に吹かれているような顔をしていた。快楽の本質が実は、運まかせという状況にあり、野営するキャンバス地のテントのような仮の暮らしのなかで、仕事は休みという状況にあった――バーやグリルを行ったりきたり、クラブやお互いの屋敷が小さな人の群れを動かして騒々しい夜が過ぎた。数えきれないほどたくさんの顔が来ては去っていった。色恋の気分がちらほらと漂い、結婚はしない雰囲気があった。田舎のほうでは、疎開した人々や不安な人々、迷惑をかけられた人々や安全な人々の間に噂が広まり、ロンドンでは誰もが恋愛中とのことだった――それは本当だった、田舎で言う意味ではないにしろ。ロンドンにはなにもかもがふんだんにあった――目くばせ、酒、時間、タクシー、とりわけあったのがスペースだった。

親密でやや緩んだ小社会という駐屯地のなかにステラとロバートは惹き寄せられ、いったんそうなると、顔を合わせないわけにいかなかった。最初はバーかクラブで顔を合わせた――後でふたりはどちらだったか思い出せなかった。ふたりとも本来の活動領域があり、出会うと即時に、さらに多くがそれに加わった。それは瞬間を生きる人生の特徴であり、瞬間であるがゆえに、人は、多くを知らないでも、相手といい知り合いになった。未来が空白であるがゆえに、過去も差し引き空白になった。身の上話は余分な重さを大いに削ぎ落とされた——これは違った理由から彼女にも彼にも都合がよかった（情報、すなわち彼は戦前は海外にいて働いていて、父または父の友人が経営している会社の支店にいたというようなことが、その後に徐々に増えていった）。彼らは一目見て、お互いの顔に約束が輝くのを認め、ミステリアスな背景があると感じた。彼の瞳は、鏡が媒介した光が強調する不思議な青色を秘めながら、彼女の額から後ろに一刷け撫で上げられた白髪を追い、彼女のほうはそれほど観察することもなく、この人物の観察のなかにいた——話好きで、興奮しやすい人だ——彼女は彼からやっとの思いで目を逸らすと、部屋を出るまでつきそってくれた友人にさよならと手を振った。

別れの仕草は、とてもお座なりで、後になるまで最後通告だったことはわからなかった。部屋と人々を相手にした別れであり、今日まで彼女の人生であったものすべてを対象にしていた。いまから告げようとしていた別離の無意識の宣言だった——最初で最後の挨拶、広がっていく水面を越えて船上から手を振ったのだ。後で思い出すと、このさりげない仕草の寸劇は、予言的なものに見える。この先永遠に、誰か他人を撮った写真で見るかのように、彼女は上に挙げた自分の手を見ることになる。消えかかった明かりと無数の顔を背景に、腕を滑り落ちるブレスレットと、垂れ下がる袖は、あとの名残り、彼女という固体の名残りだった。彼女はロバートのいるところに戻った——ふたりとも一度ため息をつき、まなざしは期待をこめて互いの唇から動かなかった。ふたりは待ち、ふたり同時に口を利いたが、聞こえなかった。

頭上には敵機が一機、やかましい音を立てて、夜の水溜りをゆっくり旋回し、対空砲撃に狙われていた——嗅ぎ出し、中断し、方向転換して、目指す地点に魅せられている。弾幕砲火が炸裂し、咳き込み、吐く。このなかでは鏡のなかで明かりが揺れた。待ち構えている沈黙を貫いて、爆弾が唸りを上げて飛来。爆鳴が耳を打つなか四枚の壁が大きくへこみ、またふくらんだ。ガラス張りのテーブルの上で瓶が踊る。ゆがみが前景を走る。爆鳴がおさまると、唸り声を上げて建物が裂けた。直撃されたのは別の場所だった。

まさに一瞬ですべてが崩壊した。彼と彼女が不動の姿勢で直立していると、やがて崩落の滑降が止まった。なにを口にしたのか、あるいはなにを言おうとしていたかは、いまとなっては彼らのどちらにもわからなかった。最初の言葉は多くの場合、くだらないものと決まっている。彼らの言葉は失われたために、失われた手がかりという意味を持つことになった。次になにを言ったか、代わりになにを言ったかは、忘れてしまった。尋ねなかった質問が最初にいくつもあり、後になっても尋ねなかった。その話を彼らは二度としなかった。最初の出会いの頭が欠け落ちた——おそらく後に、そのせいで、彼らは責任を多少は逃れられたのだろう。ここではただひとつ、気質が一致する者同士の高揚した気持ちだけが、とどのつまり、最初のこの数時間を永遠のものにするきっかけになった。さらに時間が経ち、会うことが必要になるあまり、偶然に頼るのはもう無理となっても、彼らは互いに似通っているために互いが好ましかった。互いに魅了され、魅了に悦びが侵入し、心ときめく捕らえどころのないものすべてが悦びになっていった。彼らは男女の双子という共犯関係にあり、少なくとも愛情に関しては同一の気質がおのおの花と開いていた。あの前例のない未曾有の秋は、周囲すべてにおいて感情が満潮時を迎え、彼ら自身の心の動きを知覚できなくしていた。互いに知り合った最初の数週間は、どこまでが時間なのか、どこまでが自分なのかわからなかった。かつてない空中決戦が彼らを釘付けにしていた。彼らは恋に落ちる前夜に永久に留まっていたのかもしれない。

あの十月の朝まで続いたのがこれで、目を覚ますとステラは喪失感の重さを感じ、一日のまぶしさに意味があるように感じた。水面下にあった夢が夜の間に作業を完成していた。経験というものが、睡眠という衣の下で出した結論は、ロバートの顔が超自然的とも思える近さで彼女の目の前にあることだった。このような一連の夜に人は眠り、なにはともあれ、疲れ果てて切り上げて眠るのだった。しかしどのような眠りであれ、彼女が感じた自分自身と昨日の間に生じた距離の説明にはならなかった――それはまた彼女自身と今日の間にもある距離だった。見たり触れたりするものにまるで現実味がなかった。腕時計も嘘をついているようで、夜の間に時間が狂ったのだろう、もう正午かしら、午後かしらと、空想した――最初の行動は、通りに急いで出て、辺りを見回し、時計がどこかにないか無駄に探すことだった。あらゆるものが動きを止めているように見え、仕事に向いながら戦争自体が終わったのではないかと自問していた――誰とも話さず、朝起きてから口を利いたのはあの年をとった無口な庭師だけだった。なんだって不可能ではない――とはいえ彼女は遅刻だった。タクシーを止めて乗り込んだ。

座席について十分後にロバートが電話してきた。ランチを一緒にすることになった。ふたりがよく行くレストランは、残念ながらと彼が言う通り、今朝は閉店していた――道路にロープが張られたのだ。時限爆弾がどうしたとかというふざけた話だった。ほかでどこが気に入るか、試すことになった。彼が提案した店は、たまたま彼女は来たことがない店だった。ただしその名前は、色々な友達から聞いたさまざまな話で馴染みがあり、フィクションのなかの店のようになっていた。――というわけで、彼女はそちらへ向いながら、本の頁のなかでデートに出かけているような気がした。ではロバート自身もフィクションなのか？　レストランに来る途中で彼女はふたりの短い重くない過去を振り返っていた。門番が回転ドアのなかに送り込んでくれる。ロバートはロビーにおり、出迎えようと近づいてきた。彼女は彼が足を引きずるのを見て驚いた――今日はそれが大いに目立ち、彼が口を開くまでは、別人みたいだった。

太陽と電灯が混然ときらめくなか、ふたりはビロード張りのシートに壁を背にして並んで座った。ウェイターが座った彼らにテーブルを近寄せたので、門が閉じたみたいだった。そのなかで彼らが繰り返し素早く視線を交わしても、どこかしら無理強いされているようで、やっとマーティニが来て、ロバートは顔をしかめるきっかけができ、水滴の出たグラスにその指を触れた。そしていきなり彼が口を開いた。「来てくれてよかった。なにかがあったに違いないと思い込んでいたので」

「どうしてそんな？」

「その種のことが僕の身にも起きるからなんだ」

彼女は一瞬わけがわからず、このむっつり坊やのおどけた振舞いを彼女が笑い飛ばすとでも彼は思ったのだろうか。彼女は煙草をそのまま――彼が口を開く前に火を点けようとしていた――唇に持っていき、探るような目で彼を見た。彼は親指をライターに当てている。映画館では映写機が故障すると、そんなふうに一場面が凍結してバカみたいにスクリーンに残る。

ここにその顔が、彼女が目を開ける前に見た顔があった。色白で、青白くはなく、日焼けが冷めたような色をしていた。この印象派風の明るい顔に、髪の毛と眉毛がもっと濃く見えるということはなく、口ひげもなかった。顔にアクセントをつけているのは陰影だけだった。軍服姿であったために、黄土色めいたカーキ色で彼の目鼻立ちが透明に浮き上がり、その影で表情にはいま緊張感が漂っている。彼が持ち合わせている最も奇妙な特徴は、白熱のような明るさで、それがいま彼の目から薄れているのはそっぽを向いているからだった――炎のような薄い青さが消えている。彼女を見るまいとする姿勢が長引いていて、それはどんな視線よりも強く訴えていた。この場で言うことはなにもないという事実は、彼の口を石みたいに硬く結ばせ、それ自体が語っていた。

彼の視線、口、額から読み取れる彼特有の自然な戯れがなくなると、彼女は初めてその力のほどを思い知った。見知らぬもののなかに見知ったものが幽霊のようにしつこく残っている――振舞い、長くて狭い頭と手の造り、その若さなど――気分屋で、大胆で、抒情的なところが、三十代に入って少し経ったいま、より洗練された感があった。彼はステラより五、六歳若かった。

レストランの壁の丸い金色の時計が日光を浴びて、ロンドン中の時計と同じように、爆撃を受けて止まっていた。彼女が手袋を探し始め、彼がテーブルを前に押し出すころには、彼らの腕時計――この後、ふたつの時計は時間が同時だったことが一度もなく、時計同士の関係が彼らの関係に近くなっていく――で時間がわかり、ひとつは二時半の一分前、もうひとつは二時半の一分後だった。その日がもう二時半ということは、ステラには遅く始まった一日であり、ふたりにとっては遅く終わる一日となった。

習慣は、情熱が用心しなければいけないことだが、それでもなお、恋愛のもっとも甘美な部分でもあるだろう。一九四〇年に続く二年間、彼と彼女はあらゆることで一緒に生きてきたが、同じ屋根をいただくことはなかった。彼らはすぐに互いの毎日の出入りが推測できるようになり、離れて過ごす夜については、また会ったときに二人で物語をたくさん編んだ。計算すると、完全にふたりでいた時間はさほど多くなかったが、そうした時間が磁石になって、残りの時間から多くを引き寄せたので、なにひとつ失ったものはなく、無駄になる時間もほとんどなかった。彼の経験と彼女の経験がだんだんとひとつになって見分けがつかなくなった。背後にあるすべてがひとつの共通した思い出になっていった——しかし互いに単独で存在し、決定し、行動しなくてはならないし、そうしてきた。ひとりでしたことはすべて、態度に出る影にすぎないものになった。彼らは一緒になるのを待って、また生き返り、中断したところからまた生きるのを開始していた。この二重の認識、互いに絡み合った感情が作用して、彼らの周囲にあるものに働きかけた——見たり、わかったり、互いに話したりすると、取るに足りないことがひとつもなくなっていた。あらゆることが織り込まれて、終わりのない愛の語らいになった。それが嵩じて、はっきりわからないことや口に出していないことが、中味と陰影と一貫性を帯びていった。なぜなら、当然ながら、彼らはすべてを語り合う人間ではなかったから。どんな恋愛も独自の詩的な感知能力を持っている。どんな恋愛もその感知能力に合ったものだけを明るみに出してくる。その外側にどうでもいいもののゴミ捨て場が広がっている。

そういう過程にあった最初の冬に、ステラは広場に面した屋敷の一部を借りる生活をやめて、ウェイマス・ストリートにあるフラットに移った。そこは、十九世紀初めに流行った新摂政時代の安ものの室内装飾が余計であったが、夜になると階下が無人になって、家全体が独占できたので、それで帳消しになった。暗くなった後は階段が上へ上へと登り、診察室のドアまたドアが続くだけで、その中で動いたり、耳を澄ませたりする人物はいなかった――静寂が、ステラとロバートが一緒に帰ってくると、何階分もの深さで佇んでいた。繰り返しがふたりの帰宅にしだいに魔法をかけた――帰ってくると、ドアマットの上に配達されている手紙をまたいだり無視したり、夜が来てすでに暗い窓に急いで遮蔽幕を引いたり、手探りで戻ってきたステラの指がランプのスイッチを探すのを、その暗闇でロバートが待ち構えていたり。同時に、ふたつとしてまったく同じ逢瀬はなかった。

最初はロデリックが、恋人たちが同じ家に住まない理由だった――戦闘のさなかにあるロンドンは個人の生活に無関心だし、焼け跡では誰がどこにいても目に付かないし曖昧だったから、ロデリックがいなければ、たやすく同居できた。しかしステラの息子にも、オクスフォードで過ごした幻のような一年が終わる頃に召集令状がきて、彼女とロバートは「いましばらくは」いままで通りにやっていこうと意識下で決めている自分たちに気づき、その「いましばらく」が戦時の時間のあり方そのものになっていた。戦時とは、その場しのぎ、棚上げ、延期、引き伸ばしなどがつきもので、これほどロマンティックな恋愛に恵まれた時はなかっただろう。ふたりは手紙の宛先を統合することも結婚することもさほど真剣に論議することもなく――このまま幸福だったし、潮流のない、催眠状態の、未来のないその日暮しを漂っていた。

夢にまさるものだった。それが育って微笑ましい思いやり以上になり、その幸福感は日増しに安定し確実になっていった。初めてふたりで見出した人生は真剣ではあったが、真剣を越えて、啓示になった。畏怖の念があった。奇跡と言っていいくらい邪魔が入らず、愛の計画が自《おの》ずから開けていった。試練のときは、来るものと覚悟していたが、まったく来なかった。来るという気配もないままにあの日曜日が来て、ハリソンが夕刻、訪ねてきた。

ロデリックが不意にウェイマス・ストリートに到着して、傷がついたその日曜の夜、ステラがもしかしたらと期待した効果がふたつあった――ハリソンを即座に当面追い払ったことと、ロバートからしばらく離れ、その間にハリソンと交わした会話の毒気がおさまることだった。蒸発する性質の毒気ではなかった。そして、ロデリックの休暇が終わると、恋人たちの再会を待つ空気からは、永久の長さを感じた後だったから、再会以外のことはぜひもなく追放された。そういう二晩か三晩を過ごした後、また彼と一緒にフラットに帰ったときに、彼女はいきなり切り出した。「ああ、先週の日曜日はロデリックがいただけじゃなかったのよ――ハリソンという男もここにいたの」

「どの男?」ロバートは面食らって言った。

「お葬式に来ていた人」

「なんだって、彼がまた? 厄介だなあ。君は一生つきまとわれるんじゃないか」

「そうよね。ロンドンて、狭すぎて――どこへ逃げても、ハリソンがいるみたい」

「僕らが彼と偶然出くわしたことはないの?」

「気づいたかぎりでは、一度もないわ。でも彼は私たちを見かけたと思う。あなたを知っていると言ってた」

「ああ、会ってみたいな――だが、いや、聞いても信じられないだろうが、そんな名前の男を僕は知らないと思う。斜視だと言ってたね？」

「斜視と言うのは当たらないかな——もっと、そうね、彼は両方の目を同時に使うのよ。それから笑い声があって」

「変だね。とはいえ、どうしようもない」

「なにがどうしようもないの？」

「彼が誰だか僕にはわからないことがさ。特別な人間という風には聞こえないが。彼はセールスマンではないと君が言ったのは覚えているけど、彼が何者だと言ったかが思い出せない」

「セールスマンじゃないと言っただけだと思うけど……。そうなの、いつもうろついてるのよ」

「彼はおそらく不注意な立ち話《ケアレス・トーク》を聴いているんだな」ロバートは深い肘掛け椅子から身体をえいと起こして、暖炉の上の鏡に映った自分の姿のある部分をしげしげと見た。「君も思わないかい」彼が言った。「このネクタイはもうお払い箱にする時期だと？」

彼女が答えた。「あら——誰が不注意に立ち話をしてるの？」

「誰だってすると思うよ。僕がどんなにおしゃべりか知ってるでしょ？」

「私と話すときしか知らないわ。私は数に入らないわね」

「だったらどうしてハリソンに聞かないんだ、彼は僕を知っていると、いま話しに出たばかりだ——ダーリン、僕は君の新しい友達連中に関心がないわけじゃないが、このネクタイ問題にもっと集中していただきたいな」彼はネクタイをほどいて引き抜き、また座り込んで、ランプの下で入念に調べた。「もうダメだな」彼が言った。「正直に見て、そう思わないか？」

彼はネクタイを寄越した。彼女が言った。「そうね、やっぱりもうダメね」

「ハリソンのネクタイはどうなの——素敵かい？」

「空々しいこと言わないでよ、ロバート」

「それどころか。いまの話だと、彼は完璧なまでに魅惑的かもしれないし。両方の目を同時に使うとか——誰だって考えるさ、君の話し方からすれば、君はいつもひとつ目の巨人か隻眼のネルソン提督と暮らしているのかと」

ネクタイを見て眉をひそめながら彼女は言った。「ちゃんと見せて……」

「うん、問題はこれだよ」

「つまり」彼女は叫んで、両手でネクタイを持って彼のそばに座った。「あなたがしているネクタイなんて、私は判断できないわ。判断なんかできっこない……。たとえばよ、あなたについて誰かがとんでもないこと言ったら、私はどう感じればいいの？」

「このバチあたりと言ったら——ダメかい？」

「それがとんでもないことかどうか、どうしたら私にわかる？」

「だからこのネクタイについてなにも言うことはないというわけ？」

「そうね、あなたの言う通りだわ。もう捨てないと」彼女はそう言いながら、むやみにネクタイを指の間に通したりしてもてあそんだ。「そうよ、もう一本買うのを忘れないで——もう一本持ってないなら？」

「悲しそうな顔をしてる」そう言ってロバートは彼女の顔を見下ろした。「なにを考えてる——『ネクタイ一本分だけ墓場に近づいた』と？　あるいは誰かが告げ口したかな？　僕は二股かけているって」

「いいえ。そうなの？」

「いいや。第一、僕にそんな時間があるかい？」

「ああ、ロバート、時間と言えば、いつにしましょうか、いつかと言っていたことって――あなたのお母さまのところへ行って一日過ごすことだけど？」

「まいったなあ」彼は叫んだ。「そこから戻ったばかりなのに！　次に行くときは、ふたりで行ってもいいけど――まだ君が行きたいなら。それはそうとして、いったいなぜ？」

「だって、いいじゃない？」

「反論はしませんよ。でもまあ、意味はないよ。ひとつあるとしたら僕の父親だけど、もし死んでなければの話だから。でも、まだあのふたりはいるよ、うん、君が会いたいなら――ひと騒ぎあってもいいなら」

「私のことがお好きじゃないのね？」

彼はじっと考えた。「なぜ好きじゃないのか知らないけど、ひとつは彼女たちは誰かを好きになったことがないんだ。いや、ひと騒ぎと言ったのは、僕が誰かを連れてくると騒ぐということでね。君は君じゃなくなるよ。君と僕はとかく人に印象を与えるほうだけど。君は自分を忘れて、誰もそんな期待はしていないと思わないと、その一日は失敗する。――あそこでなにをするつもり――調査かい？　僕の身上調書でも？」

「当たり前でしょ」と彼女。

彼は手を伸ばしてネクタイを取り戻したが、同時に言った。「しかし、いまここで僕がこれをまたつける意味はないよね」

六

ロバートの母親訪問は、数週間後に実行された。十月初めの土曜日の午後、ふたりはロンドン近郊のある州の某駅に降り立った——ロバートは急ぎ足の夢遊病者のような足取りで、線路をまたぐ陸橋の上へステラを伴い、その間ステラはほかのプラットフォームや、頭文字が落書きされた粗末なベンチなどに目をやり、錆びが出た瀬戸引きの広告類はロバートの少年時代からあったに相違なく、新しく貼り出されたポスターは旅行は控えめにと言っていた。褒めてもらいたいくらい旅行はしていないので、彼女の良心は痛まなかった。この五月に葬式で遠出して以来、ロンドンを離れたのは一度か二度だけ。この列車の駅は、ハリソンと一緒にロンドン行きの列車を待っていた駅を思い出させた。共通点は建物自体というよりは（いまいる駅は別の鉄道会社の駅で、はっきりとゴシック風の造りで統一され、黄色というよりは紫色の煉瓦にそれが出ていた）、その場所のせいだった。どちらの駅も駅が乗っている高い土手が、屋根や道路や樹木の混在する低地を見下ろしていた。だからプラットフォームから下を見ると、英国人の生活の一典型が、雑多でありながらも安定した姿を見せていた。プラットフォームそのものにも、パンを稼ぎに出る者たちが、満足して夕方に帰宅する跡がついているようだった

——ここではみな家を維持することしかしていないのだ。この駅と先の駅のふたつの駅は、ステラの心のなかで、もっとも心に残る季節の縮図になった。春に、そして秋には、すべてのものがその秘密を五感に電送してくる。どうでもいいものはひとつもない。もっとすごい。近年では、戦争中だという思いが、どんな平和な情景を見てもガラス越しに見ているような気持ちにさせる。

ただ、五月のあの一日は陰鬱で空も曇っていたが、十月のこの日はすがすがしい好天だった——彼女はここにロバートと来ていて、ハリソンとではなかった。

ふたりが乗り込んだタクシーは、ロバートのために予約したわけでもないのに、驚きも見せず、高台にある駅から下へ走り、トリングズビイ・カントリーとタイアップしたような商店の前を通り過ぎた。ホルム・ディーンというのがミセス・ケルウェイの屋敷で、駅からたっぷり三マイル離れていた。ステラは腕をロバートの腕に通し、大声を上げた。「訊くのを忘れてた——みなさんにはなんと言っておいたの？」

「田園地帯に散歩に出るついでに、と」

「それを知っていたら、ほかの靴を履いてくるんだった。これでは歩けないというのじゃないけど、馬鹿みたいに見えるから」

ロバートはステラが伸ばした足をこともなげにちらりと見て、言った。「アーネスティンはそこまで微妙じゃないから」

「だけど、私のことをなんだと思うかしら？」

「それは僕が姉の頭に叩き込んだと思うよ、君は政府の機関で働いている人で、僕らは土曜の午後は散歩に出るんだと」

「それで、彼女はなんと言ったの？」

「こう言ったんだ、『ハイキングのことね』と。母がなにを考えたかは見当がつかない。いまにわかるから」

「ということは、散歩に出なくちゃいけないの？」

「そのほうがいいかもしれないよ――だって、帰りの汽車まで何時間もあるんだから」

ホルム・ディーンに近づいたことをまず知らせたのは、「**注意　隠れ馬車道あり**」という看板だった。これが常緑樹の列から突き出ていて、その上には見事な落葉樹があった。樹木は奥の奥まで続き、そのおかげで、さもなければ殺風景な白い門に風情のある下地を与え、同時に、さもなければ人通りもない道路沿いのこの地点に一軒の家がありますよという唯一の口実にもなっていた。門番小屋はなかったが郵便箱が白い杭の上に乗っていた。ケルウェイ家の門の飾りとしては役不足なのに、郵便受けが浮かべている薄ら笑いが、ホルム・ディーンが郵便配達のサービスを中央郵便局からもぎ取った勝利を物語っていた。ロバートはここでタクシーを止めてもらい、ふたりで外に出た。手荷物もないことだし、ステラも同意した上で、ドアまで乗り付けるまでもなかったからだ。

馬車道の常緑樹の切れ目からホルム・ディーンがまず見えてきて、放牧場《パドック》や芝生も見えた。屋敷は、一九〇〇年前後に建てられたものに相違なく、それ相当な荘園屋敷《マナー・ハウス》ほどの広さがあり、そそり立つ切妻屋根はたっぷり三階建ての高さ、半木骨造りの張り出し窓とフレンチドアを組み合わせ、バルコニーも二つか三つあった。建物の正面はヴァージニア蔦に半ば覆われ、それがいまは血のように真っ赤だった。意匠を凝らした花壇が窓の下と馬車回しの周囲にいくつかあり、視線は本能的にベゴニアを探していた――ひとつかふたつの花壇にはたしかに名残りの薔薇がまだ見えたが、その他の花壇には上品な種類の野菜が、三日月型の花壇の曲線と星型の花壇の尖った先までびっしりと植えてあった。花壇の回りの芝生だけを刈った跡が曲りくねった縞模様になっている。アーネスティンか子供たちが芝を刈ったのだろう。背景の樹木から、テニス・コートと休憩所、東屋、日時計、ロックガーデン、鳩舎、七人の小人の像、シーソー、丸太で作ったベンチが数個、それに小鳥用のプールがくっきり見えた。ステラは、目が離せなくて、なにも言うことがなく、ロバートはなにか言う理由がなかった。彼らがふたりだけでいるところに、ガマズミ《ロウラスティン》の植え込みの角からいきなり誰かが飛び出してきて馬車道に立ちふさがり、思い切りゲラゲラと笑ったので、ステラはびっくりした。

「なんだ、ハロー、アーニー」ロバートが言った。「いまからどこへ？」

アーネスティンが答えた。「タクシーはどうしたの？」

「返したんだ」

「そうか、あなたたちは歩くためにいらしたんだったわね」アーネスティンはそう言いながら、事情を即座に把握した自分にいたく満足しているようだった。そしてバーゲン品を確保するみたいにステラの手をつかみ、ロバートが紹介するまでもなかった。「ええ、間違いなく」と彼女。「飛び切り上等の日に当たったわけね。だけど崇高なピクチャレスクななにかがあるわけじゃないのよ」

ステラはアーネスティンがロバートより十二歳くらい年上であることは知っていた。未亡人で、ミセス・ギブであることも。彼女とロバートの間にアマベルがいて、インド政府の役人と結婚しているので、戦争のいまはインドに足止めされていた。アマベルの子供たちは安全のためホルム・ディーンに来ており、祖母と伯母が世話していた――それがジョリフ家の子供たちで、女児と男児がひとりずつ、午後にはしかるべき役割を果たすはずだった。アーネスティン自身の息子、クリストファー・ロビンは、この秋にウリッチ陸軍士官学校に上がり、そこが気に入っていた。彼はロデリックと同い年であり、ひとり息子で入隊したということで、ステラはここに来る途中、ふたりの母親の間になんらかの連帯感がもてれば、と期待していた。アーネスティンといざ顔を合わせてみて、ステラはなぜロバートが気乗り薄だったかがわかった。アーネスティンの顔の造作は、一つひとつ見ればロバートとそれほど違わないのに、全部がそろうと犬みたいな顔に見えた。顔は長くて、胴体は短かった。どちらも痩せている。じっと立っているだけなのに、エネルギーが身体を震わせ、どくどくという音が聞こえるようだった。婦人義勇軍の制服を着ているので、必要不可欠の戦時活動から無理やり引き剝がされてきたような、ステラたちのために自ら引き剝がしてきたような感じがあった。しかし、彼女はいつもそんな感じがするのだろうとステラは察した。この人が愛し合い、結婚し、子供を生んだなんて、ウソみたいだ。そのすべてを終えたのが少しも残念ではないと思っている印象はありありとしていた。アーネスティンがステラからロバートに移した視線に人間らしい認識がなく、これは脅威だった。掲示板をざっと見て、これからなにかするべきことがあるか見ているようだった。

「では、ロバート」と彼女。「マティキンズはラウンジにいますから。でももちろん、彼女はずっとタクシーの音がするものと思っていたから」そしてさっき中断した大笑いを、目盛りを数段上げて高笑いにした。それからステラに向かい、こう述べた。「今朝、話していたところなんです、足を撃たれたロバートがやっと歩くようになったって！——では、私、急いで行かないと。お茶のときにまた会いましょう」必要以上の力をこめて自らを自由にすると、アーネスティンは門に向かってダッシュしていき、取り残されたふたりは屋敷のほうに歩いていった。

ステラが言った。「アーネスティンはなにを笑っていたの？」

「ああ、ただ笑っただけだよ」

「だけど、私たちに会う前から笑っていたみたい」

「じゃあ、彼女が僕らを先に見つけたんでしょ」

ステラは考えてから訊いた。「マティキンズって？」

「母のことさ。僕らは母をそう呼んでるんだ」

ホルム・ディーンのラウンジは玄関のアーチ型のポーチからなかが見えた。大型の窓が三つある。しかし、時代もののオーク材の家具で黒っぽく、壁紙は濃い茶色、赤銅色のビロード織のカーテンが、ただでさえお目にかかれない窓からの光線を吸収していた。マホガニー材の家具がいくつか、ダイニング・テーブルやだんまり給仕《サービスワゴン》、それにアップライト型のピアノなどは、ほかの部屋からここに疎開させたものであることがわかった。床置時計《グランドファーザー・クロック》がもう一方の角にあり、これはいつもそこにあったに違いない——時間は止まったままだ。ラウンジのうっとうしい閉塞感は、出口やアーチがたくさんあって戸外が見えるのに、軽減するというよりは増大していた。階段は、明かりをトップライトから採り、空間が許すかぎりの複雑な造りになっていて、あらゆるものの真んなか目指して螺旋を描いて下に降りていた。隙間風を防ごうという明らかな願いから、色々な高さの衝立が置かれていた。ステラは、ロバートの母親に会うために調子を上げたが、まずどっちの方角に向いたらいいかわからなかった。小さな鉢に大輪のオレンジ色のダリアが活けてあるのが目に入り、わざと置かれたおとりみたいだった。物音ではなく、静寂がステラをさっと振り返らせた——ミセス・ケルウェイが、片方の腕に編物を抱えて、すでに椅子から立ち上がっていた。

小柄な、アーネスティンより何サイズも小柄な母親は、空いているほうの腕を伸ばして背の高い息子の肩にふれた。ロバートが頭を下げると、彼女の唇が彼の頰に当てられ、そこに何度も当てられたキスを裏書しているようだった。彼女が言った。「ロバート……」

「マティキンズ……」彼はきもちさらに軽く答えた。そして補足した。「マティキンズ、こちらがミセス・ロドニーです」

「ミセス・ロドニー?」ミセス・ケルウェイはそう言って、疑わしげにステラを見やってから、ふたりは握手をした。「だけど、タクシーはどうなったの?」彼女はロバートに言った。

「門の手前で返しました」

「アーネスティンがずっとタクシーに耳を澄ましていたのよ。馬車道の途中であなたたちを見逃したのでなかったらいいけど?」

「ええ。ちゃんとアーネスティンに会いました——ちょっと羽目《デトラケ》をはずしていました」彼が言った——初めてそれに驚いたみたいな言い方だった。

「土曜の午後だから」とミセス・ケルウェイ。そこでまた彼女が腰を下ろした肘掛け椅子は、どうしてステラは見逃したのか、床のなかほどに置かれていた。この位置も戦略なのか?——そこからは三つの窓が全部見渡せたし、暖炉に付いている鉛枠を施した祭壇遥拝窓も見えた。彼女の水晶の編み針は飛ぶように進んだ――滑らかに、軽やかに、見るからに針自身の意志で動いていた。「馬車道を来るあなたたちが見えなかったら」と彼女。「列車に乗り遅れたと思うところだったのよ」

「ミセス・ロドニーは」とロバート。「田園地帯を歩くのがお好きなんです」

ミセス・ケルウェイは一瞬だけステラの足元を見た。

「ロンドンを離れるのはとても気持ちがいいものですから」とステラ。「それに秋が大好きなんです」そして、座らない理由はないと見て、自分で座った。

「ええ、今日は本当に秋らしくて。戦争中は滅多にロンドンには参りませんのよ、理由なく旅をするなと言われているようなので。でも私は歩くのは好きじゃなくて、編物専門なんです。それにいまは、おまけに、孫息子が軍隊におりますので」

「ああ、私の息子もそうなんです！」

「私はときどき自問するのよ、あとどのくらい長くなるのかと」

「まあ、まあ」ロバートが大きな声で言った。「軍隊は大したものじゃなくても、ロデリックとクリストファー・ロビンが入隊したからには、なにかもっとやらせる気でしょう！」

ミセス・ケルウェイは、顔色ひとつ変えないで、言った。「軍隊のことなんか言ってないわ。戦争のことを言ったんです」編み針が一列の半分を飛ぶように進んだのを見てから、また言った。「あなたが言う『ロデリック』ってなんのこと？」

「ミセス・ロドニーの息子さんです」

「ああ」ミセス・ケルウェイはそうは言ったものの、前より温かみが薄れていた。

コメディが入る余地は、とステラは見た、ロバートの母親との間にはなさそうだ。ステラは、密かな戦慄と、自分自身がここにいるという感覚に生じた亀裂を感じながら、怖くなるほど美しい顔の細密画を目の前にしていた。ミセス・ケルウェイの暗褐色の髪には灰色がわずかに混じり、その柔らかさがダイアモンドで彫ったような顔の造作を浮き彫りにしている。眉毛、鼻、唇はこれ以上高度な繊細さは望めないほどで、影ひとつない明確さがあった。アーネスティンの関心が鈍感だとすれば、母親のそれは妄想に取り憑かれた沈黙の仮面だった。なぜなら、どうして私がしゃべらなければならないのか？――必要なものは全部持っているのだから。それは、彼女のみに関する自己充足した神秘だった。人と交わろうとする意思はなく、軽蔑した言葉の使い方にそれが出ている。ラウンジがいまの有様なのは、彼女のこの性格の受け皿になっているからだ。彼女は室内を選び取り、閉じこもった――なるほど、彼女には外出する理由がなかった。いま座っているところに座り、調えられた芝生をときどき眺め、ときどき眺めもせずに、ホルム・ディーンを取り仕切っていた。これは魅入られた森だった。彼女の力が白い門で終わるなら、世界もそこで終わりだった。

彼女はグレーのニットのツーピースを着ており、毛糸もスタイルも戦前のもので、ネットを重ねて首の回りを包んでいた。

ロバートは母親とステラの間にまだ立っていた――ステラが目を上げると、彼の金髪の頭が黒く光る絵画を背景にしていた。火のない暖炉を背にしたその態度から見ても、女と女にはさまれながらどちらにも機嫌よく振舞う様子から見ても、この会合はいたって日常的なものなのだと思うほかなかった。背の高さと暢気《のんき》さと金髪は、彼が父親から受け継いだものに相違ない――ほかに、まだとってあるなにかがもっとあるのか？　彼が言った。「さて、もう出かけないと？」

ミセス・ケルウェイが言った。「お茶がもう来るわ」

「では、お茶の前にぶらぶら歩いて、散歩は後で？」

彼らが視界の外に出て、心理的な視界は残ったとしても、窓から見えなくなると、彼が言った。

「母は本当は無礼なんじゃなくて、無意識なんだ」

ステラはいぶかしく思った。

「あれ、君は同意できない？」彼が訊いた。

「そうね、ダーリン、そもそも彼女は私には邪悪な人という印象だった。でもそこがあなたにはわからないかもしれない」

「いや、僕はいつもそう思ってる」

「ロンドンであなたは彼女が騒ぐ人だと言ったでしょ。そんな兆しはひとつもなかったけど」

「うん、僕が言ったのは、彼女たちが騒ぐということなんだ。いまのところ、君はひとりずつ会ってるから……、母もアーネスティンもひとりでは騒げない。実際のところ、母は一種のデモンストレーションはしたんだよ。自分のことをあれこれと話したじゃないか」

「あまりないことなの？」

「さあどうなんだろう？　ここには他人は滅多に来ないし、アーニーや僕や子供たちはもうさんざん聞かされているんだ」

「私が他人だから特に話したのね？」

「そうさ、まずは君が他人だから」

ステラは、仔馬が一頭、こちらにはなんの関心もなく、ただ立っているだけのパドックを横目で見ながら言った。「でも子供たちはどこにいるの？」

「土曜の午後は――いや、お茶のときにきっと会うよ」

子供たちとミセス・ケルウェイとロバートとステラは、マホガニーのテーブルの回りに座った――むき出しのテーブルは、何枚かのマットと皿、ミセス・ケルウェイの向かい側に置かれたお茶の道具が載った漆塗りのトレー、菓子パン、食パン、まだ切ってない、長く置かれていたらしいケーキ、いかにも美味しそうなスモモのジャムの壜があって、むき出しのテーブルが和らいでいた――そこにアーネスティンがさっと飛び込んできて、食パンを切り始めた。切った食パンを寝かせたナイフの刃に乗せてみんなに回した。「おや、おや」ロバートはパンを受け取りながら言った。「ミセス・ロドニーと僕は配給のバターを持ってくるのを忘れちゃったな」これでステラはバター問題の段取りをどうつけるかに目を惹かれた。家族はそれぞれに自分の取り分があり、色々な色をした貝殻型の陶器の小皿にそれがはいっていた。今日が、あてにならない一週間分の配給の当日だった。節度を忘れた結果は、一週間がたつにつれて、裁きが下るという仕組みだった。ステラはロンドンのひとり暮らしという自由な生活習慣から、レストランに出入りしていて、銃後の国民が抱えているさまざまな現実のいくつかを回避してきた。どういうわけか、色つきの貝殻型の小皿を目にしたことで、目下のところなににも増して、さもしくて、いじましい感じがした。もっとも、その段取りには感心するほかなく、奇抜で、率直で、公平そのものだった。彼女は急いで言った、お茶のときは何も食べませんから。「私のバターを少し差し上げますよ」とアーネスティン。「でもきっと気詰まりな感じがなさるわね」

ロバートは菓子パンをひとつとり、大きくふたつに割って、スモモのジャムをたっぷり塗った。「あれ、なんだ！」甥のピーターが始めて口を開いて抗議した。姪のアンが述べた。「ロンドンではそうしてるの？　たくさんジャムを使うのね、ものすごくたくさんね」

「闇市でね」ロバートは口の端から言った。

アーネスティンのこれに対する高笑いには警告する調子があった。「忘れないでね」と彼女。「私たちはなんでも鵜呑みにするんだから。どうやら私たちは英雄崇拝なんだから」アンは、目を伏せて、自分の顔が赤くなってくるのを怒っていた。このジョリフ家の子供たちは、九歳と七歳くらい、もっと幼いときに編んでもらったセーターを着ていた。ふたりとも頭の先から足の先まで自己満足のかたまりだった。犬の形をしたピンクのプラスティックのブローチがアンの胸のところに留められている。ピーターは組み合わせ文字の付いた腕章をこれ見よがしに付けていた。アンが言った。「アンクル・ロバート、刑務所送りになったらどうするのよ！」

「そうなったら、面会に来ないといけないよ」

行き過ぎだった。アンはそれが耐えられなくて、セーターの網目を強く引っ張っていた。「いまに涙がこぼれるんですね」アーネスティンが言った。ミセス・ケルウェイはもの思わしげに子供を見たが、いくら探しても言うことは、これしかなかった。「もしご面倒じゃなければ、グラニーはパンが欲しいんだけど」――「あら、マティキンズったら、だけどもう差し上げたわよ?」――「いいえ、いまはまだよ、アーネスティン。初めに私がお茶をついだの。その後あなたがバターの話をしたのよ」ステラはピーターのほうを向いた。「教えてくれる、あなたの腕章にある文字はどういう意味なの?」

「あなたが聞いたこともないことです」ピーターは短く答え、ロバートの視線を諦めずにとらえようとしていた。「アンクル・ロバート、タクシーのガソリンをそれほど節約してませんよ、門のところで降りたって。タクシーはそのまま一マイル以上も行ってUターンしないと、道路に戻れないんだから。ここまで運転してくれれば、ドアの前ですごく簡単にUターンできるんだから」

「もう決心したよ」とロバート。「二度とああいうことはしない」

「私たちはキリみたいな鋭い目を持ってるのよ」とアーネスティン。「ピーターさん、その腕章を門の外では付けてないでしょうね?」

「人目を避けていたから」

「避けるも避けないも、私がいつも言ってることはわかってるわね。ゲームはゲームでも、この戦争は本当に深刻なのよ」

「うん、アーント・アーニー」

「ミセス・ロドニーにお聞きして、もっとお茶を召し上がるかどうか。もし『はい』とおっしゃったら、カップをこちらに、でもスプーンを落とさないで」

「ミセス・ロドニーは」とミセス・ケルウェイが口をはさんだ。「午後のお茶はお好きじゃないのよ」

「ああ、でも、私はたっぷり飲むんです――お茶は、ええ。オフィスの悪い癖ですが」

ミセス・ケルウェイは目を見張り、オフィスの悪い癖がここにもあてはまるのか考えた。それから言った。「私たちはいまは一日一回だけお茶を飲みます。さもないとお客様に十分お出しできませんから。週日には娘は婦人義勇軍でお茶をしてくることもありまして、そんなときは、子供たちさえいなければ、私もお茶抜きでという気になるんですよ。このテーブルでの午後のお茶は、私には同じお茶と思えなくて、だって、午後のお茶をよくいただいていた折り畳み式《ゲートレッグ》のテーブルは応接間に移さなくてはならなくて、ピアノを応接間から移したんですよ、ここに置くというので。寒いところでアンに練習させられませんからね。アンは彼女の祖父そっくりなのよ。燃料不足が報じられてからこっち、私たちはこの部屋に集まることにしたんです、いちばん真んなかにありますし。娘は寒さを感じないんです、動き回っていて帽子を脱ぐ暇もないくらいですわ。息子が言うには、ロンドンでは戦争に気づかないんですってね。でもあいにくここでは、まったく違います。以前は、もちろんロバートは色々とかいくぐってきましたから。お話ししたくないほどあるのよ」彼女は言い添えて、ロバートを見た。

ロバートを見ないでステラは言った。「そうでしょうね」

「ここでは無口が言葉なのよ」アーネスティンが言い足した。「そうよね、子供たち？」

アンが言った。「アンクル・ロバートはあまり無口じゃないわね」

ロバートはケーキにナイフを入れながら言った。「うん、僕が情報を漏らさないなんて誰も言わないさ。問題は君だよ、アーニー、君が話を聴かないんだ。あのダンケルクの撤退のことで、話せないことなんかひとつもないよ。——そろそろ新しいケーキを買う頃だと思わない？」

「だってそれはまだ食べてないんだから」アーネスティンが反対した。「ミセス・ロドニーだって、私たちをご覧になれば、きっとわかってくださるわよ」

「幸いミセス・ロドニーはケーキは食べない」

「へえ、どうして？」アンが叫び、ステラのほうに向き直った。「もしかして、太るのが心配なの？」

「自分よりも年上の人に、『へえ』なんて言うんじゃないの、いい子ね。ミセス・ロドニーは、ケーキが欲しくないなら食べなくていいの。いつも違うと言ってるでしょ、イギリスとドイツは」

ピーターはセーターがきつくてもそもそしながら言った。「ナチスだったらきっと強制的に食べさせるよ」

ミセス・ケルウェイは、息子のさっきの発言以来、遠い感じのする氷のような澄んだ視線を息子に注いだまま言った。「でも撤退なんて、いまや過去のことだわ」

太陽が沈むなかでお茶が続き、化学変化のように黄色くなる光線が樹木の境界線を目立たせていた。反射光が、芝生を横切ってラウンジに入り、セルロイドのような薄い光沢を室内の暗がりに与えていた。ステラは親指でテーブルの端をぎゅっと押して、これが自分が生き伸びてきた瞬間であることを確かめた——気絶する一瞬前のように、彼女はあらゆるものを暗くなっていく望遠鏡で見おろしているような気がした。場面に焦点を合わせてもう一度見ようと、彼女はティーポットの表面の釉薬《うわぐすり》に映った窓の映像を見つめ、あえてロバートをもう一度見ると、彼はテーブルの向こうに座り、彼女の向かい側にいて、甥と姪に挟まれている。遅い午後が彼の青い目に射し込んでいて、総天然色《テクニカラー》で撮った映画のなかの若者に見えた。彼と自分の間の回路は、断ち切らなければならないことは予期していた。彼女は退屈、麻痺、さらに奇怪さすら予見していた。しかるに、ふたりでホルム・ディーンに来て礼儀を守ったのに、この予期せぬ吐き気を感じるとは？　この冒険は、それ自体が行き過ぎた悪趣味と無謀にほかならず、彼ら自身には不体裁でさえあった。ミセス・ケルウェイのティーテーブルとその上に乗っている陶器と食べ物ほど超自然めいたものはなく、それがふたりの間に割って入っていた。しかし、ティーテーブル、それひとつで十分だった。ステラは密かに言うだけだった、イギリス人は並外れている——だって、もしこれがイギリスでなかったら、これはなんだかわからなかった。ミセス・ケルウェイを筆頭とするこの一家は中流階級ですと言うだけでは説明にならず、さらになんの中流ですか？という質問が残ってしまう。彼女が見るに、ケルウェイ一家はなにもない無の中間で宙吊りになっていた。なにもなくなってもまだ宙吊りになっている彼らの姿が見えた。しかもその状態について彼らは身ぶるいひとつ感じていない。彼らのエコノミーは推し測れない。彼らの結論は道徳上なのだ。

ロバートとの絆の曖昧さはともかく、ステラはホルム・ディーンに来て、雑種の不確実さと不安を一つひとつ感じていた。彼女は、彼と同様に、係留をゆるめてきた。しかし、彼女が後ろに残してきたものが自分の背後で消滅する一方で、彼が後ろに残してきたものは否定できずに残っていた。これまでのところ人生が積極的に彼女に供給してきたのは、切り捨てた過去だけだった。彼女が抜け出してきたのは、死に絶えるのに予測がつかないほど何世代もかかる階級であった——最近まで土地を所有し、まだ土地所有を回顧するジェントリー階級だった。立派な壊れかけた門が芝生に向かって開き、教会の壁の回りには記念碑がいくつも並び、いまなお、場所は離れていても、彼女の結婚前の名前にある種の臨場感を与えていた。確固とした地位の生まれであったが、彼女がいまの自分はなにかと問うことは滅多になかった——まして地位の中味を問うことはなかった。他方、ミセス・ケルウェイとアーネスティンは彼女たちなりの自明の地位を占めていた。

それ以上の思索は、アーネスティンの例の高笑いがまた始まって中断された。この笑いは、ステラは実はこの屋敷を見たがっているのだと言ったロバートの言葉に対する反応だった。でも、いますぐ外に出て散歩しないといけないんじゃない？と、アーネスティン。間違いない、とロバートは答えたが、屋敷が先でもいいじゃないか？　でも遅くなると、とアーネスティンが返す、太陽が沈んでしまうか、悪くすると曇るかもしれないわよ。太陽はそれほど急いでいないよとロバートが言い張る。でもミセス・ロドニーはおわかりかしら——ここでアーネスティンはステラのほうを向く——屋敷は見た目には古めかしいけれど、実際はそう古くないことは？　オーク材の梁も、正直に全部言いますけど、イミテーションなの。それに——もしステラが仮にもその気になるといけないから——ホルム・ディーンはいまも将来も貸し出すつもりはないんですよ。ステラは、まさかそんなことは望んだこともないと答えた。だったら、とアーネスティンが続ける——もちろん私はいいんですよ——晴れたこの午後をどうして無駄にするんです？　ロバートは、見るからにカッとなって、ステラは室内装飾に興味があるのだと言った。するとミセス・ケルウェイが即座に言った。「残念ですが、その種の物はここにはないのよ。あなたの父親はなんでもシンプルで良質のものが好きだったの。それに、戦争のせいで、上等のお部屋は閉めてあるので」

「じゃあ、僕のクリケット仲間の写真を見せようかな」

「あら、まあ」アーネスティンがまぜっかえした。「ミセス・ロドニーはあなたが見栄っ張りだとお思いになるんじゃない?」

「僕らも行っていい?」子供たちが叫んだ。

「だめだよ」と叔父が言った。「どうして芝生で体操をしないんだ?」

「僕らが見えなくてもいいの」

「窓から見えるよ」

最上階のロバートの部屋へ行く階段の途中で、ステラが言った。「あなたのせいで私は覗き屋だと思われたわ」

「君は覗き屋でしょ? でも、悪い印象を与えたと思うのはやめたほうがいい。なんの印象も与えていないのは僕が保証するから」

ロバートの部屋は屋根裏にあってそれが断然有利だった。たっぷりとした切り妻屋根いっぱいに窓が開いていた。斜めになった天井がぐるりと頭上にあって、テントのようなロマンティックな薄明かりになっている。壁の真っ直ぐになった部分にそって見事なマホガニー製の家具が置かれていた。化粧板の表面に傷ひとつないこれらの家具は、彼が大人になってから入れたことを証言していた。少年時代のこの棲家から階下に移るのを嫌がり、甘やかされてそれが聞き入れられたに違いない。二階にあった大人向きの掛けふとん《コンフォート》が階上の彼のもとに運ばれていた。それらが少年時代の物語と混じり合っている。「大学《ヴァーシティ》」の椅子は色褪せしないブッチャー・ブルーで張り替えてあった。回転式のスタンドがその椅子の肘のところに注意深く立っていた。暑苦しそうな、新しそうな四角いペルシャ絨毯がリノリウムの床をうまく隠している。ガラスのケースにはそれぞれコイン、鳥の卵、化石、蝶々の標本が収めてあり、かつては夢中になったか、夢中になったと思われる品々が目を惹くような場所に打ち留められていた。銀杯やその他のトロフィーは、金具に掛けたり台の上に乗せたりして、暖炉の上でピラミッドを築いていた。そのほかにもっと驚くべきものがあった——六十枚から七十枚の写真で、スナップあり団体写真あり、台紙に貼り付けたり額縁に入っていたり、大きさと重さに応じて、ぎっしり並べて壁の二面を埋めていた。すべての写真にロバートが映っていた。ひとりで、または友達と、知人や親戚などと、あらゆる年齢の彼がいた。

「我がいとしきロバート……」一分ほど黙っていたステラが言った。

「わかってるよ……」

「あなたがなにも言わなかったから——全部自分で飾ったんじゃないでしょ?」

「うん——だけどご覧の通り、自分で片付けなかったんだから」

「じゃあ、お母さま? ——アーニー?」悪かったと感じて彼女は言い足した。「ふたりともあなたのことが大好きなんだわ」

「だったら君だって気がつくはずだよ」と彼。「母も姉も階下の部屋に掛けたってよさそうなものだと。違うんだ、彼女たちは僕が自分を大好きになればいいと思ってるんだ」

「それにしても……」彼女は展示物を見て回ることにし、彼にはそれがどうあれ、彼女にはもてなしだった。そして彼が最後に言った言葉を思い出して、言った。「だけど、あなたは自分が大好きじゃないみたいね」大きく引き伸ばしたロバートのスナップ写真の前で彼女は立ち止まった。フランネル地のテニス・ウェアを着て、夏のドレスを着た背の高い美人と腕を組んでいる。「こちらがデシマね？」（彼はデシマと短期間婚約していた）

「そう」ロバートはそう言って、肩越しに写真を見た。

ステラはデシマの写真を取りおろし、光の近くに持っていった。「はっきり言って、彼女のどこがいけないのかわからないわ」

「いけないところなんかなかったさ。彼女のほうが僕のいけないところに嫌気がさしたんだ」

「ちょっとびっくりよ」彼女が述べた。「お母さまたちがこれをはずさないなんて」

「フランネル姿の僕がほかにはないからだろう」

彼女は写真をもとの釘に戻し、また見回した——今度見たのは幅の狭い氷みたいなベッドで、端から端まで糊のきいた白いカバーに包まれている。後期シェラトン様式の書棚がベッドの横にあり、中の書物は未使用のために滲み出してくる分泌物かなにかのせいでゴムでくっつけたみたいだった。背の高い衣裳台の上には背面に頭文字を組み合わせたブラシがいくつか背を上にして、乾いた刷毛を踏んで立っていた。すべて塵ひとつない。新しい空気があらゆる危険を伴って入ってきた——彼が窓を開けたのだった。彼女が叫んだ。「ロバート、この部屋には誰もいないみたい！」

「こんなに誰もいない感じがしたことはないな。僕がここにもどってくるたびに打ちのめされるんだ、僕は存在しないという感じがして――いまだけじゃなくてずっと前からいないんだ。そんなわけで信じられないよ、君と一緒にここに入るなんて」

「でもこのときはなにをしていたの――このときとか――このときとか?」彼女は写真を次々と指差しながら訊いた。「だったら、あなたがしてきたようなことを誰がしてたの?」

「訊くのはいいが。僕はいまわからないだけじゃなくて、その頃も全然わからなかったんだと思う。上品に裸になった赤ん坊が、毛皮の敷物に爪を立てている写真に、優勝カップの上で作り笑いをしているもの、短パンをはいてトムソンと岩の上に立ってるもの、教会の外で案内人をしているのはアマベルの結婚式のときで、アーニーのラプラドールの首輪をつかんでいるのや、オーストリアのキッツブールにいるのや、デシマと一緒に映ってる写真とか、あれはピクニック用の籠だし、デズモンドの馬とか……」

「だけど、どれもそのときはそれなりの瞬間だったのよ」

「イミテーションの瞬間さ。生まれたときからの行動をいちいちたどるのが、そうだな、犯罪的だとしたら、これが僕の犯罪歴さ。人を正気でなくするのにこれ以上いい方法を思いつくかい、その人のウソを全部壁に釘で留めて、彼が寝なくてはならない部屋のいたるところに貼り出すほかに?」

「バカなことを」と彼女。「壁一面に貼ってあるだけじゃないの」

「それにしても、なにが狙いだと思う?」

彼の腕にそっと腕を通してから彼女が言った。「そうじゃないわ、あの人たちはただ、あなたが死んだかと思ってこういう部屋にしたのよ」

「あれ、ひどいな、ステラ、それって最低じゃないか?」

彼女は腕をほどいて化粧台のところに行き、しっかりした取っ手をつかんで引き出しをひとつ開けた。ナフタリンの匂いがして、畳んで上に置いてある薄い紙に彼女は感心した。「ソックスだわ」彼女は薄紙の下を覗いて言った。「綺麗にしまってある。ロデリックにもアーネスティンが少しいてくれたらね」それから引き出しをすっと閉め、ため息をつき、椅子と同じクッションのある窓ぎわの椅子《ウィンドウ・シート》に座った。開いた窓の窓枠に片方の肘をつき、ロバートの部屋をそこからもの思わしげに見回した。

「君はなにを本当は考えているのかなあ?」彼が言った。

「私のせいであなたがお茶のときにああなったのか、または、ここではあなたはつねに恐るべき子供《アンファン・テリブル》なのかなって。アーニーは飼っていたラブラドール犬をどうしたのかしら。それに、ことに、あなたのお父さまはどういう人だったのかなと。あなたとご一緒の写真では、とても素敵な方のようね」

「素敵だったよ——アーニーのラブラドール? あれはミュンヘン会議の週の途中で死んだんだ。ああいう大型犬は敏感なんだね。犬って、なにも知らないのに感じるんだね——父もそうだったんだと思う。とかなんとかあったから、彼が死んだときはものすごくホッとしたなあ。僕は、だけどね。うん、僕と父が映ってる写真をみんな見てよ! 僕らはお互いにとって、かっこよくて恥ずかしい存在だった——それに、言うまでもないが、この家に僕らしっかり一緒に放り込まれてさ。なにか期待されていたんだね。僕はどっちを向いたらいいのか迷ってばかり、振り返ってみると、父もそうだったことがわかる。いや、実は僕はその頃すでにそうと気づいていたと思う」

「じゃあ、あなたはどっちを向いたの？」

「選択の余地はなかった。彼のほうがしつこくて、僕らは未来永劫お互いの目を覗き込むばかりだった。文字通り互いが互いの視線を反らせなくなり、身動きが取れなくて麻痺状態に陥ったものさ。彼の目の虹彩のなかにある静脈を、残らず地図にして描けるんじゃないかな。だから眼球を覆うゼリー状のものは、そのなかになにがあるにしろ、それ以来目にしたくないものになってしまったんだ――君は気づいてるんじゃないかな、僕は滅多に君の目を覗き込まないでしょ？　君の目を見るのとはまったく別のことなんだ。蛾の羽のような君のまばたきや、瞼を開くときのもの憂い様子を最初に見たときに、僕は惹き付けられたというよりもなんだかホッとしたんだ――僕は感じたのさ、君は知らなくても、僕らは同じ種類の照れ屋さんなんだと。父親の場合は、壊れたバネを見ないわけにいかなかった。少なくとも僕には嫌でも見えた。君も思うでしょ、それが父になにをしたのか、僕が自問しないはずがないと。――どうかしたの？」

「べつに」

「君は黙っていればいるほど考える人だから」そう言いながら彼は部屋を歩き回り、蛾の標本とコインが入ったケースの前で立ち止まった。「とはいうものの、君は僕の父のことをきっと好きになったと思う。見ての通りの顔をしていて、不面目を威厳めかして取り繕うこともあった。そう、もし君が、誰であれ君のような人が彼を愛していたら――しかし、いや、いつであれ、彼を愛することが間に合ったとは僕には想像できない。僕が覚えているかぎりでは、もう手遅れだったんだ――それに、彼の視点からすると僕には想像できないんだ、これ以上にさらけ出すような事が起きたことが。清算ということだったんでしょう。ひとつの意味をのぞいて彼は不能だった。それは彼と僕の関係から生じたことでね。彼の身に間違いなく起きたと僕が思うことは、うん、僕らが彼の家にいる間は、言わないよ。彼は自分から結婚に閉じこもってね、アーニーのラブラドールが自分から首輪に閉じこもっていたみたいに。とはいえ……」

「アンはお父さまに似てるの？」

「アンが？」彼はぽかんとして言った。「どうして？」

「あなたのお母さまはさっきおっしゃったみたいだったわ、アンが練習するためにピアノをラウンジに移させたのは、アンがあなたの父親に似ていたからと」

「ああ、うん、父は聞き覚えで曲を弾こうとしていたなあ。そこへいくと、アンはピアノを正式に習っているんだけど、へたくそでね。母の不合理な推論《ノン・セク》は、もちろん、人には見えないつながりがあるんだね。父についてなにかほかに？　経営手腕はあったんだよ、でなければ、僕らはいまのような状態にいられなかったんだから。そう、わりに早く引退できたし――なにをしたかったんだろう？　息子への義務として僕を世に出してくれたし、ふたりの娘には結婚したときに受け取れる相当な金額を遺すように手を打ってあったしね。その後にきた恐慌は投資に多少打撃だったが、それほどの損失でもなかったんだ。父の遺産で母親も従来通りに十分やっていけるんだし」

「あなたにはいくら遺したの？」

「現金で一万ポンド。母が持っているものは母が好きなように使えるが、この屋敷は別で、彼女が死んだときにもしこれがまだ家族の所有物であれば、アーネスティンと僕にくる」

「どうしてこれがもう家族の所有物でなくなるの？」

「ああ、売りに出しているからさ、そうなんだ。実質的にはつねに売り出し中なんだ。父は、僕らが越してきて一年か二年したら、またこれを不動産屋の物件に乗せてしまってね。なにかが気に入らなかったわけではなくて、もう一回変化が欲しくなるだろうと見越していたらしい。事実、サリー州のライゲットの郊外にあるフェア・リーという屋敷に心を決めていたんだが、誰もここを買わないでいるうちに、ほかの人がフェア・リーを買ってしまって。僕が生まれたのはロンドン付近のチズルハースト（現ベクスリー）のそばのエルムズフィールドという名の屋敷で、そことここの間に、もうひとつ、西部のヘメルヘムステッド郊外のメドウクレストという名の屋敷に住んでいた。君の目にはきっとどれもまるきり同じに見えるかな、そうフェア・リーも含めてだけど——それは僕は見たことがないので、かえって夢として残ってるんだ」

「こうも考えられるわね、誰かフェア・リーを出た人が、喜んでホルム・ディーンを買ってもいいのにって」

「なにかがどこかで潰れてしまう。金の折り合いが悪くてね。そこまでする価値があるかどうか買い手はわからなくなるし、浴室の数が足りないのに僕らの要求する金額が大きすぎるのか。払った額より高く売れないなら、死んだほうがましということになってね。それだとやはり軽く見られた、と君だって思うでしょ」

「でもアーニーはたったいま明言していたじゃない、ホルム・ディーンは賃貸物件じゃないって」

「彼女の言う通りなんだ。貸すんじゃなくて、売るんです。世間体がまったく違う。ご迷惑はかけていないよ、戦争が始まる前から見に来る人がいなくなっちゃった。同時に、僕らは身内同士でもこの件を話題にしないんです、だってみんなピリピリするから。これは父がさんざんやった失敗のひとつで。というか、僕らはそう考えてきた。いまは、幸いにも戦争が僕らの面子を保ってくれている。この家に住みながら居心地が悪くて。いまは戦争で我慢する意味が出てきたからね」

「それはそうだけど、悲しいことだわ」とステラ。「落ち着かないでしょ――さぞかし？――私、考えが足りなかったわね」彼女は窓の外に目をやり、見捨てられた庭園を見下ろすと、小人たちのフィギュアや鳥のプールや丸太のベンチなどが、あてもなくさまよっているように見えた。屋根裏部屋のこの高さから見ると、樹木のてっぺんを見通すことができた。森のように密集した感じは幻のように消えていた。枝に残った枯葉が空を背景にしてぼろぎれのようだ。ミヤマガラスはどこにもいない。透明な夕闇を通して見ると、芝生にある花壇の模様にも永遠性はなく、青ざめた薔薇がまだ咲き残っているのは、今年最後の薔薇というだけでなく、この場所で咲く最後の薔薇だから、であろうか。

「どうやって生きていくの」彼女が訊いた。「誰だってどうやって生きるのかしら、もう何年もの間、いまに終わりにするとずっと言われてきた場所で？」

「ああ、だけどいつだってほかに場所はあるからね」彼は気安く言った。「すべてのものが移動できるさ、一切合財。だって、あらゆるものがほかの場所からここに持ち込まれたんだ、また動かすつもりでね――巡業で芝居の書割を劇場から劇場に運び出すようなものさ。どこでだって、また組み立てる。同じ幻を見ることができるんだ」

「あなたはこれも幻だと言うの?」

「幻のほかにこんな力を持つものがあるかい?」彼はひどく投げやりな仕草を見せた——それから、ふたりの間にできた溝を埋めるように、ウィンドウ・シートの彼女のそばにドシンと座り、彼女の手を取った。窓の下で動きがあり、ステラはまた振り向いて下を見た。ふたりの子供が元気に行進して来て芝生の上に姿を現し、上を見上げてから、体操を始めた。「あら、子供たちが」彼女は叫んだ。

「で、あなたはふたりを見ると約束したのよ」

アンとピーターは約束が守られたことを知り、知ったということを、いっそうの努力と、のぼせたおでこと、食いしばった顎で示しただけでなく、一回でもチラッと視線が泳がないように目を据えて、叔父さまの窓を二度と見ないようにしていた。上から見ると、ふたりは電流でしびれたヒトデみたいだった。ステラは、窓枠の高さより低いところでロバートの手を握ったまま、彼らの演技を眺めていたが、彼との間に子供がいたらと思い、そういう子供はどんな風だっただろうという考えに移っていった——「息をとめないで!」ロバートが急いで叫んだ。それを聞いてアンの口がパッと開いた——彼女はぺしゃんとつぶれて、よろよろとなって、芝生の上に倒れこみ、はあはあと喘いだ。しかし、ピーターはどんどんやり続けるので、ついにロバートが言った、「もういいから」と。ステラはなにかしないといけないと感じて、ヒステリックに拍手したら、みんなといわずロバートの態度からも伝わってきた、そこまでやって欲しくないよ。「あら、いやだ」とステラ。ロバートが言った。「気にするなよ」

「暑い、暑い!」アンがふうと息をつき、寝転がったたまま、せわしく上下する胸からセーターをむしり取るように脱いだ。「私たち、心配だったんです、あなたたちがさっさと散歩に行っちゃうんじゃないかと」

「だけど、誰もいなくなったって、僕らはここまでやったよ」ピーターが補足した。「やるって言ったんだから」

「もっと前にするところだったのに、おばあちゃまに呼ばれちゃって」

「秤に使う半オンスの分銅が見つからないんだって」

「おばあちゃまは、ロンドンであなたに出してもらいたい小包の重さを量りたかったの」

「ロンドンであなたに量ってもらうしかない、と言ってました」

「量れないんです、その分銅が見つからないから」

最初は息が切れて話が途切れがちだったが、いまやアンは起き上がり、ふたりそろって元に戻り、ロバートの窓の下に立ってべらべらとしゃべり続け、クリスマスの合唱隊《キャロル》みたいだった。子供たちは、しゃべるよりは、そのほうが向いているように見えた。ふたりともお茶のときはだんまりを通していた。おしゃべりがやみそうな理由がまず見当たらなかったので、ロバートとステラはやむなくしずしずと引き下がり、微笑しながらバルコニーからだんだんと姿を消す皇族方の真似をした。というか、そう、アリスのチェシャーキャットのような、ニタニタ笑いを窓の空気に残して消えた。ステラがこれを無事にやり遂げようとしていると、不意に背後からアーネスティンが部屋に飛び込んできて、びっくりするような大声で言った。「ああ、やっぱりここだったのね！」

「ああ、そうだよ、アーニー」とロバート。「なぜ？」

「もう散歩に出たと思っていたら、子供たちが怒鳴っているのが聞こえたので、二と二を足したの。言わせてもらうけど、あなたたちを捕まえられて本当によかった――マティキンズがロンドンで出して欲しい小包があるの」

「どうしたんだ、ここの郵便局になにかあったの？」

「別になにも」アーネスティンは地元に忠実だった。「でも、だって、ここのは日曜日はやってないけど、ロンドンではやってるでしょ」

「そんなの初耳だな」

「ええ、マティキンズも何軒か開けているのは御存じなの。でも、知っての通り、この頃は一秒でも大事だから。ミセス・ロドニーはかまわないとおっしゃると思うわ」

「お安い御用ですわ」ステラが言った。

「だけど、ちょっと待てないのかな」ロバートが言った。「僕らがここを出るときでいいでしょう？」

「第一に」とアーネスティンが説明した。「最後の瞬間はたいてい急ぐから、説明する時間がなくなる。第二に、私自身が急用で出かけなければいけないかもしれない。だから私は考えました、ちょっと面倒があったことを伝えたほうがいいと――あちらこちら、悲しいかな無駄に探しまくったのよ、重さを量るマティキンズの小さな機械に使う半オンスの小さな分銅を。そのために、母はさっぱりわからなくなってしまったのよ、小包に貼る切手が足りないかどうか。いつもこれがすごく難しいの。ほら、母は誰かにお金を借りるのが嫌いだから、小包に添えて三ペンスを、万一のときのために、階段の下にあるオークの戸棚の上に置く算段をしているの。もしあなたが郵便局で小包の重さを量ってもらい、母の貼った切手が、やっぱり、足りなくなかったことがわかったら、次のときにお金を返してあげてくれたらいいのよ。これですっかりおわかりね？――すべてが階段の下のオークの戸棚の上にありますから。実は、いまから私が行ってその算段をするところよ。では、ロバート、あなたは忘れないと思っていいわね、あるいは、あなたに思い出してもらうように私から子供たちに言ってきましょうか？」彼女は窓辺に駈け寄り、外を見た。「ダメだわ、では、そうと決まりね」と彼女。「子供たちはもういなくなったみたい――だけど、きっとどこかにいるわ。思い出させてくれとあの子たちにあなたから言っておいたらいいわ。もしそうするなら、それを必ずマティキンズに知らせてね、散歩に出るときに、あなたが子供たちに思い出させてくれと言っておいたと、さもないと母があれはどうだったかしらと考えてしまうから。彼女はラウンジにいます。もちろんいつでも母はそこにいて、あなたたちをお見送りするでしょうけど、誰だって母に余計な心配をさせたくないでしょうから。――もちろん私は知らないわ、あなたたちがどちらに散歩に行く計画なのか、ロバート、でもどこかに行きたいなら、もっと早くに出かけないといけなかったわね。つまり、すぐに出かけないと、あなたはミセス・ロドニーをウソの理由でお連れしたことになっちゃうわよ」

ステラが言った。「私がいけないんです。写真を全部拝見していたので」

「ええ、きら星のごとく、でしょ？」アーネスティンが言った。「ロバートは写真写りがいつもいいのよ。ところが私の息子のクリストファー・ロビンは、叔父とは違い、カメラを見ると逃げ出すんです。でも、ここにあるのでそれなりに過去を思い出すわ――また曲がってる！」と彼女は叫び、駈け寄って何枚かをまっすぐにした。「なにかしたんでしょう、ロバート？――ロバートが話しましたか」彼女はそう言ってステラのほうを向いた。「これが私の妹のアマベルです、子供たちの母親よ、彼女が結婚する前にロバートとゴルフに出かけるところだったたっけ？　妹は、インドに行ってからずいぶん体重が減ってしまって……。これが父よ、病気になる少し前ね。エネルギーと陽気さを発散した人だったけど、ある意味でロバートは彼に似ているかしら……。それにこれは、可哀相に、私の犬よ」

「ええ、ロバートから聞きました」

「彼は人間性をとても信じていましたわ」アーネスティンはそう言って、初めて顔が感情で紅潮した。「もちろん、子犬のときにうちに来て、誰ひとり彼を失望させなかったと思うと嬉しいわ。私はよく思うんだけど、もしヒットラーがあの犬の目をじっと見ていたら、話はずいぶん違ったんじゃないかしら――ちょっと静かに。また電話が鳴ってる！　誰か私に用事があるのよ！」

ロバートとステラは、アーネスティンが出た後しばらくしてから、階下に降りた。ミセス・ケルウエイがラウンジの中央にいて、編物から目を上げて彼らを見た。「遠くへ行く時間はもうないわね」と彼女。ステラは、自分のスカーフと手袋を、オークの戸棚の上から取り上げながら、小包がペニー銅貨と一緒にあるのを見て息を飲んだ。しかしもう誰もなにも言わなかった。彼女がロバートと一緒にポーチを出ると、子供たちが家の角からジグザグに走りながら出てきて、わざと平気なふりをしている。「一緒に行ってもいい？」彼らが訊いた。

「ダメだよ」とロバート。

「そう――森を抜けていくつもり？」

「かもしれない」

「あのね、僕ら、森に地雷を埋めたふりをしてるんだ」

「じゃあ、君たちは僕らが吹っ飛ばされたふりをすればいいんだ」

「ああ」彼らは疑わしげに言った。

大人ふたりはカップルになって庭を横切っていったが、ステラは子供たちに悪かったと思い、振り返って彼らの顔を見る勇気がなく、ロバートは足を引きずって歩いていた。

七

ロバートは九時に業務に戻ることになっていた。ふたりは駅から帰る途中、ソーホー界隈で早めの夕食をとり、街角で「よい夜を」と言って別れた。ステラはひとりで歩いてフラットに戻った。あの郊外の町がロンドンに戻る彼女の後を、心が晴れない幽霊のようについてきて、ロンドンという都会の現実をないがしろにしているようだった。周囲では実体のない暗闇が風とも呼べないものによって活気づいていた。森のなかでくっついた枯葉が何枚か、舗道に当たるヒールの衝撃を和らげていた。地下室から秋を思わせるかび臭さが立ち昇ってくる。爆撃でやられた建物の上の高いところで樋《とい》が一本はずれていて、樹木の大枝みたいにときどき頭上できいきいと鳴った。これらのすべてと、恋人同士の「よい夜」がもぎ取られたことで、ステラの不信感はピークに来ていた。空には雲がこっそりと徐々に集まっていた。帽子なしで歩いていると、一粒二粒が——一粒ずつ、不気味で、なまぬるく——額に落ちてきた。西のほうへ、遅い夜の青白い裂け目のほうに向かって歩いた——問題の多い一日が問題をはらんだまま、まだ去りやらず、それが重苦しいだけでなく、死に絶えた道路が前方に長く続いているのもうっとうしく、人影もまばら、まして道路を横切る人は皆無だった。平和なときに、窓とランプに明かりが点るロンドンの秋の宵ほど心安らぐものは、未来永劫、もう永久にありはしない。沈黙が不安な闇とともにロンドンに垂れ込めていた。そここの戸口に監視するように人影が立っていた。あるいは恋人たちが解け合ってひとつになり、この土曜日の名残りの活力は、彼らのキスに含まれて消えた。

ステラは感じ始めていた、ロンドンを占領しているのはあの郊外の町ではなくて、占領下のヨーロッパなのだ――疑いの耳を澄ませ、こそこそと動き回り、心臓は鉛のように重い。今夜の天気の出所は征服された領土なのだ。「敵」が物理的な近さにいる――首都から海岸まで、海岸から対岸までは、何マイルもない！――そのことが、肌触りとして感じられた。今夜、ここと向こうの間にかかっている安全幕が上がった。危険と哀しみの吐息が、海岸から対岸へと自由にわたる。頭上の雲の緊張そのものが、ロンドンとパリをおそるおそるつないでいる――それればかりか、この瞬間に他の都市にいるであろうひとりの女と同じように、ステラは自問することである種の慰めを求めていた、どうしたら人は幸福になる期待などできたのだろう？

一日中かぶっていた帽子を手に持ち、その手の指の一本を曲げてミセス・ケルウェイの小包の紐に通したら、紐が指に食い込んだ。指の関節を固い結び目に通したら、包みのほうは柔らかくて毛糸で編んだなにかとしか思えなかった。ステラが小包を出すことを引き受けていたのだ。宛名は、列車のなかで見たように、一箇所どころか三箇所に、クリストファー・ロビンと書いてあった。「私はポストに入れるのをきっと思い出すから、明日仕事に行くついでに。あなたが忘れるのはわかってる。ともあれ、こういうことになったのは、私が女だからよ」「そして母親だから」「みなさん、それには気づかなかったみたいね」「ああ、僕は君にちゃんと警告したけど?」「ええ、なんとかポストに入れるよう努力するわ――ただもう頼むから、そのペニー銅貨はあなたが持っていて」「ペニー銅貨がそんなに憎らしいかな」ロバートはそうぼやいて、ほかの小銭と一緒にじゃらじゃらと混ぜた。「それでもやはり、大した騒動にはならなかったはずだよ、君が彼らを調子に乗せたりしなければ。あの騒動ときたら、まったく――ロンドンの郵便局はほんとに日曜でも開いてるのかい?」

「大丈夫、あなたのお母さまがきっと開いているとおっしゃるんだから」

ステラは足が痛くなってきた。ランガム・プレイスを横切って自宅のある通りに入った。足取りが早まり、目は前を見て、無名の度合いが減った暗闇を抜け、自宅のドアがあるべき場所に向かった。じっと待っている人影を察知したのを悟られたらしいこと、そして見張られている家に戻ったことがすぐわかったが、神経がまた騙されたせいかもしれない。彼女は、帰宅する途中で自己崩壊してしまい、何千という圧迫された人々の姿に分裂していたので、「誰か」がいると思った瞬間に、予感が的中したという思いだけがひらめいた。家に近づく歩数も数えられている。本能的に注意したり立ち止まったりする足音も見逃されることはない。彼女の役割は――聴いている者を聴き、見張っている者を見張ること――鈍感なふりをしてそのまま歩き続けることだった。足取りが現実の緊張感から速くなり、舗道を打つ靴のヒールが鳴り響き、常識めいた感覚が戻ってきた。人がいるはずはないじゃないかと決めた途端、誰かがいる証拠があった――マッチがすられ、手で囲われ、投げ捨てられた。これは――見張っている者の目的が最後の最後まで隠れていることではないのだ――こけおどし、ひとり芝居。刑法に触れないことを見せびらかしているだけ。これがハリソンでなくて誰であろう――ほかに誰が、いまどき泣いても笑っても手に入らないのに、マッチの無駄遣いをして、「内部」の権力の証拠をひけらかしたりするだろう？

ドアと見張人のいる区域に入ってから、ステラはバッグを引き寄せて鍵を取り出した。階段を半分上がったあたりで肩越しに素っ気ない声をかけた。「長く待ったんですか？」

「もうお戻りになる頃かと思っていました」

「私に会いたいということですか？」

「ひと言お話できれば」

彼は階段を上がり、彼女が掛け金をはずす間、うやうやしく彼女の肘のあたりに立っていた。彼がドアを回って玄関ホールに入るときに見せた目立たない身のこなしには、普段は外で飼われている犬の敏捷さがあった。ステラは暗闇のなか、馴染みの階段を機械的に上がり、彼がなにをしているだろうと思ってふと振り返った。もちろん彼は懐中電灯を持っていた——スポットライトが蝶々のようにひらひらして医者宛にきた手紙がテーブルの上にあるのを照らし、ちょっと止まって漆喰塗りのアーチのなかに飾られた仮面を鑑賞し、それから彼女の後についてきて、追い越し、階段の上にきた。

「少なくとも一行のひとりはこの種のものを携帯するように言っておかないと」とハリソン。彼は、ステラが自分のフラットの鍵を開ける間、光線をその指先に当てていたのだ。彼らがなかに入ると、彼はドアの内側に落ちていた手紙を拾い上げたが、彼女はロバートと一緒に帰ったときは、手紙はいつも床の上に置きっぱなしにしていた。ひとりで帰宅するほど嫌なことはなかった。ひとりではない帰宅に色々とグロテスクな変化がつきまとうにしろ、そのほうがまだましだった。わざと口笛を吹きながら急いで灯火管制のカーテンを閉め、かつ考えていた――ウソみたいだ、これが前と同じフラットだなんて！　ほかにはなにも感じないでランプと暖炉のスイッチを点けた。振り向いたら、もうハリソンは座っていた。彼が言った。「いや、これは快適ですな。ここはきっと快適だろうと思っていたので、こう言ってよろしければ、とてもくつろぎます」

「ということなら、スリッパに履き替えさせていただくわ」寝室からドアを通って戻ってきた彼女は緑色のミュールを履いていた。「郊外の町にいたのよ、御存じでしょうが」

「最後の好天をせいぜいお楽しみになったわけですね？」

「それどういうこと？」

「つまり、最後の好天をせいぜいお楽しみになったわけでしょ？」ハリソンは辛抱強く繰り返した。

「あら、雨が降るだろうと思うの？」

「さっきあそこにいたときに、もう一粒、二粒、落ちてきました」

「私も一粒、歩きながら」

「ええ、今夜は変化の兆しを感じますね。まあ、神は正しい者にも正しくない者にも雨を降らせてくださるそうだから、そうでしょ？　ははは」

ステラは疲れのあまり肘掛け椅子に深く沈みこみ、金箔張りの脚のスツールの上に両足を乗せ、クッションの上で首をぐるぐると回し、それでも返事をしないではいられなかった。「いまが初めてよ、今夜あなたが笑ったのは」

「僕が笑うと、いつも少し摩擦が起きますね？　僕はたぶん神経質になると笑うらしい――今夜は僕ら、互いに理解し合えると感じないではいられないんだが。第一、あなたは前よりずっとリラックスしているように見えますよ」

「実物は疲れ切っているのよ」

「たいへんな一日だったんでしょう」彼は感じよく言った。「どんな具合だったんですか？」

「わからないわ。なぜ？」

「ああ、もしへとへとなら話す必要はありませんよ。僕はこの辺に座っているだけで十分幸せなんだから」

「それがよくあることなの？」

「ここには滅多に来ませんが」

「ひとついいかしら――今夜は非番なんですか？」

「どうかな――」

「これは仕事、それともお遊び？」

ハリソンは、舌の先を思い切り伸ばして、上唇の短い口髭の下に触れた。そして深く座っていた肘掛け椅子から身を乗り出した――その肘掛け椅子は、普段は親しい間柄のふたりがいる部屋にある三番目の椅子によくあるように、絨毯の向こう端で前哨基地となり、彼女の椅子（無人のロバートの椅子のほうを向いている）のほうに向けて微妙な角度で置かれ、彼はその角度を変えていなかった。その位置からはステラの横顔しか見えず、彼が挑発しない限り、彼女は振り向いたりしない。

横顔のまま、彼女はいつにもまして投げやりに、ほんのつけたしのようにこの質問をした――しかし、そのすぐ後で振り向いて彼を見つめ、返事はもらうつもりのようだった。彼女に見えたのは彼の額だけ。彼は顔をしかめて膝の間に見える絨毯をにらみ、握ったこぶしを、わけもなく大した力も入れないでもう一方の手のひらに押し付けだした。彼は断固として伏せた視線で、彼女に代わり、ぶしつけな彼女が気恥ずかしくて悲しいという印象を伝えていた。彼はついに言いにくそうに言った。

「僕はとっくに思っていましたよ、ええ、あなたはすでにご承知だと」

「じゃあ今夜は、私、頭がおかしいんだわ。あなたが話しかけてくださいな。私がしていたことじゃないことにしてね」

これを聞いてハリソンはニヤッと笑ったが、嫌味な笑いでなかったので、彼女は彼がつい好きになった。それを彼はたちまちぶち壊した——「ひとつわかりましたよ、あなたがなにをしていたか、ステラ。考え直したんですね」

ステラはランプと目の間を手でさえぎった。

彼が言い足した。「あなたを名前で呼んだらいけませんか?」

「なにを考え直したって?」

「あなたの話と僕の話ですよ」

彼女はカッとなった。「もしもいつか私がそれを考えるとしたら、あれは夢だったという思いがますます確かになるだけよ!」

「だけど夢とはいっても、夢かどうか調べてみたい夢があると思いませんか? つまり、僕が夢を見たとして、ベッドの裾のほうで僕のポケットを探っている男を見たら、翌朝一番にポケットを調べますよ。調べない人なんかいない。あなただって調べますよ。これが曲者《くせもの》でね、前の晩にポケットになにを入れていたかがはっきりしないとくるでしょ？　おかしなことに、ひとつずつぽこぽこと心に浮かぶ――なにかがなくなっているんだが、それがなんだかあやふやなんです」

「そんな夢は見たことないわ」

「ええ、そうでしょう――あなたや僕は百も承知なんだ、そんな夢なんかないって。なにか事が起きたように見えたら、十中八九は起きたんだ。そんなのは『ありそうもない』と言うのは、正真正銘インチキですよ。まったくあり得ないか、さもなければ事実なんですよ、証明つきの。あるいは見た目や匂いで事実らしいものは、やはりあり得ないことが証明されるんだ。もちろんそれは起こりうる。そうやってあなたは決めるんでしょう、これはうまくゆくだろうと――違いますか？　あなたにとって、このケースは僕の言葉があなたの――ええと、考えと対立している。あなたの考えはどうなんだろう、いまさらのようだけど？　あなたが考え直したのがどうやって僕にわかったかを知りたいなら、さしずめあなたの調査のやり方を見ればいいんですよ！　おかしいんですよ、これが。逆に言うと、あなたは僕がやりそうなふうにやっている。先月に話をもどすのがつまらないなら、たとえば今日を取り上げてもいいんです。今日あなたがしたことは、僕があなたでも、きっとした通りのことだった」

「お世辞が上手ね。でもまだよくわからないわ」

「あなたは腐敗が始まる最初の地点を見に行ったんだ。いいですか、あなたが見つけたものを聞き出そうなんて、夢にも思っていませんから」

「自分で見られるからでしょ——あるいは、もしかしてもうご覧になった？　列車で行けば、長くかからないし」

「いや、時間じゃないんです」ハリソンはあっさりと言った。「僕が欲しいものは全部手に入れたという事実だけの問題でもないし。要するに、最後にもう一度巡回するのに僕は賛成なんです。いや、それだけじゃないな、突き詰めて言うと、僕は女じゃないんだなあ。あなたなら当然あの木に吠え立てる。僕はほかのたくさんの木に吠えるんです。多くの場合、人はあれこれ仮定するけれど、なかでももちろん、このような場合には、なにかある木は一本だけじゃない。問題は、どの木に向かって最初に吠えるか？　それは人がどのタイプであるかによります。木は全部同じだけど、僕の選択は君の選択じゃない。いや、僕が言いたいのは、あなたがしたことは、僕があなたの立場にいたらやったのと同じことだということです」

「家を一軒、スパイしたわけ？」

「あなたが女性であるということは」ハリソンはやや悔しそうに言った。「両刃の剣なんですよ。僕に話せることであなたが知らないことはもうあまりなくて、あなたは自分が知りたくないことを僕が話すのは嫌いなんですよ。あなたの意思はどうあれ、あなたはなにひとつ見逃がさない——ただし、こう言ってよければ、あなたはすぐ目の前にあるものしか見ていない。この前の晩、あの日曜日に、この前僕がここに立ち寄ったときに、事態はこれこれしかじかだと打ち明けましたね。あなたは意味としては、地獄へ落ちろと言ったが、断言するまでいかなかった。僕はあなたがこの事態を風まかせにしたがっていると取りました。断言しますよ、事態をしばし風まかせにするのは僕もやりますが、もちろん際限なくというわけにはいかない。もしいずれ冷めるというのがあなたのお考えであれば、そういうケースではないんです」

「私はあなたに二度と会いたくなかったわけじゃないんです。つまり、あなたがまたやってくると思っていたわ」

「なるほど、そうですか。予想通り、僕は来ました」

「ええ」

「だが僕は押し入るようなことはするまいと決めていました」

「私はロバートにはなにも言ってませんよ——あなたを知っているかとは訊きましたが」

「彼が知っていると言ったら、驚くどころの騒ぎじゃない。事実関係から見て、彼が知っているとは思わないが……。いや、お話しておいてもいいかな、いままでのところ彼が感づくようなことは誰もしていませんよ——すべてが正常のコースで進んでいます。ただひとつ、あなたは夜間の電話では前ほど自然じゃなくなっていますね。誰だって思いますよ、彼の電話線に盗聴器が付いているとあなたが思ったくらいのことは」

「そうなの？　それであなたは夜間にそれをやっているのね？」

「で、もうひとつの調査はどうなっているんですか、僕に関する調査は？」

「まだあまり進んでないわ、お察しの通りよ」

「あなたに以前警告しましたが、たいへんな数の人が僕が誰だか一切知らない——なにを」目でステラを追って彼は訊いた。「探しているんですか？　僕がなにか取りましょうか？」

「ええ。ミルクをグラスに一杯、持ってきてくださる？　ミルクの壜はキッチンの冷蔵庫のなかです」彼が機敏に椅子から跳ねるように立ち上がると、椅子のキャスターが後ろに滑った。彼女が言い添えた。「あなたは飲まないんでしょ？」

「ええ、好きじゃないもので。実際に、配給では足りない感じがするようだったら、一日おきに丸ごと一本ずつお届けしますよ——右ですね、向こうの？」

「ふたつ目のドアよ。ひとつ目は浴室ですから」

こうして部屋に無人の椅子二脚と一緒に取り残されたのを機に、彼女は大きく息をついた。ハリソンはいまだけうまく追い払った人間という存在になっていた。本来ロバートのものである肘掛け椅子からハリソンが勝手に使った肘掛け椅子へと視線を移したものの、どちらの事も念頭になかった——むしろヴィクターを、消えた夫のことを考えていた。いまさらどうしてヴィクターなのか？　妥当な憶測をすれば、始まりをすっかり忘れている話は、どんな話であれ忘れられない。始まりが必ずどこかにあったはずだという感覚が永遠につきまとう。手紙の失われた最初のページとか初めの数ページがなくなった本のように、失われた始まりがその本質はこれだと絶えずほのめかし続ける。最初に書かれたものの力が届かない場所に逃げ出すことは決してできない。どう名づけようか、流産した恋愛とでも名づけてもいい、この失われた始まりというものは、その後に続くものすべてに、身代わりの性質を、回復の試みを、あるいは強力な再出発を、与えてきたし、与える用意も意思も見せてきた。始まりは終わりを胚胎しているから、話の中間部分を作り続けるしかないから、その道程に伴う実感は期待されていたものではなく、全容でもなければ完結でもない。最初の小道は、間違った道として踏み出された——とどのつまり誰が知ろう、その道が連れて行かなかったかもしれない場所なんて？ステラがたとえばロデリックの父親の顔を見て、その表情は宙吊りのまま、意味不明だ。この部屋では、愛がロバートという人間になって生きていて、それ以前のヴィクターの顔は今夜になるまで一度も現れなかった——いま彼女は痛いほどわかった、私はヴィクターの死を初めて実感しただけでなく、もっとひどいことに、愛のすべてを元に戻して否定することで、彼は死ぬ前にすでに堕落していたことを知った。彼女は心に決めていた、正直な妻でいよう、もっと子供を生もうと。彼女は、その後の年月が示したよりももっと徳の高い女でありえたのだ。若くして結婚したのは実験ではなかった。若い人は実験する余裕などない——すべてが賭けだ。彼女が結婚した時期は戦争が終わった時期に当っていた。自分が人生に抱きしめられていると感じたい欲望は、彼女ひとりのものではなく全宇宙的なもので、世界中で作動しており、彼女は時代の産物だった。騙し合いをする世間を責めるつもりも、騙し合いに甘んじている同士を責めるつもりもなかった。時代と彼女自身のこと二十年は、時代のなかに身を置いて自分のなかで感じるものを見張っていなければならなかった。はっきり見える打つ手がないのに前進し、破滅に向かっている。彼女が生まれた運命論的な世紀の運命的な道程が、ますます自分のものに思われた。彼女と二十世紀が手を携えてたどり着いたのは、白昼の最大限の努力が求められるふたつの極限だった。どちらもこれまで生きたことがなかったもの……。ハリソンがミルクのグラスを持って現れたので、彼女自身の極限はこういう取引の渦中にあることだと気づかされた。状況はかくのごとく、彼の言った通りだった。

ミルクのグラスを置く場所をそばの小さなテーブルの上に作ろうとして、彼はミセス・ケルウェイの小包をどかさなくてはならなかった――「こざっぱりしてますね、お宅のキッチンは」彼はぼんやりと述べながら、身をかがめて、三回も書いてある宛先を読んだ。

彼女は先回りをして言った。「ええ、ロバートの甥に送るんです。彼の祖母が、つまりロバートの母親ですが、ここから、ロンドンから投函してくれと。明日、日曜日に。彼女が言うには、ここには日曜でも開いている郵便局があるからと」

「驚かされますね、年寄りの女性たちのもの知りぶりは」

「ええ」

「お預かりしましょうか?」

「投函してくださるの?――あら、ありがとう。それで用事がひとつ減らせるわ。でもこれは本当に大事なんです。忘れないでくださる?」

「実質的に、あらゆることが大事です」とハリソンは答え、歩いていって小包を自分の帽子のそばに置いた。小さな家具の間をまたぐようにして歩く彼を見て、彼女は葬式で出会った最初の日を思い出し、あのとき振り向いて彼を見たら、ずいぶん後ろのほうで墓石をまたいで歩く彼がいた。

「あなたもお母さまがいらしたわね?」彼女は突然そう言って、ミルクのグラス越しに彼を見た。

彼は呆れながらも嬉しそうだった。「それはまあね」

「へえ?――どういう方だったんですか?」

彼は考えた。「南アフリカの出身でした」

「どうなさったの?」

「出て行きました」

「悲しかった？」

「僕はシドニーにいました」

「そこでなにをしていらしたの？――あなたはオーストラリア人じゃないでしょ？」

「長い話になりますよ」と言って座り込んだハリソンに、話すつもりはないことが見て取れた。「ミルクは大丈夫ですか？」彼は熱意をこめて言い、目はじっと彼女を見ていた。

「問題ないわ。なぜ？」と彼女。「なにかなかに入れたの？」

「ああ、そんな――よしてくださいよ！」

「ところで、あの書類は取り返したんですか？」

「どの書類？」

「あなたの書類のことよ、カズン・フランシスの私物と一緒にホテルで鍵を掛けられてしまったとか。大事な書類だとおっしゃってましたけど」

「ああ、あれね。ええ、はい。片が付きました」

「そう、いずれ片が付くことは御存じだったみたいね――書類かなにかはともかく。あなたが私と知り合いになろうとしたのは、まったく別の理由があったからですよね」

ハリソンはこれをじっと聞いていた。「さあ、では」彼は愛想よく言った。「こうしておきましょう、僕は石ひとつで鳥を二羽殺したということに。しかし、一方的に誤解して欲しくないんです。あのフランキーには純粋に好意を抱いていたんです。いやなに、それが理由で葬儀の列にもぐり込んだわけじゃありませんが。ほかにもすることがたくさんあるし」

ステラは空になったミルクのコップを下におき、鏡を取り出すとハンカチで口元をぬぐった。「変ね」彼女は言った。「私がまったく違うふたつの話のなかに出てきたなんて。変だと思わなかったんですか？」

「ええ、これはむしろ偶然だと思いました。しかし、驚きますね、そういうことはよくあるんだ」

「都合もいいし」

「しかし、逆に都合が悪いこともありましてね、物事には落とし穴があるんですよ。それを考慮しておかないと。厄介なのは、どこまで考慮するか——この場合は、僕が出し抜かれたのは、あなたがあなたという人だったことだ」

「私だって誰かでなければならないわ」

「ははは、その通り。だがあなたはそこまで誰かでいる必要はないでしょ。もちろん、あなたは通常の調査対象——女か金かどっちだ？——でした、この事件全体の位置づけをしたときに。そしてあなたが一緒に出歩いている男という観点から、あなたをよく見かけたわけです。正直に言って、色々と調査した結果、僕はあなたをはずし、『女の線でいく《シェルシェ・ラ・ファム》』を末梢して、金の線に切り替えたんです。言っておきますが、切り替えたのはあの老人を埋葬する数週間前でした。事実、もっと前に切り替えていたんです、その線にもなにもないとわかったので。いや、僕は曲がり角を間違えたらしい」

「どんな曲がり角？」

「そこをあなたが助けてくれるかと思って」

「どうしてそんなに知りたいのかしら、物事がなぜなされるかを？　あなたはつまり――あなたはあなたの線で仕事をしているんでしょ？　私は『なにを』と『どうやって』はわかります。でも『なぜ』はどこに入るんですか？」

「もっと早い段階の」ハリソンが熱心に言った。「始まったばかりの時点に。相手の『なぜ』がわかると役に立つ段階があるんです。その『なぜ』がいつの間にか確実な『なぜ』につながるかもしれない。言うまでもないが、『なぜ』と『どうやって』が絡み合っているケースを僕はたくさん知っています――ある男が特別な理由でなにかをしているとしたら、彼はそのことを特別な方法でするようになる。この場合、我々がつかんだ男はいい男なんだが、自分の国を売っています。いい男はまず理由なしにそんなことはしない――」

「――あなたならどんな理由で、たとえば？」

「それはそのときにならないと」彼は思い返しながら、煙草に火を点けた。「まあ、僕はそんないい男じゃないし。しかしまあ、僕は昔の話を、去年の五月の話をしているんで、あの葬儀のあった頃のことを。あのとき僕はまだ手当たり次第に動いていたんです。女と金を排除していくと心理的な側面が唯一の希望に見えてきましてね。正直に言うと、あの時はあなたに会うのが、あなたとデートの約束をするのが僕の目的だった、酒を飲んで、おしゃべりして……」

「現にそうしたじゃありませんか」

「夏の間そうしてきて――あなたが彼のことでなにかヒントをくれるかどうか見たんです。いったん打ち解けると、女性の大半は、自分が夢中になっている男について、タガが外れてしまうものなんです。自分が話していることでなにが重要なのか、まったく知りもしないで。そう、つまり、それが僕の最初の目論見でした」

「うまく行かなかったの？」

「要するに、うまく行こうが行くまいが、どうでもよくなってしまいました。物事が、よくあるでしょう、予想外の展開をしたんです。ひとつのことを突き詰めていくと、僕には経験があるんだが、いきなりほかの大事なことがパッと開ける。今度の場合もそれだったと言うほかない。僕はたぶん、大事ななにかにぶつかった、それが僕らのあの友人について文句なしに、僕の望むすべてを与えてくれた。つまり、だから、そういうことです。心理のほうはご破算にしてほんとによかった」

「さっきの『なぜ』はもう問題外に？」

彼はなにかを払いのけるような仕草をした。「もしも」彼が付け加えた。「問題があなたに移ったとあなたが感じなければですが？」

ステラは動揺した。そして電気ストーヴのスイッチをもうひとつ点けた。彼女は身震いを隠せるものなら隠そうと、両腕を胸に巻きつけてしっかりと抱いた。この姿勢のまま一瞬考えてから、訊いた。「では、あなたがああして段取りをつけて私に会ったりしてなかったら、いまさら私に会う必要はなかったんですか？」

「実は」彼は仕方なく認めた。「そうなんです」

「じゃあ、残念なことだわ」

「なにが残念なんです？」

「あら、私たちが会ったことが」

彼はしばらく考えていた。「僕は残念とは言いませんよ。これこそ地獄だと呼んだことは何回もあったけど」

「あなたがそう呼んだんですか？」彼女は椅子に座ったまま、驚愕の表情を浮かべ、そのまま彼に向き合った。ハリソンは一瞬そのイメージを凝視した――彫刻のような姿勢、胸の位置に置かれた両腕、瞳のなかの虹彩が絵のように鮮やかだった。それから彼は、手のひらで自分の椅子の腕を押して、そこからさっと離れ、すっくと立ち上がった。もういい、と彼は思った、バネの利いた椅子の抜け目ないピンク色の深みなど――彼はその部屋の美しい夢を跳ねつけた。もはやなだめられたり、配置転換されたりするのはやめだ、彼はステラのことを部外者の目で観察しながら、光と影のなかにある雑多なものを見回した。彼女の所有物ではないにしろ、彼女はまだこれらを使っている。彼はその図像から飛び出した――「ええ、僕には地獄でした。あなたはどう思うんですか？」

彼女にも彼女なりの蛮力があった。「来る必要はなかったのよ！　犬みたいに私をつけまわすなんて――夏を端から齧りとったり、怖い顔で不意に出てきたり！　腹が立ったわ、だって五月からこっち、不自然だらけ。あなたが無理矢理会いにきたのよ。いまさらなによ、あれは結局無意味だったなんて。あなたにはなんでもないんですか、私が無意味に迷惑をこうむったことは？　このここまでやってきて、私があなたの時間を無駄にしたと言って、私の時間を無駄にしているのよ。あなたの都合でしょ。わざわざ来ることなかったのよ――もう結構」

「来ることはないのに、やはり来なくてはならない――それが地獄だったんだ！」

「誰も強制してませんよ」

今度は彼が目を丸くした。「じゃあ、なにがあったというんですか？　あなたは計算したことがないが、計算していたらわかるでしょう。なにかが計算通りに行かなくなると、どんな感じがするかがわかる。めちゃくちゃになる。僕は計算しますよ——それが僕の生活だ。自分のしたことが好きなわけじゃない——僕がすることはひとつ——それをすることなんですよ。それでずっとやってきました。あなたにはわからないんだ、あなたがそれをどれほど切り裂いたか。あなたの夏ですか——僕の夏はどうしてくれるんです？　毎月毎月充電して、空《から》ぶかしして、どこへも行きつかない——エンストです。僕はそんなことには向いていない。そんな暇はないんです」

「私のために使う暇もない、でしょ」

「こういう暇はないと言ってるんだ」

「でも女は時間がかかるのよ。あなたの持ち時間の二倍かかることもあるわ」

「その場合は、僕も男を二倍にします」

「それも私には意味ないわ」

「あなたは試してみないから。おかしいんだ、あなたは僕の言うことを聴いていないのに、それにもかかわらず僕はお互いに知り合ってきたという手応えがある。あなたと僕はそれほど似ていないわけじゃない——そう、おかしいことだ」

「どうして？　レベルをひとつ下げれば、みんな怖いくらい似ているわ。あなたはうまいことと私をスパイに仕立てているし」

ハリソンは出鼻をくじかれた、というよりも縮み上がった。ネクタイにさわり、思わず頭をぐいと動かした。カッコつけて、とステラは思った——しかし、彼がなにか感じたのかもしれない。私はなんと言ったんだっけ？　いままで彼になにを強制的に言わされてきたにしろ、それよりもっと悪い、もっと耐え難いことを私が言ったはずはないが、目の前にいる彼は、追い詰められた人間のようにおろおろしているではないか。やりすぎた、やりすぎたのだ。彼女が言ったことは、彼を肉体的にも追いやる効果すらあった。彼は歩き出し、離れようとして、窓のひとつに近づいた。そして窓のそばに立ってカーテンに頭を突っ込んだ有様は、やみくもに部屋から出たがっている動物のようだった。

ステラはスツールの上で足を組み替え、さらに背をそらせ、目を閉じ、疲れすぎてもうなにひとつ責任は取れない女の姿勢がそこにあった。

「なにかあったの？」やっと彼女がそっと訊いた。

彼がつぶやいた。「雨が落ちてきたんだと思う」

「そう？　ああ」

ハリソンは親指でカーテンを左右に押し開き、その間に入り込んだ。カーテンが彼の背後で揺れて元に戻った。窓の張り出しは深かった。人がいる気配はどこにもない。だがステラの心にふと浮かんだ、誰でもいつの夜にも、そこに隠れて耳を澄ませていられるのだ。彼がブラインドを上げ、窓のサッシを上がるところまで上げたのが聞こえた。戸外の息吹がカーテンをふくらませ、カーテンを回って室内に湿っぽく入ってきた。彼女は頭を上げて耳を澄ましたが、雨の音はしなかった——なにも聞こえなかった。これ以上ないくらい完璧な静寂があった。ハリソンは窓から出て行ったのか。

彼女は立ち上がり、彼の後を追ってカーテンのなかに入った。雨が彼女の背後から入った光線のなかできらきら光っている。この繊細な流れる滝の後ろでため息をつく暗闇があった。「用心して」彼が鋭く言った。「気を付けて！　出てくるか、戻るか決めて」

彼女はその場に留まってカーテンを元に戻し、この取り憑かれた部屋から、カーテンでかこわれているのが嬉しかった。開いた窓の外の安らぐような空間が彼女の目を通して入ってきた。張り出し窓はバルコニーのようだった。高いところに立って乗り出していると、見えないし聞こえない、感じるだけの雨の世界に出てきたようだった。暗い空気のなかにあるのは微かな気配だけ、降る雨の優しさは、身代わりの周囲の屋根と下の道路が感じ取っているだけ。雨に洗われた石の匂いだけが、雨が都会に降っていることを告げていた。夜は暖かくもなく、寒くもない。季節の雨ではなかった。雨の夜だった。

どのくらい長く――どのくらい長く雨は降っていたのだろう？　おそらく一時間前から、口から出てしまったことは必要がなくなっていた。きしむような言葉のバトルは、すでに鎮まっていてもよかった。ロンドン自体がしばしの間、苦痛が軽くなったような感じを漂わせていた。戸外で起きていたのはただ子守唄のような降る雨と、吐息を洩らす沈黙だけ、その胸に抱かれて夜遅い交通が押し殺したような深々としたため息を洩らしているだけだった。真っ暗なロンドンは今宵、用心を解き、自然に帰り、どこかで雨に濡れている岩と森と丘と同じだった。戦雲が寄り集まったような夜更けの緊張がもたらしたこの平和は、驚異というほかないことだった。いまや実質的に戦争はさっきの喧嘩のように、意味を失っていた。窓辺にいるふたりの人間は言葉もなく、彼らが見下ろしている都会のように名もない存在となった。このふたりは、また口をきく運命にあったが、ドラマのなかの人格のない語り手になりすまし、ドラマも本来の姿である沈黙劇に終始するにしくはなかった。

あまりにも長く見つめられ感化された暗闇は粒子に分解し、明るくなった粒子もあった。空気と固体が分離してきた。屋根らしいものがはっきりしない形を見せてきた。しかし内部のここでは、張り出し窓のなか、窓枠とカーテンにはさまれて、ふたりの人間は黒く消されたままだった。ステラからの距離が計れない場所でハリソンが言った。「ええ、はっきり言って、雨模様と決まったようですね」彼女は彼が手を外に出し、手を出したことで口を開いたような印象を受けた。

「いいことはないでしょう」彼は続けた。「これが止むのを待ってみても」

「遠くまで行くんですか？」

「次にどこに行くかによりますね」

「正確にはどこに住んでいらっしゃるの？　さっぱり見当が付かないわ」

「いつも二、三カ所あるんです、潜りこめる場所が」

「だけど、たとえば、髭剃りはどこに置いてるんですか？」

「髭剃りも二、三個あるんです」彼は上の空で言った。

これがまぎれもなく、彼らが互いに徹底して人間らしくできない核だった。彼が彼女に寄せた一途な執着心は、彼が人間らしい場に居場所を持つなり、彼女にそれを与えさせることに失敗したので、ますます息苦しいものになった。フィクションのルールから言えば、信用される人生にしたいならそのルールに従うべきだが、彼は「ありえない」人物として登場していた――たとえば、彼らが会うたびに、その前にふたりで会ったときの続きだという糸口も痕跡も彼は見せなかった。彼の一般市民の服装は、背広かシャツかネクタイに微《かす》かにわかる変化はあっても、ロバートの軍服よりもっと変化がないように見えた。着ているものが面白くないほどまともなので、手入れ――ブラシをかけ、アイロンをかけ、下着を換える――を問題にするよりも、肉体を不在とすることを問題にしているようだった。彼が次に現れるときは、何もかも身に付けて、また現れるのだった。「現れる」とは、幽霊か俳優に使われるという意味で、なるほど、そのたびにこの言葉がぴったりだった。空白から出てくる、繰り返し語られないままに終わる彼の欲望の物語は、意味をなさないでいるしかなかった。いまはほんの一瞬だけ、彼のコートの色もわからないような暗闇のなかで、彼には初めて彼女が手で触れられるほど身近にいる人になっていた。ひとつの存在――存続していて、秘密めいて、濃密で、重みがあり、自分のなかに閉じこもっている男が、その人のそばで顔と顔を合わせ、辺りを包む限りなきその夜は、時計も時を刻まなかった。

「あら、時計が鳴るのが一晩中聞こえなかった」彼女は声に出して言った。「何時になるのかしら」

彼は自分の腕時計の蛍光ダイヤルに目を戻した。彼女がはっきり何時と訊いたわけでもないし、習慣からか、彼は時計が告げていることを胸に留めておくだけにした。しかし彼は、時間が過ぎてしまったことで、それより前の彼とか彼女の動作がすでに歴史になった事実を伝えるかのようにこう言った。「ちょっと息抜きしたい。よろしいですか?」

彼女がこれを、当たり前に受け取ったものの、彼女の窓を使いながら、彼はそこでひとりで一息つきたいのだというふうに受け取った。「ええ、ええ。お好きなだけどうぞ」と彼女は言って、背後のひだを手で探り、カーテンを分けて部屋に戻った。布地の動きと、彼女が触れて漏れ出たランプの明かりが彼の心を動かした――「ここにいられないんですか?」彼は言った。「あなたも一息ついたら?　それが僕は嬉しいんだ。この空気――少なくとも僕らはそれを分かち合っている。あとはなにもない、あなたがそう言うから」

「色々と言って、ごめんなさい」

「あなたは『怖い』と言ったんでしたね?」彼はその言葉をためらいがちに口にして、二度目にまた刺されるかどうか不安そうだった。「いや、あなたは『怖いくらい似ている』と言ったんだった――それは僕が思う意味とはなんのつながりもありませんが」

「悪かったわ――私はあなたがもっと多くを意味していると思ったの。ええ、私たちはふたりとも本性があります。でも私が我慢できないのは、あなたが私の本性に押し付けてくること、あなたが私の本性にさせていることなんです。もしもことがあなたが私を愛しているだけだったら、私がお返しにあなたを愛さないことで、これより悪くしないですむのよ。でももっとなにか悪いことがあって――どういうわけかあなたは愛をゆがめてしまった。スパイであることがどんな感じがするものか、あなたには感じられないのかもしれない。私は感じます――あなたがあの話を持ってきて以来ずっと。あなたは私に勇気がなくて、あの質問をしないと高をくくっているけど、その通りよ、いままでのところは。でもね、もう話し合うのは、やめましょう」

「だけど今夜、あなたが疲れているのが、僕にはよかったなあ。ミルクのグラスを持って来させてくださった」

「あなたには一切、飲みものも食べものもお出ししなかった」

「やっぱり僕にここにいて欲しいと思わないなら、それでいいんじゃないですか。この夜は、だけど、僕らが入ってきて、あなたが靴をミュールに履き替えて、すべてがあるべきなにかになるところだったんだ。ところがそこでなぜか突然、僕が一歩間違って踏み出して――僕がすることに反感を持たせてしまった。僕にとって、今夜は僕がなにをしても、それは外部のことなんです」

彼女にとって、この夜、「外部のこと」とは、無害な世界を意味した。害悪は彼女自身とその他の部屋のなかにあった。戦闘の軋みと怒号、機械化部隊の前進で人肉と国家を蹂躙《じゅうりん》し、神経を切り裂き、樹木を寸断するのは、室内で企てられていた。この戦争は、窓のない壁の内部で繰り広げられる実弾を使わない頭脳戦だった。どの行為もなんらかの計算の一部でない行為はなかった。自発性はぼろぎれとなった。心情《ハート》以上のものが何もない視点から見ると、いまやどんな行動も敵の行動だった……。それに彼女がカーテンを垂れるにまかせ、押し上げた窓のサッシにおでこを付ける姿勢に戻ると、サッシはもう湿気を含んでいて、ハリソンに関しては、信頼と真実の間に絶望的な開きがあることがわかった。彼は発言のすべてにおいて誠実だった。おそらく彼からこのような言葉を聞くことは、全存在をかけた執着心から出た言葉を聞くことは二度とないだろう。同時に彼は、切り出し方がいつも間違っていた。彼の愛情のなかには怪物のような異端がどこかにあった。彼と論争しただけで、名誉が損なわれた。彼の抱擁に身を任せることは、残る力を妄念のなかに置くことを永久に受け入れることだった。それに、彼がステラを窓のそばの自分のそばに引き止めたのは、暗闇に乗じていないとも言い切れないし、盲人の静謐さにあるように五感のうち視覚がひとつ欠けた感覚の静謐さに乗じていないとも、言い切れなかった。彼の超自然めいた、彼の道徳上の盲目ぶりは、見ていないという条件下なら、ほぼ受け入れられそうだった。彼女に触れまいとする彼の自制心は、いつも用心しているのがわかったが、この張り出し窓の限りある狭さのなかでは、触れたに等しい迫力があった。疲れた彼女が好きだというのは、彼が明敏な証拠だった。なにかが、彼女の神経から無意識に流れてくるものが、ふたりの間にある空間を埋めつくしていたからだ。しかし、と彼は思った、それを理解不能と命名できるのは自分だけだと——自分だけが絶大な隔たりを、彼らがいまいる場所と理解の間に横たわる砂漠地帯を、示すことができるのだと。

彼女はサッシから頭をぐっと上げた。「もうお帰りになるわね？　私はもう休まないと」

「わかった」彼は無表情に即座に答えた。

彼女は空っぽの部屋に向かって歩いた。彼が後に従った。「あなたの小包」と彼。「僕の帽子……」

「雨でお気の毒。あなたがどこにお住まいか、知らないけど」

「連絡をくださるかもしれない？」

「私はただ——」

「ご心配なく。またお寄りします」

八

ルウイは公園でハリソンが来るか見張っていたが、どうせそうだろうと思った通り、彼には会えなかった。どうやら彼があそこにいたのはあの日曜日だけ、特別な目的があったのだろう。ほかにどんな目的があったのか。それについて彼女はその後もしばしば思いめぐらせ、彼と自分の冷ややかな別れは、ほかの女なら、ビンタをはられたと言うだろうと思った。「この頃はわからないわねえ」彼女は耳を貸す者がいると、そう言った。「見張ってないと——だってわかりっこないでしょ、自分が誰の隣に座っているかなんて。誰だっておかしい人かもしれないし。私が先日会った男はおかしかったからね」

「なんだって、呼びこみ屋、だったの?」友達のコニーは話を聞いてこう言った。

「いいえ、そういうんじゃないの」自分の話が誰かに誤解してとられると、動物が困ったような表情がルウイの顔をよぎる。話すことは彼女にとって努力のいることで、それは手持ちの言葉を差し出すことだった。もっと別の、もっといい言葉を捜せと強制されることは、ハンドバッグの底の奥に逃げたコインを探せと攻め立てられているようで——そう、灯火管制で真っ暗なバスの二階席で——運転手が鼻息も荒く立ちはだかっている。「そうじゃないの、ちょっとイカレてるということ」

「びっくりするじゃないの」コニーが言った。「わざわざ私に言ってるんじゃないでしょうね、あんたがそんな状態の男に会ったのは、そのひとりが初めてだなんて？　いまどき、どこもイカレてない男がいたら、お目にかかりたいよ」

「ああ、あんたはいろんな男に会ってるもんね」ルウイは尊敬の念をこめて言った。

「私の頭はねじを巻いてあるから、あんたの頭よりましかな」

「彼がそう言ってた——言ってたわ、気を付けるんだよって！」

ルウイにはおぼろげに見えていたのだ、振り返ると、ハリソンが父親になって理解してくれていた。

「あんたはそれに」とコニー。「ロンドン娘じゃないしね」

ルウイはこくりとうなづいた——そう、またこれだ。彼女はケント州の海岸生まれの孤児だった。

「それがちょっと落ち着かなくて」彼女はコニーに話した。「自分が出てきた所に戻れないっていうことが」その通りだった。トムが去ったいま、彼女は最近、ロンドン見物に日帰りで来て、帰りの最終列車に乗り遅れたみたいな気分がしていた。

あらゆるものが冬までには消え去るのが恐ろしかった。すでに晩秋になって夕暮れが早くなり、新しいアヴァンチュールの時期も終わりだった。そういう場所も消えつつあった——ある種の気楽な希望がまだ出没していたのも、日光が街路に出没していた間のことだった。夏の間は夫の足音がしていたが、聞こえなくなってまだ浅く、それが方向を変えて戻ってくるみたいな想像をしていた。だから夏が続いているうちは、店じまいする必要がなかった。秋が暮れていくにつれて、信じられない孤独から生じる色々な衝動が心のなかで死んでいった。それらのなかに、できるだけ早く夫の面影を他の男に見つけたい衝動があった。実のところ、男なしでいるよりは誰か男といるほうがトムのそばにいるような気がした――真実の愛は逸脱して初めてそれと認識される。その衝撃があまりにも大きすぎるのと、あまりにも他の人に説明できないことから、真実の愛がともあれ認識されることは滅多にない。

ルウイが工場から出てきたときは、夕闇すら終わっていて、ぼろぎれのように暗い空の下、家路に向かい街路を行く人はみな、目的ありげでハリソンみたいだった。ルウイは互いにぶつかり合う無関心な人影の群れのひとつに掃き寄せられていた。ときどき、暗くした青い光がバスのなかから、あるいは開いては閉じるドアのなかからパッと射して、自分に目があることがわかった――うつろで、なにか訊きたそうな、無知な流し目の目が。なにがなくても彼女には世間の目を二度惹き付けるもの――昔、ケント州に移住してきたジュート族の大ぶりな目鼻立ちと、皮膚の薄い大きな唇――があったのに、いまは無効になっていた。暗闇は彼女を愛さなかった。見られなければ、いないのと同じだ。戦時下の夜の都会の現象として、もっとも物堅い女の足取りからも、ある種の挑発が引き出されていた。舗道を行くヒールとともに自然が闊歩し、非合法的な合図となった。ひとりルウイだけは、ほとんど誰も近づいてこなかった。彼女の足取りに欠けていたのはなんだったのか。彼女は歩き、大股になり、暗闇を貫く大きな図体は十歳児の履く底の平らな靴で性別はなく、ただ体重だけが重かった。いや、いまは彼女が戸外でなにかを始める季節ではなかった。日曜日は、この日だけ昼間の自由があったが、もう見返りはなくなっていた。あの日曜日の公園からも、幻のような官能的なベールは剝ぎとられていた——茂みの向こうは見通しが利き、なにもないのがはっきり見えた。樫の木に守られた恋人たちの丘は、芝生の荒野に漕ぎ捨てられた船みたいだった。見知らぬ人たちが互いに嚙み合わない視線を交わしていた。常連の恋人たちは腕を組んで公園を元気よく一回りしていた。黒い小道や、ほかよりも木々に囲まれたベンチから洩れてくるのは、ルウイを除く人々の秘めた存在を語る声だった——他国からの避難民でさえ思い出や痛みを抱きしめている。そう、この幻が消えてしまった公園で、ルウイに対するロンドンの無関心ぶりは、ひどく露骨で容赦なかった。

そうはいっても、戸外にいることには、どこか消極的なありがたみがあった。室内とはチルコム・ストリートのこと。そこに彼女がいるのは不在の人にだけ意味があったが、この二間つづきの部屋からその人たちもお化けのようにいなくなった。トムは滅多にルウイを見なかった。彼は一度見たら、自分が見たものをまた見る人間ではなかった。夜に自宅では顔をしかめて専門的な本を見る習慣があり、さもなければなにか専門的なことを考えて顔をしかめていた。ルウイのほうは、椅子を後ろに傾けて、舌先で味覚を確かめながら、心は空っぽで特になにもなかった——何時間でもトムを黙ってじっと見ていた。だから、なにをいまさら、彼の椅子がそこにあって、彼女を見つめたりする必要があるのか？　その椅子は、彼女がどっちに押そうが引こうが振り回そうが、彼女がどちらを向こうが、なにかを伝えているみたいだった。いい顔をしない椅子を満たすことが目的になり、彼女は公園で出会った見知らぬ男たちをここに連れてきていた。いまそのことを考えてみて、この秋は、訪問者の誰もが二度と現れなかった。いくつかのケースでは、彼らはロンドンを通るときに一、二時間潰していった。そのなかの誰かがたまたま戻ってきて彼女を探したとしても、ロンドンではルウイのほかに誰も知らなかっただけで、叩いてみたドアが別のドアだったということもあり得ただろう。彼女の評判の点からすると、それはまあまあだった――兵隊や飛行士になってルウイを尋ねてきたら、人違いに見えただろう。ところで、彼女のラジオは、いまはもう音が出なくて役に立たず、というのも彼らが修繕してやろうと言っていじくり回したからだった。いつもまず最初にラジオのことを言い出したのが悔やまれた――トムが去ってからラジオが少しイカレたみたいに思ったのは、気のせいだったかもしれない……。ここしばらくの十月の夜、ラジオが残した静寂は、ガスストーブの咳き込むような音で満たされてはいたものの、ストーヴのほうもなにか不満があるようだった。帰宅を遅らせようとして、習慣的にトテナム・コート・ロードにあるカフェに立ち寄るようになり、夕飯をとった。そこは鏡張りだった――明るい蒸気のなかに自分がいて、ルウイが入ってきて周囲を見回し、椅子に座るのを見て満足だった。

だがカフェの習慣がやがて中止されたのは、秋の収入減の不利に加えて、いまはコニーがいて、コニーが非番の夜は無駄に過ごすことができなくなったからだった。コニーがデートをたくさんこなしているのは本当だったが、いつデートがあるかは不規則だったのだ。コニーは空襲警報監視員をしていて、チルコム・ストリートにある屋敷の最上階にある二部屋に最近引越していた。三十歳を一、二歳越していて、タフで、怒りっぽく、親切で、目の下の白粉の下にくまがあり、前髪を切りそろえ、真っ赤な煉瓦みたいな口紅を塗った口はポストの投函口だった。最初に一目見たとき、ルウイはこの制服姿の新参者は警察に関係があるに違いないと考えて驚いてしまい、そうでもなさそうだとわかっても、制服の濃紺のズボンをはいた鋏みたいな足取りに、驚きはまだいくらか残った。コニーがなかにサスペンダー付きの上着を着ていると、もうひとり人がいて、違反切符を切る権限が強化されているように見えた。チルコム・ストリートはコニーが配属された監視区域外であり、したがって彼女の正式な持ち場から外れていることはわかったが、非番について彼女が厳格な見方をしていることもわかった。彼女が家賃を払ってここに住んだのは、中断させられる心配なしに足を上げて休める場所が欲しかったからだ——事実、もうひとつほかの区域に落ちた爆弾に手を出すのは、コニーには命令外のことだった。だから、チルコム・ストリート十番地がたまたま事件の現場になったとしても、私がその屋根の下で休息している間は、わざわざ探しに来ることはないと通達してはあったが、万が一、瓦礫の下から掘り出して欲しいときは当然ながら別問題であった。状況としては、一九四二年の秋のロンドンではコニーの方針に相当する出番はなかった。詰め所で過ごす長い時間、あくびで顎をはずしたり、公務用の電話でほかの詰め所とバカ話のやり取りをしたりしていた。さらに加えて、ミスタ・チャーチルの写真の上にある詰め所の時計の針を毎日毎晩眺めることがバカバカしいだけでなく、引き出すたびに当の本人が恐ろしく不十分だと考えている給料について、彼女の制服を見る外部の人たちが意地悪くなってきていた。時間単位で「クソみたいに」働いているのに給料が高すぎると思う人もあり、しかしそれは、時間単位で「クソみたいに」やってみたことのない連中だった。だが、彼女の指摘に反して、彼女はクソみたいにもなにもしていないわけではなかった。本部では四六時中なにか新しいことを考えて、コニーを現場につけておこうと工夫した。しかし、それがどこにでもいる一般市民大衆というもの。爆撃がやんだ瞬間、彼らは図々しくなった——もう一回軽くやられると、彼女がザマあ見ろと言ってはならないにしても、彼らは初心を思い知らされた。ロンドンが軽くやられることが、いまは、実はコニーには都合がよかった。あらゆるものが停滞してしまうと、彼らがやってきて彼女を市民防衛軍から追い出そうとするかもしれない。ここを出て、以前彼女が采配を振っていた煙草の売店《キオスク》に戻れるならいいが、それはそれとして、婦人機動部隊は最近よそ見をしなくなっている――気が付いたらウォルヴァハンプトンの女子軍施設に配属されているか(友人のひとりがそうだった)、鉱山の地底にいるか、あるいは英国婦人国防軍にいて、そこには朝起床するまでラッパを吹き続けるアマがいるのだ。コニーによれば、ルウイは兵士の妻だからよかったが、彼女の両肩の上に半分でも乗っているのがアタマなら、子作りを始めるべきだった。チルコム・ストリートで夜に二、三回話し合った後、コニーに対するルウイの畏敬の念は、蒸発するまでいかなかったが、位置が変わった。どう見てもコニーは神経の点で人類の救い主になる資格があった。と同時に、やすりのような舌の持ち主だったので、人類を愛する人とは言えなかった。キオスクをさっさと出て、それで一週間分の賃金を棒に振ったのが、戦争が始まった一九三九年九月一日、というのもおかしな話だが、直感が働き、今度こそなにかが起きると思ったのだ。自分はボスタイプだと、必要なら白状してもよかった。子供時代から、命令したり、呼子を吹いたり、交通整理までしたくてたまらず、それが必死で押し殺してきた願いだった。これまでやった色々な仕事ではこれがトラブルの種だった。市民防衛軍で彼女はイの一番に了解することができた、指導力が求められているのだと。考える前に彼女はサインしていた。やればわかるさ。

トムから返事が来て、ルウイに女の友達ができて嬉しい、とりわけ、同じ家にいるのもいいとあった。コニーは仲間であるかのように伝えておいたのだ。以前トムは、妻がほかの借家人とツーカーになるのは好まなかった。まず階段でのおしゃべりに始まり、ついで立ち寄ったり借金したりするようになるからだった。しかしいまは前とは違い、ルウイはひとりぼっち――いつもそばにコニーがいてくれると書いた。事実、コニーが見取図のなかに入ってくる前は、トムは一、二度誰か女の人でもないのかと訊いてきた、静かなたちで、ルウイが工場で仲良くなれそうな女の人が？　彼女は返事に書いた、実際のところ工場にはあらゆる種類の女がいるのが問題だと。無論、お前はえり好みしていいのだという返事がきた。工場でなにが問題かというと、なにか言って、話して、やり取りしないといけないのに、ルウイはなにひとつ思いつけなかった。意味が通じていないと感じ、もっと悪いことに、ほかの人がそうと知っているという感じがした。女たちは彼女が学校を出ていないと感じているようだった。生まれてこの方どこにいたのか、彼女たちは知りたがった――そして、ああ、私はどこにいたのだろう？　なんでもいい、自分がなにかなら、あらゆる種類の人にまじっているのは有利だ。自分のタイプの人に引き寄せられる。自分がまだなんでもないと知ると、気が滅入る――最後の望みが消える。本物の宿なし族のただひとつの特権は、オリジナルな一族だという地位である。ルウイにはそれもなかった。一方、コニーといるとすべてが大丈夫だった――コニーはこの友人のなかにある空洞に、気づいたというよりも惹き寄せられた。彼女はそそくさと空洞を埋めたがる体質をしていた……。ふたりは名乗りあって、たった二分のうちに親密になった。コニーが階上で転んだ夜のことだった。固い野菜がごろごろと何ポンド分も転がり落ちる音がして、懐中電灯が階段から踊り場へ一段ずつ上下するは、階段の手すりの隙間から下の玄関ホールまで一気に落下するはで、ルウイは思わずドアの外に飛び出した。踊り場の暗い電灯が点いて上を見ると、頑丈な靴の底が頭上に見え、その一方の底に打たれた画鋲がリノリウム張りの踏み板を引っ掻いてつかまろうとしていた。ついでコニーが痩せた黒っぽいお尻を持ち上げた——そして真っ直ぐな姿勢になると、自分の家で怒鳴るように悪態をつきはじめた。その方面で彼女は一流だった。二、三段階段を降りてきて明かりに近づき、スラックスの膝を手で払い、その途中でルウイをじろっと睨んだ。「ほかになにか私にできることがありますの?」と彼女は言った。

十番地の階段と踊り場の照明は二分すると自動的に消えるやつだった。いま消えただけでなく、捜索の間中、点いたり消えたりしていた——ルウイはピンク色のネグリジェ姿でもたつきながらも上下して、コニーが、じゃが芋、蕪、人参を探すのを手伝い、最後にルウイが懐中電灯を見つけてあげた。素晴らしい夜だった。いつもなら一度も掃除したことのない空気がよどんで臭気がただよう階段に、怒りが熱くした政府お仕着せの紺のサージの匂いが滲み出ていた——その上コニーは、赤毛ではなかったが、匂いはいつでもほとんどキツネだった。ふたりがことを終えたのは、コニーの言い方によれば二十三時二十五分だった。したがってその夜にも翌朝にもなにかと文句が出た。これまでルウイは、兵士の妻という特権にくわえて二階に住む特権があり、屋敷の他の住人とはこれだけでなくあらゆるトラブルとは縁なくやってきた。彼女とコニーはお茶を飲んでお開きにした。

なにが好きといって、新聞ほどコニーの好きなものはちょっとなかった。いつもさっき読んだばかりだった。ほとんどあらゆる新聞のコレクターで、もう一回見るか、なにかを包むために集めていた——新聞を手に入れるためには、購入する以外のあらゆる手段を講じていて、目をよく見開いて、どこにいようと、一瞬でも下に置かれたりした新聞は見逃さなかった。人々が素早く汚い仕返しをしてくるのを知っていたので、自分がとにかく集めた新聞紙なり新聞の上に、腰を下ろすことにしていた。詰め所にいるときに仕事上どうしても新聞から離れるときは、母鳥のように「そわそわ」した。新聞紙は彼女とともに帰宅するころには、柔らかくなって音も立てなかった。十番地の屋根裏の人形サイズの火格子に火をともすために一枚犠牲にしなければならず、しゃがみこんでマッチをすり、焦げ臭い煙に顔を突っ込んで記事の最後を炎が嘗めつくすまで読んだ──たまたまなにか見過ごさないものでもないからね。コニーのこの中毒症状はルウイがそっくり真似られるものだった。まずはコニーを感動させた新聞は、ルウイをとことん惹き付けた。いま起きていることについていけなくても、書かれていることには少なくとも気づく──世の初めに言葉があった。そして長い時間の後でまた言葉が戻ってきた。書かれたものはすべてそう言えた。

いったん新聞に取り憑かれると、ルウイは平和が見えた──あまりにもそう思えたので、なぜ新聞がトムを落ち着かなくさせたように見えたのか不思議だった。ニュースそのものは、途中から読み始めたので不利な立場にいたが、誰かに訊く勇気は持てたためしがなく、始まりはどうだったのなどとコニーにすら訊かなかった──明らかにひとつが次のひとつにつながっている、人生と同じだ。そしてまず間違いが誰の間違いだったのか、どのくらい前からだったのか、そこまで口にしたい人はいなかった。ひとりきりになると、ルウイはこれほど恐ろしい去年の出来事はすべて、なぜか自分の過ちに違いないという気がした──シンガポールが陥落した週にトムが出征した。オーストラリア軍は日本軍《ジャップども》との負け戦で浮足立った。わが軍は北アフリカに迫ってあらゆる手を打ったのにエジプト軍に迎撃された。ロシア軍はなにかしろとわが軍にうるさくせっついてくる。ケント公は新婚で幸せだったのに戦死した。いにしえのなんの害もない聖堂も、カンタベリー大聖堂は言うに及ばず、爆撃された。我々はキャンデーも石鹸も品不足、ついに配給キップ制になった——頭痛の種がまたひとつ……。しかしいったん新聞に目を通すと、そこに書いてあることがわかり、見た目ほど悪いことはなにもなかった。やはり間違いだ、物事の見た目だけですぐ突っ走るのは！　新聞は英国にはまだ隠し球があるのだと匂わせていた——英国は、ほかでは欠陥だらけだが、事実を直視する国なのだ。

新聞のことを思って、ルウイはニュースの分量については我慢しろと自分に言い聞かせていた——見出しが一秒の半分で総量をカバーしてくれるし、出来事の重要度は活字の大きさが決めてくれた。彼女が理解するかぎりでは、同じ公式発表が行われ、何度も何度も使われていた。これとは反対に、本当の話はわくわくするほど変化に富んでいて、戦争が人間らしく思われ、自分のような人間も重要で、人生全体が昔の人生みたいだった。しかし、本当の元気と滋養がもらえるのは新聞の記事からだった——ルウイは一、二週間それを食べてみて、自分にも視点があることがわかり、それは視点というだけでなく正しい視点であった。内部に含まれているという暖かさが心地よいだけでなく、毎朝毎晩彼女は称賛されていた。ロシア人ですらどうやら恐れていたほど気に入らないわけではなかった。スターリングラードが持ちこたえている一方、ここでは彼女も工業戦の大攻勢の第一線にいるのだった。アメリカ軍についてはすでにロンドンに来ていて、彼女の役割を称賛して唖然呆然としているとのことだった。新聞の内側に彼女への呼びかけなり彼女自身のことが出ていない日は、たまにあれば憂鬱だった。彼女は労働者であり、兵士の孤独な妻であり、戦争孤児であり、歩行者であり、ロンドン娘であり、家庭と動物愛護者であり、考える民主主義者であり、映画ファンであり、イギリス婦人であり、手紙を書く人であり、燃料倹約者であり、家庭の主婦ではなかったか？　彼女はただひとつ母親ではなく、編物をする人ではなく、ガーデナーではなく、足が痛い人ではなく、恋人ではなかった——少なくとも正当な意味では。ルウイがいま気分を害しているのは、自分がどの役割であれ新聞の写真に載るには適さなくなったその一点においてであった。彼女は彼らが認めてくれないような事態を、生きのびることはできなかった。彼らは、たとえば、尻軽な人妻や、いけいけねえちゃん《ザ・グッドタイム・ガールズ》には、立ちんぼする足一本すら許さなかった。それでいいのだ——彼女はその種の記事を十ばかり、なにはともあれ特別熱心に読み漁り、もうひとつ途中まで読んだところで、一陣の風が冷たく吹いた。新聞にはルウイのことが出ているのだろうか？——肌が鳥肌になり、彼女は神さまとトムに対面していた。あくる日の夜まで元気が出なかったが、夕刊に出た新聞には、お高くとまらないことに大賛成とあった——私たちはお高くとまらなくなっているらしかった。アメリカ人はそれは嬉しいと驚いていた。戦争が私たちをひとつの大きな家族にまとめたのだ……ルウイは元に戻った。彼女を抱く腕は永遠にある。そう、彼女はまた元気になった——なぜなら、妻であろうとなかろうと、自分は尻軽な体質ではないし、女であろうとなかろうと、いけいけやって楽しかったでおしまいにしたことはまずなかったからだ。それに男と一緒に出かけたことはなかった。外出してから、始まるのだった。

　こうした和解があった後で、感情はいっそう深い局面に入っていく。ルウイは新聞を肉体的に愛するようになった。ますます薄くなるのに男らしく出続けているのが心配になり、なにか食べさせてやりたいと思った。印刷機から出たばかりの暖かい新聞を抱きしめてやりたくて、それができないばかりに、ストーヴの火の上にかがみこんで紙面を読むことにして、印刷の匂いを引き出すようにした。

家に来る新聞についてはとにかくコニーに初夜権があることには譲歩しながらも、ルウイは彼女がみだらな《ドロワ・ド・セニュール》手荒さで新聞を利用するのを見るのが厭だった。魚の切り身が新聞紙に包まれているのを見ると、自分も包まれたいという羨望と身代わりの至福が入り混じった複雑な感動を覚えた。工場でルウイが惹き寄せられたのは、同じ発酵作用がなかで働いている感じがする娘や女たちだった——それに、彼女は毎日の教養のおかげで、前ほど自分が変人だと感じなくなり、そうは見えなくなっていた。なにかが彼女を持ち上げていた。いま彼女は友達を作ろうという過程にいて、コニーを得たとあって、不要と思っていた人たちとも友達になりそうだった。

コニーの新聞の読み方は、多くの場合、疑ってかかることだった。彼女の目に留まらないものはひとつもなかった。すべてを二度読み、その二度目がさらに心を打ったというので、よく聞いてみると、彼女が読んでいるのは行間であるからだった。この天分がある人はほとんどいなかったから、コニーはそれを活用するのが自分の任務だと感じ、情報のトラになった。考え方（ルウイは記事のことをこう呼んでいた）については、コニーは歯をシーシーと言わせる人で、広い心の番人だった——考え方は売れるものならなんでも彼女に売ると歓迎された。

チルコム・ストリート十番地での会話は、コニーの非番が夜間になると、だんだんと跡がついて道ができた。コニーはわざわざ二階に上がってくるが、それは自分の暖炉の燃料を節約するためだった。

「あんた、見たでしょ」ルウイは折にふれて訊いた。「戦争がある意味で私たちの性格をいかに良くしていくかが書いてあるでしょ？」

「気がついたとは言えないな。どこに書いてあった？」

「あら、書いてあるところをあんたが部屋に持って帰ったじゃないの――農業促進婦人隊のランドガールが大きな馬を引いているやつよ」

「ああ、彼女ね――元マネキンだったのが、いまは農業やってる彼女の大事な点よ。いましていることで写真が載るんじゃないんだよ、よく見ると、前になにをしてたかで決まるのよ。彼女は馬を引いてたらいいのよ、私に言わせれば。ただし、彼女があっちでもらってるらしい新鮮な空気ってやつ、私だって少しはもらいたいわ。私なんか地下の詰め所にいていつも見張っているもんで、いまは一年のいつなのか、昼なのか夜なのかどっちってね。――鳥たちのニュース見た？」

「見てない。どこに？」

「またアフリカに飛び立ったらしい」

「じゃあきっと渡り鳥なんだ。父さんが教えてくれたわ。彼は鳥が大好きだったんだ。春にはカッコウが鳴くのを一番に聞いたんだから。とにかく注意を払うことだと彼は言ってたわ。ああ、そういう鳥をよく見せてくれたっけ、ずらっと電線に並んでるんだ！　あいつらはいつもそうするのよ――どうしてそれが記事になったの？」

「鳥たちがいつもやってきたことを、ずっとやり続けているからじゃないのかな。記事に書いてあったわよ、大自然はどんな環境のなかでも鳥がたどるコースを追いかけるって。そういう鳥は戦争があるなんて気づかないんだって――鳥たちは分別がなくてラッキーと言ってもいいかもね。飛行士が先日、鳥の群れに突っ込んでたいへんだったとこぼしていたわ。鳥がたくさん首をはねられたとしても不思議じゃないって言ってた。でもいつか素晴らしい夜にこの私が首をはねられたりしないって誰が言える？　私は分別があるから、どうしても心配するし、そうなる私はどうなっちゃうのかな？」

「だけど、あんたはドイツ人みたいには絶対になりたくないでしょ、コニー？　彼らは言われたことを丸呑みにするって聞いたわ。彼らにも新聞があるのは、書いてあるのを見て知ってるけど、考え方が色々と載ってる私たちの新聞とは違うらしいわ。彼らに戦争を遂行させるには、彼らを騙し続けないといけないって新聞に書いてあったよ、いかに戦争が考えさせるものかって」

「私はそのケがあるんだから、戦争なんか要らなかったわよ。いつだってほかのことを考えてるし。だけど、どこへたどり着くかは、性格次第ね」

「ヤンキーたちは、ここに来て、私たちの性格に感動しているのよ」

「感動したヤンキーを見たことある？」

「うん、でもそう書いてあったのを見たんだ――」

「私たちのパブには感動してるわ、それはもう。友達と私だけど、この前の晩なんか割り込むことすらできなかったんだから。この戦争はあいつらが始めたあいつらの戦争と思ってるんだから、あいつらとロシア人の――」

「あら、だってロシア人は――ねえ、コニー、どうしてそんなこと言うの！　スターリングラードのことは毎秒でも考えなくてはいけないのに……」

ふたりはともに時計に目をやった。

「彼らはすごく違うんだからね」ルウイが言った。「私たちとは」

「ああ、それは認める――あいつらはとてつもなく巨大よ。もうダメよ、もしこの場所がロシア人であふれていても、私はまず不平なんか言わないよ、絶対に――あんなに戦っているんだから、仮に自分の国を守っているだけだとしても、肩で風を切る資格はあるわ。私が強調したいのは、ヤンキーとロシア人の間にはさまって、私たちは見落とされてるってこと、第一、どっちにとっても戦争はなかったのよ、もし私たちがいなければ」

「でもヒットラーは――」

「そう、誰が彼の堪忍袋の緒を切ったの？　そうだ、ひとつ私が賛成なのは――どこにたどり着くかは性格次第だって書いてあるところ。どこにたどり着くかなんて、もちろん私に訊かないでよ。嫌でも生きていれば学ぶでしょ。生きていくことだけで手一杯なのは、どうせわかってるんだ」

「でも、歴史の授業からいっぱい学べるでしょ、コニー？」

「なにを学ぶのよ――ナポレオンもダメになっちゃうし、カイゼルもダメ。ヒットラーだってきっとダメよ。私たちが聞かされていないのは、誰が利益をもぎ取ったか？――それに後世の人たちだって、そこそこ鋭いなら、それが彼らも知りたいとこよ。なんの足しになるのよ、誰かがやって来て私から歴史の授業を受けたりして？　それに私の経験ではひとつあるんだ、授業とかいう出来合いからはなにも学べないってこと。知りたかったら道々拾うしかないのよ。後世の人だって人間なんだから、自分のことに関心を持つでしょ。そうだ、いまあんたと私は信用されてないけど、この先も信用されるかどうか疑わしいね」

ルウイは手で口をふさぎ、コニーのような口のきき方を禁じたようだった。指の後ろからルウイは言った。「やめてよ、意地悪ばっかり！」

「誰が?」

「こんな話をするんだもの」

「なによ、分別もない鳥みたいでいいの?」

「ああ、鳥のことはほっといて——前はいつも眺めていたんだから。それがこの戦争のありがたくないことなのよ——鳥たちが飛行兵とぶつかるなんて、あんなに楽しそうに飛び立ったのに」

ルウイは頭を重たげに左へ右へと交互にかしげ、避けたいが避けられない重圧に苦しんでいるようだった。暖炉の前の敷物の上に座り、椅子にもたれた格好でいたが、椅子が後ろに滑るので、両手で身体を支えなくてはならなかった。長い丈夫な足は前に投げ出され、晩秋を迎え、やむなくストッキングをはいていた。いたるところが不器用につくろってある。コニーは足を開き、鏡に向かって立ち上がり、前髪からヘアピンをはずした。二十三時に任務につくことになっていて、それがもうすぐだった。ヘアピンをルウイの置時計の下に一本ずつ入れていたが、最後のが敷物の上に落ちた。彼女は手を休め、拾ってというようにルウイを見下ろしてから、怒ってチェッと舌打ちをした。友人の丸い目は、いつも浅い眼窩のなかに不安定な液体を宿していたが、いまはそれがあふれ出していた。結論・このバカ女の頬骨が濡れて光っている、くすんで湿った頬骨——泪は、形になってこぼれ落ちるには、意思が必要である。

「ほら、あんたが拾ってくれないと、ヘアピンが足りないみたい、あんたがいないとさ、なのに鳥のこととか! 私が本物の死人のことでやっていることを、あんたが半分でもやっていたら! 第一、鳥が愉快そうだなんて、誰が見た? 鳥が歌うのはセックスしたいからよ。私にはすごく変だと思うよ、あんたがそんな鳥を本当に見たなんて、もしかしたら、あんたのパパがそんな話をしたのかなあ――あんたは注意してなかったの、私がヘアピンを落としたのに？」

「どこに落としたの？」

「どこに？――そこよ、あんたのでっかい足のそば！」

ルウイはやたらに手探りし、足のまわり、敷物の毛のなかと――なにかをなくすのは大変なこと、いまはなにも買えないのだから。彼女はめそめそと切り出した。「悲しくなるつもりじゃなかったのよ、ほんとはね、コニー。でも鳥が父さんにつながっちゃって。不自然な感じがしてさ、父さんがあんなふうに逝っちゃって、母さんも、私たちがいた所は、なにもなくなって薄い空気だけよ」

「ああ、そういうことなら、ヘアピンは気にしないで。言った後で、気分が悪くなっちゃった。でもどうして私はあんたの心にあることがわかるのかしら？　だけど鼻をかみなさいよ、だって、あんたはこういう風に見なくちゃいけないの――あなたのパパは年寄りだったんだから、もうすぐ逝っちゃうのが自然の道理だったんだって。死ぬのがすごく不自然だなんて、言えないわよ。単なるマナーなんだから。それにこう考えなさいよ、あんたのパパとママは最後に一体になったんだって、いいわね――ふたりは素敵な家も大事に溜めてきたものもみんな持って、あの世に行ったんだからね？　だってさ、ここに残された年寄りたちは無一物なのよ、みんな先に行っちゃったし――あんまり哀れでなんと言ったらいいかわからないの。あんたがラッキーなのを見てご覧よ、結婚してて、生き残ってるんだから。両親と一緒に消えたって、なんの役にも立たないのよ。私の場合はそれほどでもないんだ、年取って死ぬより爆撃で死ぬほうがいいかな。病的なことばかり考えないでいいし、自分の願いを自分の大事な人たちにも願うんだ、もしいたらね」

「ああ、ありがとう、コニー、そうよね」

「でも、あれは意地悪だったわ」

コニーは、制服のスラックスとレースのブラウスを着て、気乗りしない様子で上着を探した。真珠のイアリングを片方はずし、こすれて赤くなった耳たぶを撫でてから、また耳にパチンとはめながら、意味ありげにウィンクした。夜勤につくには、やはり決まったスタイルを採る必要があり、そんなの当たり前でしょ？　いまは警戒警報が出なくなってはいても、黄色信号とまではいかず、迷子になって灯火管制の暗闇のなかから、いつ何どき誰が詰め所の階段をころがり降りて来ないとも限らない——ここはどこか、だったら、いったいどうやったらほかの場所に行けるのかと訊いてくる。地下鉄はまだ動いている？　ウェスト・エンドはどっちの方角？　ウォータールー駅はどこ？　泊まる場所があるか？　ここにコニーと一緒にいたら迷惑かしら？　人間がはいれる場所は全部施錠されていたから、男たちをくさらせた。詰め所の終夜灯は、蛾のように彼らをおびき寄せていた。

外部の人間は詰め所にはいる権利はなかった——民間人は承知していなくてはならなかった。いまでは外国人ももっと分別がなくてはならず、とはいえ、軍隊の所属メンバーとなると解釈を拡大した。コニーにとって、詰め所を変身させないのは自然に逆らうことであり、彼女がひとりで監視するおもての一室は相談所に変身していた。暗闇のなかを無名のままで来た者は、名前を訊かれるとみな喜んだ。彼女の詰め所の夜は、彼女のキオスクの日々と似ていなくもなかった——コニーは、電話のそばでどんなに熟睡していても、いつでも片方の目をぱっちりと開けておくことができた。夜間に耳がむくんできて、またイヤリングをはずさなくてはならなくても、誰かがドアから入ってくる前に、元の位置にパチッと戻しそこなったことはなかった。地区監督から下っ端まで、みんな来ればいいのだ――コニーは損する立場に立たされるような人間ではなかった。

「じゃあ、今夜は大丈夫ね、あんた」彼女はそう述べ――鳩胸にふくらませて上着のボタンをはめ、すそをぐっと引っ張り、ベルトのバックルをぎゅっと締めた。煙草を一箱ルウイの暖炉から自分のポケットに移し、トムの写真に視線を注ぎ、あんたに引き渡すからねと言っているみたいだった。その視線を二度返したが、いつもなにも言わなかった。そうして黙って、経験ありげなこしゃくな態度でトムに謎かけをするコニーの癖は、最初からルウイの神経にさわっていた。コニーはわざとなにも特別なことは言わないと決めてから部屋を出ていくことがあった――承知の上だったのだ、行進するように部屋を出て、後ろでドアをバタンと閉じ、後に残った人間に一体何事だったのかと思わせる。今回彼女が発しなかったコメントについて、ルウイは諦めていた――いつもよりさっさと諦めたのは、トムに関することに違いないと思ったからだ。コニーは繰り返し、これ見よがしに写真に注意を向けるが、ルウイはそこに多少の非難と悪意を嗅ぎ取っていて、ルウイ自身は写真をほとんど、あるいはまったく見なかった。避けていたのだ。写真によって慰められると書いた記事を何回となく見ていたが、その反対も真実だった。慣習に尊敬を払って写真を人目にさらし、写真の下に疑いもなくトムの気持ちだろうと思う見出しをつけた。さらにトムに手紙で書いた、「あなたの写真を毎日見ています」と。またしても愛の御しがたい真実を誤魔化していた。真っ赤なウソではなかった。ほかになにを忘れても、ルウイは敬虔な気持ちで暖炉にハタキをかけ、写真立てを持ち上げ、持ち上げるときに見た。しかし、見るのと、見つめるのは違う。

　彼が彼女にくれた写真は、出征する直前に撮ったものだった。彼女がすでに持っていた写真は、ケント州のシールの浜辺で写した開襟《バイロン・カラー》シャツ姿のスナップ写真を引き伸ばしたもので、彼は真面目さが足りないと考えたのだ。自ら思いついて別れの行為のうちの最後のひとつとして、写真スタジオに出かけたのだ。——その結果、カメラが記録したのは、すでに去った男の顔だったのだ。開放的で気分が出ていない彼の顔の造作は、写真屋の固苦しい背景から浮き上がり、どこまでもよそよそしく、両眼は真っ直ぐ前を直視し、計算しているようで、なにもあてにしていなかった。誰も見ていない視線に合わせるなり、さえぎるなりするためには、誰でもない人になるしかなかった——その後で、さて、どうやってなにが同じでいられようか？　連隊の紋章がついた額縁は、せいぜいよくても一時不在の写真を収めていた。悪くすると、そこから立ち昇ってくるのは、彼女の心臓の奥に届く警告だった、去っていった者は、帰ることはあっても、復帰はないという警告だった。その真似はできても、安全は更新できない。

九

「過去の重荷をあんな少年に負わせるなんて——おかしいよ！　それにもう君まで巻き込まれてる。ダメだ、ばかばかしすぎるよ、ステラ！」

「あら、ポール大佐みたいなことを言うのね——ロデリックの遺産相続はいいことだとあなたも思ってると思ったけど？」

「ロデリックの遺産相続が？」

「悪いわね、ロデリックが遺産相続したのよ」

「なにもないよりはましでしょう」ロバートはそう認めて、ひとつの真実がもうひとつの真実の邪魔をするときによく見せる苛立ちを見せた。「僕がわからないのは、どうして君が乗り込んでいかなくちゃならないのかだ」

「一週間もかからないわ」

「君が長く留守をするというんじゃなくて、どこまで遠くに君が行ってしまうのかなんだ——アイルランドに行ったら、完全にいなくなってしまう」

「バカ言わないで、ダーリン」

「いうまでもないが、僕が嫌いなのは、君がとにかくいなくなることなんだ」と彼は言い、その口調は自分の感情を軽蔑しているようだった。彼は低い肘掛け椅子の腕から手をおろし、指先で床をぼんやりとなぞった。しかし一分後には、彼女をさらにじっと見つめ、いまの言葉をどう取ってもいいよと言わんばかりに、口元はいまにも爆発しそうな不確かな線を描いていたが、ついにまたぶつけてきた。「徹頭徹尾、あの気が変な爺さんの仕業なんだ。君を取り戻そうとして」

「そういうけど、彼はもう死んだのよ――カズン・フランシスのことを言ってるんでしょ？」

「彼はそんなささいなことでまごついたりしないね」

この表現が見てきたような姿を呼び起こしたので、ステラは声を上げて笑った。「彼を知っていたみたいよ」と彼女は言った。

彼が続けた。「しかし、戻るのは彼が単に望んだだけじゃない、君が本当に望んでいるんだ」

「私は向うに戻りたくないのよ」

ロバートが眉を上げた。

「本当は」と彼女。「嫌なの」

「さあ、どうかな」

「いいえ、本当に嫌なの。でもこの旅行は仕事だから。感情の問題じゃないわ」

「でも君は嫌だと言ってる。嫌というのは感情じゃないの？　君にとってなんでもないなら、僕はそんなに気にしなくていいんだが」

「知らなかったわ」と彼女。「あなたがそういう気持ちになるなんて。だって、それでどうなるというの？　仕事で出かけるだけよ――ロデリックのモリス山荘のことで。知ってるでしょ、最近彼らは何度も私を困らせてきて、手紙が来るのよ、当の地所のことで決定しろというんだけど、この遠距離からでは、なにが問題なのか、それがなにを譲与するのかが把握できないから、決められないの。屋根や、農場や、余分に植樹するとか、木を伐採するとか。まったくどうしましょう、ロデリックが自由の身で、年齢的にも対処できたらどんなにいいか！　でも実際のところ、あの地所を所有主なしで永久に放り出してはおけないわ。誰かがそこまで足を運ばないと。彼はダメだから、私が行かないと。行くなら、早ければ早いほどいいの。片付けたほうがいいのよ――そうでしょ？　だって、ロバート、旅券局にいやというほど出かけて、緊急事態だからと説得してきたの――それをまた一からあなたに繰り返さなきゃいけないの？　旅券局の人はすっかり納得してくれたわ」

「彼らは君に恋しているわけじゃない」

「何週間も前に、私が出かけることは認めていたじゃない」

「そうだっけ？　ああ、そうだったかもしれない」

彼女は叫んだ。「それからなにかが変わったかしら？」

もう夜の七時、彼女のフラットのなかだった。明日早くにアイルランドの郵便船に乗らなくてはならない。ロバートは運悪く、半分荷造りがすんだスーツケースが彼女の寝室にあるのを見てしまった――彼女のドアを閉めるのが間に合わなかった。もうひとつの部屋の暖炉の前で、彼は持参した酒瓶を包みから出すのに気を取られているように見えたのに。

しかし、いま、例によって彼は気分を入れ替え、大騒ぎをしているのは彼ではなくて彼女だという印象になるように持っていった——彼は包みの紐に手を伸ばさないではいられなくなり、紐が相当の長さになると、感心して眺め、ゆっくりした、否応なしに安心させるような動作で紐を輪に巻きはじめた。「さあ、これが君の紐だよ、とりあえず」彼は巻き終えてそう言った。

「いったい、いまどき包みを紐で縛るところがあるの？」

「僕がウィスキーを買うところはね——旅行中、恐ろしく寒くないといいね」

彼女は思った、あなたから離れる旅行は、どんな旅行でも寒いに決まっているでしょう？——だがこう言った。「まだそれほど年末じゃないから。もっと早くに行っていれば、いまごろはもう帰ってこられたのよ」

「君がいない間、僕はなにをすればいい？」

「これ以上私をみじめにしないで！」

「なにをするか、わからないよ」彼はそう言いながら、紐の輪を指に巻いてくるくると回した——「君が前に行ったときは、季節はいつだったの？」

「ちょうどいまごろ、秋だった」

「二十年前の？」

「二十一年前の」

「それから」ロバートが漠然と言った。「大量の水が橋の下を流れたんだろうな？　ほとんどの橋を押し流すくらいの洪水になって」

川には、モリス山荘から一マイルの間、上流にも下流にも橋はなかった。川は谷底をゆったりと流れて屋敷に向かい、そこで横に曲がって見えなくなり、突き出した高い岸壁の上を囲むように屋敷が立っていた。遠方には石灰岩の崖がぎざぎざになって、白っぽい影を水面に落としている。崖の上に樹木が茂り、険しい崖も何箇所か樹木に覆われていた。川は地所の境界線だった。モリス山荘側は湿地帯が縁取っていて、そこに荘園の森林が、根元を月桂樹で暗くして、一連の岬のように続いている。遠くまで切れ込んだこの谷は、おもて側の窓に対する捧げもののようだった。そのお返しに、屋敷は熱い心をもってその全容を悠久のまなざしの沈黙のうちに捧げているようだった。そのほかは、こんもりとした森やゆるやかな高地が、モリス山荘を閉じ込めていた。

川に降りて上を見上げると、大きな窓の板ガラスに天空が次々と列をなして映っている。正面は焦げ茶色の漆喰で、色調にむらがあるように見えはしても、色彩は日没時以外は変わることがなかった——太陽は谷に没し、漆喰は東洋的なピンク色になり、窓がすべて炎上するのだった。

所有者の母親が到着した時刻に、川面に残照が映えて日照時間を長引かせていた。紅葉した森の黄色がいぶしたようになって屋敷に入り込んでいた。西方に旅してきたので、日が長いところにきた事を彼女は忘れていた。この時刻、部屋の向こうの白い大理石のなかでほのかに燃えている火を見て立っていると、時間の外にいるような気がした——夕闇の永遠の明るさのなかで、燃える炎の音と時計の針が刻む音が、遠く離れた玄関ホールで聞こえる以外、物音ひとつしなかった。というか、あまりの疲れから、これは別の時間であって義務でやってきた別の国ではないという気がしたのかもしれない。図書室のなかの空気はなにがしか戸外の空気みたいだった。土まじりの砂利を掻きならしたばかりの砂利道を見下ろす窓は、たったいま閉じられたばかりのようだった。光は空気の粒子のなかだけで生きていて、垂れ下がるカーテンも壁も死んだような赤だった。古臭い香りというだけではないものが、壁面に収められた書物から流れてくる——おそらくそれは、通りすがりの思想に対する何百冊という書物の無関心であっただろう。その薄暗さにある焦点は、火の上に掲げられた油絵だった。馬に乗った男たちが、明らかに深夜に、不安げに一団となっている。もしもこれが部屋本来のせき止められたエネルギーのなかに感じられないなら、この場所に詩情はない——こういうなかでカズン・フランシスは存在を果たしていたのだ。

どっちを向いても、出発に際して彼が払った配慮がこまごまと残っていた。見当がつかないくらい大量の雑誌、パンフレット、目論見書、回覧物が、その端にあらゆる年代と段階の茶色を見せていて梱包され、荷札を付けられて、サイドボード、ソファ、テーブルの上や下に積み上げられていた。包みの上にバランスよく乗っているのは、トレーの形をした籠の一族で、ステラはふと調べてみたくなり、注意深く類別された中味を見てみた——色のはげたビリヤード・ボール、錠前、体温計、犬の首輪がひとつ、鍵のないキー・リング、百合の球根が一個、象牙のパズル、一九二七年のシェイクスピアのカレンダー、保存処理をしただけで台座の無い大鷲の爪、リンカン州のリンカン子鬼のドアノッカー、片方だけの拍車、水晶の原石、先のちびた短い鉛筆が擦り切れた絹の紐で束にしてある……。

過去ばかり向いている。彼は先のことも考えていた。暗い絵の額の中側にはさんであった数枚のカードが白く目立ち、まだ真新しく、目に付くように突き出ていた。指令、勧告、そして警告を、カズン・フランシスがふぞろいな活字体で書いていて、ここには傍線が引いてあり、こちらには緊急の赤線で囲んである。「時計」はいつどれをどうやって巻くか……。「消火器」はいつどうやって使うか……「錠や蝶番」の僕流の油のさし方……罠で「生け捕りしたネズミ」は溺死させ、決してキッチンの火に投じてはならぬ……「石工のティム・オキーフ」は前回よりいい仕事をしないなら二度と働かせるべからず。「物乞い」には本物なら六ペンス、「老兵」には一シリング……ヒステリー、子犬には場合に応じて……「詰まった排水溝」は……「落下傘部隊」の場合は……「鳥が煙突」に入ったら、場合に応じて……「電報」がきた場合……「川」が「下の番小屋」に浸水したら……「わが死」には……「レディ・C」から「緊急の伝言」があった場合は……。

彼女は立ったまましばらくカードに読みふけり、それから暖炉を右に左に見た——しかし、音なしの時計がもうひとつ、蠟燭なしの枝分れした蠟燭立て、浮き彫り細工をした青銅の花瓶には焦げた点け木が挿してあり、後はなにもなかった。大理石の上で両腕を休ませて火のなかを見ていると、自分の人生でこれほど明確な指図をしたことがないことが悔やまれた——その人生もいまはロンドンより遠く、戻ってみても問題は少しも減っていないのだ。ああ、ここに一生いたい、そしてこの幽霊みたいな役割を演じるのだ！　心ならずも彼女は後ろを見た——手袋が自分の手そっくりの形をしており、ハンドバッグは彼女のアイデンティティを証拠立てるクソすべてをおさめていて、いまなお、いつもの通り、彼女が置いたテーブルの真んなかにじっとしていた。

その同じテーブルにドノヴァンが二、三分後に来て灯油ランプを置いた。彼が身をかがめて二本の灯芯を高く引き出すと、球体が黄色の光で強く満たされ、この管理人のダンテみたいな目鼻立ちが書棚を背景にマスクのような浮き彫りになった。「ほかの場所はどこも」と彼がコメントした。「ひどく散らかっておりまして。なにひとつ触ってはならないという指令があって動きが取れませんで。近頃は、ここではかろうじて時間が流れているだけで、ご主人様もおられず――お出迎えもお粗末ですが、マダム、本当によくお出でくださいました。娘たちがあなたさまのためにあれこれ応接間のご準備をしたのですが、どう頑張っても寒気を追い払うことができませんで、とうとう諦めました。たいそう立派な部屋ですが、あまりにも長い間まったく使っていなかったので」

メアリ・ドノヴァンはふたつ目のランプを手に、父親よりは息せき切ってやってきた。この役割をしたことがないのは一目瞭然だった。指図をもらおうとドノヴァンに目をやり、なにもなかったので、最初のランプのそばに自分のランプを置いた。儀式は終わった。誰もカーテンを引こうとせず、ふたつの球体とドノヴァン親子とステラは、真っ暗になった窓ガラスに映ったままだった。

「ありがとう、メアリ」とステラは言い、その目の先には大きな白いエプロンにすっぽりとくるまれた小柄な少女がいた。

返事をしようとメアリの唇が動いた。詩の暗唱のときに最初の一行でつまづいたかのように、重く垂れた前髪を握ったこぶしで押し上げた。ドノヴァンが説明した。「一生懸命すぎて――なにかもっとしなくてはならないことがあるのはわかっているんですが、それがなにやらわかりませんで。なにかお考えがありますか、マダム、次はなにがお望みでしょうか？」

ステラは何ヶ月も前に、遠くロンドンから、カズン・フランシスの召使には給料をやって解雇することに同意していた。所領には不必要な経費はかけられなかった。ステラがわかっていたのは、モリス山荘にはもう誰も残っておらず、例外は、年齢はわからないし妻もいないドノヴァンと驚くほど年若いふたりの娘だけということだった。ドノヴァンのことは記憶になく（彼女の新婚旅行のときはおそらく裏庭か地所の外で働いていたのだろう）、そう言わないでいたら、彼が彼女を覚えていた。

「夕飯には」と彼は言い添えた。「若い鶏を一羽、しめました」

ステラが言った。「それはどうも」そして、どっちつかずの複雑な瞬間とも取れる間を置いた後、こう訊いた。「メアリ、私の部屋はどこなの？」

「蠟燭！」ドノヴァンは乱暴に怒鳴った。「蠟燭はあるんだろうな、メアリ？」父と娘の間に火花が散った。子供は、予想外の深い落ち着いた声で宣言した。「二本、上にあります」

「まったくもう！」とドノヴァン。「じゃあ、持って上がるのがないじゃないか」

「階段はまだ明るいから」ステラがとりなした。「それに私、途中はわかるから」

屋敷は驚くほど馴染みがあった。その全体像が心に浮き上がり、心の底に降りていた錘《おもり》がとれたみたいだった。記憶よりもむしろ期待が道案内をしていた――アイルランドに帰還する旅路のどの時点かはわからないが、知覚の連鎖がひとりでに始まっていた。いまは周囲のすべてが走馬灯のように走るのを感知している気がしたが、そのすべては暗闇が隠していて目には見えなかった。階段の踏み板が磨り減っているのや、ヴェネツィア風の三連窓の丸い微光（完全に消えるのは漆黒の夜だけ）や、ロビーの床板が足で踏むときーと軋《きし》るのや、遠くから近くから漂ってくるのは、漆喰、動物の皮、ワックス、煙、古びた木材、油をさした錠前などの匂い、それに戸外の木々をあらかじめ感じながら、ステラはメアリの後をついていった。これらの知識は彼女のなかで何年も受け継がれていたに相違なく、その年月のほうは刻一刻と消え去っていた。

真昼でも窓付き階段の上のロビーは、つねに変わらず影になっていた。ドアはすべていま周囲に感じられるだけだった。宙吊り感、長い間予感していた宙吊り感のなかで、彼女はこの小娘が回すハンドルがどれになるかを聞き届けようとしていたが、いざその瞬間が来てみると、なんだか半分は作り事のようで、現実味も深みもなかった。だから、ドノヴァンが整えた部屋がなんの歴史もない部屋だと知っても、ほとんど無関心に対応した。メアリはどんどん先を行き、真っ暗闇のなかに姿は消えたが、暗闇には不安になるような記憶のおののきはなかった。なかはカーテンとシャッターが二重の効果を上げていた。メアリがいる位置は、湿った箱で次々とすってはマッチ棒を折っているうちに判断がついた。その間ステラは案内なしで、詰めものをしたソファの端にぶつかり、ベッドのこぶ付きの足にぶつかった。長く空室だったこの部屋の温度は、手配のおかげで普通の夏の気温まできていた。くすぶったような赤い火が、大姿見《シュヴァルグラス》に違いない鏡に映っている。そのときメアリが蠟燭にポッと火を点けるのに成功し、たちまちベッドの天蓋や戸棚やその影と、立っている女と熱心にそのほうを向いている少女の影が、揺らめきながら現れてきて、一瞬意味をなしたが、それだけだった。

ほかに似たものもない無垢の瞬間が、屋敷の不朽性に溶け込んでいる。

「お気の毒でした、途中でぶつかるなんて」メアリが言った。「私が早く走りすぎましたか？——マッチを置いていきますか？　マッチの箱がいけないんです」メアリは火に話しかけ、その火のなかに石炭を一発で蹴り込み、洗面台に急ぎ、ターバンみたいに巻いたタオルをほどいて、出てきた真鍮缶の熱さを両方の手のひらでさわって確かめた。「まだ火傷しそうです！」彼女は得意そうにステラに向かって言わないではいられなかった——ステラは、同じように子供になって、叫んだ。「ああ、素敵だわ、仕えてくれる人がいて！」

「私もまだ初めてなんです。どうなるかやってみないとわからなくて」

メアリが去り、ステラは、乾杯しよう——いわばふたりのために、この時刻に、というロバートの指示を思い出した。化粧台に水差しとタンブラーを持ってきて、彼がいまから二日前にロンドンで満たしてくれたフラスクの栓を回して開けた。タンブラーを二本の蠟燭の間に掲げ、ウィスキーに入れる水の割合を量っていると、蠟燭がお初に降ろしたものではないことに気がついた。二本ともすでに燃やされたことがあり、長さも不ぞろいだった。これには驚き、戸惑った——ドノヴァンの完全主義と温かい配慮はここまでは徹底していた——それは父親と階下の娘の同盟関係を思わせる目配せにつながり、さらに、ふたつ目のランプを見て立っていたドノヴァンの、なにか言うのも考えるのも途中でやめた微妙な空気とつながっていた。戦争の外にいるという心踊る感動は、不安を知らぬ明かりの周囲に集中していた。ステラはアイルランド共和国には物不足はないと勝手に考えていた——しかし現実は昨夜、船がダブリン港に入港したとき、もっとも強烈だった印象は、放蕩三昧であった。港湾の水面の周囲からその上まで、窓という窓は見せびらかすように輝いて、まばゆく、まぶしく燃えているようだった。その後、濡れた路面の反映が目にまぶしくて、ダブリンの街が謝肉祭の喧騒のなかにあるように見えた。ここに来て、今夜、階下で、あの三つの黄色い長方形がカーテンなしの窓から砂利道にじかに射し込み、安楽と書いてあった、そうよと。それにさらに野蛮な悦びができあがり、ワインを流して地面に染み込むといわんばかり。だがいま、一瞬自問してみた、つまりモリス山荘には未開封の蠟燭の箱がいくつもないのでは、ドラム缶に油が何缶もないのでは、すると後退を余儀なくされ、小さいが深い衝撃となった。屋敷は品薄なのか、ドノヴァン家も配給制なのか——または彼らが買い置くのを怠っただけなのか？　今夜訊いてみよう——あるいは明日にするか。問いただすと、あら捜しをする感じになりかねない、延期するべきか、あるいは、理想的な時間を見計らうか。結局彼女は質問するのを忘れてしまった——疑いたくない、というのが本音だった。階上のこの寝室で、階下の図書室で、彼女は何ヶ月分もの照明の資源を燃やし尽くすのだ。ステラが出立した後に冬が本格的にやってきて、ドノヴァン一家は暗闇のなかでベッドに行くのだ。

夕食後、カズン・フランシスの椅子の横にあるラジオのつまみをおざなりにひねってみた——戦争がすぐ脇にあるのが彼は好きだったのだ。ステラが好きだったのは、図書室のほかに、もう少しの静寂、もう少し意味深い静寂だった。明らかにバッテリーは切れていた。モリス山荘に電話があったためしはなかった——どこからも手が届かないという確信で、その夜の深い眠りに無が加わった。朝になり、窓辺で着替えをしていると、白鳥が三羽、流れを下ってきて、中流に浮かんだまま、なかにいる彼女ともどもこの屋敷を見上げている。想像も追いつかぬ早朝の日光があらゆるものに降り注いでいた——草地の斜面、岩々、最後にヒステリックに輝く木々など。この明るさのエネルギーで初日の仕事に取り掛かろうと彼女は思った。最初から遠い原野に連れて行かれ、何度も見に来なくてはならない事物を一望し、その合間にかなり長い立ち話が組み込まれていた——ほかはさておき、モリス山荘の人たちは、当然してもらうはずのカズン・フランシスの最期と葬式について、十分な感慨をこめた説明をまだしてもらっていなかった——だから夕刻になって、遅いお茶の後で、彼女はやっと腰をかけてロデリックに手紙を書いた。

ステラは、カズン・フランシスの超大型の両肘机で表面の皮張りが擦り切れたのに座って書いた。ロデリックのために、モリス山荘のヘッドのついた便箋が探せなかったのを残念に思いながら、自分のメモ用紙をどんどんめくって書いた。一度など、書き終わった用箋を引き破り、ほかの用紙の上に投げたら、インク壺の左側に当たり、手紙の重さを量る真鍮の機械にぶつけて倒してしまった――秤が上下に動き出し、分銅が溝を滑り、彼女のなかのどこかで、厄介な腹立たしい連想を揺り動かした……ミセス・ケルウェイの小包だ――ハリソンはちゃんと出してくれたのか？……。彼女はまたペンをとり、あれこれ考え、ペンを転がして、回転椅子をくるりと回し、部屋を飛び出して地下室へ行く階段まで走った。

「あの、ドノヴァン？」

「マダム？」階段の下に彼が姿を見せた。

「ひとつだけ、マスターが知りたいことがあって――ボートはあるの？」

彼は手首を使って固い白髪をなで上げた。「お知りになりたいのは、ボートが現在あるかですか？」

「ともかくボートはあるの？」

「といいますと、どのクラスのボートでもいいんですか？」

ステラは面食らった――「つまり、ボートだけど」

「ああ、平底のボートならありまして、なかなか頑張っていたんですが、旦那様が沈めてしまいました。使っていたときもあまりご満足ではなかったらしく、私どもに、いまどきなにが起きるかわからないとおっしゃって、ある朝若い衆を呼び集めて、ボートに岩を積み込ませ、ボートは沈んでしまいました。『ああ、彼女が沈んでいく』とおっしゃって、お気の毒に、土手の上で、ある紳士と私の間に立っておられました……。まだ川のなかにいるはずです——引き上げてみて、それほど腐っていないかどうか見てみましょうか?」

「そうしてみても、別段、害はないわね」

「もしかしたら」ドノヴァンはその気になって言った。「やってみたらいいのは、松脂をひと塗りしてやることですが」ステラは階段を一段おりて、ドノヴァンが二段上がってきた。「いけませんからね」彼がさらに言った。「マスターを失望させては——ということは、マスターはボート乗りでいらっしゃる?」

「というほどでもないのよ——彼の写真を見せましょう」

「ああ、写真ですか——だが連中はおかしいじゃありませんか、ご本人に来させないなんて? 陸軍が紳士にそこまで干渉するなんて、聞いたことがありません。しかし、お心にかけておられて、となると、この戦争はきっと大きな意味があるのでしょう——やがて将軍になられないとも限りませんね」

「あら、そんな。残念だけど、若いからそれは無理ね」

「でも、どこから見ても」とドノヴァンはへこたれないで言った。「野心がからんだ長い戦争になりそうですな——マスターにお手紙ですか?」

「そうなの、そうだったわ——ボートはいつ沈めたの?」

「先だって紳士がここにおいでになったときに」

「どの紳士のこと？——ああ、土手に立っていた人ね？」

「戦争がきてからこっち、客人はそう多くはなくて——おもにこの方くらいで、それに彼は飛ぶように去っていかれました。あちらから来られた方です。奇跡を見るようでした、こんな時代にあの方のように自由に旅行する人間を見るのは——もしかしたらある種の優先権をお持ちだったのかもしれません。とはいっても、彼が民間人なのか、なんとか大尉なのか、わかりませんでした。とにかく彼は旦那様にとって気晴らしでした。ふたりでぺちゃくちゃと夜が更けるまでやっていましたよ。この男というかこの紳士は非常に張り詰めた顔付きで、その上、ふたつの目が一致しないんです……」

いま沈んだのはステラの心だった。また手紙に戻ったものの、速度も最初の集中力ももはや戻ってこなかった。締まらない終わり方で書き終え、明日はもっと書こうと心に決め、封筒に宛名を書こうとしたら、切手がないことに気がついた。椅子を押し戻し、机にたくさん付いている引き出しをいつになくこそこそと順に試してみようとした。見た目の通り、すべて鍵が掛かっていた。鍵を探そうと部屋をうろうろと歩き回り、箱や戸棚を開け、手当たり次第にものをどかし、また引き出しのなかが覗けないものか試したりした。そしてついにカズン・フランシスを陰謀屋で、唐変木で、老いぼれ男だと見限ることにした。怒りも出尽くし、不安ななかに独り残された——図書室が好きな気持ちもだんだんと薄れていった。いまは主として、彼女にとってここは、夜の更けるまで対話が何度も交わされた現場なのだった——ここで彼らはいったいなにを狙っていたのか？　いったいなにを料理したのか？　どう見てもハリソンは戻ってきたのではなく、無駄に戻ってきたのでもなかった。なにが目的であれ、ハリソンは自分の招待主に、彼、つまりフランシス・モリスもまた、その目的にどっぷりと首までつかっているのだという印象を与えて損はないと踏んだのだ――だから、ロンドンでのふたりの最後の会合は、実際にあった話の続きだったに違いない、どんなにハチャメチャなものであっても。あの老いた狂信的なアイリッシュマンのロンドンでの初日に、地上における最終日に……。そうだ、ハリソンは彼らが会ったと主張していたが、どうやらそうらしい。それ以上のことがあったようだし、ありうることだ。死んだ男の鍵の掛かったトランクに閉じ込められているという書類の話も、いま一度確かめてみないと――しかし誰が（と彼女は何度も繰り返し自問してきたし、いまも、さらにおぼろげになったにしろ、これを最後と自問していた）不可欠のものをカズン・フランシスに手渡したりするだろうか？　名誉心では有名、しかし分別では落第、とりわけ手を出したものすべてで有名な負け犬だった彼に？　それらの書類の存在、もしくは重要性に関しては、彼女はいまも検討すべき懐疑的な立場を保っていた――検討すべきとは、ハリソンが持っているとか、そうだとか、したとかあれこれ言っていたその他のことに拡大解釈できるからだった。ステラの考えでは、ハリソンは単にその話を持ち出してステラを巻き込もうとしたのだ。おあいにくさま……。だが、いまはどうだろう？　どの文脈であれ、彼がこれまで言ったことのなかに一粒の真実がありそうだという認識が彼女をぐらつかせた。このほかにどんな防御法があろうか――彼が嘘をついているのだ、嘘をつくしかないのだ、嘘をつかないはずがない、そもそもの初めから嘘をついていたのだ、と思うほかに？

彼は、では、来たとは言っているが、本当にここに来たのか？　書物が暗くしているこの部屋は、時の流れが密かにここを通過し、このどこかに沈んでいる真実を抱いている、川がボートを抱いているように。この可能性があるとすると、彼女は二度と安心していられなくなるかもしれない――しかし、彼女はあえて考えねばならなかった、その可能性とはなにか？　カズン・フランシスはもしかしたら、いや、きっと（仮に彼が、ロバートの言うように気が変だとしても、馬鹿ではないから）ハリソンの信用証明書を、いわば間近に見て満足したのだ。そうでなくても、カズン・フランシスは無事に死亡したから、もうなにも訊けない――というか、なんでも訊いてみて、これまでステラが選んでしてきたように、返事がないということでよしとするのか。彼女は理解してみてショックを受けた、死者にのみ問いただす質問を用意していたことに――なぜか？　つまり、返事があまりに多くを意味し得るからだった。彼女はまだロンドンではハリソンの背後を調べる動きは見せていない。彼は本当に彼が仕向けているような人間なのか？　彼は彼が知っていると言ったことを知る立場にいるのか、行動できると彼女に請合った行動に出られる立場にいるのか？　彼女は三通りの答えにたどり着いていた。たどり着けないと自分に言い聞かせて、逃げていた答えに！　彼女はたしかにハリソンに言った通り、訊きに行くべき場所がわからない女ではなかった。ここ何年かは戦争の派閥の末端で生きていて、誰がなにを知っているはずかを知っていたし、なにひとつはっきり言う必要のない一種の言語を自在に使ってきた。いまステラはあの日曜日を振り返って見ていた――何週間前だったか？――そのときにハリソンがあの話を持って彼女のところにきたのだ。「知ってるって、あなたは誰なの？」彼女は多くの言葉でそう言ってきた。彼が視線を移したのは、たしなみからではなかったのか？――彼女はあえて確信できなかった。なにを感じたかだけは覚えていた。あの夜の記憶は全体としてゆがんでしまい、焦点がぼけて、一貫性がなく、青あざや、空白や、疑問ばかりで、そんな感じに襲われるのは、恐ろしく暴力的な内的な場面のときだけだ。その後、さらに位置を移して真実から離れてしまったのかもしれない。彼女はしかし、どこかにひとつの印象を残していた——ハリソンは彼女が調査することに反発するよりも、むしろそれを誘っているという印象である。

この男は彼女がなにをするのを期待していたのか？　または彼女がなにもしないことを期待していたのか？——だとすると、彼は正しかった。彼女はハリソンについて誰にもなにも訊かなかった——いや、訊いた、無論、訊いた。ロバートに訊かなかったか？　ロバート自身の事はなにも訊かなかった——だが、またしても、ロバート自身に関する質問以外は、実際には、ハリソンに関する質問だったのか？　そんなとき——おどけて、つまらなくなって、愛し合った。なんと甘く、なんとありがたい道草だったことか！　道草は返事ではなかった。終わりではなく、始まりだった——ロバートの住まいの窓とドアを見張り、彼の考えのあとをつけ、彼の心の隙間を探ることが始まったのだ。スパイ活動が始まった——だが明らかにましなスパイ活動だ。なによりましなのか？「あなたは売国奴だと聞かされたわ。そうなの？」と口に出して言うよりましだった。ロバートはこう答えることもできた、すでに君はそれがあり得ることか否か自分で判断できるはずだよと。その通りだった、彼女は間違いなく判断できた——彼女がいったん訊いてしまったら、ふたりの間のバランスはきっと崩れ去ってしまう。彼のほうから彼女に無実を実証する、それは氷のような冷酷さ以外のものではありえない——それが決定的であればあるほど、すべての終わりが決定的になる。感情が激しいのがロバートの一番の特徴だったが、それが彼の全部ではなかった——笑い飛ばすかもしれないが、男としてステラを許さないだろう……あるいは、嘘をついたっていいのだ。またはもう一回嘘をついたらいいのだ――口から出た最初の嘘は、多くの場合、演技でついた最初の嘘ではない――「彼は、」とハリソンが知りたがっていた。「演技者のけがありますか？」――演技者がもしも、彼女にとっても彼女のためにも非常によい演技者だったら、恋愛でも演技者なのではないか？　計り知れないほど計算的で、密かに悪意を抱いていて、知っていながら、最初から、これまでずっと、ロバートは自分を隠していたのか？　違う、違う、違うとステラは思った。それよりましだった！　では、なによりましだったのか？　彼が「君が好んで僕に訊くから言うが――その通りだ」と言うのを聞かされるよりましなのだ。それなら愛だ。それで愛が成就するのだ。事実上、彼らはすでに互いの共謀者同士以外の何者でもなかった。深く、他のすべてをふくめて、愛の連合にはまり込んでいるのか？　ストップをかける――彼にストップをかける？　ハリソンが罠を閉じれば、どうせストップするだろう。

ランプは、メアリに運ばれて、開いたドアまで届いた。

「メアリ、ランプは応接間に置いてくれる？」

「ああ、あそこには火をたいておりません、マダム！」

「ちょっと行くだけだから」

それほど寒くなかった。よろい戸の下りた応接間は、それ自体の温度を保っていた。明らかにドノヴァンと娘たちは、この静かな寒気のなかになにか落ち度があるというなら、ステラよりも繊細な感覚を持っているのだ。事実、内部にあるなんらかの感覚がある感覚を欠いたまま、彼女は鏡から鏡を見やり、部屋のおぼろげな広がりに目をやった。感覚がない証拠だった。物に触れるのを抑え、それらが鏡に映った映像ではないことを確かめながら、化粧張り、蛇腹、縁取り、張りのある縦溝シルクを指先でこわごわ触った。ガラス玉をちりんと鳴らし、小枝に鳥たちがいるドームに息を吹きかけ、ピアノの蓋を開け、一音だけキーを叩き、これで自分が楽しいといえるなら、自分が単に楽しんでいるだけだと思い、亡霊たちとの付き合いの外にいることを知っていた。だが、悲しいじゃないか、応接間がひとりの女にそれほど浅い作用しか及ぼさないなんて？――どうしてと考えながら、彼女はランプを持って鏡に映るその映像のひとつに向き合い、ランプを掲げ、よく見つめたロマンティックな顔は自分の顔だった。一瞬、ポートレイトのように不滅になった。たちまち屋敷の女主人のひとりになり、黒ずんだ垂れ幕を背景にして微笑んでいた。彼女は存在の秘密を失ったあらゆるものの表情をしていた。

部屋が彼女に下した判断にはどこか容赦しないものがあった。彼女はそこから目を逸らした。結局、この部屋とその幻覚の下にあるのは主としてカズン・ネティ・モリスではないのか――そして、その前に何人いたかなど誰も知らない女たちではないのか？――一時間また一時間と時間自身によって曇の国に押し込まれていたのか？　女性たちは、徐々に大きくなっていく時計の針の音のなかに意味を見出そうとして空しく耳を澄ましながら、すっかり正気を失うこともなく、そこまで行きつくことさえなかったのだ（ステラは耳を澄ましながら、肩越しに暖炉を見やった。大理石の中央には静寂――金箔のニンフの両腕が顔のない空白を捧げ持っている）。美徳は発揮すべき相手もなく、名誉はなにも語らず、しかもその両方がここにあった。両方がまた立ち上がり、彼女が応接間を去るときも、耳を澄ます者についてきた。どの道を行こうと、このふたつがついてこない道はなかった。だから、彼女の同類は選択を知らず、決断もしなかった――というか、選択も決断もしなかったのか？　すべてが彼女たちに語りかけた——彼女たちが運んだ刺繡の針の表と裏の模様。その小さな爪を哀れにも滑らかな胸元に引き寄せて死んでいる鳥。遠くの森で斧が振り下ろされ、倒れる樹木。または階上で夢にうなされて泣き叫ぶ子供のすべてが語りかけた。いや、知識は、彼女たちから遠ざけられたりしていない。心身にしみ込んでいき、背後をよじ登り、予告となって届いた——彼女たちはそれらで証ししようとしているのに、それを拒否する者を疑惑の目で見る。それが彼女たちの決断だった。だから、無知ゆえの行動というケースが過重になり、屋敷のなかの箱入り娘たちの頭では支えられなくなった。それに、この部屋ではなにも見せないという高揚感が最高潮に達していた——ドレスの衣ずれの音が、ブレスレット、指輪、レースに包まれた胸に巣ごもりしているブローチたちが放つ輝きを恐れげもなくさえぎり、その光で彼女たちはあたりに目をやり、シャンデリア、花々、紳士の人影、銀のトレーの上の花を描いたいくつものカップを見る。社交の勝利——だがその後は、勝利者に平和はついてこなかった——なぜなら、ここに残って彼女らを待っていたのは終わりのない時間で、そのなかで彼女らはふたたび回想するだけだったから。そして同席しながら、スカートのすそを触れ合わせながら、女性たちは個々に、ひとり密かに回想するのをやめられなかった。率直な明るい表情が瞳に宿ってはいても、警告を交わし合っていた。その対話はきらきらする表面の下に深い沈黙を隠していた。事実上、彼女たちは決して話そうとしなかった——ただし、死んで小道に横たわる小鳥、目を覚まさないうちに怖い夢を晴らしてもらった子供、切り倒された木からまだひらひらとそよいでいるのを摘み取った葉っぱには話しかけた。

よろい戸の横木が窓ガラスを背景に水平に黒く目立ち、それが室内で唯一鉄のような厳格さを持っていた。ステラは重たいランプをまたテーブルに置いた。それはそれでいいのだ――または、ほかになにかもっとあるだろうか？　彼女の人生がこの本に欠けている一章になりうることは、なにも話がそこで終わるということではない。いったん休止したとしても、曲がり角を行く前の休止ではないか？　将来に関するカズン・フランシスの自己開示癖からくる創造的な大胆さから、その目的のためにロデリックを喚問したことから、生じるものがこれから見えてくるだろう。信念のある男は、必ずどこかに息子を持つ。

ステラとしては、ロデリックがその犠牲になったという受け取り方はできなかった。彼は一種の運命に遭遇したのだ。彼女の目には、無一物のなかの自由よりはましだった。そこで別の調子で楽しむことにし、この部屋がロデリックの妻にはなんと言うだろうかと想像してみた。なぜなら結婚は――これまでの間ロデリックと結婚という発想がなかったので、義理の娘を思い描く気持ちになったことはなかった――ロデリックがいずれ読むことになるカズン・フランシスの指令のなかにあるはずだったからだ。この屋敷では妻を連れ帰るのが通例だった。ロデリックがまだそこまで思い及ばなくても、いずれそうなるだろう。この世に生まれ、まだ思い及ばなかった将来の人物像が、霧のなかに浮かんできた――事実、ステラは娘を持ったことがなく、呼び出せる若さというのは自分の若いときだけで、義理の娘はステラの脇腹からくるくると渦巻いて出てきた心霊体みたいだった。だが見紛うことなく、その液状の形体をした花嫁から両の瞳がこちらを見ていた――なにも見たこともないまなざしが恐れげもなく。

日光だけ、昼下がりだけが、ここに来る新参者を出迎える。外には夏らしい川が窓に向かって流れていた。部屋は称賛されるだけで、それ以上の部屋ではなかった。どのくらい褒めたのか、なにを、誰が、については無責任なまま、微笑みながら入って来る新参者は、それらを知るすべもないだろう――過去と未来を結ぶ運命的な関連は彼女の時代の前で絶たれている。ステラが、彼女の世代が、そのつながりを破壊したのだ――破壊された破片のほかにいったいなにが、いま彼女の魂のなかですり潰されているというのか？

そう、これは花嫁が一番に称賛する部屋となり、一番に模様替えをする部屋になるだろう。これまではなかった意味を持たせるように求められて、古いものが新しい場所に押し込められる。言うことを聞けなかったもの、新しい歌のテーマがわからないものは、出ていく。たとえばここに、日光から遠く、ランプも届かないコーナーがあり、ステラはマッチをすらなくてはならなかったが、そこに捨てられた絵が掛かっていた。明らかに何年も前に雑誌から破りとったもので、異国風の額縁に入れられて曲がって掛かっていた――汽船が甲板や船窓にすべて明かりをつけてまぶしく輝きながら沈没しつつ、船体の半分がすでに黒い海に没しており、残りの半分は空に向かって跳ね上がっている。「主よ、みもとに近づかん・タイタニック号　一九一二」、讃美歌の一節だ。応接間にこの絵を掛けたカズン・ネティの真意は知られることはないだろう。

翌朝、目を覚ましたステラは自分がどこにいるのか、いつなのかがわからなかった。時間のなかに自分の居場所がなかった。たしかに新しい一日がカーテンから射し込んでいたが、どの日なのか？腕時計が時間を示し、本能も同じことをしていた――無理にでも手探りしなくてはならないのは、自分のアイデンティティを探すように、何曜日なのか、何月なのか、何年なのかであった。仰向けになり、光で明るい黄色のカーテンの模様になにかを読み取ろうとした。昨日は郵便配達夫がこなかった。新聞の気配もない。ラジオのダイアルの上に灰か埃がまた積もっている。手の指を使って過去の確かな日、ロンドンを発った日付けまで逆算してみて、そこで急にやめた。目覚めるのとロバートの顔だけを見るのが同時だったもうひとつの朝を思い出した。深い眠りは定期的に訪れる恍惚で、彼女の精神がもうひとつの季節に移行するのか？　それらは誕生の睡眠で、そのたびに深い変化が生まれるのか？　確かめてみる必要があった。彼女は起き出して、カーテンを引いた――この朝、川に白鳥はいなかった。

この日はかなり十月らしい日で、あらゆるものが地上との連想を断っていた。仕事を進めるために財産管理人に会う約束が十一時にしてあった――だから、朝食後に馬車回しの砂利道を横切って、石壁を乗り越えて、草刈をしていない急な道を川へと下っていった。霜の最初の息吹がピリッとして草をこわばらせている。日の当たった水面のへりに彼女は立って、手はポケットに入れ、オーバーの衿を立て、目をしばたたきながら流れを見た。それから向きを変えて歩き出し渓谷を上がった。そう、あと二、三日はまだ十月なのだ――この秋はひどく長かった。季節はじっとステラの決断を待っているのかもしれない。渓谷にはどこか決定的なものがあり、小道が細くなっているのは、多くの足が曲がらないで踏みしめて行ったに違いない。彼女はここで足を止めて立ち、太陽が枝越しにこぼれてくる樺の木々の間にいると、答えがもう出たみたいで、問題はなくなっていた。この平和な瞬間に、人は一瞬自分とは関係のない無垢な世界を見るのだ。だが人は遠く離れたままではいられない。日光が射し込み、勝ち誇ったような金色に染まった葉が作る無数の扇を見上げていると、また自身に戻った彼女がそれらを見ていた。とはいえ、これはユニークな一日の早朝だった。その日は――誰にもわからないが――なにかが介入してきて彼女は救われるかもしれない。彼女はいまモリス山荘の森林の一番先の突き出た場所のふもとに来ており、内側を岩で支えられたその先端で、森はもっとも川に近づいていた。根が斜面をつかんで上に伸びている木の幹や、四方に広がった大枝には、力に酔っているような感じがあった。幾重にも重なり、明るく、また暗く、葉が少なくなり、交差する葉むらを貫き、さらに下にある月桂樹で下に折れている様は、息もつかせぬ大自然の栄光だった。そのしじまのなかで、死者たちがすべての戦争から帰還してくるという想像ができた。そして、小枝のアーチからアーチへ、光線から光線へと目を移すと、期待に心が弾み、愛の未完成交響曲と競演している心地がした。

これが永遠のものに思われたのは大きな驚きだった――ついに葉が一枚ゆっくりと散りながら、彼女の目の方角に落ちてきて、まるで彼女が森に時間を持ち込んだかのようだった。

何事も起きない一瞬はありえない。背後の屋敷から呼ぶ声を聞いたか、聞いたような気がしたので、向きを変えて歩いて戻った。前方と頭上にドノヴァンが石壁の上に立ちはだかっていて、身振り手振りで、彼と彼女の間にある空気に向かい、聞こえないことを大声で叫んでいる。ステラは聞こえないと身振りで伝え、心臓の鼓動を感じながら急ぎ足になった。彼はまた石壁の上で踏ん張り、両手でメガフォンを作った。母音がいくつか渓谷を転がってくる。年上の背の高いほうのドノヴァンの娘が壁に登り、父親のそばに立った。

「……エジプト！」

「ちょっと待って、いま――」

「モントゴメリーがやりました！」

「モントゴメリー？」

「ものすごい大勝利です！」

太陽が屋敷の屋根の上でまぶしくて目が見えないまま、彼女は草むらにつかまりながら斜面を這い上がり、途中で立ち止まり、手をかざした。そして息を切らして言った。「一日で勝ったの？」

「戦局が変わります」

「どうやってそれを？」

「国中に広まっています。――いまお手伝いいたしますから、マダム」

ドノヴァンが手を差し出した。ふたりの手ががっちりと握られると、彼のほうから引き上げてくれた。そして彼女を石壁の笠木の上の自分の横に並ばせて、待ちかねた預言者みたいな目付きで、彼女をもっとよく見た。「なんでもいたしますよ」彼が言った。「帽子があったら、脱帽しないと。今日はたいへんな日ですから」

「美しい一日ですわ、とにかく」と初めて口をきいたハナが節度をもって言った。

ドノヴァンには、女のなかに男がひとりという寂しさがきざしてきた。「モリスさまは長生きされて、これをご覧になるべきでした」彼が言った。ドノヴァンはこの日をひとりで迎える運命にあったのだ。死者がどこにいるにしろ、彼らはもういないのだ。ステラとハナの間に立って気を付けの姿勢をとり、その岩のような横顔は両眼でとらえた遠方を齧らんばかり、渓谷の先でエジプト軍が轟きわたる黙示録的な戦いで、総崩れしているのを見ているのだ。唇が黙って動き、やっと声が出た。

「我々はすごく速い将軍を生んだもんだ。言いませんでしたか、彼は速攻の将軍ですよって？　やつらを敗走させたじゃありませんか？」

石壁の上のステラはめまいがしてきた。彼女が言った。「でも、あっという間に？」

ドノヴァンがこっちを向いて言った。「突破したんですよ」

ハナはその間、おとなしく父親の真似をして、おでこを上げて立っていたが、彼の最後の言葉の後、朝と景色を調べてみたが、輝かしい静けさは、自分のと同様、少しも変わっていなかった。勝利への供物はこれで完了したと思い、ハナは石壁から静かに下に降り、屋敷に向かってぶらぶらと歩き出した。日光を離れてモリス山荘の肌寒い日陰に入るのが嫌だったのか、あるいは父親が呼び戻してくれて、理由はともあれ、今日は休日だと宣言して欲しかったのか、一度振り返ったその顔は、ふたつに分けた髪の毛に挟まれたお月様だった。ハナは美人だった——一歳年上なのに、なぜか妹のメアリよりずっと奥手だった。ステラは日の光のなかで彼女の全身を初めて見ていた。いつも階下にいて料理をしているか、低い用心深い声で鶏を呼んでいる声が聞こえるかのどちらかで、見知らぬ人間が家のなかにいるときは恥ずかしいのだった。いま、広大な荘園屋敷の前の広大な斜面に立っている自分にびっくりしているのか。彼女はその日開いた花だった。十六歳にしては子供っぽく、だが、顔にはアイリッシュ民族の沈痛な面持があった。いま起きていることから距離を置いているせいか、その美貌になにかが加わっている。山並みの色あいのような青い瞳はトラブルの色を受け継いでいたが、その中味は受け継いでいなかった。自分のものではない考えは持たなかったので、彼女にはなんの考えもなかった。彼女は若い娘で、天国に向かう道を威嚇されずにすでに踏み出している、荒れた手をエプロンの上でゆるく組み合わせながら。

　ステラも屋敷へ向かいながら、ハナの凝視の軌道をたどり、静かな気持ちになっていた。少女に微笑みかけたが、べつになにも——ことにこの時間にはなにも——言うことはなかった。将来、完全な勝利に沸いたモリス山荘の幻影が戻ってくると、彼女は決まって見ることになる、ハナが日光を浴びてそこに立ち、柳に風と受け流しているのを。

十

「きっと遅れてるな」乗客たちは口々に言い、ときどき心配そうに、遅れているという感覚が主観的なものかもしれぬと互いの顔を見てから、ブラインドを降ろした列車の窓を見た。「いまどの辺りかな？——どのくらい来たのかな？」ときどき隅っこに座った乗客がブラインドの端をちょっと持ち上げて、隙間に目を凝らす——しかし無駄だった。イングランド中部ミッドランドの運河や生垣はもう見えなくなっていた。夜の帳《とばり》をついて見える丘のひとつも塔の一本もなく、幹線の陸標になるものはすべて消されていた。けたたましい列車の轟音だけが、トンネルに入ったことを告げていた。だがようやく速度が落ち始めた。列車の音が壁の間や下でますます狭く深まることから、ロンドンに入ったものと思われた。ロンドンという都会の分厚い構造がその時ほど強く感じられたことはない。いま、侵入者の気後れみたいな気持ちなのか、列車は這うように進み、神経質にがたがたと鳴り、蒸気を吐いて停止した——鉄橋の上を車が走るのがわかり、廃線になったところで切り替える音が聞こえた。網棚からまだ荷物を降ろしていない乗客は、慌てて立ち上がって降ろしている。ステラもそのひとりだった。長い一日の旅の疲れが、肉体を無感覚な恍惚状態に置く一方で、思考はたったひとつに絞られていた。言うつもりでいることを心に決めていた。ロバートが出迎えてくれるだろうという願いが、いち早く言いたい願いになっていた。

ユーストン着。ずらっと並んだ列車のドアがいっせいに開け放たれ、プラットフォームがまだインクのリボンのように泳いでいた。列車が停まるのを待つ者はいなかった。誰もがロンドンになだれ込み、列車が死んでしまう前に、非人間的な決意のもとに行動しなくてはならないようだった。ステラは結局のところ、車両を最後に離れた人間だった。立ち止まり、これが最後とばかりに、座席の上に付いている鏡に映った自分を眺めた。それからスーツケースを取り上げ、プラットフォームに足を踏み出し、左右を見てから、列車にそって歩き出した。駅の青い明かりが二、三個あって、丸天井が闇に消えているのが見えた。トロリーが膨れ上がり、突進し、よろけ、覗き見している群集を掻き分けている。誰かが誰かを見つけるのは絶望的だった——出会いたい願い、名を呼ばれたい願い、帽子を後ろにずらしたり、溺れそうになった顔を振り上げる。黄泉の国に亡霊が到着し、新しい死者は古い死者に疑わしげな目で見られている、と思うこともできた。しかしなにも感じなかった——ついに心臓が一瞬鼓動を忘れ、空っぽの岩だった彼女の存在が満たされた。愛情がほとばしり、背の高いロバートの頭がこちらを向いた。

感激が完全に戻ってきたら、重さを意識しなかったスーツケースが腕の筋肉からいきなり引き剝がされた。スーツケースを下に置いた——「ロ、バ、ー、ト、!」

ドノヴァンが勝利のニュースを聞かせようとしたのに似ていた。ロバートは、明かりの下に突っ立ったまま、押し寄せてくる人の顔をひとりずつ見て無用と見なしていたが、ほかの人たちの間にいると彼の道に外れた人格《エガレ》の分離が、いつにもまして目に付いた。ステラはスーツケースに跳びかかり、前に引っ張った。もう一度目をやると、彼はいた場所から消えていた。失望が唇を固く結ばせる。そして気が付いてみたら、肘に彼の手が添えられていた。

「やれやれ、干草の山から針一本だったよ」彼が言った。

スーツケースがふたりのそばに落ちた。彼は彼女のコートの衿をつかんで彼女を抱き寄せ、自分の親指がコートのツイード柄の上にあるのを信じられないように見ている。「どこにいたんだ、ステラ！」

「とにかく、ただいま」

「でも——だけど、時間というやつは恐ろしいよ。——さあ、行こう——ここを出よう！」彼は彼女を誘導してアーチをくぐった。人の流れはほとんどが別の方角に向かっていた。

「どうしてこっちなの？」

「どうして？——車があるからさ」

「どこからきた車？」

「車が来るところから」

「思いがけないことね」とステラ。「でも、やっぱり素晴らしい——車があるなんて」

「ひとつだけ面倒なんだ——アーネスティンがなかにいる」

「アーネスティンが！——ロバート、まったくもう、なぜなの？」

「彼女も出かけようと思ったんだって」ロバートは言葉を濁した。「用事かなにかと言ってたと思う。

ハロッズからさっき午後に電話してきて、僕へのドッキリなんだそうだ。それで……。ああ、わかってるよ、ダーリン、だけど泡食ったよ。電話が来たとき、僕はほかのことで最高に乗りかかっていたもんで。彼女は今夜は一泊するんだけど、夜はなにをするのかと僕は訊かれた。あいにく駅で人に会わなくてはならないと言ったら、『あら、まあ』と彼女。『いまどき、そんなに無能な人がいるなんて知らなかったわ、重要な人じゃなければ、だけど』僕は本当のこと以外に思いつかなかった。『だったら』と彼女。『私もご一緒してもいいわ。途中でおしゃべりもできるし。ミセス・ロドニーに会うのはちっとも嫌じゃない、前に会っているし……』うん、わかってるよ、ダーリン、つまりそういうことで――アーネスティンに、いま会うか、後で会うか。いまなにをするかというと、彼女を友達の家まで送るだけなんだから」

「でも夕食を一緒にと思ってるんじゃないの、どうなの?」

「いや、その話はもう済ませた。早めに軽く食べたって。彼女はそう、金銭的には自立しているよ、機転はきかないにしても。――ステラ、僕を愛している?」

「なぜそんな?」

「だったら、後はどうでもいい」

霧雨になった雨をついてロバートは、汗ばんでいる壁の影に隠れるように停まっている車の短い列のナンバープレートにあてもなく懐中電灯を向けた。そのとき元気よく窓を叩く音がして、捜索は幕を閉じた。運転士が煙草を投げ捨て、気を付けの姿勢をとり、さっとドアを開けると、けたたましい笑い声がこぼれた。「遅かったわねえ」とアーネスティンが怒鳴り、見えない車内でイタチのように丸まって移動して席をあけた。「来ないよりはましだけど！　――お元気だった、ミセス・ロドニー？　もう死にそう？」

「それほどでも。またお目にかかれて嬉しいです」

「暗闇で『お目にかかる』は気に入ったわ！　――エメラルドの島はいかがでした？　ビーフステーキは？　卵とベーコンはたっぷりと？」

「すみません、列車が遅れてしまって」

「ああ、よりによって車中でロンドンの夜を過ごすなんて！」ロバートが言った。「だけど、アーニーが好きで選んだことだから」

「もういいじゃないの」とアーネスティン。「血は水よりも濃し、だわ。それに私、骨休めするチャンスをもらえたし、滅多にないことなのよ。明日はたいへんな朝になるから。九時きっかりに本部へ出向かないと。地域別の調査をずっと行っているんです」

「ああ、そうなんですか」

「あちらではきっと、戦争があるなんて誰も考えていないわね？」

「まったくその反対で、大勝利を果たしたとみんなが」

「私たちは、じつのところ、それほどみじめなことはしていないようね」アーネスティンが謙遜めかして認めた。車は走り出していて、秘密のルートを取ってユーストン・ロードに向かっていた――ロバートは下ろした補助席に座り、ふたりに向かい合っていた。彼のシルエットだけが見えるときが間々あった。彼はモックファーの膝掛けでステラの膝を包み込み、残りの部分をアーネスティンのほうに掛けた――彼女は、またゲラゲラやりながら、騎士道の時代はまだ死んでいないのねと述べた。そして「新しい眺めだわ、ロバートが人の面倒を見るなんて」と付け足した。「でもどうなんでしょう、こんな大きな車が必要だったのかしら――だって、話によれば、これだけガソリンが余分にあれば、モントゴメリーにはたいへんな違いがあったはずよ。もっとも、そう考えてももう間に合わないわ、今夜もう車を頼んでしまったんだから。ミセス・ロドニーがお気の毒なのよ。やりすぎだと感じていらっしゃるに違いないと思うから――私が彼女だったら、きっとそう感じたわ。私はいつも思うんだけど、自分が面倒を見てもらっていると当人に感じさせないほうが親切だって。でもロバートは、色々な点で私に似ていないから」

「いまなんて言った?」ロバートはそう言い、さっと顔を向けた。

「あなたは色々な点で私に似ていないって言ったのよ。同意なさいませんか、ミセス・ロドニー? 部外者はもっと見えるそうだから。――いまどこなの、ロバート?」

「さっぱりわからない」

「運転の人は私たちがアールズ・コートに行くことを知ってるの? ……わかりました、あなたがちゃんと言ったなら、言ったんでしょ。だけど私にどうしてわかる? あなたは駅でずいぶんばたばたしていたようだったから……。あてにしていたのよ、あなたはロンドンの道には猫並みに詳しいとばっかり」

「なぜ?」

「だって当然だと思っていたから、必然的なこの状況下では」アーネスティンは意味ありげな小声で言った。「だけど……」彼女はここでなにかを思い出し、ハンドバッグをカチッと開けて中味を手探りでチェック、痙攣しているような手つきだった。ステラは、しばし後ろにもたれて目を閉じていたが、ようやく言った。「なにかなくしたのではないとよろしいけれど？」

「そうなのよ、なくしっこないわ！——でもまあ、あなたは眠っているとばっかり思ってた！」

「そう思ったかもしれないね」同意した彼女の弟はその手を悟られずにステラの膝の上の膝掛けの上にそっと置いていた。「いや、車のなかにいることすらわからないくらいだ——考えているみたいだね」彼がステラに言った。「違うかい？」

「きっと考えていたのね」

「実際にはわかってるのよ、どこかにあるのは」アーネスティンが続けた。「ああ、どれほど助かるかしら、見えさえすれば！　今朝ここに入れたのは覚えているし、それからずっとハンドバッグを手から離してないし。なにもかも引き受けると最悪こうなるのよ——ああ！　あった！　あると思った！——なんの話だった、ロバート？」

「別になにも。というか、なにを考えているのか、あなたがステラに訊きたいのかもしれない」

ロバートのアーネスティンに対する態度は、言葉ほど尊大ではなかった。言葉はむしろ無関心ではないことを匂わせる種類のもので、彼女をひとりにしておけない気持ちがつねにあるようだった。明らかに——ホルム・ディーンでのあの午後のように——彼のほうから喧嘩を売っていて、姉に好意を抱きながらも、ややへそ曲がりの傾向がそこにあるのも否定できなかった。奇怪な感じはしたが、ステラの理解では、彼は今夜、このドライヴを自らとりやめる気はなかったのだ、シフトダウンする意味しかなくても。アーネスティンは退屈している彼に、貴重なはけ口を供給している——彼の退屈は、彼とステラの関係においては、鬼門に追いやられるか、後回しにされている。ステラは、不満が高じた退屈は、どこまで遠く、またどの方角に行くのだろうと考えている自分に気づく。そして突然アーネスティンに対して嫉妬心が生み出す一緒の魅力を感じた——そして自分の腕をロバートの姉の腕に滑り込ませたらどうなるか考えていた。アーネスティンの腕はどんな肌触りがするだろう？　ステラは大胆に考えを凝らしさえした、遅くならないうちにロバートについてアーネスティンと話してみようか——これほどスキャンダルめいた、これほど不可能なものに、果たして共通の言葉が見つかるものだろうか？

アーネスティンは、ハンドバッグをまたパチッと閉じてから、ふたつの留め金を試してみた。「これは」彼女が述べた。「レッスンなんだわ、心配するなという！——なんですって、あなたは私にミセス・ロドニーに一ペニー払ってお考えをいただけというの？　おあいにくさまだわ。平和になったら、誰が考えるもんですか？　みんな言ってるわ、心を完全な空白にするのが一番楽だって、でも私はお見通しよ、言うは易く行うは難し。とにかく質問をしなければ、嘘をつかれることはないんだから。——でしょう、ミセス・ロドニー、これが黄金律ってやつよね？」

ロバートは突然膝掛けから手を下ろし、ステラをひとりにして答えさせたいようだった。車は滑らかにブレーキが掛かり、停車した。目を開けると、赤に変わった信号が目に当たってきた。そうだ、思い出した、この一瞬を狙って囚人の多くが護送車から飛び降りるのだ。彼女はつい視線を周囲に配り、息で曇ったかたわらの安全ガラスの向こうを計算するように見た。森のなかにいるという印象が、ロンドンにはありえない走馬灯のような建造物の印象に取って代わった。

「ここにはたしか」彼女は軽く声に出して叫んだ。「来たことがないわね、ここがどこだったとしても！――いいえ、実はミセス・ギブ、私はそうじゃないんです。知りたいことはなんでも訊きます、いつも必ず。私は嘘をつかれても、きっとバカで気づかないわ。どうなんでしょう、私が嘘をついてもらいたがっているとお感じになるのね？　何回嘘をつかれたか、まったく見当がつきませんが」

「いつ？――なぜ嘘を？――誰が嘘をついた？」ロバートが言った。「まさか僕じゃないよね」アーネスティンが割り込んできた。「またあなたったら！　ミセス・ロドニーは一瞬でもそこまでおっしゃったかしら？　ねえ、ロバート、あなたは世界にたったひとりの人間じゃないでしょ？」

信号が変わった。車は前進した。ロバートは我関せずと煙草に火を点けて言った。「うん、違うと思うよ」

「まったく、もう」アーネスティンは大声で言い、ロバートの友人のほうを見た。「残念だけど、私だったらそんな考えは聞き流せないわ！　嘘をつかれるですって？――蜘蛛に背中を歩かれるほうがマシだわ、いえ、床下で鼠が死んでいるほうが、下水が壊れたって！　後悔するわよ、この私に嘘をつくような人は。これは私たちの育ちのせいかもしれないけど、私は残念だなんて言いませんよ。この点では敏感であれと育てられたし、敏感だと言えますよ。ロバートもそうやって育てられたんです。私たちみんな――我が家ほど真実を言う家族はまずありませんよ。妹の子供たちにもすごく厳しくしています。私の息子はというと、顔色が変わるのよ、誤魔化そうとしただけで。父はいつも私たちの目をまともに見ていました――ロバートは覚えているでしょ。軽い嘘でも、父の心臓が潰れるのを私たちは知っていました。母親のほうは無論、実際に考えを読む人でしたから。いいえ、子供時代の私たちは、なにかを隠そうなんて夢にも思わなかったわ」

「うまく隠せなかっただろうし」とロバート。

「隠そうとすることすら恥ずかしいことだったから」

「なにが」ステラがいきなり訊いた。「それほどみなさんに真実なことだったんでしょうか？」

「ことによりますね」アーネスティンがとがめるように言った。「私たちは、おしゃべりじゃなかったかもしれないわ、家族としては――」

「あの状況では」とロバート。「その反対でいるしかなかったね？　僕らは嘘つきを黙って羨んで消耗していたんだ――それに、もっと言えば、アーニー、君はいまでも消耗している。嘘つきに腹を立てる君の態度を見てごらん。まさにノイローゼだよ」

アーネスティンは笑って誤魔化した。「それはいいわ！」と彼女。「だけど、どうかお願いだから話題を変えましょう――誰がこんな話始めたのかしら？」

「君だよ」

「いいえ、誰も始めなかったと思うわ」とステラ。「『人知を超えた力』だったのよ。そういう空気になっていたから」

「ひょっとして君かな、ステラ、アイルランドから背負って戻ってきたんじゃないの、風邪かインフルエンザみたいに？　……ああ、わかったよ、じゃあ、そうじゃなかったんだ。となると、この車がなにかに取り憑かれているのかな」

「運転士つきで借りるこのタイプのハイヤーには、ずいぶんと奇妙な話があっても不思議じゃないわ」アーネスティンが言った。「本当の話、いまどき、マシなことをしようという人は車なんか頼まないわ、はっきり言わせていただくけど。でもね、ロバート、あなたと私は話す機会があまりないので、もし昔話に花が咲いても、ミセス・ロドニーはお許しくださるでしょうね」彼女は次にかたわらの窓に全神経を集中させた。「ハーイ！」彼女が突然叫んだ。「あれはどうやらグロスター・ロード駅に見える！　もしそうなら、この人は行き先を知ってるのかしら？」

彼は明らかに知っていた。一、二分後には彼らはアーネスティンを友人の家の階段の下に落とし、彼女が合鍵をちゃんと使うのを見てから、また出発した。ロバートはお休みと言ってから車に戻り、アーネスティンがいた場所に腰を下ろした。しかしクッション付きの暗闇には落ち着かない雰囲気がまだあった。三人から二人に人数が減るのはどうして単純なことではない。アーネスティンをはさんで恋人同士は、以前にはなかったきわどい率直さで互いに話し合っていた。ほとんど茶番劇になっていた――そう、いままで車中ではアーネスティンだけがそれなりのやり方で非難の対象にはならなかった。いま、ほかの表現形式がなくなり、沈黙に取って代わられそうになった。ステラが訊いた。

「彼女はどなたのところに泊まるの？」

「ああ、先の戦争以来ずっと友人だった人だ。ふたりはV・A・D（野戦病院）で一緒だったんだ。姉は時間がなくて、そういう理由でもないと、人と仲良くなれないんだ」

「ええ、わかるわ、彼女の友達のほとんどが状況あっての友達なのね」

「まさか」と彼。「それは僕らにはあてはまらないよね？」

ステラが続けた。「なかに入ったんだから、彼女はあのハンドバッグの中身をすっかり調べられるわね。あれこれ考慮すると、ずいぶん自制心がおありだったわ。違う？」

「うん――でもいま僕が言ったことを君は無視している」

「意味ないと思ったのよ。私は即座にあなたとふたりきりにはなれないわ。私に話をさせて欲しいの。また会っていること自体がきっとショックなんだわ。ユーストン駅であなたを見たのはショックだった――思いもよらなかった、あなたがどんな人だったか忘れるなんて、でも忘れたのかしら？なにか計算外のことがあって――それはあなた？……それとも愛情？　人はほんとに忘れてしまうのね、愛情がどんな行動を取るか」

「君は愛情が取る行動が本当は好きじゃないんだね？　幸せじゃないの？」

「それ正気なの！　――でも私は、まごついちゃって。自分としては、明晰な頭で帰ってきたつもりだったのに、あなたはわからないのね、私にはそういう頭が必要なことが」

「僕にわかっていたのは、君がある考えでいっぱいになって帰ってくるだろうということだ。君はあちらの屋敷でずっとひとりきりだったにしろ、それでも僕は嫉妬してしまい、なぜか君が僕の敵というかライバルと一緒に時間を過ごしていたような気がする。目下のところ、せいぜい君のコートに触るだけさ」彼は片方の手を出して、またもやカフスのヘリングボーンの織目に触れて糸目をなぞった――その接触感、というかその排他的な感じが、盲人の経験に似ていて、今度は彼女を嫉妬させた、というか、とにかく寂しがらせた。「こうすると」ツイードをそっと撫でながら彼が言った。「僕がいまどこにいるかわかる――君のコートは同じだから」

「私のどこを押したってあなたの敵なんか出てきませんから！」

彼は急いで言った。「どうしてそんなこと言わなきゃいけない？」

「本当、どうしてかしら？　マイ・ダーリン、自分のコートより歓迎されていないなんて、誰が感じたいかしら！　まったく私たちって、お互い完全に知っているか、なにも知らないかどっちかね――どっちかなんて、わかりっこないかな？……あなたがひとつ正しいのは、いま言ったことよ。私たちは状況あっての友人同士だと――戦争、この隔絶、すべてが進行しているのになにも言葉にしないこの雰囲気とか。あるいは私たち、それで始まったのね――でもいまはご覧なさいよ、この焼け跡が私たちの総仕上げなのよ！　あなたと私はひとつの偶然なのよ――外部のことには、ふたりで一緒にいるときは、あなたも私も目をくれようとしない。『あなた』のどこまでが、それに『私』のどこまでが、『私たち』の外部になるの？　あなたについてもっとも些細なもっとも下らないことを外部の人から聞かされると、もしそれが知らないことだったら、私にはばかばかしく聞こえるでしょうね。だから私はまるで見当がつかないの。――なにを言いかけていたの？」

「別に――なぜだい、僕はなにも」

「じゃあ、煙草を一本くださいな」

ロバートは、車の窓を下に降ろして開け、使ったマッチを捨てた。そこへ湿った、疲れた身体のようなロンドンの匂いが入ってきた。「こんな車は」と彼は述べた。「さっき姉が言ってたけど、いいことをするために乗っているやつはいないにしろ、灰皿くらいはたっぷりあるべきだ。これまでのところ僕はひとつもお目にかかっていない。――君の顔が見えたら、もっと嬉しいが」

「私たち、相手の顔が見えないことがよくあるわ。――二ヶ月前、そう、もう二ヶ月になるけど、誰かが（あなたに一例を上げると）私のところに、あなたの話を持ってきたの。あなたは敵に情報を流していると……」

「僕がどうしたって？」彼は唖然として言った。

彼女は同じ言葉を繰り返し、さらに言い添えた。「私はなんのことだか、わからなかった」

「別に驚かないさ」しかし彼は考え直した。「ああ、やはり驚くなあ。君から聞くとは――途方もない女性だな、君は！」

「どうして、ロバート？　途方もなくない女性なら、どうだったというの？」

「さあ、わからないな、うん――いや、さっぱりわからない。君はどうしたの？」

「なにも。そのことをあなたに言ってるのよ。――本当じゃないんでしょ？」

「二ヶ月前か……」彼は目を丸くした。「二ヶ月前だって？　よく考えるにしくはないと言う通りだが。あるいは、たまたま今夜まで君の記憶から洩れていたのかな？　だが、違うね。君はこれを二度と思い出さなかったと僕に思わせたいのではないんだ。だったら、なぜ僕のところに来て訊かなかった？　それくらいしてくれてもよかったじゃないか？　――だがそれではちょっとばかり単純すぎる。いや、そんなの誰にわかる？」

ステラは口がきけなかった。

彼が続けた。「それが困るんだ。手加減してくれたということなら、僕には最高におかしな経験だよ。君はなにを考えたのかな？　――僕が不愉快になるとでも？」彼はしばらく黙り込み、取り留めない回想にふけった後、こう切り出した。「やれやれ、さぞかし楽しい会話だったんだね？　それで君は目につくような人には会ったことがないと僕に言う――そいつは誰なんだ？」

「ハリソンというの」

「誰、それ？――どこのハリソン？」

「わからない、ただハリソンとだけ。お葬式で会った男」

「じゃあ、葬式なんてなるべく行かないほうがいいと言っておくよ。ああ、そうだった。君が彼のことを話したのは覚えているが、ひどく退屈な男だったと言ったんじゃなかった？　僕にはとうてい退屈屋には聞こえないが」

「でも本当のことじゃないんでしょう？」

ロバートがゆっくりとこちらを向いたのが気配でわかり、彼は無気力、軽率、忍耐のどれからであれ我に返り、彼女がいるはずの見えない場所をじっと見た。不信感で声が震えただけでなく、声があまりにも遠くなってしまい、彼と彼女は同じ車のなかにいないも同然になった。彼は口を開いて話し始めたが、夢のような、経験的にもおよそありえない緊急事態に立ち向かえといわれた人間のように、周囲をみて場当たり的な言葉を探し、口に出す前からその不毛さを知っていて、拒絶されると知りながらも結局口に出したのは、自分のなかからそれらを追い出すには、口に出すしかなかったのだ。

「しかし、君が僕に尋ねていること自体が本当のはずがないよね？　もしそこまで話が行ったんだったら、君がそう尋ねていたなら、僕が言うことがそれほど問題になるだろうか――君にとって、という意味で？　君がそこまで聞いているんだったら、いまさら問題ではないでしょう？　君は僕になにを言って欲しいの？　言うことなんかないよ——言っても意味のない状況下で、なにを言ったらいいの？　君と僕の間では、こんなことは思いつくはずもないことだ。話の全体が僕には完全にあり得ないことだから、君にはあり得ないことではないのが僕には信じられない。ウソに決まってるでしょ」

「それはそうね。でも——」

「君がなにを訊いているのかが問題なのではない——具体的じゃないし、まともじゃないし、頭にくるし、スリラーごっこじゃあるまいし。僕がブツを横流ししているって？　まさか、無論それはない。そんなはずがないし、そうする道理もないさ。君は僕をなんだと思ってるんだい？　僕が君にはどう映っているのかな？——自分じゃいままで考えたことがなかった。僕が君にはどう映っているか？　君にだよ。でもひとつだけ、僕らはお互いに騙すなんてできっこないのはわかってるんだ。でもそれはそれ、明らかに——君に関するかぎりでは——ただそれだけだ、嬉しいことだがそれだけのことだ。僕は気づかなかったなあ——どうやって気づけというんだい？　君はこの二ヶ月、僕の前で実にうまく振舞ったんだね——二ヶ月になるって？　誰かが話を持って君のところに来る。その話は君に取り憑いて——僕らの間にできたと君が感じた隙間がどこかで芽を出すというわけか。その隙間だけど——隙間ができたことを僕が察するべきだったのかな？　僕は、そう、僕らは幸せだとばかり思っていた。幸せかどうかなんて考えたこともなかった。ひたすら僕らは僕らだと。君はただ——そうだろう？——僕にこう言うだけでよかったんじゃないの、『ねえ、私はこんなことを聞いたけど』と？」

「あなたときどき言ってたわ、ある特定の成り行きが明らかになった場合、人はなんでもできるんだと」

「そんなこと言ったっけ？　覚えてない」彼は言ったが、不思議そうだった。

「私、頭がどうかしちゃったわ。なにが真実かなんて、どうして私にわかる？」

「そうだよね？」ロバートは冷たい皮肉な調子だった。

「彼は私があなたに話すのは危険だろうと言ってたわ」

「彼が言うことは、君には、相当影響するんだね？」

黙っていることで彼女は無視しようとした。

彼が続けた。「じゃあ、君はそれが真実だと想定して振舞っていたわけ？」

「そんな余裕があるはずないでしょ、あなたを愛しているのに？」

「ずいぶん奇妙な話だな、君が僕を愛しているなんて」

「ああ、あなた、お願いだから——心が張り裂けそう！」

「僕のせいかい？」彼はだるそうに答えた。「または、君がそう言ってるだけ？　なにが真実か、それを僕が知っていると思ってるのかい？　いま僕にわかるのは、君は隠すのがうまいなということだ——この間ずっと君に恋人がもうひとりいたとしても僕は知らないし、どうなんだろう、その程度のことならそのほうがよかったりして。この話はもっと冷酷で、僕にはもっと痛い。このことが君のなかに封じ込められていたなんて、ああ。そうでありながら、いつもこっそり取り出しては眺めていたのか——それで君がいつそうやっているかを僕に想像しろということなら、こっちの頭がおかしくなっても不思議はないだろう？　夜に枕の下でそれが君の時計みたいにこちこち言っているのがどうして聞こえなかったんだ？　そんなの無論簡単だよ――僕は完全に君に売られているからさ、君に売られているんだ、先刻ご承知の通りさ。それで君は僕を見張っていたんだね、一緒にいるときはずっと？――別に難しいことじゃなかっただろうね、僕は君にすべてさらけ出していたから。僕がしゃべり、君は僕の言うことに補足していたんだね？　僕らはふたりきりじゃなかったんだ、この二ヶ月は。君は二ヶ月もそうやってきたんだ」

「あなたは変化などひとつも感じなかったでしょ」

「僕のなかでなにかが少しずつ盲目になっていたんだな」

「いえ、いえ、違うわ。私が内部で感じることがなんであれ、あなたが感じなかったものなどないのよ。だから私は言うのよ――あなたはなんの変化も感じなかったと」

「君は愛しているという素振りを実に見事に続けている」

彼女は顔を背け、窓の外を見ようとしながら繰り返した、「心が張り裂けるわ。お願いよ、ロバート、お願い」と。

「うん……」

ステラは幽霊が馬鹿笑いするのを聞いたが、笑ったのがほかならぬ自分自身で、アーネスティンが車内に置き忘れたなにかに乗じたみたいだった。「これで――あなたには一回お詫びをする借りができたわね」

「君がなにを？」ロバートは前より優しく言い、気がふれた人間の機嫌を取っているようだった。

「ああ、そのこと？　まあ、そうだな――詫びたいなら詫びたらいいんじゃないか」

「自分の言うことがわかってものを言っていたんじゃないみたい」

「そういうこともあるよね」

「ある考えの影のなかで生きる人もいるのよ、その考えの正体も知らずに。考えられないことなんかひとつもないのよ、それくらいあなただってよく知っているじゃない。でも考えれば考えるほど外側の現実から離れてしまう――少なくとも女はそうなるのよ。私たちには秤がないの」

彼は返事をしなかった。

「私に言えるのはそれだけ」彼女は締めくくった。「さぞかしショックだったでしょう――でも私だってショックだった！　私が自分の言葉を聞き、あなたがそれを聞くのを自分で聞くまで、この考えがいかに奇怪であるか、それに、あなただけでなく、どんな男性にとっても、いかに侮辱に値するか、想像もつかなかった、わかっていたのは……ロバート？」

「うん？」

「あなた、ずっと黙ってるわね」

「君の話を聞いてるんだ」

「でもなにか言って。今度はあなたが言う番よ」

「つい考えていたのさ」彼は言ったが、こぼれた微笑が彼の声にこもったような感じがした。「君は熱烈な愛国心らしきものは見せなかったなと」

「ええ」彼女は同意したものの、彼の言う意味はわからなかった。いま問題なのは肉体的なことだったからだ。気絶しそうな感じがする——帽子を後ろに押し上げた手も、額を撫でようとする手も震えていた。指のほうは暗闇のなかで見知らぬ死人の顔に触ったかのようだった。辺りは静かなのに、耳のなかはなにかがドラムをたたいている。これがいわゆる反動なのか？　許されないように思えた——哀願しているようにも見えるだろう。彼が怒り、戸惑うのは当然のことではないか、彼女への愛に激震が走ったからには？　彼女としては、仮にも彼に与えたショックを味わいたくないなどと？　いままで彼をいかに甘く見ていたことか。愛はなんと傲慢なものか……。少ししてから彼女は自分のほうの窓を巻き降ろし、深く息を吸った。

彼は息の音を聞いた。「まだなにかあるの？」いきなり彼はいつもの理性的な口調でそう言った。

「疲れちゃって、おなかがすいたせいじゃないかしら。列車のなかでサンドイッチを食べただけなの」

「おそらくそういうことだと思った。一、二分もすればディナーにありつけるんじゃないかな」

「あら、やっぱりそうなの？」

「この調子ではそれも怪しいかもしれない——運転士はいったいなにをしているんだ？　どこへ連れていくつもりかな？」ロバートは身を乗り出して、運転士を仕切る窓を開け、同じことを強い口調で繰り返した。「僕らはロンドンを楽しくドライブしているんじゃないんだから……。頼みますよ」

彼は座りなおしてからステラに言った。「ディナーの前に楽しい会話をしたね、まったく。旅の終わりにとまでは言わないにしても！　僕だって今日はとりわけ大変な一日だったんだ。アーネスティンは途中で一杯やろうとしても聞く耳持たずで。そう、彼女を連れてきたのはいいことじゃなかった。

落ち着かなくて。僕らはどちらも頭がおかしくなっていたね、どう？」
「そうね」
「そうさ、一杯やれば正気に戻るさ」

顔を知られていることからくる一種の礼儀が彼らのテーブルを取り巻いていた――遅いディナーが出された。馴染みのレストランにいつもの自分にもどり、彼らは腰を下ろした。この時間になると人もまばらになっていた。持ち場の外は明かりが消され、もっと離れた場所は半分影になっていて、幽霊みたいなウェイターたちが残りのテーブルクロスを剝ぎ取っている。レストランは、潮が引き始めていたが、それとは関係なく残照のなかでくつろいでいた。遅い客には個人的な残照が座を占めていた。テーブルは彼らだけの絨毯の上にあるようだった。しきたりのままという安堵感から、壁に囲まれた小さな部屋にいるような旅を終えて、また自宅で食事をしているような気がした。ステラはモリス山荘でとった孤独な食事のことを話し、それも図書室のなかで食べ、トレーの端にランプの明かりが当たるかどうか、すれすれだったのよ。部屋ではドアに向かって座り、そのドアからメアリが出たり入ったり、背後では暖炉の火が静かに灰を落としていたわ――いいえ、そういう感情のあるものに囲まれていると、ひとりぼっちだと感じることはなかったわ。

彼女はロバートのことを考えたが、それはまた別のことだった。彼女は想像もした、もしここに彼がいたらどうだったか――と。

――だがそうなると、すべてが違っていただろう、と彼が口をはさんだ。それにメアリっていったい誰？　それに仕事はうまく進んだの？——時間は十分あったの？　屋敷は君が覚えていた通りだったのかい、二十一年も経った後で？

どう言ったらいいか、と彼女は言った、言えないわ。だってその二十一年の間、モリス山荘のことなどほとんど考えなかったから——そうなの、きっと明日の朝には、また考えなくなると思う。私が話すことなどないわ。でも、そうは言っても、なにもかも忘れていいわけじゃないの、ロデリックに会うまでは、彼はあれこれ聞かされるはずだから。彼の事情が一番にくるの、私の感動はどうでもいいの——それって結局、勝手にもらったものだから。地所は彼の将来であって、所有して悪いものじゃないわ。

ロバートが言った。「ああ、それはそうだ——うん、彼はラッキーだよ。僕の理性がもどったよ、君が帰ってきてくれて。いまならわかるさ、君が出かけたのは正解だった……。僕のこと？——ああ、すべてが以前の通りだ。どこにも行かなかったし。遅くまで仕事してた。だから、特に誰かに会ったとか、噂を聞いたとか、思わないでくれよ」

「特に誰かがいるなんて思ってないわ」

「僕は利己主義なのかな」彼が突然言った。「そこまで事を運んでしまって？　最初に君に会ったとき、人がたくさんいたよね——僕が君をひとりぼっちにしたのか、させたのか、どうしても僕が君とふたりきりになりたいばかりに？」

「ああ、私はとても快適にやってると思うわ、ロバート」彼女はそう言って、ぼんやりとコーヒーをついだ。しかし途中で手を止め、目を上げた。彼と彼女はゆとりをもって視線を交わし、親しさにうっとりしながら、カップの金縁越しに見つめ合った。

しかし彼らはふたりきりではなく、それは最初から、けだし恋の初めからそうだった。彼らの時代がテーブルの三人目の席についていた。彼らは歴史の産物で、彼らの出会いそのものが、ほかの日ではありえない出来事だった――その日の本質がその日に内在していた。恋人同士にとってはそれがつねに真実だが、それがわかるのはもっと後になるかもしれない。人と人との相互関係は、各自が抱えている時代との関係に左右され、起きつつあることに左右される。いつもこう感じてこなかったとしても――そんなことを知る者がいるだろうか？――否応なしに感じ始めるのだ。いまから先、一瞬一瞬が、その背後に「いま」だったものをますます増やしながら、さらに自分に付け足しながらより大きなストーリーになっていく。はたしてこのふたりは、もっとよい時代ならもっとよく愛し合えただろうか？　彼らが彼ら自身であるためには、この時代に生まれるしかなかった。彼らの世界をこの時刻まで運んだものは、彼らの血流のなかにあった。恋が至上命令であればあるほど、その牽引力が身のあり方に深く働きかけ、彼らがこれまで築き上げてきたすべてを吸い上げ、愛が誘引するものが愛の性質を決める。恒久的なものに保証を求めつつも、我々は忘れがちだが、歴史上のどの恋愛も、悲痛なまでに現代的なその日に起きた恋愛だったのだ。いま進行中の戦争は、この恋愛とあの恋愛の間にある皮膜を薄くしていき、すべてを明らかにする作用があるのだ――かといって、それこそが恋愛ではないのか？

いや、ふたりきりなどということはありえない。日の光は部屋の壁をめぐっていく。夜は部屋の緊密さが変化するのを告げる。すべてが軌道上にあって場所を移していく――あるのは移動という存在、その第三の存在があるのだ、いかに静止して、いかにふたりが恍惚のなかに留まって無視しようとも。なにかがたゆまず仕事にいそしんでいる。愛する相手の心臓の鼓動のそれぞれが、ひとつ打つごとに未知の終着駅に向かい、そこに向かって心臓は鼓動し続ける。どんな強制のもとに、どんな？――愛するとは逃れようもなくこの質問を意識することだ。あらゆるものから目をそらせ、ひとつの顔に向きあうことは、あらゆるものと対面している自分を見出すことである。

ステラはテーブルの上のカップをロバートのほうにそっと押しやりながら言った。「そうなの、夜にあそこの応接間に入ってみたのよ」

「で、どんな風だった？」

「ただの応接間らしかった――ほとんど忘れていたし。いずれロデリックの妻がそこにいるんだって想像したわ。だってそうなるでしょ、結局は？　でもタイタニック号の絵がその隅っこに掛かっていたの」

「想像できないな」彼は言ったが、ほかの考えがあるようだった。「それがお嬢さんを困らせるなんて」

「それよりも――」

だが彼が割って入った――「ステラ……」。

「はい？」

「その話をするなら、どうして僕らは結婚しないんだ？」

彼女の眉が釣りあがった。「タイタニック号の話をするなら？」

「いや、いや――ロデリックの話をするならだよ、誰かが結婚するなら、僕らがなぜしない?」

「あなたと私のこと?」

「そういう言い方もある」ロバートが無理もない皮肉を言った。「とにかく、どうだろう?」

彼女は深く一回息を吸い、その返答が肺の底のどこかにあるみたいだった。「いつの間にか結婚しないまま来てしまったんだと思うの。大仕事になるわよ、ロバート。想像がつかないわ。いまは結婚する目的もないようだし、違う? もう少し待って、次にどうなるか見てからにしない? いままでそうしてきたんだから」

「ああ、わかるよ。だが僕が言うのは――」

「――ええ、わかるわ。でもいざそうなると、たくさんほじくり出すことになるわよ」

「どうしてそうなるのかな。それに本当にわからないな、なにが……。今夜は僕がやたらに慣習にこだわっていると思ってるんだろう?」

「ロデリックはこだわるほうを好むでしょうね」彼女はテーブルに肘をつき、片方の手でこめかみを支えてもの思いにふけりながら、テーブルクロスのダマスク織の渦巻き模様を横目で見た。「少なくとも私はそう思う。あなたは? とにかく私はモリス山荘で気がついたの、ロデリックは評判のよくない母親を延々と持ち続けるわけにはいかないなと。それにあの子は家庭に思い入れがあって、みんな一緒に家庭におさまって欲しいのよ、あなたも含めて。彼にあなたのことをどう思うか私が訊いたわけじゃないの、だってそれは私たちのことをどう思うかになるからよ。いまでは彼がなにをどう思っているか見当がつかない。でも原則としては、きっとこれに賛成だと思う。だからそれは……」

「ああ、だから?」

「すべてを考えると」と彼女は言い、車中の不幸な会話に紛らせて初めてほのめかしたことに目を細めた。「とても嬉しいのよ、あなた――結婚を申し込んでくださって」

「たしか何度も申し込んだよね?」

「いいえ、それはなかったと思う。実際には一度も。はっきりとはなかったわ。その話はしたけど、そのほかの話と同じレベルだったし」彼女は慎重に考えた。「これが初めてよ、ええ――でも、今夜にして欲しくなかった」

「どうして? いまで悪いことなどないだろう。なんだって言わなくてはならないし、できるだけ早く言わないとね。感情は時間では動かない――少なくとも、御存じの通り、僕にそれはできない。思うに女性の目に男がもたついて見えるのはそういう場合なんだろう。いや、君にはまともに考えてもらいたいんだ。このかたずっと君は考えている――半分くらいは考えているようだが、僕は君が考えるその半分も利口な男じゃない。君と結婚したい理由は、僕が君と結婚したいからなんだ――これ以上いい理由は思いつかないよ、これでは不足でも。君がいない間にその気になってしまい、君が戻ったんで言い出さないではいられなかった。疲れているのはわかってる――でも、この通りだ。事実、君が見えないところにいるのが僕には耐えられない」

「でもそんなことほとんどないでしょ」

「さあ、どうかな――それ本当かい? その点については、前ほど確信が持てないが」

「私がトラブルに出くわすとでも?」彼女は思いきってそう言い、手の指の爪をじっと見た。

「ああ、君は見たところ、そうなんだ」彼は穏便に言った。「後で見かけ倒しだったとわかる変なことに勝手にきりきり舞しているみたいに見える」

「だから私の面倒を見ないといけない？」

「君のなんとかいう名の男の友人はそう思ったんじゃないかな。誰と親しくするかについて君がもっと注意しなくてはいけないと彼が思うとしたら、僕だってそう思う」

「『なんとかいう名の』って？」彼女はきっとなって言った。「ハリソンのこと？　覚えやすい名前だけど」

「じゃあ、ハリソンだが……でもどうなのかな、ステラ、僕も面倒を見てもらいたいとしたら？　さっきは車のなかでドキッとしたよ、君は平然と言ったんだ、僕の、僕の人生に関するかぎり、君はなにを知っているのか知らないが、なんでもありうると言ったんだ」

「『平然と』ですって？　ああ、それは絶対にないわ、ロバート！」

「いや、とにかく君はそう言ったんだ。二年も経っているのに、ずいぶん大それたことを！」

「そうね、よくわかります」

「君はほとんど知らないままで満足していた……。あるいは君も僕も年齢に追いついていないのかな？」

　彼女は頭を下げて言った。「私はすべて完璧だと思っていたけど」

　彼が言った。「うん、完璧だったかもしれない」――しかし彼は、同時にゆっくり振り向いて、レストランの奥の薄暗くなったあたりを見やった。「しかし」と彼は続けた。「君が二ヶ月前にわかりかけていたことが僕もいまわかったよ、君が今夜あれこれ全部持ち出してきたときに、この間どこかに落とし穴があったに違いないことが。だから僕らは早晩このどんでん返しを食らうことになっていたんだ」彼は今度はここはよく考えようという感じで、彼女の顔に視線をすえた——とはいえ、彼女を見ているというのではなかった。また彼女にはそれが彼の視線には見えなかった——黒ずんだ青色で、無政府状態で、よそ者めいている。「いまになってみると」と彼が言った。「物事がもう少し完璧でなくてもいい、もし必要なら。代償が大きすぎる——幸せだった、ね。しかし、信頼関係が問題になったことは一度もなかった。それが問題になったら、君は手も足も出なくなった。どうして僕にわかるんだ、君が心のなかにもっとたくさんのこだわりを抱えているかどうかなんて？　それを知る方法が僕にはひとつしかない。——結婚してくれますか？」

「ロバート、それじゃ強制しているだけだわ！」

「じゃあ、したくないんだね？　要するに、ここはやめておこうと？」

彼女が答えた。「少しでも考える時間をもらったかしら？」

「ええ？」彼は急いで言って牽制した——しかし同時にほっとしたのか、気持ちがほぐれたのか。いままでよりも氷が解けた動作で両目を閉じた。また開いたとき、両目は少なくとも親しみをたたえていた。「そうだっけ？」彼は若々しい頼りない声で訊いた。「それだけかい？……だけど、なにもこと新しい話じゃないし、乱暴な話だったのかな？」

「乱暴に聞こえたわ」と彼女は言い、非難がましい気持ちでいっぱいになった。「ロバート、私を脅そうとして、でたらめを言っているのね。いままで自分がどこにいるのかはっきりしなかったとしても、いまははっきりしたわ、自分がどこにいるのかさっぱりわからないってことが。あなたはまず言ったわね、私がアイルランドにいる間に結婚を申し込もうと決めたって、とにかく私が帰国したらそのときに。そのあなたが言うのね、求婚しろと強制されたような気がすると、私がいま車のなかでなにか言ったという言いがかりをつけて――半分は私を見える場所に置いておく必要が急に出てきたからでしょうし、残りの半分はあなたの傷ついた名誉に私が香油を塗る義務があるとあなたが感じているからでしょう。私にはどうしようもないわ、ダーリン、私にはそういうふうに聞こえたんだもの――私にできる唯一のことはあなたと結婚すること、そして、あなたについてこれ以上なにを聞こうと、それは本当じゃないと私が確信することを、あなたに証明することなのね。私がためらう理由、私が決められない理由のどれもが、なにひとつ考慮されないわけね？　じゃあ、いままで重要だったことはもう重要でないのね？　どういうこと――緊急事態なの？」

彼は投げやりに言った。「口が達者だね！」

「そうかしら？」ステラは唖然として言った。「変な感じね、あなたにこんなものの言い方をするなんて」

「ああ、ハリソンにそうやって話してくれたらいいんだ」

「許して――だけど、本当はなにが言いたいの？」

彼がため息をついても、責めるわけにはいかなかった。「僕は」と彼。「僕ははっきりしてると思ったが。君に求婚したんだ。きっと唐突だったんだね――しかし頼むよ、真っ直ぐとってくれないか。君と結婚したいといったのは、君が言ったこととはなんの関係もないんだ。車のなかがあんなにみじめじゃなかったら、あそこで求婚してもよかったんだ。事実、僕はすっかりその気になって駅に向かっていたから、アーニーがあそこで待っていなかったら、プラットフォームにいる君を見た途端に求婚するところだった。むしろ、僕が君について複雑な新しい感情を持ち始めていたから、アーネスティンがくっついてきたのかもしれない――結局彼女は僕の姉なんだね……。いや、彼女を降ろした後に持ち上がったことが影響しなかったとは言わないよ。それでこうなったんだ――僕らは結婚するべきだという確信を持った。誰かがやってきて君を脅すなんて、考えてみたらゾッとするよ、ステラ――。ああ、僕はやはり痛かった。隠せっこないことだろう？　わかってるだろう、君はなんでもお見通しだ。痛かったに決まってるだろう？　一瞬、愛なんて不毛だと思ったよ。もし君を守れないなら、あの途方もないことから」

「途方もない」

「それでも、怖かったんだね？」

「私はただ――」

「うん、君は怖かったんだと思う」そう言ってロバートはテーブルから身を逸らし、すべてを別れのモードで締めくくろうというようだった。「僕のために――でもやはり僕のことが、少し怖かった？」

「私は単に――」

「完璧な愛は」彼は回想するように言った。「恐れを拭い去る。――いや、それは忘れて。当然そんなの無理だから。――僕を愛してる？」

彼女は雄弁にも返事をしなかった。目を上げることもしなかった。「ウェイターを待たせてしまったわ」しばらくしてから彼女が言った。

「どこに?」ロバートは言って、目にした請求書は、しばらくの間彼の肘のところに慎ましく置かれていて、彼は皿の上に紙幣を置いた。

「でも」と彼女。「まだあなたはひとつ間違っているわ。『誰か』が私を脅しているんじゃないの。――あなたにぜひ調べて欲しいわ、ハリソンが誰なのか」

「僕のスパイたちに訊けというんだね? 言うまでもないさ――だけど彼は、そんな大物なの?」

十一

最愛なる母上。先日は時間がもっとなくて残念でしたが、とにかくおいでくださって楽しかったです。あちらで見ておくべきことがいかに多かったか、さぞかしたいへんだったことでしょう。ご想像の通り、僕はあれ以来そのことを考えてばかりいて、考えるのを中止したのは二、三度です。とうとう現地に行ったような気もしていますが、もちろんそれは違います。母さんに訊こうと思っていたことがたくさんあるし、僕が言ったことで一つ二つ、母さんには伝わらなかったこともあると思います。たとえば、僕はカズン・ネティのことがとても気になっていて、なにかしてあげたいと考えているのがわかっていないようでした。彼女は損な取引をしたと感じているかもしれません。母さんの話からすると、彼女は少しおかしいというだけだし、結局モリス山荘はかつては彼女の家だったのです。急に帰りたくなって、それが誰かの所有になっていると知ったら、母さんならどんな気持ちがしますか？

ひとつ、母さんが知らなくても仕方がないことがあるのですが、というのも、全体の出来事に対するあなたの態度がわかるまで（それには時間が足りなかったし、話すことがありすぎて、いまでもよくわからない）、口に出すまいとしてきたからなのですが、それはあなたがアイルランドに発つ直前に僕はウィスタリア・ロッジに手紙を書き、カズン・ネティのこと、カズン・フランシスが死んだことをカズン・ネティは理解しているかどうか問い合わせました。その返事は僕にはなぜかもどかしく感じられたと言わざるを得ないもので、フレッドも同感でした。天国についての小難しいことが並べてあり、いまはすべてがカズン・ネティには美しいものに見えるだろうと書かれていました。具体的な事情の説明に関するかぎり、あそこの患者の誰かが書いたような内容でしたが、署名はアイオランセ・トリングズビイとありました。薄いベールは掛かっていても、「ともあれ、なにか文句でもあるんですか？」という態度が見え見えで、ほんとに腹が立ちました。母さんか誰かがトリングズビイに一筆書いて、ともあれいまやこの僕が一族の長なのだと言ってやってくれませんか？　僕が自分でそう説明すると威張った感じがするし、彼女が理解したほうが、状況がだいぶ簡単になるのでは？　フレッドは僕以上になにかが怪しいという観点に立っていて、トリングズビイ夫妻が食わせ物でないのは確かなのかと言っています。その返事としては、母さんの言葉を繰り返すしかなく、彼らの精神科医としての立場は微妙だと言ってきました。残る現状は、カズン・ネティがあそこにいるということ、そしてできるだけ早い時期に彼女に会いに行く段取りをつけることです。この件に関しては断固として対応するので、母さん、ぜひ僕を応援してください。カズン・フランシスの葬儀には申請するチャンスを逸したけれど、今度は許可をもらえるよう、僕に扶養の義務がある近親のひとりが精神に異常をきたし、僕が対処しなくてはならないのだと言うつもりです。列車の手配をして、日帰りで帰ってくるようにします。

先日僕がカズン・ネティの事を持ち出したときに、僕が受けた印象より多くのことを母さんが理解していたら、また持ち出したりしてごめんなさい。僕が唯一避けたかったのは、あなたに知らせないでこの重要な第一歩を踏み出すことでした。だって、あなたがモリス山荘のことを僕に話せば話すほど、僕はその地所とともにカズン・ネティを相続したような気持ちが強くなります。彼女があそこを憎んでいて、また戻ることになったら完全に正気を失うだろうと言うのはけっこうですが、そんなの誰にわかるんですか？　ぜひとも彼女に会って、快諾を得たいのです。僕が横領したことになると、すべてがぶち壊しになるでしょう。

ここでもエジプトでの勝利のニュースにみな感動しています。ことにドノヴァンの喜びはさぞかしと思われ、かたや、僕は大将にならないで終わりそうです。しかしこの調子で進めば、モリス山荘にはすぐ行けそうな感じもします。もし僕がおじさまたちのひとりだったら、僕が戦闘を経験する前に、あるいは士官に任命される前に戦争が終わるのは無念だったでしょうが、この状況下では、なにを期待できますか？　だがこれだけは打ち明けておかなくては、僕が向こうに住むときには「大尉《ザ・キャプテン》」と呼ばれたいと。フレッドが言うには、まだヨーロッパに侵攻する必要があるようです。

フレッドがよろしくと、そして先日少しだけでもお姿に接して嬉しかったと言っています。とてもお若く見えたというので、僕におめでとうと言っていました。疲れて遅くなったのでなければいいのですが？　モリス山荘のことばかりで、もっと母さんの話を伺う時間がなくてごめんなさい。そのぶん楽しみにしていますので、お時間があったら手紙下さい。働き過ぎないように、心配事も避けてください。このウィスタリア・ロッジがらみに巻き込まれたくないなら、巻き込まれないで。しかし僕は巻き込まれざるを得ないと思うし、いうまでもなく母さんには話しておきたかったのです。愛情をこめて、ロデリックより。

追伸　今年は何エーカーを耕作する予定とおっしゃいましたか？　それに訊くのを忘れましたが、もし銃器室があったら、およそでいいのですが、どんな内容なんでしょう？　それとも現行の規則では、一丁もないのかな？

この手紙を出した数日後に、ロデリックはウィスタリア・ロッジの玄関のベルを押していた。期待に満ちた様子ではあったが、同時に、穏やかで、協調性が表れていた。彼が立っていると、屋敷も庭もゆらゆらと揺れた。見えないトラックが一台、庭園の高い壁の向こうを通った。それ以外は静まり返っている。藤の花《ウィスタリア》が、白い円柱に囲まれたポーチと張り出し窓の周囲を、白い強力な唐草模様で取り囲んでいた。このなにもない発電所、中断された無数の人生の集合体は、ロデリックの目にはその他の住まいに比べて別段異常には見えなかった。真鍮メッキの電鈴は金色に磨かれていて、ベルを押す喜びを滅多に味わったことのないロデリックが、もう一度押そうとベルに親指を当てた途端に、ドアが開いた。パーラーメイドが彼をじっと見た。見ればわかる昔のパーラーメイドのなりをした彼女が、いにしえの正面玄関の映像を完成させていた。女中がどなたに会いたいのかと聞き終わる前に、猜疑心に満ちた婦人が玄関ホールの端に姿を見せた。彼女は叫んだ。「あら、まあ！」そして諦めたように言い足した。「こんにちは……？」

「こんにちは」ロデリックは一生懸命に言った。

「ミセス・トリングズビイですが。あなたはミスタ・ロドニーでは？」

「ええ、そうです」

「あら、まあ」ミセス・トリングズビイがまた言った。「どちらかと言えばもう少し年配の方かと、こんなにお早いとは予想しておりませんでしたわ。でも、なにはともあれ、応接間にお通り下さい」

彼女はドアに突進するフェンシングみたいな動作をした。

「ああ。僕の従姉がなかにいるんですか？」

「いいえ、あら、まあ、いいえ、いいえ。彼女は上のご自分の部屋でくつろいでいるのがお好きなんです。私たちは、彼女が好きなところに座るのが嬉しいんです。毛糸の刺繍に夢中でしたわ、いまさっき覗いたら。今日はなにか特別な出来事があるのを知っているんですが、なんだったか忘れることもあるんです。その前にひと言ぜひお話を、もしよろしければ」

「じゃあ、上に行ってもいいんですね？——よかった」彼はドアを開けて持ち、彼女が先によろよろとなかに入り、その後でくるりと振り返り、共謀者同士のようなため息をついたのが、閉めろという合図に違いなかった。応接間に入ったロデリックは、もの問いたげな顔でそこに立ち、率直で寛容な態度でミセス・トリングズビイを見つめると、かたや彼女は、急いで服を着た人のように、各種寄せ集めた表情で彼のほうを向いた。

「もちろん誤解なさらないでしょうね、私どもが面倒をお掛けしたと」彼女が言った。「でも、前回、あんなことがありましたので！」

「前回？」

「前回、彼女にお客があったんです」

「でもそれは僕じゃありません」

「ここの全員にとってたいへんなショックでした！」

「ええ、わかります。お気の毒さまでした。実際のところ、カズン・フランシスは僕に謝罪して欲しかったのだと思います」

「でもいいですか、彼は絶対に、絶対に、絶対に、あんな状態でいらしてはいけなかったんです！

彼の主治医たちはなにを考えていたのかしら？」

「さあ、どうでしょう。カズン・ネティは彼が死んだことを知っているんですか？」

「この大事なお部屋は」ミセス・トリングズビイはそう続けて、目を周囲にめぐらし、ソファのひとつから嫌そうにその目を背けた。「私には、そうね、絶対に、絶対に、二度と同じようには感じられないのよ。でももちろん、私はほかの人たちのことを考えなくてはなりませんでした！」

「いや、あれはみな残念に思っていますよ。しかし、あの種のことは二度と起きませんから。陸軍が保証しますよ、この僕がきわめて丈夫な人間だと、さもなければ、陸軍は僕を採るのにあれほど熱心ではなかったでしょう」

それでも彼女はますます落ち込んで話を続けた。「ええ、それもあるんです——つまり、軍服姿でここにいらしたことが。ここでは、私たち、恐ろしいことは考えないようにしておりましてね。私たちは、そうなんです、私たちの世界に生きているんです。あなたは、あなたは、なにがあろうと」ミセス・トリングズビイは、ロデリックの戦闘服を身をすくめて見ながら付け加えた。「気の毒なミセス・モリスに戦争の話をしないで下さいますわね？」

「戦争のことなど僕はなにも知りませんよ」ロデリックはそう言ったが、彼の関心は我慢の限界にあり、いまやドアだけに注がれていた。「しかし、いいですか、ミセス・トリングズビイ」彼は、ふと思い出し、すぐ振り返って言った。「駅からここまでずっと軍隊がたくさん集まっているのを見ましたよ。ここの人たちが上の窓からそれを目にしないようにするには、どうするんですか？　トラックだって通ってますよ」

「ああ、でもあれは親戚の人たちじゃないから」

「ああ——。なるほどね、ほかになにかありますか？　あまり時間がないんですよ。許可をもらってきているんで」

「どっちにしろ、長居はしないで、そのほうがいいと思います」

「そんなつもりは元からありませんから」彼は我知らず傲慢に答えた。

「ちょっとした、軽いおしゃべりにして下さいね、絶対にダメよ、もちろんですよ、過去の話は」

「ええ。僕が話したいのは、将来のことですから」

「あら、ま﹅あ﹅……。最近彼女はとても落ち着いてきたところなのに」

ミセス・トリングズビイは、不吉な前触れをため息に洩らして立ち上がり、リモートコントロールされたようにロデリックの意志の力に誘導されてドア口まで進んだ。「あの、私が同席するのはご迷惑でしょうか？」彼女はその気になって言った。「私なら彼女とおしゃべりができますし。あなたはご覧になっているだけで、そのぶんもっとたやすく彼女の様子をご自身で判断できますが……。ひとつには、もし彼女があなたを見分けられなかったらどうします？」

「ミセス・トリングズビイ、彼女にはあなたが話しておいてくださったはずですが」

「ああ、話はしましたよ、でも――」

「様子を見てみましょう――さあ、どうかお願いします、上に行ってもいいですか？」

上に上がり、廊下の突き当たりでミセス・トリングズビイはドアをとんとんと鳴らし、自分の頭が滑り込めるぶんだけドアを開いて、歌うような声を出した。「お待ちどおさま！」

「では、入って」主張する声がした。

ミセス・トリングズビイはロデリックをちらりと見やり、すべてはこれほど簡単には行かないのよと警告した。そして咳払いをしてから続けた。「素敵な青年がお目にかかりたいって」

「でも、私はヴィクター・ロドニーの息子を待っていたんですよ。来ないんですか？」

「あらいやだ、もちろん来ましたよ、あなた！」

「じゃあ、彼に入っていただいたら？」

ロデリックは、カズン・ネティにどうして花束のひとつも持参しなかったのかとわが身を責めながら、部屋に入った。窓の近くに引き寄せたソファに座ったまま、彼女は彼を見たが、その視線はただちに物語っていた、ちょっと待ってから互いに口を開こうと。刺繡の仕事に戻った彼女は、さらに二針、三針と針を進め、ミセス・トリングズビイが出て行くのを待った。ミセス・トリングズビイは、ソファの向かい側に置かれた肘掛け椅子のクッションのフリルをつまみ上げてから、クッションを振るって形を整え、それに一心に見とれているように見えた――クッションがいままた彼女に感動を与え、ウィスタリア・ロッジにあるものはどれも最高級品であることで、必ずやロデリックをも感動させるに違いないといわんばかり――そしてロデリックにお座り下さいとうながした。ロデリックは立ったままだ。ミセス・トリングズビイは、呼び鈴の在りかをだんまり芝居で示すことで憂さを晴らした。「下におりますから、このすぐ下の応接間に」彼女は意味ありげな声で言った。

「ありがとう、ミセス・トリングズビイ」カズン・ネティが言った。

ミセス・トリングズビイがやっと立ち去ると、ロデリックは肘掛け椅子に座った。そして手を伸ばして、色毛糸の玉を床から拾い上げると、カズン・ネティのそばのソファの上に置いた。横目で彼は、彼女が取り掛かっている刺繡の四角いキャンバスを調べた。デザインは、まず彼女が選んだものではなさそうで、青の線で機械印刷されていた。一輪の薔薇と背景の約四分の一が刺し終わっている。カズン・ネティは、目は上げないが、本能的な隠したい衝動を抑えているのが感じられ、キャンバスを自分のほうに引き寄せていた――そしてそれを後悔してキャンバスのすみを持って全体像を彼に見せた。

「私は思うのよ」と彼女。「これをする根気はあなたにはなかったでしょうね?」

「ええ、なかったでしょう」

「でもきっと根気はあるのね、はるばるここまで旅をなさるなんて。遠い所ですもの」

「それほど遠くもないですよ。僕がいる所からなら」

「遠いと思っていたのよ」彼女は、初めて困った様子を見せた。「どなたが来るにしても遠すぎるのよ。窓から見ていらっしゃるのね。ご覧になってわかるでしょう」

彼は彼女の後ろの窓の外をずっと見ていた。野原、森、淡く薄まった十一月の空が広がっていて、あとはなにひとつなく遥かに続いていた。空と大地がついに力尽きてひとつになっている――衝撃もなく、神秘もなく、地平線もなく、ひたすらなにもなかった。これは町のはずれにある屋敷の裏側にある窓。ロデリックは思いにふける、カズン・ネティは何年もの間、これ以外の窓の外を見たことはないのだ。そしてもう何年も前に、この窓の外を見るのをやめたに違いない、なぜなら彼女はいま、ここを先途と窓に背を向けて座っている。彼女が好きなのは、この部屋の奥の突き当たりの端っこ、刺繍に射し込む光、そして、背後にあるなにひとつない空虚の揺るぎない感覚なのだ。閂《かんぬき》のかかった窓が頭上の空を横切っている。時間のない、色のないこの午後が、彼女の上半身を、巻き上げた髪の毛を、繊細な横顔をシルエットにしていた。規則的に針をキャンバスに突き刺しては引き抜いている右手にある指輪から、オパールのミルク色が炎の色に変わったりしていた。左手の結婚指輪はなくなっていた。

彼女は感心しきりだった。「私を覚えていたなんて、一度も会ったことがないのに？　あなたもヴィクターっていうの？」

「いいえ、ロデリックです」

「ではあなたをロデリックと呼びましょうか、ロデリック？」彼女は嬉しそうにして言った。「あなたのことは赤ちゃんだった頃に聞いたけど、もう立派な大人ね」

「祖先の誰かにちなんでつけられた名前だと思いますが――御存じですか？」

「祖先がたくさんいるので、よくわからなくてごめんなさい。いまではとても混ざってしまって、とにかくこうしていまあるのが不思議なくらい。とても嬉しいわ、あなたがヴィクターと呼ばれてなくて――ヴィクターも可哀相に。ちょっと期待が大きすぎる名前ですもの！」

「僕は自分の息子は、もし持ったらだけど、フランシスと名づけます」

「まあ、彼はさぞかし喜ぶでしょうよ！」カズン・ネティは声を上げ、初めて訪問者をちらりとではなくまともに見た。「彼が死ぬなんて悲しいことね」

　その視線は過ぎ去るようでいて、じっととどまり、臆病なほんの一瞬のつもりが、長く引き伸ばされていた。淡い灰色の彼女の瞳は、もっと淡い明るさに薄れていき、虹彩が半ば消え失せたように見えた。ロデリックを見つめ続けるその瞳のなかに、切ないような、震えるような、あまりにも屈折しがちな人間らしい光があった――その瞳には、おかしいところはなく、おかしいものを見分けるセンスがあった。カズン・ネティは生まれてこのかた、表面だけ見ることはできなかったに相違なく、見るべきでないものはなにも見ないできたに相違ない。千里眼のゆえにしばしば非難された瞳であり、隠されたままであるべきものをまたもや察知した恐怖によって、その瞳はまたもやいっそう大きく見開かれる――「それでも」とその瞳は抗議するのだろうか、「私にはどうすることもできないのよ、だからどうしたらいいの？」と。

成り行きから見て、この日の午後、彼女の瞳はロデリックの瞳のなかに、もっと若い、まだ不安定な相対物と出会っていたのだった。「彼が死んだから」彼は熱心に言った。「僕が来たんです。僕が来ると、あなたを動揺させるだけだとみんな思っているようでした。そうじゃないといいんですが？」

「私があなたを動揺させないといいんだけど」カズン・ネティはこう答え、見苦しい刺繍を下に降ろし、いままでこれが隠れ蓑または誤魔化しだったのよと言いたいようだった。「私はきっとすごく変なのよ。それに、言わないでくださいね」と彼女は身振りを交えて言った。「変じゃないなんて、さもないと、どっちだかわからなくなるから」

「御存じですか、カズン・フランシスがモリス山荘を僕に遺したことは？」

「モリス山荘ね」と彼女。「哀れな不運な屋敷だわ、可哀相に！　あれはあそこにあるのよ、色々あったけど。私はここに！　だから、そうなの、私は半分だけ喪に服しているんです」彼女は言い添え、自分で胸元に見下ろしたまだら模様のドレスには、黒い縁取りがついていた。「従兄を弔っているの――彼は従兄だったのよ、ええ。それ以外の話はなにひとつ、なにひとつあってはいけなかったの。私は彼を責めたりできませんし、自分自身も責めないように努力しているのだから、あなたも私を責めてはいけません」

「カズン・ネティ、彼が僕にモリス山荘を遺したんですよ」

彼女は彼をじっと見つめ、はっとして、唇に指を当てた。

「僕がお訊きしたかったのは――」

「――いいえ、ダメよ」彼女はさえぎった。「私に訊いてはいけないの、ダメよ！」

「遺贈をあなたが気になさらないかどうか、それをお訊きするのもいけませんか？」とロデリックは言いつつ、自信が揺らぐ最初の一瞬を経験していた。

「私は」彼女はまだ動揺していた。「またあれが始まったのかと思ったの。あなたが、あなたが当主になってまた始めるのかと。いいえ、私は帰りませんよ。フランシスには何度も繰り返し言いましたし、彼らにも言いました——いまはあなたに言っているんです。どこだって私がいないほうがいいのよ、だから、よりによってあちらへは戻りません。せいぜい努力してモリス山荘をいまのままにしておくことです」

「とりわけ僕は誰かになにかして欲しくないのです」とロデリック。

「ああ、あなたは彼らがなにをするかで頭が痛いのね。なにか思い出すと、許せなくなるんでしょう」

「しかし」ロデリックは思いあぐねて言った。「僕はそうでないと自分では思いますが」

「私はわかるの、だって私は決して許されていないもの。あなたもそうならなくてはいけないのよ。私たち間違った人間はどうなるの、もし正しい人がひとりもいなかったら？」

「さあ」彼は言葉がなかった。「僕はそんなんじゃない」

「ええ、フランシスのようじゃないわ」彼女は認めて頭を軽く振った。「ああ、彼が青年だったときに、私の従兄だったときに、あなたに会ってもらいたかった。頭と両肩が人よりも上に出ていて、計画と人生に溢れていたわ！　話が違っていたらどんな話になっていたでしょう。だけど、わざわざ出ていって息子をひとり見つけただけ」

ロデリックはどうしようもなく気分を害し、思わず「彼の選択がそれほどひどかったと思っているんですか？」と怒鳴るところだったが、そんなコメントを自分はしないと決めた。カズン・ネティは、彼を信頼する気になっていて、これも運命と諦めたような飾り気のなさで、いつもの自分の考えを口にしただけなのだ。

見ればわかった、すべての点で会話が限度を越えないように気遣っていたのはネティだった。また毛糸の刺繍仕事を取り上げ、習慣からため息をひとつついた――しかし今回はキャンヴァスを裏返して針目を詳しく調べてから、キャンヴァスを腕の長さいっぱいに引き離すと、不連続が目立つ箇所を探り、連続模様の秘密か魅力が失われてしまったのか、だが彼女個人としてはどうでもいいようだった。だが、それはできない相談だった――彼女はすぐ思いなおして、先がコウノトリのくちばしの形をした鋏を取り上げ、絡み合ってもつれた裏側の毛糸をせっせと切り始めた。しかし鋏はうまく動かず、こしゃくな意地でも張っているのか、刺し終わった箇所を台無しにするように、まごまごともたついている。だから彼女は、さっさと鋏を動かすのをやめて、膝の上に投げ出した。窓の下で、ためらうような足音が、砂利道を鳴らしている。

ロデリックは、そんなところで一息つかれてはたまらないし、重大局面になったような感じにしたくなかった。そこで部屋を見回し、なにかコメントできそうなものを探した。話題を変える気は毛頭なかったが、新しいことを持ち出しても害はなさそうだった。もともとミセス・トリングズビイが選んだ絵画は変哲もない田舎の風景ばかり、カズン・ネティ本人のささやかな展示品でかなり補充されていたが、こちらはどこか一風変わった感じがした――電飾のような青さの異国の湖の絵葉書や、雲が縞模様になった空を背景にした怪物めいたアルプスのシルエットに月光が煌々と降り注いだのや、一頭のカモシカがハッと息を呑むようなバランスを保っている絵葉書など。また子供たちの彩色写真のまとまったのがあった。どれも見たところ、無邪気な破壊行動に夢中になっている絵だった——雛菊の花びらをむしったり、タンポポの綿毛を吹いたり、桜草を踏んづけたり、羽根つきの華奢な大人の帽子をかぶって騒ぎまわったり、飛び立ったばかりの妖精を捕まえたり、大枝から林檎を叩き落したり。こうした愛らしさが中性的というので、ミセス・トリングズビイないしはドクタ・トリングズビイの監視を免れたのだろうか。どれも軽くて——額縁に入ったものはひとつもなく、よくてボール紙に貼られていた——毛糸で吊るされて部屋の色々な場所にぶら下がっている。壁にピンを留めるのは明らかに許されていないのだ。ロデリックの見るところ、写真はただの一枚もないようだった。彼はその性格上、言うべき言葉がなかった。

「モリス山荘の写真をお持ちではないかと思いましたが」

「あら、ないのよ。とても暗い写真ばかりで。それに自分で見たものの写真なんて、どうして持ちたいのかしら？　あなたはどうなの」と彼女。「ちょっと妙じゃない、誰かをそこまで忘れっぽいと決め付けるのは？」

「人は思い出して欲しいんですよ、違いますか？　軍隊で僕が知っている人はみな写真を持ち歩いています。見せてくれますよ。でもみんな本人が見ているんだと思います」

「ヴィクターの写真はあったと思うわ」カズン・ネティはそう言って、ロデリックをまじまじと見た、目を丸くして。「まだ学校の生徒だった頃のを、自分で送ってきてくれたのよ。どこかにしまったんでしょうに。でも、いったいどこに？　ほんとに残念ね、その頃の父親を見たことがないなんて。——ああ」彼女は叫び、椅子とソファの間の空間を初めて批判するように見た。「お茶が来てないわ。なにか手違いがあったのよ！」

「もう来ると思いますよ」

「可哀相にミセス・トリングズビイは」カズン・ネティが説明した。「ときどき何時だかわからなくなるの、時計を見ないと。私たちで」と彼女は訊いて、共謀者のような目でロデリックを見た。「ベルを鳴らす？」

「そんなことをしたら、彼女が急いで駆け上がって来るだけだと思いませんか？」

「そうね、彼女を少し休ませて上げたほうがいいわね。お茶が来るかどうか待ってみます？」

「父が何歳であれ、僕は父を見たことがないんです。つまり、赤ん坊のときは見たんですが、それは勘定に入れないから。出会っても——写真を見ても、きっとわからないと思います。よく御存じだったんですか？」

「ええ、まあ」彼女は質問に驚いたように答え、まごついているようだった。「ヴィクターのことでしょ？　みんな知っていると思うけど、彼に最後に会ったのが私です。お店で一緒にお茶をしました」

「なんですって、彼が死ぬ前に？」

「死ぬ前、じゃないの。彼があなたの母親と別れる前にね」

「ああ、そうじゃない。残念ながら、母が彼と別れたんですよ」

「どうして残念なの？　現に起きたことを、残念がってどうするの？　それで私は得してるのよ」

「僕が言うのは、母にとって残念だったということで。みんながそう考えていたので気の毒なんです。母はけっして不親切な人じゃないことは、と、僕は幸い知っていますが、明らかにそう見えたんですね——母が父を捨てたと」

「そこにいない人を捨てるなんて、できないでしょ」

「そこにいないって——父のことですか？　彼がどこにいたとおっしゃるんですか？」

「運悪く、彼のナースが住んでいた場所は思い出せないの。彼女は小さい家を持っていて、彼はとても素敵なんだと言ってたわ」

「父の年よりのナースのことですか？」ロデリックは額にしわを浮かべて言った。

「さあ、ヴィクターより年は上だったかもしれないわ、たぶんそうよ。戦争中に彼を看護した女でね。だから彼は私にお店でお茶をしてくれないかと言ったんだわ。彼は『僕がこれからしようとしていることを誰かに説明するのは無理なんです』と言うのよ、『だからあなたにその話ができたらと思ったんです』って。私が、『あなたがしようとしていることが私みたいに妙なことだからでしょ？』って言ったら、彼が言ったわ、『そういうことでしょうね』と。私は、『じゃあ、ヴィクター、いまにみんなが私たちふたりのことを、すごく妙だと思うでしょうね』と言ったの。ピンクの砂糖菓子がお皿に乗っていて、とても綺麗でね、あの戦争が済んでやっとこういうのが戻ってきたんでしょうね。彼がすごく落ち着かない様子だったので、私はトーストだけ食べるほうがいいと思った。そしたら彼が言ったのよ、『あなたがそのケーキを食べられないということは、僕はほんとになにかひどいことをしでかしているわけですね』と。だから私は三つ食べたのを覚えているわ。さてそこで」カズン・ネティは、ロデリックの軍服を怯えることなく見つめながら、締めくくった。「あんなケーキがまたなくなりましたね」

「でも父は『ひどい』と、どういうつもりで言ったのかしら?」

「彼が言う意味は私にはよくわかっていたのよ。見た目によくなかったのよ。私は信じています」カズン・ネティは声を落として言い足した。「ナースはごくつまらない庶民の出だったのよ」

ここでお茶が出てきたが、これほど間の悪いこともなかった。パーラーメイドは、茶道具一式を事務机の端に置くと、三脚テーブルを見つけてきて、さっきカズン・ネティが見つめていたあの空間に置いた。そのテーブルの上にコトンと言わせてトレーを置いたが、そのトレーがまた小さくて、ものを積み上げるのに相当な技術が必要だった。いまにも倒れそうな陶器のピラミッドを手で押さえながら、メイドが言った。「さあ、これで」

「ありがとう、ヒルダ」

「今日はサンドウィッチです、こちらの紳士のために」

「考えてくれたのね――ミセス・トリングズビイにお礼を言っておいてね……。ミセス・トリングズビイは思慮深い方で」カズン・ネティは、ヒルダが部屋を出てドアが閉まると言った。「彼女の気持ちを考えないといけないの。でもみんなの気持ちを考えないと、彼女はいい人なのよ。たくさんの人がこの部屋を欲しがっているんだけど、彼女は私に感じさせたことはないのよ、私が別の誰かだったらいいのにと思ってるなんて。ここは私の場所だと理解しているから、この部屋を取り上げたりしないの。だから彼女に余計な心配をさせてはいけないの」

「ええ、カズン・ネティ、そうですね。――だけど、父とナースはどうなったんですか？」

「ああ、それだけじゃ全然足りなくなったのよ！」彼女はきもち熱意を見せて言った。「彼女はずっと彼のナースだったんだけど、彼はこんどは彼女に妻になって欲しいと」

「しかし母がいたでしょう」

「そう、そう、そうなの」カズン・ネティは同意した。「彼が感じたのも無理ないのよ、自分がなにか妙なことをしようとしていると」

「それじゃあ、彼らが離婚したのはそれが理由なんですね？」ロデリックは、食べものを無視できない状態にいたので、サンドウィッチをとってパクッとやった。それから、自分が嚙んだ後の歯型を見て、これはなんだろうという顔をした。「――ということは？」

「残念だけど、その後なにがあったかはよくわからないんです」と彼女は言って、重なったカップをはずし、受け皿に手際よくスプーンを置いた。「誰も話してくれなかったし、誰も私に質問しなかったので、私はなにも言いませんでした。ちょうどその頃よ、私がだんだんヘンになったのは。みんなずっと言ってました『フランシスがあなたに頼んでいるし、みんなあなたが戻るべきだと考えているのに、モリス山荘にこのまま戻らないでいるなら、みんなはあなたがヘンなのだと結論するでしょう』と。だから私は最後に言いました『きっと私はヘンなんだわ』と。だって、いったんそれが知れ渡ると、もうなにも言われないですむ、でしょう？　となると、みんな言ったわ、いくら大人しくしてもホテルにずっと住むのはいけない、個人所有のホテルでもいけないと。ホテルにいられるくらい具合がいいなら、モリス山荘に戻れるはずだというわけ。だから言ってやりました、『よござんす、では、どこかホームに行けばいいんでしょ』と。ここかあそこしかないような状態になって——あら、あなた、サンドウィッチを召し上がってないじゃない？」彼女は、サンドウィッチから彼に視線を移して悲しそうに言った。

「父のことでもっとほかに思い出せませんか？」

「彼はいまから自分がすることがベストなんだと言ってました……。ねえ、サンドウィッチを召し上がらないなら、私も彼みたいになりますよ、私はケーキに手を付けない、と彼が思ったときの彼みたいに。この私がなにかひどいことをしているみたいな気もするわ」

だが彼女はそうは思っていなかった。湯を注ぎ足したティーポットにまた蓋をして、その手際のよさに満足しているようだった。「そうなの、彼と一緒にお茶をしたのよ。そしていまここであなたとお茶をしているなんて！——ほんとにロデリックと呼んでいいのかしら？」

「どうぞ。呼んでみませんか？」

「ロデリック……」

ロデリックは、この瞬間をうやうやしく思ったが、それもたちまち消えてしまい、さらに乗り気になって椅子に座った身体をもじもじさせた。「彼があなたに言ったんですね、いまから自分がすることがベストだと？」

「ええ、そうよ——私の従兄たちはみんな自分で決めるの。生まれてこのかた、それに慣れてしまいました。まずあるものに目をつけて、次にまた別のものに目をつけるの。私にはすることがなんにもなくて、これを決めただけ。あなたも私の従弟だから、きっとあなたも決めるのね？」

「いまは軍隊にいますが」

「でもここまできて私に会おうと決めたんでしょ」

「僕が決めたのは、モリス山荘に住むことですが」

「あら、でも私の従兄があなたのためにそう決めたのよ」

「僕は、まずは、あなたがそれでかまわないかどうか確かめたかったんです」

「だからヴィクターは私をお店でお茶に誘ったのよ」

「そんなこととは」ロデリックの重々しい口調は若さのみが和らげていた。「あなたがいまお話しになるまで、まったく知りませんでした」

カズン・ネティはカップを下に置き、肩の向うの窓に目をやった。外の景色が変わったのに気づいたのだろうか？

「それでは」ロデリックは続けた。「父が母に訊いたんですね、出て行ってもいいかと？　僕はずっと思っていたんですよ、その逆だとばかり。少なくともみんなそう思ったようですが、これは言えるんです、彼らは、そうは思いながらも、口には出さなかったと。誰ひとり僕になにも話してくれなかったし、ましてや母は。いまとなっては、誰かが気にするとは思いませんが――母は気にするのかな？　もし僕が不審に思っていたら、自分から訊くことだってできたんだ。しかし、当然と思ったことは、みな放っておきますからね。母はどうかすると、はにかみ屋のほうですから」

「あるいは心が傷ついたのかも？」とカズン・ネティ。

「母の人生に影響したかもしれませんね」ロデリックはそう言って、やや気色ばんでカズン・ネティを見た。

「お店でお茶をした後」彼女は続けた。「私はますますヘンになってしまい、それに気の毒にヴィクターが死んだのよ。だから、誰も知らなくても不思議じゃないわ。ほんとうにおかしなことね」

「しかし、ナースはどうしたんですか?」

「残念だけど、あの人はちょっと庶民の生まれだから」

「でも、生きているんでしょ?」

「誰が生きているかなんて、知らないわ。でも本当の話って、あるのかしら? 哀しくなるわ、ときどき思うんだけど、どうしていろいろと話がなくてはならないのかしら。私たちは元のままのほうが幸福だったかもしれない」

「誰にも必ずなにか起きるんですよ、きっと、カズン・ネティ」

「さあ、どうでしょうね。私にはなにも起きないわ。私はここにいて、もうあなたにも、なんの話は出てきませんよ。だから私は半分だけ喪に服しているの」そう言って彼女は黒い縁取りを指でたどり黒いリボンまで行き、そこで目を上げずに訊いた。「それなのに、どうしてあなたはそうやって私を見るの?」

紅茶のカップを機械的に差し出すことで、ロデリックはカズン・ネティの注意を引き寄せたようだった。事実、彼はここしばらく彼女しか見ていなかった。彼の視線は空に縁取られたカズン・フランシスの未亡人の顔から逸れたことはなかった。彼女はそれを意識していて、いくら無関心を装っていようと、それがこの会話の土台になっていた。実際に、カズン・ネティに本物のヘンなところが見られるとしたら、現にいまそう見えるように、ロデリックがいても一見、なんの感動もないことだった。彼としては、どうしたら封鎖を潜り抜けられるかに頭を使うのではなく、すでに潜り抜けたことを悟られないようにするかが問題だった――彼女が仮病を使うのを責めるのは筋違いで、いま目の前で彼に無防備に打ち明けたように、彼女は採用できる唯一の戦術をとったのだ。ヒステリーの気配はどこにもなかった。逆に、一貫した主義があった――ハムレットはそれでやってのけた。彼女がそれをやってなにが悪い？　しかしハムレットには数々の疑問があったことをロデリックは理解していた。カズン・ネティについては、自ら進んでウィスタリア・ロッジと縁を結びたいという人間をまったく正常だと言っていいものだろうか？――それでいてやはり正常なのだ。どういうことか？　彼女の物腰――彼への礼儀や全体のマナー――には、ある世界で永続してきた気品が備わっており、それは「もう、気取るなよ！」とは言えない世界だった。ステラの息子はあけすけに話したことはなかった。しかしヴィクターの息子は打ち明けたくてうずうずしていたかもしれない。この午後の会話に漂っている、ほのかな理性の煌めきと、抜け目のない正気の兆しが、ロデリックを逆上させ、また誘いかけた。

　議論すれば、彼女の選択は正しかったと言える。この部屋のなかでは彼女自身の存在が澄んだ水滴になって周囲に凝縮していくのが感じられる。この閉じられた窓のなかには、世間が二度と聞くことのない沈黙が立ち込めていた――戦争が終わっても、もっとなにかがあるだろうから。ドリルが地面に突き刺さり、飛行機が空を覆い、声は甲高くなるばかりだ。大気は鳴り響き、夏にハミングする森は切り裂かれる。ここなら彼女を悩ますものはなにもなく、あるのは人が来るかもしれない可能性だけ。なにものでもないと自分で確認したものを背にしてソファに座ったカズン・ネティは、いい場所にいた。

「とはいっても、カズン・ネティ」とロデリック。「そういうことなら、モリス山荘でもかなり静かに暮らせますよ——僕はあなたに戻ってくれと言ってるんじゃないんです」彼は慌てて言った。「僕が言いたいのは、考えてみればあの屋敷は僕のものであると同時にあなたのものだということなんです」

「お好きなように考えたらいいわ。半分面白いじゃありませんか！」彼女はソファにもたれかかったが、お茶は忘れ去られて終わりになり、かたわらの毛糸の色糸を手探りし始めた。「ほら」彼女は毛糸の束を摘み上げて言った。「いまから紫色の薔薇を一輪刺しますからね。なにかご意見がありますか？」

「さあ、どうかな。僕だったら、ピンク色がいいかな？」

「そうね。でもピンクの毛糸はもうないし、紫色の薔薇だってあるでしょ。誰も信じないけど、庭園のその場所にお連れできたら、その一画をお見せするのに。ひとつしかないのよ。世界中でもほかにはないのは、私のせいじゃありませんから。モリス山荘にも一株あるのよ。ペルシャ原産のオールドローズで、咲くのは一週間だけ、開いた途端に枯れ始めるんです。タイミングを狙って、ご覧になってみてね」

「ほかにもたくさんお訊きしたいことがあるんですよ、モリス山荘のことで」

カズン・ネティはテーブルに身を乗り出して、ロデリックが座っている肘掛け椅子の腕を軽く叩いた。そして軽く言った。「眠っている犬は、寝かせておくの！」

「それに父のことですが……。実は」彼は前より断固とした声で言った。「僕はまだあそこまで行ったことがないんです」

「ほんと？」と言った彼女は、奇妙なことに急に興味をなくし、気乗りしない様子で薔薇の刺繡をするために針に糸を通した。「きっとびっくりするわよ。期待なさっているようなものじゃないから」

「まあ期待通りのものなんかありませんよ。でもなにか、ではあるはずです」

「それがなにかであることには問題はないわ。いつもそうだから。実はそれが困るのよ」紫色の最初のひと針を刺し終えると、また彼のほうを向き、よく見えるその目を向けた。「もちろんこれは考慮しないといけないわ――あなたが男だということは。あなたはそのまま、いつまでもいつまでもそのままで、なにも気づかない――ひとりの男がいつもそうだったのを私は見てきたけれど、悲しいことに、十分ではなかったの。誰の話をしているのかおわかりかしら？――フランシスよ。彼は成功するところまで行かなかった。来る日も来る日も私は井戸の底に落ちていくみたいで――それが限度を越えてしまってね、でもそんなこと、どうして私に言えたかしら？　そうなの、私は当面の問題を見ているしかなかった――彼が私に望んだのは彼の妻でいることだったから。ああもして、こうもして、別のこともしてみたけど、その結果はひどい憂鬱症になっただけで、考えることといったら、ダメになればいいということばかり。自然も私たちが嫌いで、住む家を建てるには相当危険な立地でした――一度なんか、畑地が、彼といる私に気付いて、収穫が減り始めたわ。それで私はどこへも行かなくなり、階段を上下してばかりいたら、自分の幽霊に出会ったわ。庭園には怖いものはなかったけど――でももう荒れ果ててしまったでしょう、きっと」

「母は、向こうから戻ってきたところなんですが、そんなことは言ってませんでした。もちろんいまは花の時期じゃないけど……。応接間がとても気に入ったようでした」

「きた人はみな応接間が気に入るのよ――どうして立ち上がるの、ロデリック？」

「もうおいとましないといけないので。残念ながら」

「あなたを間違ってヴィクターと呼んだりしなかったわね――失礼はなかったかしら？」

「いいえ。僕のほうこそ失礼だったのでは？――ただつかまえたい列車があるので」

「ああ、列車ね。ロンドンまで？」

「そこからまたもうひとつ乗り換えて、次の――ではカズン・ネティ」彼はソファの脇に立って、ためらいがちに言った。「お元気で」

「自分で言うのもなんだけど、私はいまもとっても元気よ。――お母さまはまだ生きてるとおっしゃったかしら？」

「ええ、はい」

「では、よろしくお伝えくださいね。彼女と私が会えなかったのは、偶然の成り行きだっただけよ。さようなら、ロデリック。楽しいお茶だったらよかったけど？」

「ええ、おかげさまで、素晴らしいお茶でした。僕もとても楽しかった。またお邪魔してもよろしいですか？」

「ああ……。そうね、いつかね。様子を見てからにしましょう」

ロデリックは、自分がそこへ行くと宣言したことで彼女にほかの場所を思い出させてしまい、自分がここにあと一分でもいるのがカズン・ネティには耐えられないのだと見て取った。戸口のところで彼は振り返った。部屋の奥行きの向こうから彼女は彼を最後に一目見たが、それは最初の視線だったかもしれない――誰かが立ち去ったその瞬間に、共謀者同士のような、言いたいことが溢れている視線。ふたりは最初の地点に戻ったのだ。彼はいま到着したばかりだったのかもしれない。彼はドアを後ろで閉めて、階段をこっそりと降りた――どんな恋人もこれほど静かに立ち去ることはなかっただろう。応接間を通り過ぎてもミセス・トリングズビイに出くわすこともなく、彼は彼女に礼を言う義理はないと思った。

こぎれいな白い柱が並ぶ玄関を出ると、最後にもう一度振り返ってみた。ウィスタリア・ロッジは這い上る蔓植物に捕獲されて弱りはて、色褪せて見えた。それに逆らうように、周囲の壁は威圧するように、いっそう高くそびえていた。ロデリックはまたさっきと同じ、はっきりしない足音を聞いた。マフラーにくるまった男がひとり、クロケーの木槌《マレット》を引きずりながら、家の角から現れ、突っ立ったまま訪問者をじっと眺め、訪問者は門の掛け金をはずし、外の世界へ出て行った。

ロデリックは自分が辞去したときに列車の時間があるからとカズン・ネティに言い訳したが、正確にはそれは本当ではなかった。実は、もうひとつ訪ねるところがあったのだ。駅から来る途中で彼は教会のありかを突き止めていて、そこへ戻っていた。屋根つき墓地門からなかに入ると、カズン・フランシスの墓を探し始めた。母親の説明は確実だったためしがなく、案内人もいなかった――本能が教えてくれるか？　あの老人は、いまこのとき、なにか言わないわけなんて、ありえないじゃないか。墓石はまだ立てられていないのだろう。掘り返された土の匂いが色々な場所から漂ってきたが、新しすぎて彼のものとは思えなかった。啼く鳥もいない。あちらこちらで花束の花が腐っている――フランシスは花束など嬉しくなかろう。そう、できそうなことはなにもなかったが、そこに眠る人全員になんとなく頭を下げたくなった……。通りかかった人が立ちどまり、十一月の黄昏のなか、石壁の向こうで若い兵士が帽子を脱いで墓石の間を歩きまわっているのを見ていた。

十二

「ああ、母さん？」

「あら、まあ、ロデリック！——いまどこなの？」

「息を切らしているみたいだけど」

「ごめんなさい。たったいま戻ったものだから——いまどこなの？」

「電話ボックスからかけているんです。これから戻るところ、向こうに」

「戻るって？——あら、いやだわ。本当に出かけたと言うんじゃないわね！　私の手紙は見なかった？」

「実は見ました。でもそのときは、もう段取りをつけていたし。それに行ってよかった。成功だったよ」

「まあ。——ミセス・トリングズビイを焚き付けたりしなかったでしょうね？　私たちはみな彼女に迷惑をかけているのだから」

「ええ、彼女がそう言っていました。要するに、カズン・ネティと話ができました」

「彼女はお元気だった？　もっと前になにかしたほうがよかったかしら？　そうね、そうすべきだったわね」

「いや、それはぜんぜん大丈夫、母さんがまだ生きているとは思っていなかったから。でも、よろしくと言ってました……。母さん、彼女は驚くべきことを話してくれて……」

「なんのこと？」

「さて、いまその話をする時間があるかな、特にいま話している電話ボックスは駅の構内にあるもんで。でもできるだけ早いうちに母さんにその話について聞きたいんだ。色んなことがそれで違って見えてくるんだから」

「ダーリン、忘れないでね、お気の毒だけど彼女は頭がおかしいんだから」

「とんでもない、僕はそうじゃないと思う」

「ああ、まさかロデリック、なにか事を始めたりしていないでしょうね？　それはしないでと頼んだでしょ。ただでさえ全体がこんがらかっているんだから」

「なにがこんがらかっているんですか？　――よく聞こえないんだ。でっかい列車がいま入ってきたものだから」

「全体がよ！」

「全体を見ると、そうかもしれないな。どうしていままでなにも話してくれなかったんですか、ナースのことを？」

「ナースですって？　――カズン・ネティのナース？」

「いや、いや、彼女にはナースなんかいませんよ。父さんのナースですよ。つまり、ナースが父さんを――」

「なんのことだか、さっぱりわからないわ」

呆然として電話の向こうが沈黙した。

「ねえ、ロデリック、こちらへ来られない？」

「ダメです。実はいまにも列車の行列に並ばないといけないんだ。御存じのはずですよ、僕が言ってるナースのことは」

「ああ、あの人のこと？　ええ、よく知ってます――なんだって？」

「ああ、そうなるとすべてに別の光が当たる――？」

「ああ、ネティが話したのはそのことなのね？　――いいえ、どうしてなのか私にはわからないわ。カズン・ネティは時間がたっぷりあるから、昔話をあれこれしたかもしれない。でも私にはそんな時間はないの。あなたはモリス山荘のことを聞くために行ったとばかり思ってたけど？　そうね、これは電話で議論することじゃなさそうね」

「特にこの電話は駅の電話だから。でも要は父さんだったんだ」

「ええ……。でも、いいわね、できるだけ近いうちに私がそちらに寄りますから。日曜日の午後は？　……じゃあ、日曜日の午後に」

「心配しないで欲しいんだ、母さん」

「よくわかってますよ」

「ただ、いろんなことがはっきり見えてくる――」

「ええ、そうね。ロデリック――そうよ」

「では、もう列車の行列に並ばないと――いずれまた、ということで？　お休みなさい」

「お休みなさい」とステラ。「また会いましょう」

ステラは受話器をかけてから、開けたままになっていた仕切りドアのほうに行った。「ロデリックだったわ」彼女はハリソンに説明したが、彼はもうひとつの部屋の暖炉の敷物の上に立ったまま待っていて、彼女をディナーに連れ出そうとしていた。

「そういうことのようですね。――息子さんが面倒を起こしていないといいけど？」

「どうやら面倒はもう十分あるとおっしゃりたいのね？」

「ははは――いや、なに、僕らはなにも、面倒とまで言うことはないでしょう」

「好きなように言っていいのよ」

「まあそのうちに」彼はステラを横目でうやうやしく見つめながらほのめかした。「話すとしましょう」

「はい、はい、はい、わかってます！」彼女はまた姿を消し、色々な化粧品がガラス張りの化粧テーブルの上でかたかたと鳴った――彼女は胸に痛みを感じながらベッド脇のテーブルの上にある電話機を見つめ、ロデリックはどんな気持ちで列車に乗ったのだろうと自問していた。そして、

「ニペンス《タペンス》使って私にあのことを訊いてきたんだわ！」と声に出して言った。

「なんですって？」ハリソンが別の部屋から元気よく叫んだ。

「なんでもないわ」

彼女は彼と合流し、きちんと整えた身なりは控えめなもので、彼の先に立ち、黙って階段の踊り場を進んだ。一緒に外の暗闇をついて通りに出ると、しばらくそのまま歩いた。やがて彼女は自分から足を止め、いまからどこへ行くのか尋ねたが、その口調はどこにも行きたくない意思をほとんど隠さなかった。

「それは」とハリソンが答える。「君の気持ち次第なんですよ」

「この頃のあなたは、気持ちのことばかり言うわね」

「なんですって、へえ、そうかなあ?」彼はびっくりして言った。

「私の気持ちにないのは、空腹よ」

「それは困った。ちょっと寄ってみようと思っていた店が一つ二つあるんですが」

「そうなの?」彼女は無関心で信用していない口調だった。

「あるいはただ」彼が提案した。「少し歩き回るとか?」

「それはいまやっているでしょ」彼女は一、二歩進んでから言い直した。「ごめんなさいね、わがまま言って」

「なにをおっしゃる」彼は本気で言った。「とんでもない! でも、なにがあなたを苛々させているのか、僕としてはとても知りたい」

「あら、それは」

「いや、いまのことを言ってるんです」彼はステラの肘の下に手を滑り込ませ道路を横切る手助けをするように、彼女が危機を乗り越える手助けができればと思った。「たとえば、息子さんですが、彼がなにかしでかしましたか？　そうではない？」

「ロデリックね——どうして？」しかし彼女はここで方向を転じ、神経質な早口になった。「彼はこの午後、ウィスタリア・ロッジに行っていたんです」（なんてことだろうと彼女は思った、この一瞬のうちに、ハリソンが知りたいと要求してもいないことを話すなんて）

「へえ、例のおかしなあのロッジですな？——あの日は大変でしたね、あそこであなたに会った日は！——フランキーの未亡人に？　さて、彼はなにを狙ってあそこへ？」

「あなたには考えられないでしょうが、ロデリックはなにかを『狙って』行ったんじゃありません。そういう人もいるのよ。彼はただ、ものすごく、頑固なくらい親切なんです。というか、公平無私で、そうね、公明正大なのね——彼の考えによればだけど。誰かの、誰かの考えなんて、人がその考えに従ってどう動くか、それを見るまではわからないだろうと。でも、彼がなにか始めたと思うなら当っているわ——あなたが知りたいならだけど、実は、もし彼があなただったら、これ以上聞き出せなかったでしょうね。カズン・ネティがしゃべったのよ——彼女は、私のほうが無罪判決だったと、彼に話したの」

「無論」ハリソンはポカンとして言った。「いつだってそのほうが得だし、まずは、役に立つし？しかし、無罪だったのは、いつのことなんです？」

「何年も、何年も前のことよ」彼女は我慢できずに言った。「離婚裁判のとき。あなたはすっかり御存じでしょ。私の関係書類をお持ちなんだから。ええ、私はヴィクターと離婚しました。私は公式に無罪でした。でも、一瞬でも私を無罪と思えた人はいませんでした」

「でも実際はそうだった？」

「ええ、そうよ。でもいまさらもう、どうでもいいことでしょ？」

「それはもう」彼はなだめるように言った。「そうですとも。しかし、そういうことなら、どうして苛々するんですか？」

「またすべて蒸し返されるのが。面倒だし、馬鹿々々しいし。すべての段取りが狂ってくるし。ロデリックに三回も言われました、すべてが違って見えてくると。私が有罪だという説は、私が言い出したわけじゃなくて、勝手にそうなったんです。勝手にそうなるのね。私はいつも元気なほうで、ヴィクターは大人しいほうだった。私は蓮っ葉で、彼は真面目。私は、世間の見るところ、甘やかされていて、彼は不平を言わない人。だから、ものの見方がひとつになるほど簡単なことはなかったの――私が自由を求めたのだ、それも褒められない理由で、そしてヴィクターが、私が尋問されるのを私の代わりに嫌がってくれて（当時は離婚法廷でまだ『泥沼裁判』と言われた時代でしたから）、私に離婚を許したことになりました――彼がドンキホーテになって――実際はそうではなかった。ヴィクターが私を捨てたんです」

「頭がおかしかったんだな」ハリソンが断定的に言い、そこに安堵が浮かんでいた――少なくともひとつ、やっとひとつケリがついたと。

「ともあれ」と彼女。「そういうことでした」

「ははあ、ほほう」と彼は言い、突然向き直った。「それでショックだったんですか？」

「ええ、まあ」

「それはまたどうして、彼を愛していたんですか？」

「彼は愛してないと言ったわ。そして自分はそれがわかる人間だと言ってました。彼を愛しているともし私が想像しているなら、自分は前から疑っていたが、君は愛の本質からもっとも遠い概念すら持っていないと言いました――そうかもしれません。私が、あらそうかしら？と言ったら、彼は私は僕を愛したことはないと言いました。私がもしそうなら、あなたはどうなの？と言いました。彼は僕にはわかっている。僕は愛されたことがあり、それが忘れられないと。そこで彼はナースの話を始めました。私は、いつもそのナースがいたなら、私がさほど悪かったわけじゃない、そうでしょと。彼は、要するにそこが残念だった、もし私が、ともあれ彼が望んでいたものだったら、ナースのことは忘れられただろうと――本気で忘れるつもりだったんだ。彼女はどっちにしろタイプではない――ヴィクターより何歳か年上だし、容姿にも見るべきものは特になにもないし。彼女のことは考えなくなるだろうと思っていた。二人で別れの挨拶もすませた。私こそが彼の妻になるべき人だと思ったって。それで彼は――口にはしなかったけど、非常に公平な努力をしたのね。私はなぜかうまくやれなくて。私以外のほかの誰と結婚しても、ナースを忘れさせてくれただろうと。不幸にも、私と私の至らなさが、正反対の効果をもたらしたんです。愛されるということがどういうことだったか、それが彼の頭にこびりついちゃったのね。僕が悪かった、この通り、と彼が言って、つまり……。もちろんなにがどうだったかと言うと、彼は私が退屈だったの……。つまらない女が過去のなにかを打ち明けるときは、『あの頃私は若かったのよ』と言うわね。でもあの頃私は若かったのよ。私は――私はびっくり仰天したわ。私の帆から風が逃げてしまって」

「ほんの子供だったんだ……」

「いいえ、それですらなかったのよ、運悪く。生煮えで、女としても底なしに自信がなくて、バカみたいに見栄を張っていたのね。自分が見つけられなくて、あの頃は――うんざりだった、いまならどうということもないわ！――本当になにもかも見つけられなくてお手上げだったの。ヴィクターと結婚して、みんなと同じくロデリックが生まれて、これが自分の居場所だと思い込んだのかもしれない。そこへこれが持ち上がって――そう、違ったのよ。明らかにそうじゃなかったのね」

ハリソンは、ステラを手伝ってリージェント・ストリートを渡らせて、さらに数ブロックほど東に進んでから、また彼女の肘に触れて速度を落とし、行くべき方向を思案してから、さっと南に向かった。彼女は大人しく角を曲がった。彼は、明らかに注意を怠った埋め合わせのつもりだろうか、こう述べた。「地獄をくぐり抜けたんですねえ！」

「私は面目を失った話をしているの」

「なにを失ったと？」

「面目よ。どんな感じだったと思います？　世間に知れ渡るのよ。捨てられた人間ということで――お決まりの哀れな犠牲者、『傷もの』……。ところがある日、別の話が、反対の話が私のところにめぐってきてね――私のほうがヴィクターを見捨てたという話になって。それは違いますと私が言うかしら。どうしてそんな？　私の年齢だったら、モンスターと言われるほうがバカに見えるよりいいでしょ？」

ハリソンは最初は話がつかめなくて、言葉のあやとして質問を賢明にも聞き流すことにした。

「そもそもどこから話がきたのか、知らないのよ」ステラは続けた。「きっとヴィクターの家族ね。私には、誰がそれに反論するか？が問題だった——ナースは全体図の外にいたし。ヴィクターがまず地下にもぐり、それから、そう、死んだんです。誰の話だったにせよ、私の話にしてもいいと。そのままにしていたら、さらに——私の話になっていき、もう手放さないことにしました。というか、はじめは自分が手放さなかったんだけど、そのうちに話のほうが私を手放さなくなって。話は私の型にはまり、私も話の型にはまり。それがどんどんそうなって、いまとなってはもう何年も、どこで終わるのかどこで始まるのか——どうでもよくなったわ。誰が気にします？——少なくとも、誰が気にしたかしら？……だけどほら、こんなことになって！」

「どうやら」とハリソンが口をはさんだ。「着いたらしい」

「ロデリックの聞いたところでは——」

「——ほんの少しだけ待って。ここで階段を降りますよ」

彼女は立ち止まった。彼は、暗くてはっきりしないサインがＯＰＥＮとあるドアを押し開けた。入ると明かりが石段を照らしていて、彼の案内で下へ降りた。下に着くと彼がもうひとつのドアを開け、彼女は先に立ってバーかグリルのようなかに入ったが、その夜まではどこにもなかった場所のような感じがした。彼女が最初に見つめたのは、カウンターに並んで食べている人たちの背中の列、肘と肘がくっつき合っている。背中にジッパー一本が下まで続いている女がいて、ブリキの背骨の持主のようだ。緑色に染めたようなレタスの葉が一枚、まだら模様のゴムの床に落ちていた。ピン・ストライプの背広を着た男が横向きになっていて、片方の肩に白粉のあとが付いている。一匹の犬がバーのスツールの下で、ごそごそと身体を引っかいており、その規則的な動作のたびに首輪が回り、首輪に付いた真鍮の鋲が耳の下から一個ずつ消えていき、また見えてきたのが真鍮の名札であったが、ステラにはちょっと読めなかった。どこを見ても細部が気味悪く視線に突き刺さってくる――苦笑いをかみ殺したような男に気付いたが、彼は酒を満たしたグラスふたつを手にテーブルに向かいながら、最後の一インチになった短い煙草を、くわえた唇から落とすまいとしていた。そこにいる人で、ぎらぎらする特色が人間であるという事実をさらけ出していない人はいなかった。ステラが混み合っているという感覚にたじたじとしたのはそのせいに違いなく、それほど多くの人がいるわけではなかった。華々しい照明は、低い白い天井にじかにねじ込んであるのが白熱灯の裸電球であるからか、やたらに強烈だった――ここには生き残れた陰影はひとつもなかった。誰もがみんな白イタチにやられたウサギだった。

ハリソンは帽子をラックに掛けてから戻ってきて、ステラを小さなテーブルに案内した――その種のテーブルが何台か壁に沿って置かれ、その表面は孔雀石《マラカイト》のイミテーション張りだった。ハリソンは、ここはいつ来てもそう悪くないし、とにかく静かなんですと説明した。それは本当だった。カタカタという音もせず、口も厳しく節制して、沈黙以外は洩らさぬようにしていた――音そのものが強烈な光で押し潰されているようだった。そしてここには、見た目に劣らぬ圧倒的な熱気があった。だからステラはコートを脱いだ――ハリソンは手助けもせず、その間ずっと、なにか考えながら座り込んでいた。「さてと、いかがですか?」彼がやっと言った。

「なにが？」彼女は目頭に当てていた指をおろした。

「軽くなにかもらいますか？……冷肉とサラダとか？　魚がいい？　それとも僕は驚かないな、彼らがもっと特別ななにかでびっくりさせてくれても」

「あなたはなにを召し上がるの？」ステラは言って、また新たな好奇心を持ってハリソンを見つめた。

それを察したハリソンは、髪の毛を撫で付けながら、どちらにしても珍しいことに、自己抹消とも虚栄心ともつかない様子を見せた。そして考えた。「僕のいるところになにがあるかが大きいし、どんな時なのかも相当ものを言いますが」彼はそこでステラの喉を見て、真珠を巻いたあたりをかなり熱心に見つめた。「しかし今夜は、ええ、ちょっとした場ということで——つまり僕にとって」

「喉が渇いてるの。ラガービールでもいただこうかしら」

次々と必要なものが手渡しですべて運ばれてきて、特にこれだけはと指定してハリソンが小声《ソットヴォーチェ》で内緒に注文したものもあった——マヨネーズ和えのロブスターが細いリボンのように刻まれた新鮮な野菜の上に乗っていた。皿は、黄色の合成染料の上薬がかかっていて、ナイフとフォークとグラスの間に置かれ、光線の中で調理するみたいだった。ハリソンはじっとそれに目をやったが、無表情だ。

「さて、これでそろったようだ」彼が言った。「なんの話でしたっけ？」

「もう十分たっぷりしました」

「とんでもない、まだなにも。必死で聴いていたんですよ。ここに入ったときに、あなたの話は佳境にきたところでした」

「ここは嘘発見器のような場所なのね」彼女はそう言いながら、食器の影になったフォークを手で探った。「ここにはよくいらっしゃるの?」

「いいえ、まあ」彼は額をちょっと曇らせて抗議した。「ひどいことをおっしゃる! あなたがしたことを全部話してくださったことにとても感動していたんですよ。だって、あまり多くの人間が聞いたことのない話ですよね? どうやらこれはやはり、あなたと僕の間柄だからこそなんでしょう」

彼女はやむなく言った。「どうしてたまたまこうなったかというと、私がたまたまばたばたしていたときに、たまたまあなたが居合わせたというだけよ」

「それでも、僕が居合わせたということ、それ自体に意味があった、違いますか? あなたのフラットにあなたと一緒にいた。ともあれあそこにいたのは僕だから」

「ええ、でも……」

「でも、なんです?」

「テーブルがぐらぐらしてるわ」と彼女。

「ごめんなさい、僕が寄りかかったからでしょう――僕を見てくれたらいいのに」

「見てませんか?」彼女はそう訊いてから彼を見た――この命令口調に、彼女はいつも以上に目を大きく見開いたので、眉毛も同時に吊りあがった。人間の目はほとんどいつもやりきれないくらい不快だと感じるロバートのことを思い出しながら、ステラは好奇心をもってハリソンの目を奥まで見つめ、これまではともあれ、いまとなっては自分がロバートに同感することはないだろうと思った。それにこれは、なにが奇妙で、間違っていて、ずれているかを、ハリソンの目の造りから直接探り出せる絶好の機会になりうるのだ。しかし彼女はそれができなかった。あまりにも接近していたので、彼女に見えたのは緊急時の表情の造りだけだった――ふたつの瞳孔のミクロな宇宙に、黒くて小さい世界があまりにも内部で凝縮していて、それがなにを表す表情なのか読むことができず、それぞれに赤茶色の線が緑がかった茶色の虹彩の上に地図を描き、瞼のふちで錆び色になっていた。静脈が白目の白いところに羽を伸ばしている。おそらく疲れが眼球の内側を赤く染めているのだろう。そして睫毛――不ぞろいで、長くも短くもない――の生え際と生え具合を見つめたときに、彼女はある種の哀れみに強く打たれた。とはいえ、こういう睫毛があることに心を打たれただけかもしれない――あるいは心を打ったのは睫毛そのものの繊細さだったか？　睫毛は、見ると、間近で絶えず煙草に火を点けるにもかかわらず、先端にも焦げあとはなかった。下まぶたのほうが睫毛はまばら。そこここで一本抜けている――残りの睫毛が生き残っているのがなんだかいじらしい。さっき受けたショックは、その親しみやすさのエコーに過ぎず、誰かほかの人から返ってきたエコーのよう――しかしもういい、あとは自ら抵抗あるのみだ。彼女は身構えた。

「でも」彼女は言った。「つまり、私があなたになにを言おうと、私は気にしてませんから。そうよ、特にこの話はまず誰も聞いたことがない――もっと正確に言うと、私が愛している人は誰も。とりわけ、あなたは知りたいでしょうが、ロバートは聞いていませんよ――ひとつには恥ずかしいからよ、彼に知られるのが、いくら昔のことでも、私が面目をとても重んじていたことを。ほかにも理由があるんでしょうが、もしあっても、私にはわかりません。そしていまになるまでロデリックにも――だから今朝あんな電話を。あなたと私の間では、最初からすべてがありえなかった――だから、見た目は悪ければ悪いほどいい、と私は思ったわ。あなたに対しては最初の最初から、面目などなかったから。失うものもなかったし。私には自分でも嫌いな側面がずっとあったのに、あなたのおかげでそれが好きになりそうよ。あなたと私はありえない対話ばかりしていて、それ以外のことはありえなかった。でも、私が時々していたようにあなたに話しても、今夜のように話しても、あなたは絶対に」彼から目を逸らして部屋を見回しながら彼女は言った。「得意にならないでくださいね」

短い沈黙があった。「わかりました」ハリソンがそっと言った。そして付け加えた。「このロブスター、あまりお好きじゃないんですね?」

「あら、いいえ」ステラは良心の痛みを感じて言った。「好きよ」そしてレタスの細切りをフォークにからめて食べ、微笑まじりの口調で続けた。「どうやらこれであなたにはなにも話せなくなってしまいましたね?」

「そうとも限りませんよ」

「じゃああなたは、なぜネティ・モリスが――誰が彼女のことを考えたのかしら?――ロデリックに話したことが、ちょっとした事態をもたらしたことがおわかりでしょ?――あなたは芝居をご覧になる?」

「ああ、観てますよ」

「じゃあ御存じね、少年が母親の過去の罪を知ったときにお芝居ではどうなるか――」

「――ええ、さあ、ちょっと待って、やめてください!――この場合はまさに正反対でしょう。息子さんは嬉しくて舞い上がっている……。もちろん彼は」ハリソンは右手の親指の短く切った清潔な爪をじっと見ながら付け加えた。「当然ながら母親に訊いたでしょう、いったいあなたになにがあったんですか、ご自分の評判をあっさり捨てるとは、と」

「そんなこと、どうして私が気にするの？」彼女は言った。「兄はふたりとも死にましたし」

「あれ、この僕が訊いているんじゃありませんよ、お間違いなく」

「そうよね、だってもうあなたに話したから。――ああ、どうなんだろう」彼女は叫んだ。「罪のないイノセントな秘密なんてあるかしら！　埋められたものはなんであれ、腐るに決まってるでしょ？　イノセンスをイノセントなままに保てるのは日光だけだわ。真実は真実なのよ、まずは、良かれ悪しかれ特性がないから――でもどの真実が、地下にもぐっている間に腐らないでいられますか？　何年もたってから掘り出されて、目の前に並べられると、真実なんて迷惑でショックなのよ――もうなんでもなくなっていて、人生のどこにも居場所がないのよ。おせっかいして誰かの真実を掘り出すのは、私に言わせれば悪意でしかないわ。自分の真実を掘り出すのは狂気の沙汰ね――私はごめんだわ」彼女はまぶしい電球のひとつを見上げ、まばたきして言った。「だからといって、ロデリックが私をもっと好きになったりしないでしょうよ。彼は、私がしたと自分で考えたことと折れ合って成長してきたんです。自分が考えたようなことをしてきた人間を、なんとか自分が愛する人間に仕立て上げたんです。私を弁護しながら育ったのね――時には自分の考えを押し殺してまで。いまは、私のことが彼にはわからないでしょうね」

「彼は、あなたは運が悪かったと考えるべきじゃないのかな。彼はおそらく」ハリソンは明るく言った。「あなたにますます同情しますよ」

「どうかお願い――」ステラは大きな声で言ってから言葉を切り、自制しながら絶望に沈んで、ハリソンを見た。「ほかになにがあって、私がロデリックに打ち明けなかったというんですか？　あんなに重大だったことが、大したことではなくなってきたのよ。いいえ、いいえ、私はロデリックに同情なんかしてほしくない。私が自分に合わせて物事の段取りをつけてきたんです。――あんなに」彼女はそう言って、後ろにもたれ、テーブルの上に指で無意味な模様を描き散らした。「あんなに色々と、ええ、ロデリックに経験させてしまって、無駄だったわ」

「父親は大した人物だったと思わせてきたんですね」

「それはどうかな……成り行きに任せたのね。でもそれでよかったのかしら？　これから息子は、おそらく、正反対になって、ヴィクターをロクデナシと思うんでしょ。それも真実じゃないのよ。どっちみちヴィクターは彼の父親なんです。ロデリックも今夜そう言ってました。それが大事なことで、動かせないことなんです。私のこと？　私は彼を、ロデリックを、世間並みのことから遠ざけてきたんです――ちょっと外れた母親で、それが彼につきまとっていたものなの。いまになると、世間並みの人なんている？　――と言っても、もう遅すぎるけど。世間並みでいられた年月は、もうとっくに過ぎてしまったわ」

ハリソンは横目で彼女を見ながら、なにを言うべきか機を見計らっていた。

「それで？」彼女が言った。

「彼は一度も、ええーと、あなたとロバートのことで気に病んだことはなかったんですか？」

彼女が言った。「ええ」その切り口上は他人事のようだった。

「それなら」彼がほのめかした。「おおよそのところ、あなたに不都合はなかったんですね？　もし息子さんがもっと色々と幻想を抱いていたら、あなたも苦労したでしょうから」

「ええ、おっしゃることはわかりますよ」彼女は一息ついた。「ロデリックはいまの私の生き方をあんなに穏やかに受け入れなかったでしょうね、もし彼が最初から自分の母親は『なんでも屋』だと思っていなかったら、ということね？　それは」彼女は最大限の侮蔑をこめて愛想よく同意した。「そうなるわね」

彼は明らかに彼女の言い方が気に食わなかった。

「つまり」彼女が続けた。「私には失うものなどひとつもないと息子が感じていたほうが、好都合だったと言いたいんでしょ？」

「いや、ちょっと待ってください――」

「お話なんかできないわね、あなたがそんなに取り澄ましているなら」

「それでも、話はしないといけない」ハリソンが言った。「僕は言いましたよ、覚えているかな、あなたと僕で今夕のデートを電話で決めたときに。そしたら、そう、この問題が持ち上がったんです。それに僕は、もしこう言ってよければ、持ち上がったのは残念だなんて言いませんよ――なんとなく僕たちの間を近づけたんじゃないかな。そんなこと言うなとおっしゃいますか？　だったらこうしておきましょう。信頼関係ができ上がったと」

「忘れてたわ、楽しむためにここにいるのではなかったわね」

「僕の気持ちは御存じでしょうに、また意地悪をなさる」しかしハリソンは少なくとも自然体で合図をし、ビールのお代わりと次の料理を注文した。相当な量が残ったロブスターは持ち去られた。さんご色の海老の小片、サラダの葉っぱの切れ端、マヨネーズがこぼれて透明な黄色いしみになったものがテーブルの黒ずんだ表面から拭い去られ、フルーツフランが二皿出てきた。「それに、言うまでもないが」とハリソンは言ったが、また自信をなくしていた。「ここのウェルシュ・ラビット《チーズ・トースト》はどうして悪くないという評判なんですが……。まあ、およそのところ、これでいい、ということに？……となれば、オーケー」彼は白い上着の給仕にそう伝えると、テーブルから片時も目を離せない給仕は段取りに不慣れで手を赤くしており、頃合を見計らっているようだった。

「さて」またふたりきりになると彼が言った。「僕にはこれが一大行事でして――あなたを叱責しなくてはならないとしたら」

「あら」彼女は、背筋が凍るような気がした。「どうして？」

「あなたは僕がするなと言ったことをなさった」

「なんのことかわかりませんけど」

「わかる気があればわかることです、それはもう。ええ、あなたは悪いことをした」

「真面目な話？」

「ええ、真面目な話です。しかも」彼は聞き取れないくらいの声で言った。「軽率でした。ここしばらく、あなたは我々をトラブルに巻き込もうとしてます。知らん振りをしても無駄ですよ――ご自分でなさったことは、よくわかっているでしょう」

彼女はフォークでフランケーキを突っつき散らした。

「知っての通り、我々には共通の友がいますよね」

「ロバートのことだったら」彼女は先回りした。「彼はあなたを知りませんよ」

「彼はそう言うんですね？」ハリソンはそう言って、ステラをまた見た。「これで我々の立場がはっきりしました。それであなたは、思い切ってやってみようと考えて、ロバートに秘密情報を洩らしたでしょう？」

「いいえ」彼女は声に気をつけて言った。「それは違います。あなたはご自分の言葉を私がもっと真剣に取ると期待していたんでしょうが、私はそれほどでもなかったの——私にできる以上に真剣に取るよう期待したのね。当然私は彼に訊きましたよ、あなたを知っているかと——私たち、そこでなにか隠し事してましたかしら？」

「なるほど」ハリソンは表情を変えずに言った。「なにはともあれ、もう少しゆっくりいきましょうか。それで彼が言ったんですか、いや、この僕を見かけたこともないと？（ありえないことでもないが——彼が見かけていたと認めていたら、よかったのに！）それであなたはそうかと思った？」

「もし私がそれ以上考えなかったとおっしゃりたいなら、はっきり言ってそうです。そう、もう考えませんでした」

「はっきり言って」ハリソンは言い返した。「我々はあまりはっきりものを言ってませんね、違いますか？　だって、その反対に、僕の憶測では、あなたは実は、ほかのことは考えていない。さもなければ、なぜこの僕に、悪魔に食われろと言わないんですか？」

「そうね？」彼女は大胆に言った。「たぶん私がだんだんあなたが好きになったのね、あなたの言う通り」

彼はこれを瞬きひとつせずに聞いた。そして言った。「御存じですか、あなたは僕が思っていたほど頭が切れませんね？」

「あら？」

「そうなんです。あなたに言いましたよ、一番初めに、あなたが彼に秘密情報を漏らしたら、僕は気付くから、よく考えるべきだと。いま考えてください。漏らしたことも、いつ漏らしたかも僕にはわかる。日にちまでというか、どの夜かまで指摘できる」

「日にちとか夜とか、どうしてわかると言えるんですか？」

「なぜって、ロバートはその次の朝からコースを変えましたから。昔からのねぐらを引き払い、昔からの友人を何人か見限りました。実際に一字一句たがわずに動きましたよ、追っ手がいると悟った瞬間から彼が動くだろうとあなたに話した通りだった。もっともそんなことは」ハリソンはそう言ってから、煙草を一本手にとって、もてあそぶだけで火は点けなかった。「ばれるに決まってるんだ。僕がなんのためにいるというんですか？」

ステラはハンドバッグを開けて、顔に白粉をはたいた。手が震えているかどうかわからなかったので、口紅をつける危険は避けた。鏡をしまう前に眉毛を見て、小指の先で形を整えた。「それで？……」彼女はさも何気なく言った――しかし生気がなく、言いたいことがこもった口調ではなかった。

「それで……」彼が答えた。「ではまだなにかもっと要るんですか？　証拠が要るなら、あなたが持っているんじゃないかな？　どうしても必要なら思い出してください。何ヶ月も前に、僕が最初にこれを持ちかけたときに、ひとつだけやかましく忠告しませんでしたか――もし彼にひと言でも漏らしたら、僕にはすぐわかると？　どうやって？とあなたは言った。僕は答えましたよ、彼がそれを態度に出すと。今夜、僕がお伝えしたのは、彼が態度に出したということです。これでわかったでしょう、あなたが漏らしたことが僕にわかったわけが。そう、あなたが彼になにを話したかもわかっています」

「いつ彼に話したというの？」

「あの晩ですよ、あなたがアイルランドから帰った日の」

彼女は店を見回した。さらに大勢の人が入ってきていた。出ていく人はまだいなかった。食事をする人の背中の新しい行列がカウンターに並んでいる。さっきの犬が、皮ひもを引きずったまま、床をくんくん嗅いでいる。テーブルとカウンターの間の空間が、いまや立ったままグラスを持つ人々で混み合ってきて、みんな驚き呆れつつ空席を目算しながら互いに顔を見合わせていた（ように見えた）。彼女が受けた印象では、彼女が聞いていないニュースが入り、ここの人々の間では不発弾だったのか、明かりが揺らめくことも、誰かに衝撃を与えることもなかった。実のところは、みんながみんな互いに恐ろしいほど近くではっきり相手を見ているので、それでもういっぱいだったのだ。彼らはスマートでもなければみすぼらしくもなく、酔っ払いでもなければしらふでもなく、救われてもいないし、地獄に落ちてもいなかった――彼らは生まれながらの臨時雇《エクストラ》いで、なにぶんにも数が多すぎた。しかしどんな端役であれ、なんの役もなしに雇われた者はいなかった。今夜の出しものはいったいなんだろうと彼女は思った――辺りを見回している人がちらほらといて、出しものがもう終わったのか知りたがっている。もしかしたら主役の登場が遅れているのか？　ここでロバートが登場してきたらどうなる？

「私が知っている人は」と彼女。「ひとりもいないわ。この人たちは誰なの？」

驚いてハリソンは目をそちらに向けた。「普通の群集ですよ」

「もし普通じゃない人がいたら、わかるんですね？」

彼は慌てたような顔をして、わかるときもわからないときもあると言った。彼ははっきりと感じていた、状況がここまできたら、もう一歩踏み出すのは彼女の方だと。このクライマックスに向けて入念に演出してきた彼は、あっけにとられたような落ち着きのなさが示すように、これがそれになるなど予想もしていなかった。これはもうお手上げだということを象徴するかのように、彼は煙草に火を点けた。しかしくつろぐこともなく、自然に落ちる前に灰を落とした――フルーツフランの上にこぼれた灰もあった。

なんという夜なの、彼女は表面だけで考えた、なににもまして無駄な夜だ！　そして半分閉じた目で周囲の人たちを鑑定し始めた。「あそこにいる娘だけど」と彼女。「ストッキングのラインが曲がってる。あれも普通じゃないの？」

ルウイはこの言葉を聞きつけて――というよりは、部屋の向こう端の言葉が届くはずもなく、言葉の震動でも感じたのか、座っていたスツールをくるりと回転させた。片方の手でカウンターにつかまりながら背中を反らして、いわくありげにハリソンのテーブルに目をやった――そしてすぐにいわくのあることがわかった。彼女の顔がパッと明るくなった。顔色も嬉しそうに赤くなった。そしてこくりとうなづいて挨拶し、あてが外れて表情をやや曇らせながら、彼らをじっと見つめた。ハリソンは彼女が目に入らなかった。「あら、だって私が言っているのは、あなたのお友達のことよ！」ステラは明るくて高目の声で叫び、ここ数分はその高い声が自分の声になっていた。自分の魂から好きなだけ離れていたのだ。「少なくとも」彼女はハリソンに言った。「彼女のほうを見たら！」

彼は嬉しくなさそうにそっちを見た。ルウイは大いに感謝して、あらためてまたうなづいた。彼はうなづくと見せて、首の筋肉をちょっと持ち上げただけ——そしてすぐさまあらぬほうを見た。「あら、どうしたの」とステラが言った。「それよりマシなことができるでしょうに」

「そんな暇はないんです」彼が言った。「あなただって。あなたは——我々全員を散々な目に合わせたんだ、見事にね。こうなった以上、僕がいつまでこれに付き合っていけると思いますか？　僕になにをしろというんですか？」

「考えていたところ」

「僕になにができるかということです。あなたのおかげで、我々の友人は相当へこたれている。言いましたよね、彼を泳がせておく唯一の理由は、もっと大物にたどり着けるチャンスがあったからなんです。いまや彼は入れ知恵されて、役に立たなくなった。いまでも彼は我々に相当な損害を与えています。いまとなっては、彼を泳がせておくたったひとつ残った理由もなくなりました。物事を予定通りに進めないでおく理由はなくなった。そう報告するのが僕の務めなんですが」

「そうなさるの？」

「自分のことも考えないと。——それにもちろん、国家のことも」

「そうですか。いまのところあなたのほかに誰がこれを知っているの？」

これは彼が待ち構えていた質問だったに違いない。「これまでのところでは――全体として、その経緯も含めて――知っているのは僕だけです。上に行くのはこれからで……」

「これから……」彼女は突然彼の目を見た。「わかりました。もし上に行っていたら、私に話したりしてないわね？」

「あっちへ行け！」ハリソンが犬に怒鳴った。

犬は、テーブルの足の一本の影に身を隠して、ステラの注意をそらせていたが、鼻面を彼女になすりつけて、誰かに守って欲しいのだと告げていた――引きずっている皮紐がどこかヘソの緒のようだ。ハリソンは向き直り、足で犬を押した。犬の背骨に被虐的な痙攣が走ったが、犬はしっかりと立っていて、頭をステラの膝の上に乗せてきた。彼女は犬の首輪を手で撫でて、点字を読むように指先で首輪の鋲を数えた。

「あなたの邪魔をしている」

「いいえ、ただ困るだけ。「別に悪いことはしてないけど」彼女は言った。

「いいえ、ただ困るだけ。嚙んだりしませんから。嚙んでくれてもいいのに……。なんの話でしたっけ？」

「なんの話だったかは、御存じでしょう。すっかり御存じでしょう」

「あなたがなにを言おうとしていたか、それは、ええ、知っています。つまり私がヘマをしたので、もう手を引くときがきたんですね？　そしてついに、もう、あとは私次第だと？　つまり私がロバートを引き取って、もうしばらくやるか？――それとも？」

ステラは突然話をやめた——なぜなら、彼は電光石火、手で彼女の手を叩いたのだ。彼女は一瞬、人を侮蔑するのもこれが限度とばかりに彼が殴りかかってきたのだと思った。そのとき彼女はなにが起きたか、なにが起ころうとしているかがわかった——ルウイが彼らのテーブルに近づいてきたのだ。

「失礼」ルウイが息を切らして言った。「犬を追いかけてきたんです」そしてそこで身をかがめ、親指と人差し指を鳴らした。「おいで、さあ、おいで、スポット、悪い子！　みなさんのお邪魔でしょ！」

ステラは、ルウイが入ってくるずっと前から犬が座って身体を掻いていたと思っていたので、驚いてルウイを見た。だらしがなくて、作為がなく、熱烈なルウイのすべてが前面に出ていた。全体として、ゆがんだストッキングの印象があった。今宵は、いつもの同志《コムレイド》のやる気を捨てて、ぶどう酒色のツーピースを着た彼女は、目指したほどではなくともスマートに見えた。ハンドバッグが肘からぶら下がり、素手のままの片方の手で風変わりな手袋をまとめてつかんでいる。リボンが付いたピン止めが、乱れたお下げ髪の途中までずり落ちていた。大きな唇を開き、へりに口紅が固まったその内側が白っぽかった。企てたことに面くらい、自分がしたことがわかった彼女の目は、どぎつい照明を浴びて赤黒くなった顔にあって、牡蠣のように青白く見えた。

「公園であなたを見かけなかったけど」彼女は電流にしびれたような大胆さでハリソンに言った。「まったく、お久しぶり！」

「驚くことじゃないでしょう」彼はそう言って、犬の皮紐を拾い上げて彼女に手渡した。「僕は行ってないんだから」

「でも、行ったに決まってるわ、あなたに会ったもの——へえ、こ、ここであなたに会うなんて！　お邪魔してごめんなさい、犬のせいなんです――スポット」彼女はつまづきながら犬に言った。「あんた悪い子よ。人にへばりついてばかり」

「邪魔なんかしてませんよ」ステラは感謝の目でルウイを見て言った――ルウイはテーブルにのしかかるようにして立っていて、子供のように足から足へ重心を移した。「どうしてスポットと呼ぶの？　斑点《スポット》なんかないのに」

ルウイがあわてて考えているのがわかる。「友達の犬なんです、どっちかといえば私が面倒を見ているんです」彼女は言って、皮紐を自信なさそうに引っ張った。「ここは居心地がいいなあ、ねえ？」彼女は言葉を続け、部屋中を見回してから、またステラを見た。ステラを観察したら、元気が出てきた。「誰がここに来たって、べつに驚くことはないんだわ」

「それはともかく、あなたは来たんだから。よく来るの？」

「いいえ、来たことないです。今夜は、おかしな成り行きでここに来たんだけど、ここは私が来るつもりだった場所じゃないらしい。待ち合わせていたんだけど、きっとどこか別の場所だなという気がしてきたわ。通りを真っ直ぐ下り、階段をいくつか降りたところで、見逃しっこないから、と言われたんだけど。驚いた、間違うこともあるんだ。もしここじゃなかったら、彼らはどこのつもりだったのか、全然わからないな。どれにも名前が付いているんだけど、読める文字は『オープン』だけ。だから向こうさんが間違った場合を考えて、一時間待ってあげたほうがいいと思って。その間にひとりでちょっと食べたのよ。でも女友達が言うには、私はバカに見えるらしくて、もう行くわ」

「その通り」ハリソンが割って入ったが、話しの間ずっとテーブルの端を手でこつこつ叩いた挙句のことだった。「家に飛んで帰ったほうがいい。もっと面倒なことになるだけだから。それにね、その犬をもといた場所に戻しなさい」

「あら、ほら、あなたにすっかりなついてしまって、まあ、可哀相に、ねえ？　犬は知っているって言うわね。でも、もう行かないと」

「いいえ、行かないで！」ステラが叫び、動きを止めようとしてルウイの腕をつかんだ。「一分だけ――座りませんか？」

「あら、それは無理だと思うな」ルウイはハリソンのほうをチラッと見てから決断した。

「一分だけ……」

「いいえ、それはどうかと思うけど」彼女はとなりのテーブルから空いた椅子を引っ張ってきて、くるりと回して腰を下ろした。そしてステラを見てからハリソンを見た。「ひとつには、ふたりで話していたじゃない」

「あることを決めていただけよ」と言ったステラは、その言葉が耳に響いて真っ青になった。

「でも、それでも時間が掛かるでしょ」

そのテーブルで起きた正体不明の緊急事態は、ルウイには、ほかのものと同様に奇妙な感じがした。足を組み、膝の上にスカートを広げてから、手のひらで撫でて下にたくしこんだ。こうして彼女は銅像みたいに座った――次は誰に話しかけようか？　彼女は犬を見て、頭を横にかしげて、首輪に書かれた持ち主の名をもう一度読んだ。それからこれを先に考えるべきだったと気付き、ああ、バカやっちゃったと思った。しかしなにかしないと、何事も起きない。それに、ハリソンは嫌味な態度をとったものの、彼らはもう犬のほうは見ていない。「いまいる場所はどこなのか、わかるといいのに」彼女がやっと言った。「だってここって、スナックがいろいろ出てるんだもの」

「いまいる場所がどこなのか、私にもさっぱりわからないのよ」ステラは大きな声で言い、生き返ったようだった。「私たちどこにいるの？」とハリソンに問いかけても、返事がない。「とにかく」ステラは早口で浮かれたようにルウイに言った。「あなたが誰なのか教えて。だって、ほら」彼女は声を立てて笑い、ハリソンはただの案山子《かかし》だと決めて無視して言った。「私たち人に紹介してもらえそうもないから、名前を教えてね、私の名も言いますから。ミセス・ロドニーと申します」

ルウイは勝手にしゃべっていいときは、舌がよく回った。一呼吸おいて、その間にある疑いを消し去ったのか、ついに宣言した。「ミセス・ルイスです」

「そうなんですか？」ステラはまた驚いた——驚きのあまり、その証拠を確かめようと、ルウイの結婚指輪の指をチラッと見た。

「ええ」ルウイは言って、さらに自信を持ってうなづいた。「でも事情は御存じでしょ——夫は本当は電気工なんだけど、いまはインドに連れて行かれちゃって。というか」彼女はハリソンから目をそらせて訂正した。「そういうことになってるらしいんだけど、言葉には注意しないと。彼がどこにいようと、私はときどきすごく寂しくなって、ほんとです。でも、いまはつまり、私たち女は、みんな同じボートに乗ってるんだから」

「あら、私は乗ってませんよ。夫は死にましたからね」

ルウイは身震いした。「どういうことですか、もう戦死したんですか？」

「いいえ、ただ死んだのよ。もう何年も前になるわ」

「それでも……」ルウイはこの台詞を嚙みしめてから、ハリソンに視線を戻してじっと見つめ、その指の爪の先から頭のてっぺんまでもう一度観察し、新たな目でもっと真剣に見た。そして、ステラはもっとましなことをするべきだと思われた。ハリソンの視線が気になり、ルウイはまたご機嫌をとってみた。「あなたが私を覚えているなんて」と彼女。「一回会っただけなのに。でもあなたの言葉を覚えているわ、人の顔は滅多に忘れないと言ったでしょ。どのくらいの人数になったか考えると、あなたの頭のなかはもう相当おかしくなっているはずですね」

「その通りよ」とステラ。「彼の頭のなかは相当おかしいのよ」このやり取りを聞いたハリソンはステラに目をすえ、曖昧な、苦しいような表情を浮かべた。しかしステラはルウイに言った。「じゃあ、あなたたちは古くからの友人じゃないのね？」

「あら、彼の名前も知らないのよ！　公園のコンサートでたまたま口をきいただけ。正式のじゃなくて、野外でやるコンサートで。見ていると、あそこはあらゆる人間を集めるみたいよ。すごいクラシック音楽で、それなのに目の前の楽団が、あの素的な谷あい《グレン》ですごく陽気にかき鳴らすんです。でも、ああ、ブヨがいっぱいいてね。すぐ夜になるのよ、知らないうちに。もちろん一年のこの時期になると、なにもかも終わり、残念だわ――ロンドンのほかにはなにもなくなって、いったん冬になると……でも、彼はなにかすごく考えあぐねていたわよ！」と彼女は言い、思い出したのか顔がパッと明るくなった。「私、絶対に忘れないわ」彼女はハリソンが話のなかに入って来るのを待った。入って来ないので、彼女は応援なしに続けた。「もう少しで大笑いするところだったんだ――彼は自分の手と手でボクシングをするんだもの。あんな頭脳戦、お目にかかれないわよ。こっちの椅子に私がいて、隣のが空いていて、その次のに彼がいたんです。いうまでもないけど日曜日だった」

「それは」ステラがハリソンに言った。「あなたが楽団の演奏を聴いていた日ね？」

「あなたは彼のデートの相手じゃないんだ？」ルウイはそう言って、顔を輝かせた。「それって、わかるなー」

「どうして？」

「だって、ちゃんとわかるもん。私、おかしいなって思ったんだ、彼は下心があるんじゃないかって——だからいま彼にお詫びしないと」彼女はここで言葉を切って、ハリソンを待った。返事はなかった。「でもね、これは」彼女のなにかがステラにものを言わせなかった。「私が人に注目するいつものやり方じゃないのよ。会う人がすごくたくさんいるから。そうじゃなくて、私が彼に注意をしたのは、耳慣れないことを彼が言ったからよ。古臭い目つきであたしを見て、こう言ったんだ、『僕はおかしい、い、い、いだろうね、君の目には』って」この言葉がよほど気に入ったのか、ルウイはステラの反応を待った。

だがステラに目に見える反応はなかった——犬の皮紐を面白そうに引っ張っているので、ルウイはハリソンのほうを見た。「ええ、そうだ、あなたは言ったわよ、覚えてる？　僕はおかしいだろうねと言ったのよ。ほら、私はロンドン娘じゃないと見てとって」

「僕が見た君は、いま見ている君は」ハリソンが答えた。「厄介者だ。それにいいかい——君はその犬を絞め殺そうというのかい？」彼はステラを見て言った。「あなたのことだが、頭がおかしくなりましたか？　僕らには一晩たっぷりあるとでも？」

彼女が言った。「ええ、あると思ったけど？」

そのやりとりの冷静さに、ルウイの反応が遅れた。彼女は犬の皮紐を長さいっぱいに伸ばしてやり、憐みのこもった目で犬を見下ろしていた。だがいきなり警戒するように足で犬を押しやり、できる限り離れているほうが安全だと言わんばかり。そして「いいえ」と叫んだ。「この人にハートがあるわけないわ！」

あとのふたりは驚いて、ルウイがやにわに椅子をリノリウムの床の上に滑らせるのを見ていた。彼らは恭順に似た気持ちで彼女が続けるのを待った。彼女は続けた。「ねえ、私にはわからないんだ、あなたが彼と付き合うなんて！　でもわからなくないわよ、彼とふたりきりになるのは、できることなら避けたいらしいのは。みんな友だち同士にならないと、それが戦争なのよ、違う？　私にはこの哀れな犬よりましな目標なんか、あったことないんだから！」

「残念だわ」ステラはそう言って、地面に無残に落ちていたルウイの賑やかな手袋を拾った。かじかんだ手袋の指を伸ばしてから、その甲の穴あき模様を憐れむように見つめた。そしてルウイに返しながら言った。「彼の態度は気にしないで」

「あなたは気にしないんですか？」

「好きに選べない時もあるのよ」

「私は嫌でも考えたわ、あなたには他にチャンスがいくらでもあったはずだと」ルウイは元気なく言った。そして皮紐を手放して手袋をはめようとした。「あなたは私のことも気にすることはないのよ」彼女はどうしても付け足したかった。「私はいつも動揺するんだ。みんなそう言うの。だって、私の家はきれいさっぱり爆撃されて、いきなりどこに行ったらいいかわからなくなって。だから、私がなにか言っても許してね。だって、ついこの前まではみんな友達同士だと思っていたわけ——それはそれとして、彼は私がいないほうがいいんだ。わかりっこないでしょ、彼があんなに意地悪をするなんて?」

「彼を責めないで」とステラ。「私がいけないのよ。彼もトラブルがあって——彼女に話しているのよ、あなたもトラブルがあってねと」彼女はハリソンに言ってから、ルウイに戻った。「何事も望んだようにはいかないものだし、それがどんなに辛いことか、やってみた人だけにわかるのね——あなたと私はやってみる人間じゃないけど。今夜はお祝いするはずだったのよ、もっとたくさんあるほかの夜の最初の夜として。今夜がまだもっとたくさんある夜の最初の夜かもしれないけど、そんな夜がなんの足しになるの? これが真実なのよ」彼女はそう言って、周りの人々を見ると、みんな互いの顔をじっと見つめ合っていた。「彼は我慢できないのよ。彼が忘れてくれるといいわね——そう願うことにしましょう。私たちにできるのはそのくらいだし。三人とも人間なのだから。あなたも私も頃合いを見て——人間に降りかかる厳しい教訓を学んだほうがいいかもしれない、あなたも私もだけど、自分が持っていると思っていたすべては振り出しにもどるのだという教訓を。それは、死ぬのではなくて、その備えをして生きることなのね。——どうしたらいい?」ステラはハリソンに言った。「可能性が一番ないのはなんだと思う? 次はどこに行ったらいい?」

ルウイは気おされてしまい、男から女に目を移し、ロープで縛られていたような椅子の上で体を浮かせ、体を自由にしてから立ち上がった。「もう家に帰らないと」

「でも、もう家はないって——?」

「自分がいる場所に戻らないと。彼に言っといてね、あなたも同じよって。人はときどき飛んで帰らないとって」

「彼にお休みなさい、と言ったら」

「私が? 名前も知らないのに」

「ハリソンよ——行く前に私におめでとうと言ってくれないと」ステラはルウイの腕に手をかけたまま言った。「いいニュースがあったのよ、ええ」

「あなたに?」

ステラはうなずいた。「友達がひとり、助かったの」

ハリソンが固く組んで寄りかかっていた両腕をほどいたので、テーブルがガタンといって元の平らな位置に戻り、食器の刃物類が光った。彼は姿勢を変えたが、痛い目をこするのが明らかにその目的で、山盛りになったタバコの吸い殻から上がる煙に目がやられていたのだ。彼は目を、左から指で撫でた。「どうして君たち、ふたり一緒に帰らないの?」撫で終わった指先を見ながら彼が言った。「僕が言うこと、聞いてますか?」彼は放心を脱したような、前より大きな声で言った。「ふたり一緒に帰ったほうがいい」

ステラはまたバカみたいに顔色を変え、紅茶の皿のスプーンにさわった。それからやっと言った。

「でも……」

「いや、どうしますか？」

ステラはルウイを見て、今度はあなたの番よ、と言いたそうだった。「でも——彼女も私も、いまいる場所がわからないのよ」

「階段の上まで行ったら、右に折れて。そのまままっすぐ。最初の角を左に、またそのまままっすぐ。君たちのひとりは、リージェント・パークに来ればわかるはずです」

「それでも、彼女の住まいは知らないわ」

「それは本人が」

彼は立ち上がってテーブルをどかした。ステラは強制されてゆっくりと立ち上がった。「わからないのよ」と彼女。「なにがここで決まったの？　あなたはいまからなにをするの？」

「勘定書きをもらいます。勘定書きが自分で金を払うと思った？」

十三

「言ってくれたらいいのに」コニーが言った。「だって、私の友達が自分の友達をあんたのために調達しにわざわざ行ったんだから。だから、その友達が一晩中、お荷物になったわよ」

「それで、早く戻ったのね」

「ほかになにができたっていうのよ？　もう嫌、これが最後よ、私の翼の下にいるのは、はっきり言っとくからね。さあ、どうぞ。あんたのいつものやり方で始めたらいい」

「そうじゃないんだ、コニー」ルウイはそう言って、靴を脱いで彼女のベッドに飛び乗ると、ヒラメみたいに張り付いた。「ああ、足が痛い！」

コニーが叱った。「そんなバカみたいな靴履いて歩き回るからさ」

「わかったわよ、私はバカ丸出しなんだから——さあ、そう言ったらいいわ。でも残念よ、あんたが私と一緒じゃなくて、でもあそこはあんたが言った場所じゃなかったけど。スナックがすごく色々あってね。それに——」

「あら、スナックなら、私たちがいたところにも色々あったよ。——それに、あとはなによ？」

「ドラマに出ちゃった」

「ああ、だったら私も今夜はたっぷり、おかげさまで」とコニーははっきり言ってあくびをした。キャミパンツだけになって居間のガスストーブの前に立ち、バランスを取りながらストッキングの片方を足からはがし、もう片方もはがした。「ねえ、ちょっと。あんたのベッドで一緒に寝ろと言うなら、あんたが先に入って温めてよ。どうして私が寒くて鳥肌を立てなきゃならないのよ」

「親切なコニー」

「なに、裸のままであと二階も上に階段を上がるよりましだから。私には同じことよ——でも、ひとつだけ、これって体によくないんじゃないかな。目覚まし、セットした？」

「今朝、鳴らなかった」

「だったら驚かないわ、あんたがセットしなかったんだ。ちょっと見せて——こっちに寄越して」

コニーは目覚まし時計を思いっきり揺さぶった。「とにかくどういうことよ、ドラマだって？　喧嘩になったたっていうなら話さなくていいから、うん——その手の話はもう沢山よ。もしそうじゃないならどうしてこんなに遅くなったの？」

ルウイは寝間着を頭から半分かぶったまま、くぐもった声で言った。「歩いて帰ったのよ」

「まだ電車があるのに、どうしてそんなことしたのさ？　足が痛くなるのも無理ないわ」

「誰かと一緒に帰ってくれと言われたんだ」

「この時計に悪いところはないみたい」コニーは言って、ベッド脇のテーブルに時計を戻した。「でも、私にわかるのはそれくらいだわ——その寝巻、私に？」ルウイの寝巻がコニー用に一枚とってあり、最近はトムの枕の下に置かれていた。「さあ、奥に詰めて」一、二分すると彼女が命令した。「それに、いいわね」彼女は付け足して、トムが寝る側のベッドのスプリングの上で一、二度飛び跳ねた。「夜中に夢を見ても見なくてもいいけど、この前やったみたいに爪先でいきなり蹴らないでね。それもひとつあって、私、結婚しないんだ。もしかしたらこれは用心なのかな、あんたの夫がベッドにこんなに深い凹みを自分で掘ったみたいなのは？　状況が変わってまともになる兆しが見えたら、このマットレスは元の状態にしたほうがいいよ——もちろん、そうだよ、状況がまともになる兆しがひとつ見えたら、運よくあんたの夫がさっさと帰って来るからね。そうなると私の出る幕はなくなるけど。私はすぐにも広く平らに横になりたいんだ、男はもっと神経を使うから——あんた、顔にクリーム塗った？」

「もう面倒で、いいやと思って、コニー、——私のクリーム使いたいの、やっぱり？」

「ううん、パスしとく。宿命の天賦の美はコニーを近頃どこに連れて行くのか、教えてもらえる？——でもひとつ言っとく。あんたは自分の毛穴をちゃんと見ないと。ロンドンの肌が保てなくなるよ」

そこでルウイは明りを消した。しかし、「ああ、あそこ」と文句を言った。「コニー、あんた、ストーブを点けたまま来ちゃったんだ！」——「だって、知り合ってまだたったの七年の私にやらせるの？　あんたがやりなさいよ。消しに行くついでに、窓も元通りにしておくのよ、あんたの時計が鳴らないといけないから」ルウイが諦めたような素振りで出ていくと、コニーはそれに乗じて毛布を余分に引っ張って自分の繭を作った。ルウイはルウイで、戻るのに手間取り、家具の周囲を手探りしている。「急いで」コニーがわめく。「レディ・マクベスやっちゃって！　あのドラマを家まで持ってきたのね、どうなの？」

しかし今夜は、ルウイにとってハリソンの、あの謎の男の弔いの鐘がテーマのように鳴っていた。いまになってショックを覚えたが、自分の一番の願いが、彼のことを二度と口にしないということだった。激しい嫌悪感が霧になって彼の顔立ちに垂れ込め、彼が言ったことをシミを消すように消し、人を斬るような彼の声色の切っ先をくるみ込んだ。それでもなお彼と一緒にいた人間が、苦痛という特典を彼に与えていたとは、らしくないことだった。ルウイは同時に、彼は苦しまない人間だと感じ、苦しんだらいいのにと思った。彼を許せなくても大したことにはならない、彼は生まれつき許しなど、その他もろもろひっくるめて全部はねつける人に見えたからだ。今夜受けた最も強い印象は、ハリソンにあっては、なにかを受け入れる場所はどこにもないという印象だった。ああ、どうしちゃったんだろう、コニーと話しているうちに、その話にエサを付けてしまうなんて。その実、ルウイはすごくステラのことを話したかった——だがそれは、話さないほうが無難だろう。多くの場合、バタンキューと寝てしまうのがコニーの夜で、落とし穴に落ちる悪魔というか——いま望ましいのはそうなることだ。しかしもちろんそうはいかない。「ううーん？」コニーはしつこく頑張り、片方の腕を掛け布団の上に伸ばすと、自分の腰骨をポンポンと叩いて、暗闇でも骨がちゃんとあるのを確かめた。「それでどうした？」

ルウイはライオンみたいにあくびをしようとした。「ああ、コニー——あたし——もう——疲れちゃった！」

「あんた、私をなんだと思ってんの、いつもあんたを見張ってるとでも？　今夜の話はしないくせに、無駄口叩いて。あんたのなにが問題かっていうと、こそこそするようになったことよ！」

「あら、そんな、まさか。違うのよ、なにが起きたかっていうと、私が犬に気をとられたのが始まりなんだ。すごく悲しそうに見えたのよ。それで犬の持ち主と話すことになっちゃって」

「その人たち、なにをしてたの、まあ――犬をいじめるとか？」

「あら、いいえ。そうじゃないの、テーブルについていただけ。『いや、まあ』と彼らがね。『犬好きの仲間に会うのはいいことだわ』って。私は、『おかしいわ、この犬をスポットって呼ぶなんて、ブチなどひとつもないのに』と言ったの。そしたら彼らは乗ってきて、一緒にどうぞと言いだして、三人目になったの」

「彼らはそれで、結婚してる人たち？」

「いいえ。違うの。彼女の夫は死んだの。違うのよ、彼らは夫婦じゃないわ」

「じゃあ、その場合、どうして彼らが同じ犬を飼えるのよ？……いい、あんたは彼らふたりの夜をつぶしちゃった気がするわ。だって、あんたがやってきて、運命的な魅力を振りまき、けりをつけて、彼を家まで送ったのね？」

「あら、その反対よ、コニー。彼は気乗りがしなくなって、犬と一緒に後に残ったので、私が彼女を家まで送ったんだ。彼女の家のドアまで行ったわ。彼女とは友達みたいになって。彼女、洗練されてるんだ」

「彼女がどうしたって？」

「洗練されてるの」

「彼女の男友達が降りちゃったのも無理ないね」

「そんなこと言ってないってば！　そうじゃないけど、あんた、いじわるになってる――私のこと、そんなにバカにして！　あんたがそういうふうにするなら、もう私にかまわないで！」ルウイは寝返りを打って反対側を向き、掛布団を目いっぱい抱え込んだら、布団がピンと伸びてその下を通る風がルウイの体とコニーの突っ張る体の間を吹き抜けた。ルウイは両膝を引き寄せて、むっつりしたまま横顔を枕にうずめた。これらがすべてベッドのバネで伝わったので、コニーがぼやいた。「ほら、また始まった――好きにしたら！」緊張、沈黙。コニーはもうなにも考えないことにした。しかしそのときベッドのバネがひとつ緩んだ――彼女はまた片方の腕を出して、ルウイの尻をつついた。「あたしのことは気にしないでいいからね」と彼女。「この意気地なし！」

「あんただけじゃないのよ、みんなアップアップするんだ、私がちゃんとものが言えないから。よくあんたが言うでしょ、もし文法ができたら、きっともっと便利だよって。でもそれだけじゃないのよ。なにが問題かっていうと、私は自分が言えることしか言えないから、なにが本当なのか、言えたためしがないの。私の心の中側には死ぬほどたくさんのことが群がっていて――膨らむ一方なんだ。もっと我慢できるのよ、ものさえ言えたら。今夜の彼女だけど、見事に話したわ。彼女に同情する必要はないのよ――だって彼女は胸のつかえも消えたんだし。もし私が彼女がやるみたいにものが言えたら、私だってこそこそしないわ。ちょっとズレたことでも口に出せたら、どのくらいズレたって問題じゃないでしょ？　彼は発作的に彼女を殴ろうとしたけど、彼女がうまくかわしたのよ――そのかわし方で彼は殴りたくなったのかもしれない——だから私、彼は見苦しいと感じたの、忘れられないわ……、私がいつもいた家では、ものを言う必要はなかったのよ。トムが一緒のときはその必要もなかったし、彼をそこにいさせてくれたらの話だけど。でもいまはどうよ——なにをするにせよ、ものを言う必要があるでしょ？　ものが言えないままでずっといると、私はなんでもなくなりそうで、もう誰もいないし。私もっと理解できるのよ、自分を理解させられたら。だからわかるでしょ、私がすべて試してみているのを。ごめんね、コニー、あんたの親切はとにかく、そんなに質問ばかりされると、私、興奮しちゃうんだ。あんたは知らない人よりなんだかいいし、あんたが正しいのはわかるのよ——ハッピーでラッキーという生き方を私もしたけど、それがトムには真実に見えないのよ。なにがどうなってるかというと、いつも男はそうなのよ——言えないことまで持ち出さなくていいのよ。あんたがいてくれるのがずっといいの、あんたがそこにいてさえくれたら」

コニーの返事はなかった。

「どうしたのよ、コニー？」

「考えたっていいでしょ？」

「ああ、そういうことか」

「私に言えるのは、もし私があんただったら、頭なんか悩ませないわ。あんたはほかのみんなと、そんなに違わないんじゃないかな。誰かにどうしろなんて私には言えないわ、うん。……もう遅いわよ、あんた」

「ああ、うん、遅いみたいね」

「それくらいわかるでしょ、こんなに静かなんだから」彼女たちは横になったまま、耳を澄まして分析すると、遠くで移動している音だった。夜の電車がゴトゴトと音を立てて、マリルボン線路域から転轍していた。「ああいう操車場の音を耳にすると」コニーがつぶやく。「ドイツにいるみたいね」そのすぐ後、なにかが天井裏をうろついた。サーチライトだった。「おかしいだろうね」とルウイ。「天井でいつも見ている光がじっとしているのを見るのって。私たち、いつもランプを道路に持ち出していたから、この部屋が夜の間中どんなに違って見えるか、わかりっこないのよ。夜中眠らせてもらえないかも。それに中庭の裏のあの木、たとえばさ、窓に明かりがあるときは、あの木の後ろ姿が模様になってこのちっぽけなベッドにまともにあたったものよ。それが動くのを見ると、ああこれが人生だなって。トムが言うのよ、あれはプラタナスだってわかるだろうと。——サーチライトになにか意味があるの？」

「うう、うーん。あれはフラフラと照らすのが役目なのよ」

「じゃあ、私たちもう寝ないと」

「うん、って言ったでしょ」コニーは最後に体を起こして脇の下を掻いてから、寝に付いた。——死んだみたいに静かで、その横にいると、炎上するソドムの町を振り返って見たために塩の柱になったロトの妻と並んでいるみたいだった。実際、自分の性格を全部注ぎこんで寝ようとする意志は、はた迷惑にどんどん身近に迫ってくる——ルウイはまた仰向けになり、両手を頭の下で組み、上を見たがなにもなかった——しかし圧迫されるようで、どれくらいなにもないのかと思った。その下をかいくぐり、いましばし、ステラは髪の毛をどうしただろうという思いに逃げ込んだ。しかしそれがどうしてわかる？——あの帽子があったっけ。なににもましてあったのはその効果だった——新聞にあった、効果こそ誰もが追い求めるべきものだと。黒が一番いい、アクセサリーを付けたらいい、もしあんたがそのタイプなら。ステラその人の効果は？……目に見えない火薬、反乱、衝撃、喪失。光った金具が黒い清潔ないからせた肩のライン上に。恐怖が四角い氷のかけらのように、彼女の内心のどこかをノックしている。若くない年齢不詳の顔、両の瞳が青いマスカラの瞼の下で、意味ありげな空虚な視線をあなたに投げる、その裏のどこかで若さが影のように過ぎる。唇は形がよいのに、本来の形をしていない。小型の帽子は正しく被らないと無駄だ、正しく被って少し見せないと。怒りのしわは額から消し、髪の毛は後ろにとかし、白髪が一房始まっている。——彼女になにがあったのか？彼女はなにをしたのか？——精巧な腕時計は細い手首の骨と見分けがつかなかった、落ちた手袋を拾うために手を伸ばしたときに。親切に拾ってくれて——でも、なぜいつまでもああして手袋にこだわっていたの？　まさか、ミセス・ロドニーは手袋を見たことがなかったわけでもあるまい……。

ルウイは異質のものに侵入されたと感じた。頭のなかで叫ぶ、「ああ、いやだ、私は彼女にはならないわよ！」と言ったその瞬間、ルウイはほとんどステラになっていた。思えばいまは、夜も昼も空気がなにで満ちているか——理解できない言葉、聞きたくない音楽、病気、黴菌！　なにに出くわさないとも限らないし、なにを拾わないかも知ることができない——角を曲がるたびに移され、感染するのだ。被害者、伝達者、保菌者——それがルウイなのだ、彼女の運命やいかに？　自問自答してみたが、言葉は出なかった。以前に感じたことがないことを感じ——だがそれすら、感じているのはこの私なのか？　彼女は思った、またステラの家を見つけられるだろうか、その家の階段の暗闇でさようならと言ったのだ、二回も。だが、ルウイは本当に自分が見つけたいのか考えた。「でもこれでさようならじゃないといいわね」と言われた――しかし彼女は、なにをどれだけ言うつもりだったのか？　ルウイはこの空想に取り憑かれ、これがまとわりつくのは、気分が一部病んでいるからか？いまここに捜し出されたルウイが、自分が求めてきた自分だった。望むことをさらに多くと望むあまり、それがかなえられるとしり込みするのが人の常だ。チルコム・ストリートに横たわりながら、頭の下で両手を絡ませ、ルウイはステラにこだわり、不審の念と惑溺する思い、恐れと欲望に駆られていた。ウェイマス・ストリートに戻るジグザグ道路を歩いていた間に色々言葉を交わしたが、ハリソンへの言及はついぞなかった。代わりに、話し手は自分自身の過去のあれこれに脱兎のごとく戻っていた――口から出た言葉の響きでそれが真実でありうると知ったのか、自分自身と三十分前に起きたことの間に十分な距離を置けないのか、どっちかだ。彼女は戻っており、陸軍にいる息子に戻っていった。心配なのか？――決まっているじゃないか。たったひとりの息子なのだ。「彼はさぞかしあんたの安らぎでしょうね」ルウイは口を挟んでみたのだ。「ああ、ええ、彼は私の安らぎよ！」速足で歩いていたのに、話し手はここでいっそう早く歩いた。ルウイは持ち前の大きなべた足でついていった。早く？――いや、あれは早い以上だった。ミセス・ロドニーは、さまよう魂のように歩いていた。

さまよう魂というふたつの単語は命令のように、そう言われたように、ルウイに届いた――現時点までの記憶は表面的な絵画で、それは意識下にある苦悩が膨らむたびに離れたりくっついたりした。いま唇が命じられたみたいだった。「さまよう魂」、と唇が畏れつつ繰り返し、声に出ていた。

そして警戒しながら耳を澄ませた。静寂のみ。もっと長く耳を澄ませた——なにも見えず、コニーは死んでしまったのか。

「コ、ニ、ー？」

吐息が漏れた。「ああ、なによ？」コニーは眠れない鋭い声で答えた。

「あんたの寝息が聞こえなかったから」

「私だって、あんたが私に寝息を立てさせてくれないのよ」

「じゃあ、なにしてたの？」

「インドの人たちがしていることをしてたの」

「どのインド人？——怖いこと言うわね」

「苦行僧たちよ」

「彼らはいったいなんのために呼吸をしないの？」

「意識の第七段階に到達するためよ」

「誰があんたにそんな話を？　トムはインド人のことで手紙をくれても、そんなこと繰り返してきたことはないわ。彼はよく観てるよ——とにかく、あんたはそうやってなにを意識したいの？」

「我は特別なり」コニーはアポロンの神託めいた調子で言った。「私はもしこれじゃなかったら、すぐさまあれになるのよ、百パーセント。こんなに眼が冴えたことないわ——なにか食べたからららしい。この頃は純粋なものはないからね。ううん、痛くないし、満腹とかオナラというんじゃなくて、ただ頭のなかで宇宙が熱を出してるんだ。——重炭酸ソーダ、持ってる？——ないと思ったわ」

「あったのよ、でもトムが軍隊に持って行っちゃったの――でも、いつも引出しのなかを見るんだ」

「引き出しのなかを見てどうするのよ、陸軍に持って行かれちゃったのに？ ――もういいよ、頭のなかに宇宙が入ったら、そいつの目を見てやるんだ。ちゃんと見たら有利だから、それで用事は終わり。見たかどうか気にしないの。やってみるだけ。別に害はないから」

「心臓が止まるかもよ」

「ねえ、うるさいなあ、また寝てよ！」

「私、眠ってないもん」

「じゃあ、なにを寝言で言ってたの？ もう少しで到達するところで、あんたが脅かしたんだから」

「ほんとにごめん」

「うん、でも、あんたにわかるわけないもんね？」

「でもさ、あれは絶対にしないでほしい、コニー」

「もうできないかもしれない……でもあんたはどこに行くのか、知りたいな――ああして泣き出して、さまよう魂でも追いかけてたの？」

十四

ひとつは問題外だった。ロバートに電話することだ。無用なことだ――ルウイと別れた後ステラはまた独りになりフラットにいたが、電話の方を見たり、掛けようか掛けまいかと迷うなんて。ロバートは今夜、ホルム・ディーンにいる。家族会議に出頭を命じられ、今朝話したところでは、七時の列車で駆けつけるべく手配したようだった。

前例のない事態だった。なにが起きたかというと――ミセス・ケルウェイに家屋購入申し込みの話が入ったのだ。この電撃的な話は郵便で届いた。あまりにも長い間ホルム・ディーンを物件リストに載せたままにしていた多くの不動産会社のひとつから、なんの予告もなしにこう書いてきた、買い手がつきました。というか、少なくとも顧客がそこまで話を進める用意があると。その情報がミセス・ケルウェイとアーネスティンを不安にしたというのは控えめな言い方だろう。ふたりはまさに混乱状態に投げ込まれた。同時にふたりは宣言した、なにをどう決めるにせよ、不快である。さらには、なにかを決めるのは、不快感のあるなしはともかく、ロバートなしでなにかを決めるのは自分たちにはふさわしくない、と書いてきた。アーネスティンから彼に届いたこの意味の手紙は、嫌悪感と長文が分ちがたいコンビになっていて、彼はこう答えるしかなくてそう答えた、あなたの言うことを理解する歓びは得られなかったと。彼女はその件で電話するのを拒否してしまい、その電話では一連のうめき声、警告するような舌打ち、ヒステリックな笑い声、それに暗号のような音が入り混じるだけだった。アーネスティンは繰り返した、マティキンズと私は、戦争とロバートのそれに関わる行動が真っ先に来ることはわかっているのよ、でも同時に、ほんのちょっぴりだけでいいから隙間を見つけてもらえないか、そこで自分の家族の諸事情に耳を貸してくれない？　マティキンズは立派にふるまっているけど、不公平な感じがします。

かくしてふたりは彼を呼びつけた。彼がきた。すでに一時間協議していた。ラウンジの時計が九時十五分を指している――アーネスティンは事の重大さゆえに、その晩のニュースを聞かないことに決めていた。アーチと窓の上のカーテンは閉じられていた。部屋の隅の三角棚《イングルヌック》の装飾用の遥拝窓《スキント》が、黒い木綿の眼帯のようなものをまとっている。大騒ぎをしてロバートのために運ばれてきたトレーが、さほどの騒ぎもなく持ち去られていたが、ミセス・ケルウェイとアーネスティンは彼が食べるのをじっと見ていた。子供たちは、まだ眠っていないにしろ寝室に引き取っていた――深夜だという感じがすでにラウンジに垂れ込めていた。暖炉の火は、その日の最後のエサを消化してしまい、低く燃えていた。衝立がミセス・ケルウェイの椅子の周囲にいくつも集められ、小部屋を作っていた。そのなかで彼女はステラを驚かせた目にもとまらぬ速さで編物をしていた。アーネスティンは暖炉の反対側に座り、考え込むほかはなにもしていなかった――彼女が言うには、私もみんなも全員が取り掛からないと、ロバートの滞在時間が短いことと、一大事を決める必要を考えると、というわけだった。父親が骨董店で見つけた棺《ひつぎ》用のスツールに背筋をぴんと伸ばして座った彼女は、女子義勇軍の制服を着て制帽もかぶっていた。ロバートはというと、お坐りなさいと言ってもムダであったが、母と姉は不屈の精神で座るよう薦めつづけていた——ラウンジを行ったり来たり、右に左に横切ったり、屋敷にもとからあったオークの家具と、後から来たマホガニーの家具の間でうろうろしていた。立ち止まり、目を見張り、立ち尽くす。彼は暖炉の敷物のところでやっと静止状態になると、なんらかの解決策を見つけたような効果がありながら、そのたびにそれに言葉を与えるのを諦めていた。彼が動き続けるので、ケルウェイ・トライアングルの三つ目の一角が定まらなかった。ロバートに話しかけるには、いちいち首を回さなければならなかった——少なくともアーネスティンは。ミセス・ケルウェイは、そういう譲歩はもちろん、なにひとつ譲歩しなかった。

ケルウェイ家の話し合いは互いにいつも困難で、死んだ言語で交わされていた。そしてその合間に、あるコメントが繰り返されて、話題が一巡したことがわかった。

「これは重大なことだわ、とにかく」アーネスティンがまたロバートに言った。「あなたがここにいるってことは。電話とは大違いね。それに手紙は互いに行き違いになって、しまいには私たちの気持ちがはっきりしなくなるのよ」

「それでは」とロバートは言って、片方の肘をアップライト・ピアノの上にふと置いた。「もうはっきりしたんだね?」

「前よりはっきりしてきたところ、ええ——あなたもそうおっしゃるわね、マティキンズ?」アーネスティンは言葉をつづけ、そうでしょという目でもうひとつの椅子を見た。ミセス・ケルウェイが無言なので、すぐさまアーネスティンは言葉を足した。「あまりご無理じゃなければ」

「まとめましょう」とロバート。「第一に、売りたいのかどうかわからない。第二に、もし売りたいなら、今回の言い値よりどのくらい多く手に入れたいか。第三に、もし売る気なら、あなたとマティキンズは次はどこに住むのか?」

ここまで聞いても母親はびくともしない。「でもねえ」と彼女。「それほど簡単なことじゃありませんよ」

「物事を急いでするのはよくないわ、ロバート」アーネスティンが注意した。「一つひとつ見た方がいいわ。子供たちのことが付いて回るでしょ。それに、アマベルが反対意見かもしれないし」

「アマベルは」ミセス・ケルウェイは見下すように言った。「インドから出られないわ。でも、もっとあるでしょ」

「マティキンズは」アーネスティンが続けた。「この話にはきっと裏があるという感じが捨てられないの」彼女はまた向かい側を見た。ミセス・ケルウェイは、そうよ、そういう感じが消えないのよと、素振りで示した。

「この話の裏にあるのは、誰かがこの家を買いたがっているということだ」

「あら、それはそうね、ロバート。でも話が急だったから。ここが安全な地帯じゃないと言わんばかりで」

「まだなにも起きてないわ」ミセス・ケルウェイは気分を害して言った。

「ええ、まだなにも起きてないし、マティキンズ。起きるわけがないわ！」この見解を笑い飛ばすのに数秒割いてから、アーネスティンがまた話し始めた。「いうまでもなく、中立地帯にいるのは素敵だわ、疎開で来る人もいないし、疎開で出て行く人もいないし、だからまずまずよ。でもだからって……見たこともない家を誰が欲しがるかしら？」

「たしかなんだね、これを見た人がいないのは？」

「知らない人が我が家のドアまで来たことはないわ」

「ふーん、道路からは見えるよ、一年の今頃はね、それにともかく車道からちょっと入るだけだし」

「私たち、車道を来る人は好みません」ミセス・ケルウェイが言った。

「それよ」アーネスティンが賛成した。「話の気に入らない点が、それなのよ。もしこの家が欲しいなら、ドアまで来て堂々とベルを鳴らせないはずがないでしょ？　こっそりやってきて、私たちが知らないうちにスパイして、いちいち値踏みして、早々にいつ追い出せるか算段して……。ここはイギリスよ、ロバート、プライバシーがあるはずでしょ」

「思うに、先方は急いでる――」

「でも、どうして？　そこが怪しいのよ」

「いや、それは、なんというか――」

「向こうで決めて欲しくないわ、私たちを追い出せるなんて」ミセス・ケルウェイが言った。「私たちが彼らに頼んだんじゃありませんよ、家を買ってくれなんて」

「それでも、『売り家』として不動産屋の物件に長年出していたんだから。つまり、いまさら逃げられない、同じことなんだから」

「付け込もうとしているのよ」ミセス・ケルウェイが言った。「でもここが我が家なんだから」

「そういう気持ちなら、あとは簡単だ」ロバートはきっぱりと急いで言った。「断りましょう」

「でも、この家は広すぎるのよ」

「だったら、せり上げましょう」

「つながりがたくさんあるのよ」とアーネスティン。

「それならもっと高くせり上げよう」

ミセス・ケルウェイは、編物の手をほんの束の間とめた。「でもねえ」と彼女は繰り返した。「それほど簡単なことじゃありませんよ」

「マティキンズは」アーネスティンが、感情をこめた沈黙の後で言った。「びっくりしたのよ。それも無理ないわ。ロバート、あなたはすべてお金で価値が決まるみたいに言うのね。商売の取引の話みたいに言うのね」

「決まってるじゃないか、その議論をさせたくて僕を呼んだんじゃないの？」

「なにを取引したいのか、それがまだ決まらないのよ。ショックだったから。私たちの言いたいことが、あなたにわかってもらえたらと思ったのよ。要するに、お父様がこの家を買って、みんなでメドウクレストから引越したのよ、もっと素敵だろうと思ったから。色々な点で、ずっと素敵だったわ」

「これはずっと」とミセス・ケルウェイ。「広すぎたのよ。それに今となってはいっそう広すぎるのよ。ことに、人が覗きに来るようじゃ、プライバシーはないし、税金は高いし。あなたのお父様は間違いを犯したわけ、でもそれは仕方のないことでした。私たち最善を尽くしましたよ。地下貯水槽を新しく取り付けなくてはならなかったし、あれは高くついたわ。それにこの部屋と応接間は一九二九年に改装しなければならなかった。それを全部考慮してもらわないと」

「父さんは」ロバートがアーネスティンに指摘した。「間違いを一瞬のうちに悟ったんだ、僕らが嫌味を言うヒマもなかった――後で嫌味は言ったけど。彼が自分でやったんだからね、この家を不動産屋の物件に載せるのは」

「私たち一度は」とミセス・ケルウェイ。「売却する気持ちになっていたのよ。ずっと前になるけど」

「でも嬉しい気持ちはするのね、マティキンズ、もう少し小さい家なら？」

「嬉しいという問題じゃなくて、将来の問題よ。あなたとアーネスティンのためなのよ。私には私の人生があったし、最善を尽くしたと思いたいわ。お父様はよく言ってましたよ、不満に思うことはあまりないって。貯水槽とレセプションルームの改築と、庭の改造では、東屋《バーゴラ》と妖精たちの像を置いて、あれはアーネスティンがアイデアル・ホーム展で注文したら、予想以上の出費になり、だって配送料がかかったんだから、これも考慮に入れてほしいのよ。あれは子供たちが気に入っているから。でもあなたたち、私がいつまでも一緒にいるなんて期待しないでね」

「マティキンズったら」とアーネスティンが叫んだ。「そんな恐ろしいことを言わないで！」

ミセス・ケルウェイは床置きランプの光の下で輝いている銀色の小さな頭を上げると、バカにしたようにアーネスティンのほうを見た。「その口ぶりは、自分は死なないと思っているみたいね。私たちはみんな、いずれそうなるのよ、子供たちだって同じこと。事実が次々に来るのは構わないけど、いま決めなくてはならないのは、変化をどうするかです。ものの値打ちも確かめておかないと。付け込まれないためよ。レシートは全部取ってあって、私の部屋に置いてあります。それに――」

――電話がカーテンをおろしたアーチの向こうで鳴った。ロバートは凶暴な目をして、そちらを向いた。その姿勢のままで耳を澄ませた――張りつめた、金髪の、やつれて、追い詰められた男。アーネスティンは棺用スツールからひょいと立ちあがり、欠かせない人間が呼び出されて、またなのと言わんばかりの声を上げた。「あれは女子義勇軍が私にかけてきたんだわ！」そしてアーチの向こうにすっ飛んで行った。ロバートは待った。ミセス・ケルウェイは編物だった――アーネスティンの言う通りだったのがはっきりした。彼はすっかりリラックスして母親の方に視線を投げ、煙草に火を点けた。それからアーネスティンの話が長引いているので、階段の下まで行って上を見た。

階上のホルム・ディーンはひっそりしていた。きしみ音ひとつ漏らさずに、建物の緊張感と、それにはまるで無関心な不確かな運命に耐えている。階上はほかの場所と同じように、一種の遊び心の赴くままに設計されていた――廊下、アーチ、奥の小部屋、半踊り場、壁に取り付けた棚、ニッチ、そして欄干などが方向感覚をすべて狂わせ、必死で探索しながら部屋から部屋へ進むのだった。この設計は、廊下の絨毯と木造部分の塗装という点で、天井知らずの費用を要した。戸惑うのは、いまのような夜中に、聴覚は働かせているのに、これほどの空間がおよそ反響しないことだった。階上の二階と三階は（階段がもうひとつ自在ドアの向こうにあって、そこから行けるロバートの部屋と屋根裏部屋は広い建て増し区分にあった）その実、空洞ではなく、事情が群がり集まっていた――抑圧、疑念、恐怖、口実、そして、嘘。彼はとにかくそう感じた。くねくねと曲がりくねった廊下は、いくら見ても先が見通せない。家族の誰であれ、ほかの人に聞こえるように歩調をやや早めて進み、ぶつかる寸前に次の角を曲がるのだった。なかで立ち止まり、危険はないと確かめることが、どのドアであれ開ける前にするべきことだった。ケルウェイ家の人々が不意に出会うことで当惑したりさせたりするのを好まないのは、つねに留意しなければならなかった。彼らのプライベートな時間は、避けられない家族の顔合わせ、たとえば食事どきのために勇気を出すこと、隠しごとはないことを示す表情を顔に浮かべることを目指して費やされているのも同然だった。

　同時に情報網はずっと前から優秀だった。誰がどこにいるかみんな知っていて、誰がなにをしようとしているかもちゃんと知っていた。しばらく姿を見せないでいると、しかるべき間をおいてから、メッセンジャーが寝室のドアまで来るか、庭の下の庭園から声が上がるか。窓から外を見ているところを見つかると、なにを見ているのか教えてと言われる。人目に触れずに家を出るのは誰にもできなかった――芝生を駆け抜ける、あるいは車寄せ《アヴェニュー》の道を走るにしろ、呼び止められるのは避けられなかった。屋敷の境の森のあたりを散策すると、いやでも「隠れている」として失点となった。また、門の郵便箱までこっそり行くなどもってのほかだった――手紙は書いてもいいが、玄関ホールに出しておき、集配を待たねばならなかった。

　アマベルは性的な呼び声を早く聞いたので、頬がすぐさま染まること、着るものが追いつかない体の丸みとで、性の殉教者になった。そのことでアーネスティンほど面白がった者もいなければ、姉妹の母親ほど冷く見放した者もいなかった（ミセス・ケルウェイが「あなたたちのお父さま」と言うその言い方は、罪深い当人が死んでもう何年にもなるのに、受けた侮辱にいまなお声も震えていた。つまり、彼は彼女を犠牲にして父親になったという意味である）。ロバートは青春時代に写真に入れあげ、おかげでアリバイすなわち暗室を確保し、ドアをしかるべく施錠することができ、多少なりとも自由に出入りして、専門的な備品の調達に隣町まで行くことができた。

要するに、ホルム・ディーンは男を喰う家だった。つまり一九〇〇年代の英国南部に怪物の生んだ卵が孵《かえ》ったように建てられた家のひとつだった。ミドルクラスのレディを喜ばせ、満たすために胚胎され、男によって買われたのは、彼のただひとつの望みが女たちの満足だったから——住宅としては、ホルム・ディーンは時代遅れの見本のように見えたかもしれないが、原型はとどめていた。力の源である髪を切られ、兵士または労働者のごとき肉体上の威信もなく、人を殴り倒すことも怒鳴り散らすこともできないミスタ・ケルウェイは、観察される羽目になり、ここホルム・ディーンにおける人生の残る最後の二年は、嘲笑の的であった。目を見張るほどではないが定期的に金を儲ける才がもたらす威信は無視された。彼の性はかくて失われた階層《カースト》となり、その結果、最低限それにできたことは忍耐を買うことだった。彼を突き動かした反応または反逆はいかにも奇妙というほかなく、ここに引越してすぐにホルム・ディーンを不動産屋に売りに出したことを思うと、ロバートの父親は型破りの男だったのかもしれない。彼がいかに形を成さない無軌道な夢をたくさん抱えていたか、知る者はいなかった。父親が耐え忍んだ口に出せない侮辱の数々は、息子の心のなかに深く焼き付けられた——ミスタ・ケルウェイが、目を見て話せと始終ロバートに言っていたのは、侮辱のひとつでもそこに認知できるかどうか息子に挑戦していたのかもしれない。自分が息子の支配者であるというフィクションは、父が願ったであろう形で、彼の未亡人と娘たちによって保持されたのである。

ロバートの手が、そこで父親の手を見たと覚えている場所——階段の手すりの先端の磨き上げたノブの上に乗せられていた。カーボ石鹸の香りが、子供用の浴室から流れてくるだけだった。階段の上の生活は、戦争以来、二つ三つの部屋に縮小されていた——鍵十字になった廊下は行き先がなく、絨毯がはがされ、電気のソケットに電球はなく、両側に並んだドアには鍵がかかっていた。この夜の時間、死に絶えた地底の廃坑さながら、廊下の先は昼間の光で見ると、お化けみたいに白く褪せた場所に人影もなく、端から端まで平らに積もった埃に占領されていた。このごろでは、通いの女中はみな気味悪がって、暗くなる前にホルム・ディーンから帰ってしまっていた。寝室に行かされたアンとピーターは、無人の階上を独占していた。アマベルの子供たちはなにも滲みこまないものと思われていた。

アーネスティンが電話から戻ってくると、ミセス・ケルウェイが言った。「ロバートはなにをしているの?」

「なにをしているの、ロバート?」

「上を見ているんです」

「なぜよ、どうかした?」

「いや」

「ああ、今日は疲れた!」彼の姉が言って、また座ったが、その姿勢で長く座っていられないのよと告げていた。「ひとつ持ちあがったら、またひとつでしょ。私、驚かないわよ、もっと来たって」

「アーネスティンは帽子を脱ぐヒマもないのよ」ミセス・ケルウェイが言った。

「だけど、いまは違うわ、私たちには見せるものがあるんだから」とアーネスティン。「言いふらしたくないけど、モントゴメリーを見てごらんなさい！　いまミセス・ジェフが教えてくれたのよ、九時のニュースでもっとなにかあるって。私たちがニュースを聞きのがすと、いつもなにかが起きるのね。でも今夜はそういう場合じゃないから。――どこまで話したっけ？」

「マティキンズがいつまでもここにはいませんからね、と言ってたんだよ」

「マティキンズたら、もう意地悪なんだから！――そうじゃなくて、売るべきか否かでしょ？」

「または別の言い方をすれば、売りたいのか、では？」

「いまどき、自分がなにをしたいかなんて考えていられないわ」

「私は自分がしたいことなど、一度だって考えたことありませんよ」ミセス・ケルウェイが言った。

「おそらくもっとましだったわね、もし誰もがそうだったら」

「みんながもっとマティキンズみたいだったら」アーネスティンが述べた。「世界はいまとずいぶん違っていたでしょうね」

「いやそれはどうかな」ロバートがいきなり言って、テーブルからペーパーナイフを取り上げて、また下に置いた。「多くの人はマティキンズの真似をして失敗しているんだ。――いや、現実的に見てみると、アーニー、どうもこれは、いま売るかもっと後にするかということだな。値段が上がるという予想で頑張るのもいいし。だがまさにあなたの言う通り、事と次第によるからね。この家はみんながが欲しがるような家じゃないし――」

母が言った。「ええそうよ、ここは私たちの家にすぎないわ」

「またそうなると、無論」彼は声を上げて続けた。「ふたりがこの次はどこに行くかが問題になる。だって当然でしょ」彼はもうこらえきれなくなって冷たく言った。「おふたりはどこかに住まないわけにはいかないんですよ」

「私たち、単なるどこかになんか住みたくないわ！」アーネスティンがバカに元気になって言った。

「当然だよ」

「私たちは望んでたのよ、ロバート、あなたがなにか考えてくれるのを、私たちの言うことにただ同意するんじゃなくて。もし私たちが自分たちの言うことに同意していなかったら、いまさらそんなこと言いだす意味がないでしょ？――だからなにが問題かと言うと、戦争のあとなのよ。そのときになってなにが一番素敵なのか、わからないの。それにその頃には、アマベルがインドに飽きてしまうかも」

「アマベルは」母親が口をはさんだ。「なにか言う立場にはいませんよ。彼女にはなんの権利もないんだから。お父様が彼女が結婚するときにしかるべくなさったんだから。もし彼女とその夫がもっと期待しているとしたら、それは大きな間違いです。私はすでに了解済みですからね、結婚したときに彼らがなにを了解したかは。勘違いしているなら彼らはインドにいたほうがいいわ。自ら決めてあちらに行ったんだから。彼女は結婚したいあまり、先に考えることすらしなかったのよ。こちらは困るのに、子供たちは預かっているんだから。子供たちにはわからなくても、アマベルはそれが一番わかってないと。この家はあなたたちに、アーネスティンとロバートのものになるのよ、共同で。別にもらいたくないなら、そう言いなさい」

「あら、もちろんもらいたいわよ！」アーネスティンが泣き声で言い、緑色のフェルト帽をヒステリックに後ろに押しやると、女子義勇軍を示すW・V・Sの文字がおでこの後ろに行った。「忘れたりできるものかしら、これは私の家だってことを？」

「僕だってどうして忘れますか？」ロバートが合わせてきた。

「あなたの家にはならなかったのよ、もしあなたの夫が死亡していなかったら」ミセス・ケルウェイはそう言いながら、アーネスティンをみくびるような目で見た。

「忘れたことなんかありません、なにがあっても」未亡人が言った。

「誰も忘れてくれなんて言ってません」母親が言い、編物バッグのなかを手で探り、新しい毛糸玉を探した。「だけど、ほら、ロバートはなにも言ってないわ」

「ああ、僕ですか」彼は楽しそうに言った。「じゃあ、売ろう！」

響きが残ったような静寂があった。「そう言うと思ってました」ミセス・ケルウェイが言った。

アーネスティンは棺用スツールに座ったままでくるりと向きを変え、初めて見るようにロバートを観察した。そして彼女から聞いたこともない下劣な笑い声が漏れた。頭を一方に傾げて、彼女は驚いたようにそれを聞いた。それから文句を言った。「まあ、そんな乱暴な言い方しなくてもいいのに！」

ミセス・ケルウェイが言った。「ロバートは覚えていないのよ」

「そこがまったく違うんですよ、マティキンズ」と息子が言った。ミセス・ケルウェイは、もう一度手をとめた——質問するより注意していたのだ。「なるほどねえ……」というのが彼女のコメントだった。アーネスティンは一方、外からなにかが入り込んだように思ったのか、ラウンジを不安そうに見回した。

「そうなの、ロバート、なるほどねえ」彼は再び立場を固めた——今度は本気を出したのか、不気味な感じで姉と母の間のラグを踏みしめて立った。彼を見ないわけにいかない場所に身を置いたわけだ。するとミセス・ケルウェイは、これを認め、息子の方を見た——彼が拳銃を構えようが、ひるむことなく。そして息子の身長を計っているのか、足から上へ目をやった。それからひと言、「男らしいことを言うじゃない」と言って、細い肩をすくめた。

だがその効き目はなかった。息子はいきなり振り向いて衝立の向こうの階段の方に目をやった。

「ハ、ロー！」彼は叫んだ。「そこにいるのは誰だい？」

「あたしよ、アンクル・ロバート！」そう言いながらアンが降りてきた。

「アン！」アーネスティンがたしなめる。

「ああ、アーント・アーニー、お願い！」スリッパの足でパタパタと床を歩き、縞柄のパジャマの上にオーバーを羽織ったアンは、ロバートの方に進み、顔を上げてキスをせがんだ。「ベッドで起きているのは許されないから」と彼女。「降りてきました。どうしてそうやってじっと立ってるの？——もう帰るところ？」

「あなたたちふたりは」とアーネスティンが叱りつけた。「もうぐっすり眠っているはずですよ！」

「ピーターはぐっすり寝ています」アンの口調は正義感に満ちていた。

「おばあさまはこそこそ出てくる人は好みませんよ」ミセス・ケルウェイが言った。

「知ってます、でも――」

「――おばあさまに『知ってます』と言うんじゃありません」

「ああ、よく知ってますけど、アンクル・ロバートがいけないのよ、こんなに遅く来るから」

「あなたに会いにきたんじゃありません」

「知ってます、でも、どうして彼に会っちゃいけないのかわかりません」

「おばあさまとアーニーおばちゃまとアンクル・ロバートは、決めることがあったの」

「知ってます、でも――」

「アン、『知ってます』としか言わないなら、いますぐベッドに戻らないと。仕方ないわね、さっさとベッドに戻りなさい。――ロバート、アンをそそのかすなんて！」

「いや、彼女が僕をそそのかすんだ。さてと、これでやっと夜らしくなってきた」彼はこう宣言してアーム・チェアにどっかり座りむと、アンを抱きかかえてアームに乗せた。「とはいえ、君はなんとまあお利口でもないし、面白くもない子なんだろう」彼はそう言って、アンのコートの後ろのベルトをつかみ、手加減なしに前後に揺さぶったので、アンはバランスを失って落ちそうになった。「どうして君はなにかうまいことが言えないんだい？　夢遊病で歩いたんじゃないの？」

「だって、あたし、起きてるんだもん」アンはそう言いながら、体を回して彼の顔を見ようとした。しかし互いに近すぎたために彼女の眼は叔父の額まで来ただけ、彼女は身をすくめて瞬きし、いまこの瞬間の現実が信じられずに胸が痛み、痛みが体中を走り抜けたようだった。彼女は彼を愛していて、それなりの敬意を抱きつつも、人生で初めての真剣さで愛していた。彼女がしかるべく早晩そうなるであろう女が、子供の目鼻立ちのまま、横目で彼をじっと見ていた。彼が言う通り、彼女は鈍感な少女だった――動物の詩情も、狡猾さもなかったが、献身に向かって体形はできていた。時をわきまえず、一途に顔を赤くしている。しかしその小さな固くとがった乳房のなかには、中身が満ちるにつれて息苦しい欲求がしきりに浮かぶようになる――いま彼女は持てるすべてを差し出したが、逆立ちをして見せるのが、いま持てるすべてだった。真っ赤になって、叔父の靴の爪先を見下ろしながら、それを磨いた人だったらと思い焦がれ、そして訊いた。「どうして今夜、泊まれないの?」

「朝早く発つのが嫌だから――大丈夫かい?」

「平気よ」

「僕に言いたいことはないの?」

アンはない知恵を絞った。「あたし、暗算で一番だったの」

「その話は今度またアンクル・ロバートに話したらいいわ。さあ――」

「――ねえ、アーント・アーニーったら!」

「いいじゃないか、アーニー」ロバートが言った。

「じゃあ、そうね、アン、ちょっとだけよ。ほんとのちょっとだけですよ」

「ちょっとってどのくらい?」アンがロバートに訊いた。「六十秒が一分で、六十分が一時間でしょ。でも、ちょっとって、どのくらいなの?」

「それは君が決めるんだ」

「どのくらいなの、一分と比べて、ちょっとって？」

「それを決めるのは」とロバートは繰り返し、アンの顔に別の人の顔を求めた。

「ひどい叔父さま」アンが言った――「この家、売るの？」

「バカな質問はやめなさい」伯母が割って入った。「アンクル・ロバートはお疲れなのよ、あなたもそうでしょ」

「でもあなたが叔父さまが言うだろうと言ったと、あたしは思ったけど」

「あなたが思うことは関係ありません」

「君はどう思うんだい、アン？」ロバートは無責任に振り向いて言った。「売り飛ばす？　このまま持ってる？」

アンは下の歯で上唇を噛んだ。「あら、あたしはどうでもいいわ。ただどうかな、と思っただけ。よその場所ってどんなかな？　この家は古くなって、いまに住めなくなるわ。ドアのハンドルは外れそうだし。新しいのを試してみてもいいんじゃないかな。この家が大きすぎるって、どういうことなの、あたしたちはほかのお部屋に入れないのに？　もしこれを売ったら、そのお金であたしたちお金持ちになるの？　売れなかったら、すごい貧乏になるわけ？　あたしとピーターは大物になりたいんだけど」

「なるほど」とミセス・ケルウェイ。「で、教えてくださいな、どうして？」

アンは自分の体重で叔父の肩にもたれかかった――彼が誘導すると、いつも行きすぎるのだった。

「ああーん、あたしわかんない。どうでもいいや」彼女はわざとらしくあくびをした。

「アンはやっぱり裏切り者のネズミなんだね」とロバート。

「どうでもいいや」アンはしつこくまた言った。

どうでもよくて、どこがいけない？　ここでアンはおあつらえ向きの短い人生、数瞬間すらない人生を送り、椅子とテーブルの間にいるだけ、陶酔感も秘密もなく、優美さも危険もなくいるだけだ。胸がときめいたことも一度もない。気軽な、誰にも気づかれない行動、何気ない言葉も、自然なキスも一切なかった。声に出して笑うのは、アーネスティンの専売特許、怒りはくすぶるだけで、燃え上がったことはない。自覚しなかったが、彼女は幸福な人を見たことがなかった——新しい家にはもっといいことがあるのだろうか、みんなでそこに行ったら？　品位を欠く貧しさ。貧乏人の子供は憐れだ。

とはいえ、トランペットがいつ鳴りひびかないか、ジェリコの城壁がいつ崩れ落ちないか、誰にわかろう？

電話が鳴った。

今度はロバートがさっと立ちあがった——その勢いにアンは放り出されたみたいになり、空をつかんで小さく声を上げた。すぐ態勢を取りもどしたが、これで彼女はロバートの正体をあばいていた。

母親は彼らの椅子を睨みつけている。

「電話は誰にもかかってこないのよ、アーネスティン以外の人には」ミセス・ケルウェイが言った。

「だから、ロバート、どうしたんです？　なにか待っているの？」

「自分にかかってきたという気がするなら、ロバート」アーネスティンが言い、必死で自分を抑えながら椅子にじっと座っている。「なにはともあれ出たらいいでしょ。私、嬉しくなっちゃう」

「子供を椅子から払い落とすなんて」ミセス・ケルウェイはさらに言い、悪魔のように鳴り続ける電話に負けぬよう声を張り上げていた。「でも、彼女が椅子のアームに座る必要はないわ」

「あたし、ただ落っこちただけです、おばあちゃま」

「叔父さまが神経をとられているときは、おひざに座るものじゃないのよ——いつまで鳴らせておくつもり？」彼女は小さな手をこめかみに添えた。「ずいぶんやかましい音ね——誰かが出たほうがいいのでは？」

「あたしが行くわ——ねえ、あたしに行かせて！」アンは立ち止まってかかとをスリッパにおさめると、アーチの方に飛んで行った。

「アーネスティン、アンが電話に出ていいの？　ベッドに入っていないといけないのに」

「ご免なさい、ご免なさい、すみません——もちろん、ダメよ——アン！……でも考えちゃうわ、いったい誰かしら、こんな時間に」

「なにかがあったのかもしれないわ」ミセス・ケルウェイが言い、音が鳴るなか、音の勢いに揺らめくイソギンチャクのように微かに身をくねらせた。「ロバートが行ったら一番よかったのに」

「いいのよ、かまわないわ、ロバート」アーネスティンは吐き出すように言い、コートのボタンをかけながら大股歩行を始め、ロバートを通り過ぎた。「私が出ます。ええ、そうよ、いつも決まって私なんだから」彼女の弟は、立ち上がったのに、そのままためらっていたので、背が高い分、大袈裟な格好だった。彼はそこに立ちはだかり、行動の一切を拒否していて、鳴りひびく電話をさえぎっているカーテンの方に頭だけ半分傾けていた。アンは、ラウンジの途中で動けなくなって、目は彼を見据えていたが、誰にも説明できなかった、そのふたつの瞳がどの程度まで本能的なものなのか。

「待ちなさい」ミセス・ケルウェイが口をはさみ、瞬時、こめかみから防御していた小さい手を移した。「アーネスティンが出たって意味ないでしょ、もしロバートにかかってきたなら。彼はなにかを待ってるんですか？」

「なにもないのに電話してくる人はいないわ、これほど遅い時間に」アーネスティンが言い、途方に暮れてじっとしていた。「問題はロバート、向こうはあなたがどこにいるか知ってるの？」

「ずいぶん遅いようだけど」とミセス・ケルウェイ。

ロバートが言った。「十時十分過ぎで？」

「思慮深い電話の感じもしないようね」とミセス・ケルウェイ。「でも言うまでもないことだわ、なにかがもし本当にあったなら」

「もしあなた宛てだったら、アンクル・ロバート、あたしにお返事させてくださる？」

「ああ。いいよ」と言って彼は姪に目をやった。「いいとも」

「なんと言えばいい？」

「僕はここを立ち去ったと——ロンドンに戻る途中だと」

「本当のことじゃないわね、厳密には」とアーネスティン。

電話が自分で鳴りやんだ。

ロバートはまた椅子に座った。アーネスティンはアーチのものものしいカーテンに手をやって、やかましい笑い声を立てて、咎めるように言った。「これでもう私たちにはなにもわからなくなりました」

「そうね」ミセス・ケルウェイが同意した。

「もしあれがなにか重大なことだったとわかったら、私は自分のせいにしますから。でももしそうなら、彼らが呼び続けないなんて、おかしいわよ。でも、もちろん、またかけてくるでしょう。——とにかく、アン、ベッドに行きなさい。さっぱりわからないわ、あなたがなにを考えているのか！」

「誰でもいいけど、なにを考えているのかしら」彼女の母が言った。「我が家では原則として、みんな迅速なのに」

「さあ、アン、さあさあ、アン、走って行きなさい！」

「走って行ったら、アンクル・ロバートは上まで来て、あたしにお休みと言ってくれるかな？」

「いいえ。あなたは今夜、もう騒ぎすぎました」

「それだけじゃありませんよ」ミセス・ケルウェイが指摘した。「アンにはもうみんなお休みと言ったのよ。呆れた子ね」

アンはなにも聞いてなかった。そして両腕を上に精一杯伸ばしてアンクル・ロバートに抱きついた。彼が身をかがめる。彼女は頬を彼のとても冷たい頬に押し付け、その間、想像する力のない肉体を通って、彼の心臓の鼓動がこだまするのを感じていた。「あなたはいつも出ていくのね」彼女はもごもごと言った。「いつも出て行っちゃうんだから」どうでもよかったが、彼はゆっくりと身をほどいた、この最後の港から——彼の顔から顔を引き離したのは彼女のほうだった、彼の顔がちゃんと見られる方がいいから。それと同時に、見るほうがいいのか、触るほうがいいのか、はっきり確かめられなかった。ひとりでに解けるほかない。彼女はベッドで寝乱れた髪を後ろに払い、目を閉じた。「君のせいで背中が凝ってきた」と彼は言い、苦笑しながら体を引き離した。「もっと背が高くならないと」

「あと一回だけ……」彼の頭をまた引き下げて、アンはおでことおでこをくっつけた。頭脳の容器と容器が触れ合う——決定的な別離の触れ合い、彼女はこれを忘れることはなかった。彼女は向きを変え、階段の下までパタパタと歩き、上へ、上の暗闇に消え、二度と後ろを見なかった。

「アンはずいぶん大きくなってきたわね」ミセス・ケルウェイが言った。「哀しいことね」

「どっちにしろ」とアーネスティン。「運命が邪魔をして、私たちはなにも決められないんだわ。どうします、鉛筆と紙を出して要点を書きとめましょうか？」

「それにロバートの列車のことも考えないと」

「ええ、僕の乗る列車のことも」と彼は言って、時計を見た。

十五

「で、もしそれが」彼は繰り返した。「もしそれが僕のしていることだったら?」

なんの合図も、物音も、動きもないまま、彼女は彼が寝ている場所から離れたところにいて、その質問を生み落とすことで疲れ果てていた。彼女の部屋は電気ストーブの赤い熱を浴びていた。ものの影がいくつも鋭く浮かび上がっている。鏡板がベッドの端を映していて、その上にロバートが座っていた。この赤い半暗闇で多くの夜を瞬間に閉じ込めて過ごした激情が煉獄の通信手段となって彼女から彼に伝わりでもしたのか、彼は手を伸ばしてストーブの火を消した——ニクロム線の明かりがゆっくり消えていった。部屋は、完全に見えなくなり、どの大きさのどの部屋にも見えた。ふたつの沈黙がひとつに交わって部屋を満たしているだけ、彼女は彼が沈黙のどの部分に引きこもるのかわからないでいると、ついに彼が言った。「いつもそうだったんだ」

「なぜなの?」

「不思議だろうね——ああ、不思議だと思って当然だと思う。僕らは互いに最初からもう一度理解し合うべきだったのに、もう遅すぎる」

「夜が遅すぎるの？」

答えはなかった。

身を起こしてもっと聞こえるようにして彼女は言った「ただね、どうしてあなたはこの国に逆らうの？」

「国って？」

「ここよ。私たちがいるところ」

「どういう意味かよくわからないな——どういう意味なんだい？　国だって？　——国なんかもう残ってないさ。名前だけだ。君と僕は、この部屋のほかにどんな国がある？　疲れ切った影が、体を引きずってまた戦いに出て行く——いつまでその戦いを引き延ばすつもりなのか？　僕らはそこから遠く離れてしまった」

「僕ら？」

「僕ら、つまり次の用意ができている者たちさ」

「そんなに傲慢でいていいの？　——どうして私、いままでそう感じなかったのかしら？」

「それが傲慢じゃないからさ。僕のなかにあるものはそれじゃない。まったく別個の秤に乗っているものなんだ。もし僕がほかになにも持っていなかったら、君は僕を愛しただろうか？　そいつが乗ってる秤には、使える物差しがいまのところまだないが、真実にあてはまらない言葉もないんだ。もし僕が『ヴィジョン』と言ったら、君は迷わずに僕のことを誇大妄想狂と思うだろう。僕はそんなものではないが、かといって僕が言いたいのはヴィジョンじゃない。僕が言いたいのは、行動における視野だ。行動して初めて見えるんだ。君にはなにがおぞましいかと言えば、『裏切り』という考えじゃないかな、違うかい？　君のなかにはその言葉が二日酔いで残ってる。わからないかなあ、そういう言語は死んだ貨幣なんだよ？　それなのにみんなそれで買いものごっこをしてる。君もそうさ。言葉、言葉、言葉というようなものさ——言葉は心のなかにひどい粉塵を巻き上げる、君の心にだって。僕にはそれが見える。僕自身だって、言葉に対して免疫をつくっておく必要があった。言っておくが、僕はやっと縁を切ったんだ、そういう言葉を自分自身に何度も何度も言い聞かせて、ついに確信したんだ、言葉にはなんの意味もないことを。かつてあった意味はもうなくなった。——ショックだろう、ステラ？　いや、君にとってショックかい？」

彼女は答えなかった。

「ともあれ、君は僕に逆らうんだね？」

「あなたが逆らっているのよ。私にはわかっていたわ、な̀に̀に逆らっているのかは知らなかったけど。この国にじゃないとあなたは言うのね。国などどこにもないとあなたは言う。では、あなたはなにに逆らってるの？」

「この騒ぎにさ。僕じゃないよ、君が国と呼ぶものを売り歩いているやつは。どうして僕にそれができる？　もう売り切れてるのに」

「なんの騒ぎのこと？」

「自由さ。なにになるための自由か？　——泥まみれの人間、月並みな人間、魂を捨てた人間になる自由さ。そのために喜んで死ぬ、自由、まさにそのよき理由のために、生きることが不可能になるのさ、だからもう他の道はないんだ。君のいう自由な人々を見てごらんよ——サハラ砂漠の真んなかで放り出されたネズミだよ。我慢できないよ——真空しかないんだ。君は自由だと人に言ったら、それで彼はどうなるか、子宮に泳いで戻ろうとするだけだろう？　その有様を見るといい。『自由な』赤ん坊たち、君の民主主義を見たらいい——揺り籠から墓場まで、ずっと騙されている。『揺り籠から墓場まで、救って、ああ、救って！』心ある人間なら、自由が止まったところでやっと自分が始まることに気づかないだろうか？　千人にひとりぐらい、自由になる資格があるかもしれない——そうなると、自由より良きものになるために必要なものを手に入れて、納得するんだ。誰が自由になりたいだろう、自分が強くなれるのに？　自由なんて！　奴隷の泣き言さ！　みんな自分を何様だと思ってるんだ。あらゆる人間に保証することを保証するよ、その人にふさわしい自由の限度を——大して遠くまで行けないことが君にはわかると思うよ。だからどうなの？　無がなにかでありうる限りにおいて、自由は無機物なんだ。少なくとも、強さの一翼を担えるのは我々のうちの少数の者にかかっているのさ。我々は見えるものが必要だし、行動しないと、それに秩序も必要だ。秩序がないといけない——必要とあらば秩序が我々を破壊すればいい。破壊されたということは、なにかになったということなんだ」

「でも秩序は——あなたが破壊するものでしょ」

「僕が破壊できないのが秩序なんだ」

「なんという言い草でしょう！」

「君は思ってるんだな、または本気で望んでるんだね、僕が正気でないことを？」

彼女は答えなかった。

「少なくとも僕はアタマはやられてないよ」

部屋の暗闇よりなにかもっと力あるものに囲まれて、話し手は消えかけていた。聞き手も記憶のかけらに捉えられて、いまその顔がどんな表情をしているかが摑めないだけでなく、いままでどんな顔だったかも思い出せなかった。声の来る方角が遠い極地に行ってしまったみたいだった。声そのものも、切れ切れの調子だけが聞きなれたものだった。そこには底流があって、いままではそれが探り当てられず、つねに禁じられて気づかれずにいたその底流がおもてに出てきた。彼は早口ではなかったが、効果としては、なにかが光の速度で、言葉と言葉の間を渡って来る感じがした。彼はまず音を立てて息を吸い込んでから、動いた。肉体が動く音は衝撃的で、彼がつまりはこの部屋にいることを思い出させた――彼の脚、その裸のかかとが分厚い中立的な絨毯を一歩一歩吸いつくように横切ってきて、幻覚者の正確さで窓のほうに歩くのが聞こえた。そして彼はカーテンを開けた。満天の星が出た午前二時の朝の空だった。窓枠に人影が浮かび、星座と交信する彼は人間ではなくなっていた。彼女は横になったままそっちを向き、気遣いながらも枕の上から身を起こさずに、従うというよりも従う不安から、燃えるように明るい星々の間の数学的な空間を見つめた。「ええ。わかってるわ」彼女は言った。「だけど、そんなに芸のない簡単な話じゃないでしょ」

彼女は、星と自分の間のどこかで航路を飛ぶ飛行機の羽音を聞いたように思ったか、聞きたかったのか。しかしその音は、仮に音だったにせよ、消えてしまった。介入するものはなにもなかった。

「とにかくちょっと私のところに戻ってきて」彼女は声を上げた。「もっと近くに来て」

彼はあわてた様子でベッドの端まで戻り、そこにまた座った。「僕は君に、僕が持っている限りの人としての慈しみは与えてきたんだ」彼が言った。「喧嘩はもうよそうよ、いまさら。でないと最初からすべてがご破算になる。君は僕をおしまいから読み直して、僕の姿かたちを作らなくてはならない――もしそうしたいなら何年だってあるさ。見なくちゃいけないのは君なんだから。物事が一方向に行けば、僕が間違っていなかったことがわかる。――しかし君はこれも嫌なんだ、これがすごく嫌なんだ、僕がその渦中では君から遠いところにいたからだろう？　僕はそうじゃなかったんだよ。僕がしたことのすべてに君と僕がいたんだ。――わからない？」

涙は出なかったが、彼女は泣きそうになって両腕を頭の上に持っていった。彼は待った。彼女がやっと言った。「でも、話して。もっと前に話してくれていたら――！」

「もう一度考えてみて。どうして僕が君を巻き込めるんだい？　できないだろう？　これはほかの誰かを乗せられることだったかい？――ゲームそのものだったんだ」

「あなたはそれが好きだった」

彼は思案してから言った。「うん――でも、つまり、それはわかってきたんだ、安全なゲームじゃなかった。君は心配しただろうと思った。しかしやはり、君はちゃんと見なくちゃいけない、僕だけの問題じゃなかったんだ。リング上では、誰かがひとたび口を割ったら……いや、言葉をどれだけ使って君に説明できただろうか？」

「言葉はそれほど使わなくても、私に説明はできたはずよ」

彼はまた思案した。「ときどきは説明したと思ったが」

「いつ?」

「いつじゃないだろう? あの時というわけじゃないが——何回もあったよ、僕らがふたりでいて、君が知らないはずはないというときが。僕は君に隠すようなやましいことはやってない。僕が耐えられないでいたことに君は全然気づかなかった? 監視の目のないところで、自分に耐えられる方法を見つけていなかったら僕はもたなかったんだ。だから思ったのさ、僕を受け入れているということは、君は君なりにこのことを受け入れているんだと。いや、僕は何度もそう思ったから、その回数があまりにも多かったから、僕は打ち明けるのを待っていたようなものさ、君が言い出すときまで。君がなにも話さないから、沈黙の方がいいと君は思ったと思ったんだ。僕は思ったんだ、そう、黙っている方がいいと。ふたつの良心が、くだらない無意味な戦いをすることもないだろう? 僕らは互いのなかに秩序を見ていて……。だがまた別のときは、君が承知しているかどうか自信が持てなかった。しかし僕は知らなかった、君が僕に質問するまで、君が知らなかったとは」

「私がアイルランドから帰ったときね?」

「君がアイルランドから帰ったときだ」

「あのとき、あなたは言ったわ、あらゆることに『ノー』と断言したわ」

「君は自分が受け取れない返事を望んでいなかった。あの夜に気づいたんだ、君には受け取れないことが」

「あなたは私に怒ったわね」

「本物の自分を疑われるのと、本物の自分を受け入れてもらうのは、違うから」

「あの夜だったわね、あなたが私に結婚してくれと言ったのは」

「君が怖がるかどうか、見たかったんだ」

「あなたは怖かったのね」

「君にそれを見せたかい？」

「あなたは次の日、ハリソンに見せたわ――どうしてあなたはいつも彼を知らないと言ったの？」

「僕は彼を知らなかった。彼の人間について、考えはできかけていたがね。いつもXなる人物がいて――そいつはつねに必ず何者かだった。それがあのおかしなタイプだったとは……。君は彼を僕で試してみようとして、ほら、あの夜、僕らが僕のネクタイを見ていたときだけど？」

そのときの小さな絵図に誘われてその他の草々が思い浮かび、ステラは両腕を頭の上から下に降ろして泣きだし、すべての終わりを前にして、この泪が絶望的に無駄だと思うと、ますます絶望して泣いた。いまはあと何秒あるかの瀬戸際で、それが時間になり、最後の時間は明日に走って行き、もうそれが今日、ふたりが持てない今日だった。すべて恋は、突き刺すようなたった一度の幻の平安のなかで立ちすくみ、もはや平安はない。生きられなかった時間は、彼らがともに生きた時間よりも無垢ではないのだ。いま、彼を窓から呼び戻すことで、彼の最後の気持ちの高まりと感じられたものを彼女は壊してしまった。そこから落ちたふたりはいま話し合い、低くした声で口早に話し、もうなにかがドアの前まできているみたいだった。「ああ、どうしてそんなことをしたのよ？」彼女が泣いた。「どうしてそこまでしなくちゃならなかったの？」

「ステラ、やめてくれ」彼はするどく言った。「やめてくれ。気力がなくなる！」

「よりによってそんな考えをするなんて——どうしてなの？」

「考えを僕が選んだんじゃない。向こうで僕に目星をつけたんだ。僕の考えじゃないよ、とにかく。僕が向こうのものになった。僕が向こうの単なる餌食でいればよかったの？　僕はその種のケースのひとつでいいというのかい？　この戦争で君は僕に戦ってほしいと思わなかったのかい？」

「ええ、ええ、でも……」

「では、僕には自分の味方に付く権利はないと？」彼は突然ベッドの上に体を伸ばし、彼女の体のそばに来て手探りをして、彼女の手に触れようとするのがわかった。彼女は手をあずけ、弾力性のある自分の指、そのなかにある神経の波動、あるいは実質はなんであれ生きているものを、彼の指が冷たいよそ者のように一本ずつ探ってくるのを感じた。そして彼は手を離した。「もういいや」彼は言った。「間違った側で一度は行動したんだから。一歩、また一歩とダンケルクに向かって後退して。進退極まれり——その意味するところを知らなければ、僕はそいつを忘れられる。あれがあの戦争の終わりだった——自由の軍隊が遊覧船で運ばれるのを待って行列している。昼も夜も考え込む。考えた挙句の考えはどうなってしまったのか、と誰も考えなかったのか？　あるいは、まだなにか来るものがあるとでも思ったのか？　進退極まれり——彼らは思いもよらないのかな、もう戻って来られないのを？　我々の何人が戻って来られたと思う？　我々は無視されている——ダンケルクは男たちに傷手を負わせた」

「負傷する前のあなたを私は一切知らないわ」

「ある意味、それはできない相談だった——僕は生まれながらに傷を負っていた。父親の息子なんだ。ダンケルクがそこに、我々の心のなかにあったんだよ――大した家系だ！　中間のない階級で、国がない家系とはね。不健全だ。土地に一切根付かない――そういう手合いが何千何万といて、そしていまだに増殖している――なにを増やしているんだ？　君は訊くかな。僕は訊くよ。つかむものがないだけでなく、触るものもない。なにかの源泉がどこにもない。僕は国を愛せたよ、君を愛することがきっと――君が僕の国だったんだ。だが、君には充分じゃないから、君は僕の手に余って――君と僕は、僕らは無駄ではないと納得してきたものでいられるのだろうか、この部屋の外では僕らは無駄なんだろうか？」

返事はなかった。ロバートがまた動いた。肘をついて彼女の足にもたれかかり、心はそこにないようだった。彼女がついにこれだけ言った。「あなたはハリソンが言った通りのことをしてたの？」

「ああ。――でもって君はそれから逃れられないんだね？」

「私たちが逃れられないのよ――あなた、怖いと思ったこと一度もないの？」

「捕まるのが？」

「私が言うのは、あなたが自分でしていることが、だけど？」

「僕が？――いいや、その反対さ。恐怖を完全に解き放ってくれた。父親を僕のなかから追い出してくれたし、新しい血統を与えてくれた。最初はおもむろにやった――息を含んだよ、自信を持つことがどれほどのことかがわかってきて。僕は自分が知ったことを知り、知ったことを知られないままに保ち、それに基づいて行動していることを始終知られないで――いいかい、あらゆるものが僕の周囲にすんなりおさまったんだ。僕特有のなにかかな？――いや、いや、それよりずっとましなことだ。いくらノイローゼの人間でも自分の居場所は作れるんだ。出口を？――いや、それよりいいものさ。侵入口さ！　どうなの、僕のことだから、単に支配権を手にしたかっただけだと君は思うの？」

「私は思ったりしないと思う」

「いや、そうじゃないんだ。そういう問題じゃない。誰が猿まねをしたい？　支配は感じるだけでいい。オーダーの下にいるのは、遥かに大きいことなんだよ」

「私たちはみんな命令されているわ。そのどこが新しいの？」

「ああ、みんな戦争が好きなのは怪しむに足りないのさ。しかし僕は命令《オーダー》じゃなくて、秩序《オーダー》と言ってるつもりだ」

「だから敵と一緒にいるのね」

「無論、彼らは敵さ。彼らは結論にならざるを得ないものを持って我々と対峙している。彼らは続かないだろうが、結論は続くだろう」

「あなたを信じられない」

「信じられるさ」

「彼らが敵だというだけのことじゃなくて、彼らは恐ろしいわ――見た目と違う、思いもよらない、グロテスクな人たち」

「ああ、彼らは――確かに！　しかし君はそれを彼らで判断している。だが、誕生するときは、いいかい、なんでもグロテスクだよ」

「彼らも怖がっているのよ」

「もちろんだよ。彼らはなにか始めてしまった」彼は肘をしっかりついて体を起こし、ある考えが元からある彼の力のすべてを新しくしたようだった。「君は気に入るまいが、これは一日の始まりだ。我々の秤の上の一日の」

彼女は本能的にまず窓に目をやってから、鏡のなかに写った窓を見た。どちらも白く青ざめていて、恐怖の両のまなこのように見えた。あらゆる恐怖が、太刀打ちできない裸の冷たいこの一瞬に収斂していた。彼女は二枚のシーツの間でわけもなく身震いした。それは異質な恐怖であり、いつもそうだったのか？——それはいまここにあって、彼女のベッドの足もとに沿って、そのいまわの息を、彼のいまわの息をしていた。彼の言う通りだったのか、もし彼が彼女を愛するだけの男だったら、彼女は彼を愛さなかっただろうというのは。だが、彼が本能的なものすべてを否定したために、愛を根源で封印するように思われた。岩と石と木々とともにめぐる愛——それ以外になにが？——これが究極の抱擁で最も強く感じることではないのか？「違うわ。だって国がないなんて、あなたに言えるはずがないわ」彼女は声を上げ、起き上がった。彼女は彼とともに隅々まで国中を歩き、ひとりのときもそれは同じだった。その国については、どこまでが場所で、どこまでが時間なのか、わからなかった。秋の乾いた枯葉が掃き寄せられるのを思い、空爆で砕けた水晶のようなロンドンの朝、目が覚めたらロバートの顔が目の前にあったことを思った。道路という道路が来る夜ごとに次々と褪せていくのを見た。春光のきらめきが水面を走って上に人が立っている橋に向かい、ルウイのか弱い瞳に愚かしくも空が映り、カズン・フランシスの墓の掘り起こしたばかりの土の穴、ピンク色の雄蕊《おしべ》をしたあの日の花が五月の薄暮のなかで栗の木にほのかに咲き、ロデリックがいる兵舎のそばのアスファルトの小道が地面の隆起で裂けてひび割れて、種から芽を出した草が生えていた。彼女は、すべてがこの鋭さを持っていた前のことはなにひとつ覚えておらず――とはいえ、彼らは恋してまだわずか二年だった。彼女は信じていた、ふたりがその二年の間に、周囲のものの価値に心を寄せ合ったことを、特にふたりがいた場所に特有の価値は――彼がいないときも、彼がいない場所に彼女がいるときもその感じは変わらず、それは二度とないもの、この先もないものだろう。彼女にとっておそらく永遠の光明は、ロバートゆえに、見たり聞いたりするすべてに喜びが伴っていた。戦争というリングのなかでは、いかに安らかに動かないでいられたことか――一緒に海を渡ることも、ロンドンを離れることもまれだった――彼ら自身の石の国でも波動が何千回もあって、大自然が自然になったのだ。その国民が、そのほかの人たちが、散歩道の木々より低い存在に見られることなどあり得なかった。

その間、それでも、流れは彼の面前で逆行していた。国民たらんとする人々の、戦争で熱くなった衝動はばかげていた。彼は群衆の血のたぎりも憎かったし、好奇心に駆られた動物みたいにひとつになろうとする団結心、人間の溶岩の流出が憎かった。鉛のような冷めた熱狂も、あまりにもありふれていて、広く共有されていたから、彼はますます反発した――そして、焦燥、希望、返答不能な質問の繰り返し、流言飛語などを、彼は計算する目で観測していたのだ。ニュースの時間に窓から聞こえてくるアナウンサーの声が伝える半分の文章、街角の新聞売りのニュース最終版の跳ね踊るような大見出し――それらはいかなる神経に、また彼の内なる逆神経にどう響いていたのか？　すでに知っていて、すでに行動した彼に。さりげなく、同じことをしている他者よりもさらにさりげなく、彼は彼女と通りを歩きながら、横目で大見出しを盗み読み、話を中断させないで、大股で歩く足取りに切れ目があっても、腕と腕を組んで歩く彼女には、夕刻が迫ってきたと判断されただけだった。彼女はいま彼の微笑を見て、それが大笑いしたい人間の微笑であることを知った。

彼女はいま思った、ロバートがハリソンだったのではないかと。

「あなたはどこか病んでいるのね」彼女は言った。「あなたがしたことに私も加わっていたなんて、どうして言えるの？　わかればわかるほど、嫌になるわ。あなたは決めているのね、勝つ方にいると？」

「君は兄上たちのことを考えているの？　彼らにとって結果なにがよかったか、それは名誉だが、それが僕にもいいはずだと？　僕は君たちの笑顔の写真が好きだ。彼らはラッキーだったよ、幻想が壊れる前に死ねたから——この戦争には中世の吟遊詩人は出てこないんだ、ステラ。彼らは持っていたものを持って行ってしまった。彼らで終わりさ。しかし、いいかい——我々が残されて生きていかなければならないこの世界は、大事なものはすべて死に絶えた月のような世界なんだ。君のなかでは、ほかのところでは消えてしまったものが閃光を放つことがあるかもしれないが。誰が知ろう、だからこそ僕は君を愛したことを？　愛によって君は僕に火を点けた——もう喧嘩はよそう、その炎がどっちになびいたかとかで。今日みたいな風が吹いたことは一度もなかった、というかそんな方角から風が吹いたことはなかった」

「ロデリックが戦死するかもしれない」

彼は機械的に言った。「そうは思わないよ」

「ああ、じゃあ、そんなに早く終わるの？　終わりは、そんなに早いの？」

彼は自分の蛍光時計の文字盤を見てから、言った。「僕はそれになんら加担しないだろう、と思うけど、いまは？」

「どうして私に訊くのよ？」

「どうかなと思っただけさ」

「あなたと私はフランスが陥落した年に出会ったのよ——ここにいる私たち、ここにいる人々にとって、どうなるの——もしすべてが計画通りなら？　いまとなっては、どう見ても、侵攻はないわね。もっとひどいものね、なにが代わりに来るの、どんな終わりが？」

「僕はそれが言える人間か？」

「あなたが、僕は自分がなにを知っているかを知っていると言うから」

「しかし僕はそれしか知らない。——どこに行くんだ？」

彼女はベッドから出て、厚手のキルトのガウンを床から拾い、おぼつかない手つきでその紐を体に巻いた。返事をしないまま、ドアの羽目板を手探りしている。いまになって思いついたようにドアのハンドルを回し、開いたドアについてなかに入り、もうひとつの部屋に進み、彼のいない部屋に入った。ランプを点けたのに、身をすくませて立ち、指で目を覆った。それから振り向いてドアを閉めたので、ランプの明かりは、ロバートがカーテンを上げた寝室の窓から外に漏れることはなかった。犯罪にまつわるあらゆる考えに囚われていたので、灯火管制に違反するだけでも、死に値する罪のように思われた。それはハリソンが待ち構えている合図にもなりえただろう——いつもの位置にいる彼が彼女にわかり、その人格が数を増して家を取り巻いていた。ロバートがハリソンの言った通りの人間だったら、ハリソン自身は自分で言った通りの人間であるに違いない――これは確かなことだと思いながら、彼女は部屋を行き来し、氷のように冷たくなった両手をこすり合わせた。部屋に時間の気配はなかった。周囲のものすべてに目をやりながら、心は支えを失って真っ白だった。

ロバートから離れるのも、一緒にいるのも不可能だった。彼女は写真の前で足を止めた。彼の言う通りだ。なるほど家族は似ていなかった。兄たちはもう跡形もない。彼らが英雄になったとき、時代は単純だった。英雄たちはいまはない単純さの産物だった、と彼は言った。しかし彼らは跡形ひとつ残さなかったのか――ロバートの行為に対するこの反発がそれでは？　国家の大特売……彼女はこのマントルピースの上の彼の写真、別の部屋にいるその男の写真を見た。その白黒の映像は、愛した人の顔だちに永遠を溶かしこんでいた。――だが、同時に、なにがその鋳型だったのか？　ねじれたインスピレーション、不屈のエネルギー、繰り返すロマンティシズムの炎。遅れてきた者の顔。彼の言った通りだ。時間だけが生まれる時をつかさどる。生まれた時が運命なのだ。彼の言う通りだ。彼女の兄たちも、彼らの妹も彼を裁くことはできない。

彼女は写真を壁の方に向けて、彼のいない人生を思い描こうとしてみた。額縁に囲まれた写真の白い裏面を一目見たら、氷が割れた。手で暖炉につかまって心臓の鼓動がおさまるのを待った――あまりに激しい鼓動が一層激しく残酷に打ちはじめるかと思われた。「ロバート！」と言おうとしたが、声が出ない。ドアを見た。信じられなかった、あれほど愛した人間がドアの後ろにまだいるとは。

ドアが開いた。ロバートが暗闇にもたれかかって、ロデリックが着ていたガウンを着て立っていた。

「うん？」彼が言った――それから、彼女が答えなかったので、「君が呼んだと思った」。

彼らは互いを腕に抱いた。

眠っている家並が続く道路に足音がしたとしても、ひとつににじんだふたりにそれが聞こえるはずもなかった。通りにじっと佇んでいる人間が誰であろうと、白みつつある空を映している一連の窓はみな同じに見えただろう。この部屋のなかで、瞼がひとつになって世界の上を覆って閉じた。ふたりの頭の後ろにある写真は、裏返されたままいつになく曲がり、ついに前に倒れ、それから床の上に落ちた。しかし少し間があって、ステラが動いた。両手が彼の肩から腕にそっと降りた。

「あなたをここに来させるんじゃなかった」

「僕は来なきゃならなかった」

「ここは最初の場所になるわね、彼らが――」

「それでも僕は来ていたよ。昨晩、ホルム・ディーンで僕は恐怖にかられていた――二度と君に会えないのではという恐怖だ。あの屋敷に入った途端、その感覚に襲われた。最初に電話が鳴ったときにそれが頭に入ってきた。それまでは自分に危険が迫っていることだけはわかっていた。感じたことはなかったんだ。あの家のせいだ、あいつらときたら！　入るにしろ、去るにしろ、ひどい場所だ――僕が最後に見たのがあいつらの顔だったとは！　いままで逮捕のことは思い描いたことはなかった。いきなりそれを思い描くことになるとは。それもあるとは思えなかったし、絶対にそうはならないというのもあり得ないと思えたんだ、ここがそのシーンだと決まっていたから、ハメられたんだ。母親はこれを待っていたんだろう。望んでいたんだ！　あいつらなんだ、僕を罠に落としたのは、僕が君に二度と会えないように。僕がひとりの男であることは、彼らには気にいらないことだったんだ」

「じゃあ、あの人たちは気づいていたの？」

「わからないな。僕はアンを怖がらせてしまった」

「アンですって？　でももう夜が遅かったんでしょ？」

「階段を下りてきたんだ」

「可哀そうなアン。でもあなたはロンドンに戻ったのに、どうしてここに来なかったの？　昨晩来ても今晩来ても、どっちも狂気の沙汰だったでしょうが？」

「それは無理でしょ？　アンに怖い思いをさせてしまって。そんな状態でどうして君のところに来られるんだ？　歩き回って払い落としていたんだ――もし僕が尾行されていたら、そいつは走り回されただろうが、そうはならなかった」

「一晩中？」

「いや、僕は『チキショー！』と思って、いつ戻ったか覚えてないが、とにかく眠って、眠って忘れ去ったんだ。だって今朝もまた、風呂に入って、コーヒーを飲み、髭を剃ったら、あったこと全体がまるで白日夢みたいだった」

「そうじゃないことは、わかってるでしょ。そんなはずがないということも、わかってるでしょ？」

ロバートは部屋を歩いてソファに身を投げたが、そこはロデリックが寝ていたソファだった。手をガウンのポケットに、紙が一枚はいっていたのをロデリックが見付けたポケットに手を突っこんで、頭をそらせて天井を見上げた。「僕がしてきたことは狂気の沙汰じゃないさ」と彼は言った。「しかしある種の狂気を生み出すかもしれない。いっときは安全と感じる。なぜか逃げおおせたと感じる。すぐさま危険が放っていた匂いが消える。危険があることはわかっていても、ただあるに違いない、ということがわかるだけになる。要するに角度を変えてくるわけで、それを見張るんだ。しかしそれは新規まき直しでもないし、新手に打って出ることでもないように見えるところが、恋愛みたいなんだ。なにが起きたかわかる前に、もう抽象概念になっている——そしてこれもまたもや、自分がしていることに危険が内在していると、それが自分の属性みたいになって、自分で処理できる一種の秘密の特性になってくる。秘密の人間になると、逆の意味で一種の有名人になるんだよ。人々から離れた立場に慣れていく……。ああ、もちろん理論上は、ほかの頭脳、自分に逆らう頭脳があることはわかっているし——僕がしたことのエッセンスは、始終気を付けろ、ということだった。僕はずっと気を付けてきた。気を付けろ？　それが僕の第二の天性になった。油断するなよ、夜も昼も。ガードを忘れたことはなかった——だろう？」

「私の知る限りでは」とステラは言いながら部屋の中央にある椅子に座った。「なかったわ」

「だと思った。だが同時に、このところずっと、僕にはこれが起こりうるなんて、ますます考えられなくなってきた。——君は言うかい、現実認識が失われていると？　ある意味では君は正しい——僕がしたこととは、僕が一心にしたことなので、それ以外にはなにもなくなってしまった。——事はなされるだろうし、なされているし、もっといい方法があったにしろ、僕の方法とは別の話さ。なされるべきことがなされるためには、それが金のためになされるべきなのかもしれない——買収する必要がない男を信用してはならないのは奴らのほうだろう？　僕は演じた、僕は演じたと思った、冷血に――だが、血は十分な冷たさじゃなかった、明らかに。あるいは温められたのか。陶酔不可、陶酔とは無縁であること――それがテストのはずだった。そう、彼らは、答えを探している男を封じ込めなければならない。そのことのために、彼自身のために、あることに関わる人間には、不安定なところがあるに決まってるんだ。彼が彼自身にとって危険なだけなら問題はない。しかし、問題なんだ。彼らはまたいずれ知る……僕はなにをしたんだろう。僕はなにに思い及ばなかったのか？」

「もっと違うミスが、どこかにあったのかもしれないわね。ほか人のミスだったのか。ほかにも人がいるって、あなたは言ってたでしょ？　一緒にいるのを見られたって」

「見られてはいけなかったんだ――ハリソンはどうなの？」

「もし私が彼と寝ていたら、彼はあなたを逃がしていたかしら？」

「なんだって、彼がそう言ったのか？　彼がそう言うのも無理はないな。君は試してみたの？」

「試してみようと思ったのよ、昨日の夜に、でも彼は私を家に帰したの」

「相当遅くまで引き延ばしたんだ」とコメントして、彼は漠然と彼女を見た。

「彼が信じられなくて」

「まさか？」

「決心がつかないまま、昨日の夜になってしまったの。じゃあ、どうして昨日の夜になったか？　昨日の夜になって、彼が私をなじったのよ、しないように警告しておいたことを、あなたのために、私がしたと言って。あなたにわけを話したって。話したことも、いつ話したかも承知していたから、彼に訊いたわ、いつ、どうしてそう思ったのかって。彼は、ああ、そんなこと思ったことはないですよと。自信があったんだって。どうしてかというと、彼が監視していると、あなたがすると言ったことを、あなたがそのまま、即座にやることがわかっていたって、もし私があなたに警告したら——あなたは自分の正体を明かすだろうと。あなたの動きに特別な変化があったのが、私たちが話し合った次の日にわかったって。その変化はあなたが一瞬気力を失った結果で起きたのよ。だから、あなたを監視していれば、監視されていることをあなたが知ったことがわかったのよ。ハリソンは私が話した夜のことを自分から言いだしたわ。だから話の続きを聞いたの。彼は言ったわ、私がアイルランドから帰った夜だったと。だから私も観念したの」

「そうか。彼はそれほどバカじゃないわけか？　僕を知っているということだな——彼はどんな様子？」

「ますますわからなくなった」

「どのくらい金をもらっているんだろう？　きっと大してもらってないね。あの連中は誰も大してもらってないんだ。そのほうが安全だしね。——しかし、やはりほら、僕らが知ったことを考慮すると——つまり、彼が手に入れるものが連中にとって価値があるものだろうか？　彼は頭がおかしいんじゃないか、やることが無茶だもの。つまり、君にそうやって近づくなんて。身のほど知らずだ！　君はどうして通報しなかったんだい？」

「私のことがわかっていたんでしょ、たぶん」

「それでも、君は通報しかねなかったんだから　彼はそれで終わりだろうに」

「ええ。でも彼は言ったわ、そんなことしたらあなたの終わりだと」

「ここに煙草ある？」彼はいきなり言った。「僕のは君のベッドの上だ」

彼女は立ち上がり、ないだろうと思って箱のなかを見た。彼女は普段、そこに煙草は入れていなかったが、今夜に限って、プレイヤーズがワンケース押し込んであった——誘いにきたときにハリソンが置いていったに相違なく、翌朝来た通いの掃除女がそこに仕舞い込んだのだろう。ケースを振って空っぽではないことを確かめてから、戦利品をソファまで持ってきた。ロバートは彼女に一本、自分に一本火を点けた。煙草を吸い込みながら互いに黙って見つめ合い、なにも言わなかった。彼は、ガウンを着たまま全身を伸ばしていると、ビザンティン帝国の痩せた国民のようで、ソファの上に座っている彼女の膝の上に手を乗せた。道路を見下ろすカーテンを引いた窓の方に頭をめぐらせる。そこにはなんの合図もなかった。

「じゃあ、あなたはなによ」彼女がついに言った。「革命家なの？　違うわね、反革命家かしら？　革命がいよいよ世界で始まるとでも？　前には、革命がいちいち進歩に見えたものだけど——あなたはそうじゃないと思うのね、いまさらもう？　ひとつ終わると、まず手に入れたものを失う、それから、もっと失うのね？　だからいまや革命は最大級の騒動になり果てて、最小限の意味しかないのね？　でも、なにかが来るという考えを捨てられる人はいないわ。じゃあ、世界のこの現状はなんなの、想像妊娠みたいなもの？」

「違うよ」

「そうね、あなたはそうは思えないし、思いたくも……。ねえ、ロバート、確かなことをしている人にしては、あなたはどっちつかずの話をするのね。無謀と想像。私が自分の感情を持ち込んでいたのかもしれないけど。でも私には、あなたが一度も公式化しなかったことがなにかあるような気がする」

「僕が話したのはこれが初めてだ」

「ほかの人に話してない——あなたが組んでいる人たちには？」

「僕らは意見を交換するために会った、と思うんだね？」

「じゃあ、そうだとしたら、あなたはなおさら考えたでしょ」

「なおさら僕は考えたよ。決して話せないのだからと、考えに考えた結果、決して話さないことになったんだ。こうして孤立すれば、事態も孤立する。そこに生まれる緊張は、いつかひとりでに壊れて欲しい緊張であって、人の手では壊せない。考えがどこで始まったかわからないまま、堂々巡りさ。話は始めないといけない——どこで始める？　どうして僕にわかるんだ、さんざん考えたからって、どうやって話すかなんて？　初回というのはいつだってうまく行くね？　公式化されていないって——なにが？」

「知らない。あるいは、見落としたとか？」

「どうやったらわかるんだい、自分の考えのなかでなにを見落としたかなんて？　僕はそれにコミットしているんだ。じゃあ、君はなにが欲しかったの——真鍮の画鋲とか？」

彼女はよくわからなくて首を半分振ってから、言い直した。「彼らはもちろん大物だけど」子供じみた質問に恥じ入りながら、彼女は言った。「みんな敵に勝つために出て行くのよ、なにか目的があるんでしょ?　どうなの?」

「なにかはあるんだ。この戦争は前もって決まっていたあることで、血みどろの屁理屈をこねているんだ。どっちかが勝てば、戦争はとめられる。ただ向こうが勝てば、屁理屈をこねるのはとめられる。僕は無駄話を終わらせたい――さて、僕がまだ話してないことがあるかな?」

「まだよくわからないの」と彼女は言って、短く燃え残った煙草の吸い殻を、ロバートの指からとった。「もういいわ」

「もういいことにしよう、スウィートハート」

「私たち、眠れたらよかったわね」と彼女。

「ハリソンはなにをしてるんだ?」ロバートが突然言い出したが、当然知っていたか、あるいは忘れてしまったなにかを訊いているような口調だった。「彼はなにをするつもりなんだろう?　たったいま君がなにか言ったね。もう一度言って。つまり、彼が追いかけていることは――君をものにすることだけかい?　僕には彼がわからんな」

「彼は、なぜすべてに段取りが付かないか、それがわからないのよ。彼にはこれが公正な取引に見えるし、そう決めてかかっているのね――あるいは、決めてかかっていたのよ。そうやってなにを獲得しようとしていたのか、それは私にはわからない。彼は、自分が欲しいものはわかっていると言って、でもどうかしら、自分の知らないものを欲しいのよ。ここが好きでね」彼女はそう言って、死に絶えた美しい自分の部屋を見回した。「たとえば、あの灰皿が気に入ってね。いつも指でなにかに触っていたなあ。本当はそうかもしれない。ここに住みたいのよ」

「君と一緒に?」

「ここで私と一緒に住むの。彼は不安が増せばますほど幸せになるの。なにも障害はないと、私にもないはずだと。それに、まだあるのよ——彼は自信たっぷりよ、彼にノーと言うことで、少なくともイエスと言わないことで、私があなたをひどい目に合せているって。彼はあなたにとても思い入れがあるのよ」

「それはありうるね」

「彼はあなたが心にいて——彼は考えられないのね、男は我が身が免責されるよりも——自分のしたいことが続けられる白紙委任状よりも——ひとりの女を優先するということが。嫌でもたまに自問自答したわ、彼のほうが正しいのではって。同時にほら、矛盾してるのよ、彼は手の内を明らかにしながら、相も変わらず危険を冒して、私を手に入れようと……今夜わかったわ、私はその手に乗ってみるべきだったと。でも、そうなると、彼は最初からはっきり宣告していたわ、あなたと私の関係は終わるのだと。私に事情がわかっていたら、わかっていたら! 昨夜、やっとわかって、私が……。そしたら手の裏を返すように、家へ帰れと」

「僕らにはわからないんだ。なにが吹いたんだろう?」

「私が彼の感情を傷つけたのよ」

「バカなことを。彼はきっとほかにすることがあったんだ」

彼女は無言だった。

「家に帰れって、どこから?」彼は探るように彼女を見た。「彼と一緒にどこにいたの? 君らはどこにいたんだ？」

「知らないわよ、ロバート！」彼女は放心したようにソファから降りて、そのそばに膝をついた。「訊くのを忘れたの。どこだったかしら。そこで出会った女も、どこかよそにいるように思ったって。昨夜は最初からあわててしまって、ロデリックが電話してきたものだから。でも、ハリソンがなにを言い出すか想像していたらもっと冷静でいられたのに。私は冷静になれるわ。――というわけで、家に戻ってなにをしたと思う？　一晩中横になって、彼はなにをするつもりだったのか、私が違う態度に出ていたら、彼はなにをしたか、しなかったか、その次に彼はなにをしたのかと、考えたのよ。筋書き通りに事が進むのを彼が本気で止めようとしたか、そんなことをする力が彼にあるのかどうか、私にはわからなくて。彼が最初に打ち明けてきたときは、その力が彼にあったとしても、いまはもうないと思ったの。自分に確かめたわ、この二か月の間、彼の本当の狙いはなんだったのか、そして、私が垣根を作り、時間稼ぎをしたことで、見かけ以上に彼を怒らせていたのではないかしらと。彼が公然と私を跳ねつけたのは、その場で怒りを捨てて、成り行きに任せたという意味かと。ハリソンがなにを決め、なにを決めなかったか、ということが本当に問題だったのか？　昨晩になって、物事が勝手に動き出し、彼のコントロールから外れたのを知って、彼はいまさら自分のメンツを重んじたのか？　彼を魅了していたのは、私ではなくて、彼自身の力を全開することだったのではないかしら――一方的な愛情は不自然よ。必ずどこかに悪があるのよ。そうだとしたら、彼は私の『イエス』を、その時点で、ひとつの意味にとったわけね、私が彼の手札を読んだと。彼が取引を――私を自分のものにして、あなたの安全を新たに引き延ばすという取引を――あっさり捨てるというのではないにしろ、自分で言ったことができない彼を見ている私を見張るなんて、そこにどんな価値が残っているというの？　ほとんどないわ、嫌になるくらい、なにもない……。でもそこで、また逆にたどってみたの。私は彼の気持ちを傷つけてしまった。そういう前後関係が考えられないなら、彼が何者なのかも考えられない。とどのつまり、彼はだから危険人物なのよ」

ソファのそばの絨毯の上で向きを変え、厚手のキルトのガウンの襞《ひだ》に体を包むと、ステラはロバートの頭の下に積まれたクッションに顔をうずめた。彼は、一瞬後には動こうと決めた人間が醸し出す静寂のなか、一瞬だけ長く横たわって、天井を見上げている。彼女は、くぐもった声でこう結んだ。「だから、ほら、私たちがどうやって別れるのか、さっぱりわからないの」

「なんだって？――聞こえないよ」

彼女は繰り返した。「私たちがどうやって別れるか、さっぱりわからない」

彼女の唇が見せる表情は見慣れたものだった――豊富なその意味内容は、気まぐれ、社交辞令、と大した意味はないにしろ、多すぎて彼には対応しきれなかった。それは、あまた過ごした日々の最後に出てくる話の終わり、または尻切れトンボの話だった。というか彼女が話す段になると、その多くの話にはなぜ終わりがないか、それを告白しているみたいになった。あまりに多くのものが空中に取り残され、おまけにあまりにも度重なることだったので、彼女のものの言い方はいつも決まって同じ抑揚が付いた――いくら深く後悔しても空しく消えるのが運命だとでもいうように。彼女は、もう一度聞き損じたことを言ってくれと言われた。「私たちがどうやって別れるのか、さっぱりわからないの」効果のない些細な表現は、倦怠と後悔が入り混じって、普通の文句になっていた。だが同時に、恋人同士の慣習とか合言葉でもあって、使い慣れたがゆえの愛惜の念が刻印されていた。彼女はこれを何度も繰り返してきたし、今夜また言ったのだ。そして、今夜の意味と、その他の群れなす夜毎の意味の間にある、生と死を分ける無惨な重さの違いは、しかるべき事態を述べておらず、また述べることもできなかった。彼女のもの言いでは感じ方が足りないように思われ、いままで以上に言いっぱなしで、まるでもの足りなかった。ロバートが笑い出すには充分だった。

彼の笑いは泣いているともとれるもので、肘をついている彼女の方に体ごともたれかかったので、いきおいクッションがいっせいに滑り落ちた。全身をかけたその笑いは、不規則に息を吸うので体全体が苦しくて、顔は目を閉じたゆがんだ仮面のようになり、彼女に抱かれている歓びと絶望に挟まれて、仮面のその他の部分は引きつれていた。ソファが揺れた――ステラは渦巻き模様のソファの袖にしがみついて、嵐に耐えているようだった。「なぜよ?」と彼女は叫んだ。「どうしたの――ねえ?」ソファから離れまいとして、彼女はもう一方の手を出した。彼はすぐさまそれをつかむと手首を自分の胸に当てて、喜びとも苦悩ともつかない回路のような形を作った。これに強制されて彼女も笑い出したが、驚きと不審の念から抵抗した。彼女の頬が彼の頬にあり、その重みで笑いを消そうとしたのか、彼から神聖ならざる大儀を取り出して我が身に引き受けようとしたのか、彼女にわかったのはそのことだった。そこで彼女は心から笑った。「わかったわ」彼女は認め、漏らしたため息に泣き声が混じった。「いま言ったことがどう聞こえたか、わかったわ。でもその通りだったのよ」

たちまち笑いが彼から消えた。「ともあれ僕は、君をたいへんな立場に追い込んでいたんだ!」彼はソファから飛びのいた――「とにかく僕は着替えないと」

「行くの？」彼女はだるそうに言った。「だけど、ドアの外に誰かいるかもしれない。それを考えないと」

「それはずっと考えていたよ。足音がしたから」

ステラは、髪の毛の白髪の房を掻き上げながら言った。「足音がいつしたの？」

「ときどきね」

「ときどき？」彼女は手近な方の窓まで行って佇み、白い顔を白いカーテンに付けて、言葉を返した。「私は聞いてないわ。それにもし彼の足音だったら、私は聞いたはずだわ。実際のところ、足音を聞く前に彼がいたことがわかったはず。おかしいわねえ……」

「ステラ！　カーテンに触るんじゃない！」

「そんなことしてた、私が？」

「触ってると思った」

「触りたかったわ。窓をさっと開けて、電燈を煌々と照らしてやりたかった。彼のことを思うと腹が立つ——こう言いたかったの。『そうよ、ここにいるわよ、一緒に。ほかになにがあるというの？』って」

「もし彼が下にいるなら、下にいる、いる理由があるんだ。自分の考えを楽しんでいるってとこだろ？」

「考えなくてはいけないのは私たちよ」彼女はそう言って、窓から振り返った。

「考えたらいいさ」ロバートは肩をすくめた。彼の服が椅子にかかっていた。手早く身支度を始めている。彼女はじっと動かないで、腕を組み、暖炉の角に身をもたせながら、ひたすら彼を見つめて言った。「裏口から出させてあげる、地下室を通って中庭に出られるの。壁に囲まれているでしょうが、そんなに高い壁だったかな？　管理人がいるけど、もう寝ているはずよ」

「おもてに誰かがいるとしたら、裏にもいるだろう」彼はそう言いながら、服の着方が機械的なので、無関心に見えた。

「違うわ。誰がおもてにいるかが問題なの。それがハリソンかどうかが」

「どうして？」

「彼は恋愛中なの。私はここに住んでいる。彼はあなたの尾行をして、ここまで来たのかもしれない。彼は、自分がそうしたいから、この家を見張っているのかも。人間は自虐的だから」

「だからって、彼が彼という人間だという事実は変わらないさ」

「人間って、なんなの？　気が変になり、分裂していて、自分がしていることを無駄にしている。ここに来るなんて、あなたは気が変なのよ。電話で言ったでしょ、できるだけはっきりと言葉に出したわよ。だめだって――なにがあろうと来るなって」

「だが君は来るのを待っていた」

「あなたがなんらかの方法で連絡して来るのを待っていたの、どこかほかの場所で逢おうと言うのを」

「僕が尾行されているとしたら、どこへ行こうと同じだろ？　どこかほかといったって――どこがある？　街角とか？」

「話ならできたわ」

「ああ、話はできただろうよ。しかし君は、僕が母親の家でなにを考えていたと思う？——君に抱きしめてもらうことは二度とあるまいと思っていたんだ。僕が確信しなければならなかったことは、なんだと思う？　それさ。それと君に話すことも、もうあるまいと。だって、そうさ、母の家でそれがわかったんだ、——君はいぶかり、耳にし、信じられず、信じるほかなく、その理由は絶対にわからないまま取り残される。だから君に話す。君に話すためにここに来たんだ、君が求めたわけじゃなくても。どうして最初に話さなかったかというと、話したら僕がもうひとつのことを失うかもしれないからさ。なにも知らずに最後に愛し合う、それが恋だよ、知っていたら恋はできない」

「でも、知っていても、恋はできたかもしれない」

「そう？　今夜か、そうだね。でも、大きすぎて知りつくせないことがあるんじゃないか。知られるつもりのないことが——大きすぎて共に暮らせないし、まともに愛せないんだ、その重さは永遠に変わらないから。どうしたら僕らにわかる、ふたりして、これがあれだとは知らなかったなんて？　沈黙を破る一点まで来ることはなかったんじゃないか、これが別れになるなんて知らなかったら？　僕らが共有できない時間が始まったときに、さようならと言ったほうがよかった。そうすれば終わりもなかっただろう——なによりも一番いいのは、ステラ、君が絶対に起きなかったことをおぼえていてくれて、僕らが共有できなかった一時間のなかで最大限生きてくれることだ。——だって、僕はもう行かないと」彼は言い足して、身支度を済ませ、急いで周囲を見回して、忘れものはないか確かめた。彼女はひとつ思い出し、彼のガウンを拾い上げ、そのポケットから彼のライターを取り出して渡した。彼は言い直した——「やってみるさ。実現させたい、僕は実現させたいんだ——僕の考えを、そうさ、犬死するわけにいかないよ、素晴らしすぎることだからね。僕の考えは生きたがっている。——君いつか言ってたね、屋根の上に出口があるって？」

「ええ、階段の踊り場に天窓があるの。このフラットに住んでからずっと落し蓋が閉まっているんだけど、火に囲まれたら、そこから出ろと言われているの、焼夷弾からも逃げられるって。ほら、あの梯子が滑車で下に降りてくるわ。なによ、ロバート、毎晩見たはずよ！」

「見せてよ」

「でも——」彼女は言葉が続かない。

「はいはい、どうした？」彼は声を上げて振り返った。

「いまなにが確かなの？　彼が黙っていてくれたのかもしれない。すべてがウソかもしれない」

「じゃあ危険はないわけだ。屋根の上とはとんだお笑いだ！　なんでもないか、ご破算か、のどっちかだ。僕はなんでもないとは思わない——君の言う通り、僕はここに来ることはなかった。君のことを考えるべきだった。こうするほかないだろう？　僕にはもう時間がない。見張られているし、僕が賢いのを彼らは知っている。君の方がそのことは僕よりわかっている——理性を働かせるんだ。好きなだけ考えたらいいが、後生だから僕をここから出してくれよ、まだ暗いうちに——僕が捕まってほしいのかい？」

「つまり、私たちが考え付くことは全部彼らも考えているのね？」

「そうさ、それが彼らの狙いだよ。なぜ？」

「じゃあ、屋根の上に誰かいるかもしれない」

「屋根にも取り柄がひとつある。出口がひとつあるということさ」

彼女は二、三秒間立ちすくみ、そして言った。「屋根は角度が急なのよ。あなたの膝がちゃんと曲がるといいんだけど」

「僕もちゃんと曲がる膝ならよかったな。たとえば僕ら、一度もダンスしなかったね……。しかしこれがこうやって終わるほかないとしても、僕の代りのなにかなど望まなかったよね、違うかい？　これがそうして終わるしかなかったら、ほかにはひとつしか選択肢がないことが君にはわかるね？」

「最後までやりぬく……」

「できるさ。やらないといけない？　君は僕が恥ずかしい？　僕が自分を恥じていないなら、恥じないよね？……しかし、このバカ騒ぎ、ステラ、考えるんだ、ステラ。このバカ騒ぎは君らみんなのものだよ！」

「アーネスティンはたいへんね」彼女はそう言って顔をそむけ、人が傷つけてはならない小さい人たちこそ敬虔な人たちなのだと思った。

「屋根の上には誰もいないかもしれない。五分五分だな。僕はやれそうな気がまだしているんだ。屋根伝いに行くよ」

「どこで降りるつもり？」彼女は言ったが、不思議にも突然普段の声に戻っていた。

彼が繰り返した。「屋根伝いに行くよ——逃げ出したくない。君に見送ってほしいな」

「じゃあ、こっちへ」彼女は一息つく暇もなくそう言った。「梯子を降ろしましょう」彼らはフラットのせまい玄関ホールを急いで抜けて、階段の柱から吊り下がっている踊り場の電燈を点けて、柱の中心から梯子の滑車の綱を巻き戻すと、灯火管制で暗くなった天窓の下の蝶番から、梯子がゆっくり下に降りてきた。ロバートは上を見た。「どうなるか、すぐわかるさ」彼が言った。彼は曲がらない膝には似合わない速さで梯子を昇り、片方の肩を当てて持ち上げると天窓が開いた。そしてまた降りてきて彼女にキスした。「気を付けるんだよ」彼は早口で言った。「さあ電気を消して、フラットに戻ってドアを閉めて」

彼女は明りを消した。そして「お休みなさい」と暗いなかで言った。

「お休みなさい」

ステラはフラットのなかに戻り、ドアを閉めた。

下の通りでは、足音というよりも、長い間立っていた人が姿勢を変えようとしてつまずいたみたいな音が、ステラの耳に初めて届いた。

十六

その日は暗がりで始まり、ロバートが屋根から落ちたのか飛び降りたのかを隠したまま、朝が明けないうちにニュースが飛び込んできた。連合軍が北アフリカに上陸したのだ。その話でもちきりとなり、その他のことは締め出された。それが急ぎ鎮まらないうちに、モントゴメリーが第八軍に下した本日の訓令――「我々はドイツとイタリアの軍隊を完全に粉砕した」――が、さらなる一日、ロンドンの訓令となった。日曜日は教会がこぞって勝利の鐘を打ち鳴らす日になった。全国で教会の鐘楼が沈黙を破った。やがてのことに待ち焦がれていた鐘の音が、珍しくなくなり重要でもなくなる時がきた。すべてが終わると、以前のままの音が響き、高く昇り、うろつき、空中を探し回ったが、新しい響きはまだ見つからなかった。市街地で目立つのは反響しない空爆地で、そこにあった教会が立ち消えていた。最初のうち、祝賀に招かれて数人が、朝日も昇らぬ十一月の朝の通りに出てきて、鐘の響きとそのぶつかり合いを目の前を過ぎゆく情景のように見た。目に一瞬映ったのは奇妙な明るさだったかもしれない。しかしまもなく、鐘の音が頂点に達する前に、人々は幻影に背を向けて散り始めたが、それは幻影が消え始めたからか、どうせ消えると知っていたからか。室内ではまた動きがあった。

ドアと窓が閉じられた。

ルウイは、鐘が打ち鳴らされると聞いたときから、その鐘を心のなかで待っていた。しかし、鳴る時が来てみると、音がウソみたいだった――涙のない乾いた眼の音に聞こえたのだ。故郷で鳴るのが聞こえるはずだったし、シールの丘から広い沼と海を越えて聞こえるはずだった。コニーはその朝早く詰所に行く途中で、日曜新聞を横取りしていったので、感情を合わせる指針がほかに見つからなかった――ルウイは街路に避難することにして、左右を見やり、群衆が決まった方向に動いているか知ろうとした。しかし孤立する羽目になり、メリルボン・ロードの真んなかにあるアイランドで、迷子同然になってしまった。それで決めた、ステラにお休みなさいと言った道路を、昼の光のなかで見てみようと――そこなら確かだ、ロンドンには誰かが住んでいる。足をそちらに向けたが、どんな気持ちでいるのか、はっきりわかっているのではなかった。しかしウェイマス・ストリートに入ると、高級住宅街の長いつらなりの持つ寡黙さが怖くなった。ミセス・ロドニーがこんなに遠くに住んでいるとは知らなかった。そしてさらに悪いことに、階段の下でお休みなさいと言い交わした階段がどこの階段だったかよく覚えていなかった――お休みなさいと言っただけで、あとはなにもなかったことがいまわかった。建物は互いに異なる外観を見せて、家から家へとおしゃべりしているようで、それがルウイを嘲笑っているように見えた――彼女はオランダ風の切り妻屋根、青銅の格子ドア、鉛枠の窓、ゴシック風の張り出し窓、バルコニー、場違いに高い胸壁《パラペット》などを見て、負けたと思った。しかし負けたというのは、それだけのこと――なぜなら、ここでとにかく記憶したことは、絶対に、絶対に忘れっこないのだから。統一感が今朝のこの無人の日曜日の大通りにあって、左右に伸びた長さがそれだった——勝利の鐘の音が、遠方の平野から日光もなく音もなく反響していた。その音が——背後のどの窓から窓の主が出てくるか？——ミセス・ロドニーに聞こえるはずだ。ルウイは耳を澄ませてみんなと一緒に立ち尽くした。

彼女は顔を上げ、片方の手で半地下室《エリア》を道路から区切る鉄柵《レイリング》の剣先を本能的につかんだ、肉体の記憶のなかで、音と情景を永遠につなごうとするように。しかしいきなり心を打たれ突き刺されたように、怒りにまかせて前のめりに走り出した——怒りに似たものが空中から叩き出されたのか。彼女はあたりを空しく見まわし、やみくもに攻撃者を探した。逃げる？——いやダメだ、捉えられ、強制され、その場を離れることを禁じられていた。彼女は、まだ生きていると言われている人を探す最後の人間のように行きつ戻りつしていると、やっと鐘の音がやんだ。

街路はまた数時間無人になったが、ステラがドアから出てきて階段を下りた場所は、ルウイが立っていた場所からさほど離れていなかった。この日の午後にステラはロデリックを訪ねる約束をしており、その予定を変える理由はなさそうだった。彼女はロンドンを横切って、正しい駅に向かい、正しい列車に乗った。鈍行の列車で、旧式の造りの三等車しかない列車は離れたプラットフォームを発って、もっと大事ななにかの邪魔にならぬよう混雑を出て支線に入り、多くの駅で停まるほかに、内気そうに何度も途中で停車した。日曜日の短距離旅行者たちが乗ったり降りたり、車両のなかに入って来たり出て行ったり、ステラはそのなかに座り、気が付けば周囲の乗客たちは、客室の隅にいる女によって凍りついたような目で見つめられていた。乗客たちはみな不安な感情を抱いていた、この女はなにか理由があって彼らの顔を覚えようとしているのではないか。彼女は人間にもまれて初めて孤立を知った人間のように見えた。同時に彼女の視線がひとつの顔から次の顔へ動くのが、生きているしるしと受け取られた。それを除くとこの人間は石像のように座ったまま、汚れを孕んだような客室の壁のタペストリーにぴたりと背を付け、手袋をした手を、死んだように手のひらを上にしてその膝の上に置いているだけだった。顔を見る視線の合間に動きはあったが、その視線も視線ではなくなってきた。とはいうものの、一時停止の反動で否応なしに視線が戻るのか、窓の方を見つめ、頭も一緒に動いた。駅と駅の間で説明も意味もない運命的な停車が何回もあり、そのたびにこの動作が繰り返された。窓の外にはときに、白茶けた泥の土手に雑草が早くも冬枯れているほかに見るべきものはなかったが、ときどきステラには嬉しいことに、鉄柵や垣根越しに中庭や庭園が見えたり、家々の裏窓のなかが見えたりした。炊事場が見え、サンデー・ディナーが済んでまた流し場に戻ってきた女のうつむいた頭、奥の居間では一家のパンの稼ぎ手が、肘掛け椅子で眠りこけて両足を投げ出し、両手は目を覆い、なにもかもさらけ出している。二階では窓と窓の間にある姿見で、若い女が若い男と出かける支度をしている。必要がなくなった老いた女がひとり、いままで眠り、いずれは死ぬだろうその場所に一日中追いやられ、レースのカーテンをかき分けて列車を見やり、こんどこそ逃げ出せるかもしれないと計算でもしているのか。子供たちは遊びなさいと外に出されて、真似っ子ごっこ、品物を引きずったり、押しくら万頭をしたり、行ったり来たりしている狭い小路は、野菜の種すら撒けなかったのだ。胸を打つではないか、これらの家で人生はなんと無頓着で、変わり映えもなく、呑気なのだろう——とはいえ、このほかに人生はないだろう?——通り過ぎたり停車したりする列車のなかの人々の目になにもかもさらけ出すほかに。人々の目を惹いたとしても、誰もが思うだけだ、ほかのことに気をとられていて、誰もなにも見ていないのだと。誰も考慮するはずもない、どの列車にも見ている一対の目があることなど、そのふたつの目は、ほかに見たいものもなく、ほかの行楽地もなく、ほかにはなにもないことなど。その目は、とにかく見えるものにさらされ、見られるべく選ばれたものに支配される。

ステラはこの旅を何度もしてきたが、どのくらいすぐにこの路線のどこでそろそろ下車すると思えばいいのか、知らないできたようだった。だから駅名が告げられるたびに耳を澄ませるように努めた。客室の相客が述べた、また鐘を鳴らすなら、どうして名前をみんな書き出さないのか——我々はいまさら誰を隠すことがあるんだ？　恥を知れ、と。結局ステラは、到着したことがロデリックを見て初めてわかり、息子は彼よりさらに背の高いフレッドと一緒にプラットフォームにいた。ステラのいる客車がのろのろと通り過ぎたので、彼らにステラが見えたのだ。フレッドはロデリックにうなずいて見せ、急ぎ足で消えた。列車が停まった。ステラが降りてきて、息子にキスした。

「フレッドはどこに行ったの？」彼女が訊いた。

「彼は駅に来ただけなんだ」ロデリックは母と腕を組んだまま、プラットフォームを歩いた。「来ていただいて、すごく嬉しい。来るかどうかわからなかったから。どうもありがとう、母さん」

「あら、ロバートが死んだのに？」彼女はそう訊きながら、切符を改札で見せた。

「あなたには、なにかすることがあったほうがいいのかな。ずっと考えていたんです、あなたは僕になにをしてもらいたいかなって。僕は成り行きに任せて、あなたが今日来るかどうかみてみようと。

そして、もし来なかったら、なんとかしてロンドンに会いに行こうと。心配でした。あれを聞いて、僕が一番したかったのは、すぐにあなたのところに行くことだった。そのほうがよかった？　あなたが本当はどうしたいのかわからなかったので思いとどまったんです。兵卒《へいそつ》は比較的軽くて済むんです、悪い知らせですぐさま実家に舞い戻っても。もちろん彼らは必ず言いますよ、あきれたもんだ、動転して、規律を読みもしないで、慶弔休暇を願い出なかったとは、そうしていれば、事情にかんがみ、十中八九認可されただろうに、って」

「ロデリック、ダーリン……。こういう事情では、認可されなかったと思うわ」

「僕はどう言えばいいか知っていますから。事実、こう言おうと思っていたんです、もし話がそうなったら——あなたとロバートは婚約していたと言わないと、と。だってふたりはいかにもそうだった、と僕は思っていたんだ。——そうして欲しかった？」

「いいえ」ステラは言って首を振ったが、突然浮かんだ微笑は、ロデリックの愛情がもたらした微笑だった。「ひとつには、私は仕事で出ないといけなくて。病気でないかぎり、職場を離れられないのよ。それに、いいえ。そう、あなたがするべきことは、なにひとつなかったでしょう」

「あなたがすることはないんですか、母さん？」

「ええ、ないわ。ないのよ、私の記憶ではなにもなかったわ」

「僕はすごく心配で……。誰もあなたを困らせに来なかったんですね？」

彼女はハンドバッグを開き、ハンカチを取り出すと、唇にそっと触れた。その後、「どこに行きましょうか？」と言った。

「うん、僕もそれを考えていたんだ」彼は駅の外にあるものを見回したが、問題の解決策は見当たらなかった。「どうかしら、このままっすぐカフェに行って、静かに座るのは？　まだお茶の時間じゃないけど、何度も行っているので、座っているだけでも構わないと思うし、特にお茶の時間になるまで待つ人なんかほかにいないと思うな」

「いいえ、まず歩きましょう」彼女が言った。ステラはロデリックの視線を誘って、ロバートと一緒だった時に心の目で見ていたアスファルトの歩道の方に向けた。「あっちを歩きましょう」

その道は、建築用地に売り出されている、荒れ果てた草地を横切っていた。まだ売り出し中だったが、看板は倒れていた――やがて建物が建つのは間違いなかろう。目に入るものは、最果ての幽霊のようにさまよう風景の名残りで、戦争がなかったとしても、いまは消え去っていたはずの空間だった。地面が頑固に隆起して道路に亀裂を作っていたが、一瞬の工事でそれを下に沈め、家屋の土台がいかに浅かろうと築かれただろう。一方、その道は歩行者を細いポプラ並木に誘い、その向こうには懐かしくも歩道橋のある小川が流れている記憶があった。どういうわけかステラは、その道路がまだ走っていると思い、そのほかのものはじっと静止している図を思い描いていた。だから、橋の中途で動くものを目にして驚いた。粘土のような水の上に浮いた丸い浮きかすとぼろ布のような泡が橋の下を流れていた。橋の欄干に手を置いて一休みしながら、紙のボートの行く手を待ち受ける航海上の困難やいかにと思い、紙で折って就航させたい衝動に駆られたものの、ボートの運命を占うあてはないことに思い至りながら、唇を半分開けてロデリックの方を向いたら、共に分かち合ったロデリックの子供時代がまぶたに浮かんだ。しかしロデリックには、橋の上で彼女のそばにいながら、この瞬間にはまったく別の感覚があった――母がせめて手を置いたことに、ある種の慰めないしは満足があった、ほんの短時間であれ、母はこのなにも知らない木の棒に手を置いたのだ。静かな動かぬ顔から彼の憐みが彼女に語りかけ、彼女は、自分よりも苦しんだ人に対するように、彼に対する畏怖の思いに打たれた。――無知な憐みはなく、知ることが憐みの代償なのだ。彼女が見るに、彼は悲しみの全体像を知っており、一方彼女は、自分の小さな役割以上のことは知らないのだ。ロバートの死より多くのことがロデリックの顔に浮かんでいた。世界が一瞬、このたったひとつの魂にのしかかっている。彼女は無力な友人のように自分の息子から身を引いた――彼女は一心に数えた、橋の下に吸い込まれて見えなくなる丸い泡を。

彼女は訊いた。「鐘を聞いたの、ここで、今朝?」

「聞かなかったかも。ここの鐘がどこにあるのか知らないんだ。フレッドの昨夜の話だと、鐘が鳴らされるという噂があって、その場合は、彼の妹の赤ん坊にはまったく初めての事になると言ってた――フレッドが駅に来てもかまわなかった? 来たいと言ったんだ、敬意のしるしだって」

「あなたもフレッドも日曜日の新聞を見てないのね?」

「ああ、見てないと思う。なぜ?」

ステラは答えなかった。

「無論、僕は」とロデリック。「フレッドになにか話したんだけど、正確な話はしてないよ。彼は戦闘で誰かが死んだと思っているとは思うよ」

「まあ、ええ、そうだったわね――ロデリック、私が今日ここに来ると言ったのは、あなたが父親について話して欲しがったからなの」

「ええ。でも、父親について今日、いまから話すことはないと思うけど」

「あなたが決めたらいいわ。でも私は自分が話すのはかまわないのよ。ともあれ、あなたには全部話したいの、自分でもわかりかけたところだし」

「あなたが決めてください、なんでも話したいことを――でも今日は、父さんの話は僕はしたくないな」彼は落ち着きなく振り向いて、貧相なものが入り混じった小道を見やった。そして橋の欄干を偉そうな子供じみた仕草で叩き、やりきれない様子を見せた――するとその振動がステラの手にじかに伝わってきた。「彼はもう死んだんだ」彼が言った。「結局のところ、僕に屋敷をくれたのはカズン・フランシスだった。そしてあなたとつながるのは僕にはロバートなんです。カズン・ネティがあやって僕の父親を持ち出して、私は正気じゃないのよと言いたかっただけかもしれない。父がそれを望んでいたかどうか、誰にわかるんですか？　彼が自分の父親だと、どうして僕にわかるんですか？　彼は出て行ったんだ」

「よくわかったわ、ロデリック。じゃあ、全部話すのはよしましょう」

「ウィスタリア・ロッジは、知りすぎるあまり問題でなくなった人にとって、唯一の場所なんだ。僕もバカだな、それに巻き込まれるなんて。自分が嫌になりました」彼は悲しそうに言った。「ああしてあなたに電話しちゃって――でも僕にわかるわけがないでしょ、なにが起きたかなんて？」

「よくわかりました、ロデリック」

「母さん？」彼が突然言った。

「はい?」

「僕らがなにを話しても、母さんは本当にかまわないの?」

「ええ、かまわないわ」

「ロバートは屋根の上でなにをしていたんです?」

もう一度彼女はハンカチで唇に触れた。未亡人じみた臆病な癖は、その日の午後になって現れたものだった。白い麻《キャンブリック》の薄手のハンカチに、ピンクがかった赤いシミが一つ付くたびに色が薄くなっていた。もう薄れる口紅もほとんど残っていない。そこで彼女はロデリックの腕に腕を通し、それで橋を離れようという同意を示した。彼らは互いに同種の暗黙の了解のもと、後ろを向いて、いま来た道を最初の二、三歩は黙って進み、一軒の平屋から荒野を渡って流れてくる日曜の午後のラジオを聞いた。寄り添って、無関心を装い、すべてが終わったことに感謝するのはたやすいことであったろう――だがまだ終わっていなかった。あとは沈黙、というわけにいかなかった。返事を遅らせると、自分の返事がさらに重くなるだけだ。「どうやらあれが、私のフラットを出る彼の一番いい方法だったみたい」彼女は言った。「いつ逮捕されるか、わからない状態だったから」

「ああ。どうして彼が? 逮捕されるなんて、まさか?」

「ええ。彼は裏切者として逮捕されても仕方なかったのよ」

ロデリックは眉を寄せて振り向き、考えてから言った。「彼は逮捕されるところだったの?」

「あの晩に? 私にはよくわからない。彼はそう思っていたわ」

「でもどうして連中は彼を逮捕できるんですか、いま、その、あなたが言ったようなことで?」

「証拠がそろったのよ」と彼女は言い、自責の念もなさそうに横を向いて、息子の顔をじっと見た。

「ああ」とロデリックはかしこまって言った。驚きで顔色が少しずつ変わるなか、彼が言い足した。「そうですか、わかりました」彼らは歩き、ラジオの音楽が聞こえないところまで来る間、ステラは何気なくハンカチを手のなかで丸めていた。「彼は相当勇気があったんでしょ？」と彼は訊きながら、確かめたくて母を見た。「逆の立場だったら、ヴィクトリア勲章をもらったかもしれない、でしょう？……僕もなんとかして知り合いになりたかったな」

彼女はなにも言わなかった。

「だって僕はそんな人に会ったことすらなかったし……。彼はこの戦争で、向こう側についていたんですね？」

「ええ」

「彼がすごく特別な場所で生きているようには見えなかったけど」とロデリック。「もしあなたが彼と結婚していたら、彼は国家にもっと関心を持っただろうとは思わないの？」

彼女が漏らした音は笑いに似ていなくもなかった。娘と兵士の一団が、ゆるく組んだ隊列になって揺れながら小道をやってきて、目を丸くして彼ら親子を見た。ロデリックは頭を上げて、頬はまだ赤かったが、平気な顔でやり過ごすと、一行は右と左に分かれて芝生をふんで進み、ふたりの向こうへ去って行った。そこで、「どうなの」と彼が続けた。「僕が言おうとすることは全部くだらないかもしれないけど——いや、くだらないに決まってる？　だって、僕が口にできることはなにもないんだ。ごめんね、母さん。なにかあるに違いないのに」

「いいえ、ないと思うわ。どのみち私にはあなたに話す権利はないんだから。誰かになにかを話す権利は人にはないのよ、話すことはなにもないんだから。ロバートはそう感じていたのよ。でもあなたが訊いてきたから、なぜ彼は屋根の上にいたのかって」

「多分訊くべきじゃなかったね？　それが知りたかったんだけど」

「いいえ、訊いてくれて嬉しかった。――口にすべきことがなにかあったんだから。あるはずよ、なにか口に出すべきことが」

「うん」ロデリックはそう言って、また眉をひそめた。「でも僕が口にするの？　どうして僕が？結局のところ、僕は誰なの？」

「私が話せるたったひとりの人よ」道路の突き当たりまで来ていたので、駅まで戻る脇道を入ったところまで戻り、彼らはそこで立ち止まった。ステラは密集する建物に目をやり、それがこの町とか村を造り上げていて、ロデリックの軍キャンプ近くの町か村そっくりに見えた。「あなたからなにか出ると期待するほかないのよ。どうしても」

　彼女はそこで言葉を切り、救いがたい意見を勝手に言いふらす人のふりをした。ロデリックはしかし、不安げに一度深呼吸をして、同時に彼女と組んでいた腕を解いた。

「僕が神さまだったらよかった」彼が言った。「ところが僕は嫌になるくらい若い――それが取り柄なんです。僕がなにか気の利いたことが言えたらまだよかったんだけど、それも出てこないんだから、あと五十年は無理でしょう――だっていま僕にできるのは、そいつをなんとかひねり出すことだけど、一生かかりそうだ。おまけにその頃には、あなたはもう死んでいる。考えるのも嫌だ、あなたがそのなにかを延々と待ち続けているなんて考えたくもない。そのなにかが、ロバートがしたことと一連の出来事に、シェイクスピアの芝居に見るような巨大な意味を与えるのを待っているんだ——でも、待つ必要があるのかな？　口に出すべきことがなにかあるなら、そいつが勝手にしゃべりだすんじゃないの？　あるいは、もう口に出されたと思っていいのでは、それが正確にはなんだったか、あなたが知らなくてもいいし？……あなたは僕に話して求めているのかな、僕は若いから、もっと後の時間まで持ちこたえてねと？　僕に後世になってほしいんですか？　となると、ロバートが自分の行為で死んだことは、いつまでも残らないし、本や絵のように続いたりしない。その意味がやっと分かるころには、もうどこにもないから、判断したくてもなにもないんだ。だって、人を傷つけなくなっても意味を持ち続けるのは、唯一、芸術だけでしょ？……母さん、僕は今日こそお慰めできる言葉をなにか言いたい。もっと経験があったらよかった——その全体を見ることができたらなあ、神さまみたいに！……でも、この際なにが一番ベストかは、あなたご自身が御存じだと思う」

「そうでしょうね。そのはずだわね。しっかりしないと。——でも、要するに、あなたは外部の人間だったのよ」

「僕は人間だ、と本気で思っているの？」ロデリックが訊いた。彼らは脇道から大通りに入り、カフェのある方向に道を折れていった。

十七

人生にも下層土の沈下に似た現象があることがある――表面の破れは目に見えないまま、傾斜が変わり、真っ直ぐな支柱が少し傾いたりする。人々の群れ、魂の群れが――おそらく今なお意識せぬまま、近隣をともにしている群れが――ひとつの出来事に影響されることがある。この場合、ロバートの最期に続いた変化は外見的にはほとんどなかった――ステラはロンドンをまたいだ場所にフラットを変え、ヴィクトリア・ストリートのはずれに移った。ハリソンはロンドンから消えた。その反対に、ミセス・ケルウェイとアーネスティンは、ホルム・ディーンに買い手がついたのを断って、そのままそこに居続けた。ロデリックは、一大決心をして、一九四三年の秋に将校任命辞令を受けた。ルウイは同じ小さな工場に出て働くとあって、チルコム・ストリートに住み続け、コニーの監視のもとにあった――そのコニーは、市民防衛軍として自ら前線に戻り、一九四四年早々、新たに再開した敵の攻撃に立ち向かった。

内部的に見ると、緊張が方向を変えた。ウェイマス・ストリートで最高潮に達した夜間攻撃の後も、ハリソンがステラに連絡する動きはなく、彼女には彼に連絡するすべはなかった。彼らの異常な関係が空中に浮いたまま終わってみると、彼女はそれが懐かしくなった――ハリソンは、なにをおいても会いたいと思うただひとりの生きている人になった。突きつめて見ると、彼のもの言わぬ不在のせいで、彼女はすべてをなくした存在になった。つまり彼女は、なにが起きたかを知ることはないのか？というのは、ロバートに関しては、事件の背後から沈黙が来ただけで、沈黙が破られることはなかったからだ。彼の死について最も注目されたのは、そのタイミングの妙だった――国家としては士気を損ないかねない話を持ち出さずにすんだ。すべてが黙秘でき、黙秘された。彼の死は公式には、検死官が見たままに認定された――偶発事故、屋上における気の触れた深夜の脱線行為の結果として。高級住宅街「メイフェア」があるロンドン西一区のどの箇所が現場だったのか、人々は心中、色どりと香りとスキャンダル好みを添えてこの事件を見たがった。ステラは、贅沢なフラットに住む女友達として、検死法廷の証言尋問で核心部分について数々のことを聴取された。彼女は梯子や明かり採り窓の位置等々に関する質問に答え、その他にも返答した。

「彼は屋根を伝って出て行くと決めていました」彼女は述べた。「彼は、私には名前を言いませんでしたが、誰かが私たちの跡をここまで尾けてきて、難癖を付けようと下の通りで待っている、と考えていました。……私の想像ですが、彼はその誰かと面談して相手を満足させたくなかったか、または、私の家のドアの外で騒動を起こすと私に迷惑がかかると思ったか。……はい、私には男友達がほかにもいます、と言いましょうか。……もう一度お願いします。ええ、そういうことです、男友達がほかにもいます。……いいえ、ケルウェイ大尉が心のなかに抱いていたかもしれない人のことは、お話できません。まったく存じませんので。なにかほかの理由で彼に喧嘩を仕掛けたい誰かだったかもしれませんが。……いいえ、ほかの理由は思い当たりませんが、人は滅多に。……ええ、二年間です。──二年と二か月でした。私たちは一九四〇年の九月に出会い……はい、何度も会いました。……はい、私はフラットに飲み物をなにかいつも置いておくようにしていて、品切れせぬよう気配りしていました。誰でも欲しいものですし。……はい、当然です──もう一度おっしゃって、はい、そうです。……いいえ、それほど飲んだりは……すみませんがよくわかりません。ほかの人がどれくらい飲むものかなんて知りませんから。……いいえ、喧嘩をした覚えはありません。……いいえ、ましてやあの夜は……私たちは戦争について話していました。……遅くまで？　ええ、遅かったと思います。時間が過ぎるのにふたりとも気づかなかったのでしょう。戦争は大変興味深い話題です。……はい、はっきりわかりました、ケルウェイ大尉が興奮している様子だったことは。おそらくそれは、私たちが戦争の話をしていたからだと思います。彼はダンケルク以降、現役軍務のリストから外されていて。……すみません、わかりません。気が付きませんでした。……いいえ、いつもより飲んだという記憶はありません。……私の知る限り、それははっきりしています。すべて覚えています……。異常でしょうか？　記憶には自信があります。……スイッチが入ったり、切れたり。これだけははっきり申しますが、外の通りに誰かがいるという考えは、夜が深まるにつれて彼を追い詰めました。……夜中になってきて……ええ、私が下に行って見てこようかと提案しましたが、彼は行かせようとせず。……わかりません。彼が幻覚や錯覚に囚われていると思ったことは、いかなる場合にもまったくありませんでした。……どうであったかはわかりません。申し上げられるのは、後で私が下に降りて行ったときには、通りには誰もいなかったということです──彼の遺体を別にすればですが。……いいえ、物音がしたからではありません。ただ下に降りたんです。……下に降りて道路の方のドアを開けました……そうです、ただ下に降りただけです。いいえ、強制されたんじゃありません。ただ下に降りてドアから見てみようとしただけです。理由なんかありません。みんな理由があってなにかするんですか？……なんでしょうかもう一度。……いいえ、わかりません。どのくらい経った後かなど。時計は見ませんでした。二分、五分、十分。わかりません。その前ですか？　ただずっと待っていて。……いいえ特になにか待っていたのでは……。わかりました、では私は待っていませんでした。彼が去った後、私はただ部屋にいました。……はい、もちろん彼が危険なことをしているのはわかっていました。膝が不自由な男性にとって、特にそれは危険な行為で。……その反対です。彼にやめさせようとあらゆる努力をしました。……ええ、でもなにが私にできたかしら？……さっきそう言いました——もう申しました、彼は興奮状態にあったと。……そのほかの場合は特に。でも、誰だってときには興奮状態になると思いますが？……私の言う興奮状態とは、ほかのことを彼が考慮に入れられなかったという点で、です。……暗さと、急勾配の屋根と、家々の高さが違いますし、それに言った通り、彼の膝は。……いいえ、覚えていません、彼が懐中電灯を持っていたかどうかは。彼はたいてい。……ええ、すみません。これが重要なことはわかっています。すべてを覚えているという陳述は取り下げます……。

「いつ彼を発見したかですか？　なにが起きたと思ったかですか？　いまも思うのは、彼が足場を失ったということかしら。……はい、私は自分が動揺していたと言うべきでした。

「はい、一九四〇年、一九四〇年九月から。……二年間で友人の人生の諸状況を知る限りでは、そうですね……はっきりしないんですが、『内密を要する事柄』とはどういうものなんでしょう。無論、彼の仕事の話をしたことはありません。そんなことを私があてにするはずも。……個人的な事情について隠しているような様子はなかったです。彼がなにか隠しているなという印象を与えたことはないです……。いいえ、彼に敵がいるだろうと思ったことはありませんでした。喧嘩する人ではなく……同じです。とても奇妙に見えました。なぜだか知りません。いいえ、彼は説明しませんでした。彼はただ、ドアに誰かがいると言っただけです。いいえ、彼は怖がっていてもそんな兆候は見せない人でした。彼の立場を憶測すると、下に降りて決着を付けるほうがよかったんでしょうが、彼は騒動を起こしたくないし、あんな遅い時間に私の家の外では迷惑だし……もちろんです。それが方策としては最善だったんでしょうが、彼はそれを思いつかなかった……私が思いついたかどうかは、覚えていません。彼が静かに私のフラットにそのままいて、誰であれ、彼が思った人物が誰であれ、その人が立ち去るまでじっとしていなかったのはなぜか、私にはわかりません。ただ言えるのは、彼はそうは望まなかった……。でしょうね。どんな議論だって動揺させられます。……ただ私は彼を説得して、彼がしようとしていることをやめさせたかった。喧嘩ではありません。……はい、それを興奮状態にある人間の決定であるとおっしゃるなら同意するしかありません。……いいえ、一度も。ケルウェイ大尉の振舞いが、いつであれ、異常だと感じたことはありません。あの夜は、いつもと違ったという意味で異常と言えるかもしれませんが。通常彼は、間違った判断を絶対にしない人でした。……はい、数か月は。実際のところ、彼が退院してさほど経たないうちに、私は彼に出会いました。……膝だけです。いいえ、精神医学の治療が問題になったことはありません。……私が気づいたことはなにもありません。ただ断定できないのではないでしょうか、なにがストレスやショックの後遺症らしいかなど。……いいえ、金銭問題がありそうだ思わせる理由を彼が与えたことはありません。……さっき申しましたが、彼の心中になにかがあるという印象を受けたことも一切ありませんでした。……その質問がよくわかりませんが——こういうことですか、あなたが知りたいのは、彼が屋根伝いに出て行ったのは彼に自分の命を絶つ意図があってのことと私が思うか、でしょうか？……すみません、そうあなたが言っていると思いました。……彼の意図がなんだったか、私は知りません。彼は見つかるだろうと期待していたのではないかしら、よその家々のどこか裏手に、火災用の非常口があるだろうと。どこかの家の天窓が開けられることを予想して、その家から下に降りて、外に出ようとしたのかもしれません。……おそらく彼は、それがさしあたりいい考えだ、ジョークだ、面倒を起こそうとしている奴の裏を書く方法だ、と見たんでしょう。……そうです。彼が想像した人物は、そこで面倒を起こそうとしていました。……いいえ、違います。私は先ほど言った通り、まったく。……彼が出て行ったとき、私は自分のフラットにいて、それから階下に降りました。階下に降りてドアを開け、通りに出ました。そのとき彼が落下したのがわかりました。……覚えていません。……では失礼します」

彼女は検死法廷を、確かな目撃者だという一定の評価を得て、退廷した。

鐘が鳴り響いた日曜日の午後を、ルウイは日曜新聞を各種へとへとになるまで読むことに捧げた——新聞は投げ込まれ、古新聞みたいになって、というのも、コニーが寝るために家の最上階まで上がる途中でドアから放り込んだからだ。ある新聞が尋問を短く書いていた。しかし、ほかの二種は特集記事を載せていた。ルウイはステラの名前を見て、彼女の住所を二度読み、耐えられないフラッシュを浴びて読み取った、彼女があの朝に立っていた街路の持つ重大な意味合いを。一瞬考えた、落ちたのはハリソンだったかもしれない、別名を使っていたのだ。不運な将校の行為は、記事によれば、猛烈な猜疑心、愛せない冷酷さとその奇妙さに発していて、ルウイの目には、これはハリソンに間違いないように見えた——という経路でルウイは激情に振り回され、ハリソンが死んだという状況に囲まれていた。死者は悼むべきだという至上命題があり、彼女は彼の熱狂的な思索の実りのなさを思い出した、あの最初の日、彼はコンサートに独りでいた。また彼女は新聞を取り上げた——違う、だってハリソンは膝が不自由じゃなかったもの！　違う、彼の関節は全部、どうでもいいけど、スムースに動いていた。横滑り、びくっと動くこと、割り込みなどは彼の振舞いにあったことだ——それは、彼女が急いでいま死んだ彼を生き返らせて見たところでは、慢性的な癖だった。違うわ、彼は脚も引きずらなければ愛しもしなかった。思い出した、彼はあの夜、彼と彼女がコンサートを後にしたときに、足を引きずった、嫌そうな計算された歩き方をしていたじゃないか。彼の肉体の単調さが、彼の強情さと相まって、すべての女の神経に障らないはずがない。

とはいえ彼女は、一夜テーブルを共にした男と、次の夜に屋根から落ちた男とのつながりが断ち切れなかった。

ルウイにしてみれば、下層土の沈下は、ステラに美徳がなかったことを知ったことが起因だった。美徳は徐々に可能でなくなり、いまや不可能であることがステラによって実証され、美徳がさほど希求されなくなったのは、ステラがそれを十分に希求しなかったからだ。ルウイが、ふらつく自分の願望を、一時間こっちを見つめていた顔ひとつになぜ託したかは、説明できない。憧れを招き寄せる顔はいくつでもあって、その他の顔が官能的な夢の的になるのと同じだ――ハリソンの場合、そのほかになにが起きたというのか？　ルウイ自身、そういう人の目前にいる感じがしたのだ。彼女にしてみれば、だから、これはステラなのだ、道路に堕ちたのは。

　ルウイの語彙には空白がいっぱいあって、それが心中彼女の魂に作用していた。非常に強く感じたのは、彼女には名指して言えない底流のことだった。控えめで曖昧な彼女は、以前は美徳を思い描くことができたのに、いまはそれがこれと言えなくなっていた、ハリソンの連れを突然目にして以来のことだ。彼女にあったふたつの単語、「洗練《リファインメント》」と「世間体《レスペクタビリティ》」が、彼女に言わせれば、どこか周辺に追いやられてしまった。完璧さに向かい恐怖を追い出すものを求めて、彼女は不明確ながら、美徳をセックスの対立概念と見ていた。同時に、なぜか美徳は、これかあれかは問わないまでも、美徳の崇高な特権ならではの苦悩がともなっている。――ルウイ自身がステラのなかに苦悩を感じなかったか、ハリソンとの関連で？　振り返ってみて彼女は見た、そうだ、恐怖《フィア》もあった、いや、畏怖《テラー》があった――しかし畏怖の本質的な純粋さのせいで、彼女には美徳が道徳的に純粋なものに見えた。ふたりで真っ暗な夜道を帰ったとき、ステラにはさまよう魂という印象があった。だがどうして、幻想が続いた間であれ、彼女がそれ以外のものでいていいのだろうか？　いったいなにが彼女にあったのか？彼女はほかの天体からやってきて、われ関せずと、どこかもっといい星からきたさすらい人なのだ。この世の中で、この世に住むには善良すぎる生き物に出会えたのは、たいしたことだったのだ。

　だがステラは善良すぎるどころではなかった。ここに、一種類の新聞だけではないが、彼女のことが書かれた個所があり、酒瓶、恋人、高級住宅街であるウェスト・エンドの贅沢なフラットとあった。

彼女にはほかにも男友達がいた。争いがいまにも始まるところだった。そのすべてが金がかかるという問題に絞られていた。洗練など関係ない。より好ましい表情とより好ましい声、しかし彼女は結婚していない誰かと一緒だった——彼が屋根から逃げた男でないなら、いまでもそこにしっかりいるだろう。彼女はレスペクタブルに見えた——シールのいまは亡き人々の顔のように——しかし彼女が法廷に立って、彼らにすべて話してしまった。一巻の終わり。またもやこれだ。賞賛に値する人などどこにもいない。ほかに代わりもいないのだ。消え残った探照灯は、結局どんなに遠方であれ、窓ひとつ照らさなかった。では、いかなる希望を胸に、人は先へ先へと進んだのか？　いま振り返ってみるに、どこまでそれが続いたことやら——おとなしげな、おずおずとした、不実な追随者しかいない希望が！

十一月の日曜日は、明けると同時に、霧に色褪せていった——ルウイは鳥肌を立てて、ラグの上から起き上がり、やかんをかけた。両手でティーカップを撫でていたら、コニーが、まだ昼寝で寝ぼけたまま、彼女目がけて新聞紙を踏みつけて行進してきたが、『将校たちの深夜の行状』という大見出しの数紙が床の上いっぱいに散らかっていた。「気を付けてよ！」ルウイはお化けのような顔で振り向いて叫んだ。「たのむから！」コニーは、後で一枚つまんで読み直しながら、虫歯を一本舌でせせった。しかしながら、ルウイがさる夕べに知った洗練された新しい友人と、この悲劇のいかがわしいヒロインを結び付けるものはなにもなかった——実名が出ていなかったのだ。いまさら実名もあるまい。ああ、もしコニーが、私が隠し事をしていると邪推したら！……この最初の嘘が最後の嘘で終わらないだろう——だって、ステラの堕落の影響がルウイに時間とともに利いてくることを隠し通さなければならないから、この後何時間も果てしなく、油断なく。ルウイがまた自堕落な習慣に落ちて行ったことは、まだ知られていなかった。空とぼけもそこまで大胆になると、結局、用心する必要がなかった。なぜならなんと、コニーの見張りが緩んだのだ——このところコニーをいらいらさせるようになったボーイフレンドがかける面倒の方が、彼自身の存在価値よりも大きくなっていたからだ。そうじて男にどんな値打ちがあるのか、愚痴るだけで、決める力もなく、なんの特性もないこの男の友達がコニーをとらえ、不機嫌に追い込み、詰め所にいないときは、遅くまで外に出ていて、ルウイの部屋に顔を覗かせても、話すことといえば悲惨な妄想じみたモノローグだけ、コニーはもう人の見張りをするほどの余裕がなかった。一方、その冬の間中、トムから休暇の希望に関する便りはなく、いまやインドではなく、北米に駐屯するよう指令されたとあるだけだった。

一九四二年は、第二戦線は結成を見ずに流れていった。ギアをきしませるだけの変化しかなく、戦況の好転は翌年の状況が見えてくるまで、としか言えなかった。一九四三年の新しい月めくりカレンダーは、未知の謎がいっぱいだった。二月には、ドイツ軍がスターリングラードで降伏。三月は、第八軍がマレトラインを突破。北アフリカの春は、相次ぐ追撃戦と天文学的な数の降伏兵に富む春だったが、勝利はまだ遠く、敵軍との講和はならなかった。七月、シシリー島上陸。ロシア軍がオレルの森で夏季攻勢開始。ムッソリーニ失墜。九月、イタリア陥落。しかしイタリアは枢軸側で現状維持。上陸作戦、海岸上陸拠点無数、ロシア軍の戦車がロンドンの映画スクリーンをよたよたと横切る。十一月、イタリアの河川を連合軍大部隊が侵攻開始。冬の到来は、ドイツ軍が冬季戦線を突破されたことでわかった。ムッソリーニ返り咲き。映画で期待されたほど歓迎されなかったのは、ベルリンがロンドンの惨状のさまを味わっているからだった。チャーチル、ローズヴェルト、スターリンの三巨頭がテヘランで微笑んでいる写真。欧州要塞化計画。クリスマスの翌日、戦艦シャーンホルスト号が撃沈され、ロシア軍がキエフ方面に五日間で六〇マイル前進、同時に前線への突破口を一八〇マイルに拡張して、一九四三年は果てた。

戦争がグローバルであるとは、戦争が地図の枠からはみ出すということだ。おさまりきらない。どういう具合だったか、例えば、対日本軍作戦は、ロンドンでは耳にするだけで掌握されていなかった。戦争劇場の数があまりにも多すぎたのだ。

一九四四年は、第二戦線の存在が不可欠の年になった。スムッツ将軍はこれを「運命の年」と呼んだ。爆撃の実施が準備工作として継続された。一月には早くも連合軍がグスタフラインを突破、ロシア軍はレニングラードの包囲を解いたと発表した。二月、連合軍はイタリアで敵の師団を十個包囲したが、ドイツ軍はアンツィオの海岸上陸拠点を攻撃、しかしこれは死守された。モンテ・カッシーノ殲滅は映画館で漏れた不安げな吐息の原因だった。このすべてが重要であり、さらにもっとあった。回顧はすぐに切り上げられ、ロンドン空爆が再開した――二月の連続五夜にわたる空襲は、「リトル・ブリッツ」として知られることになった。

その週、ロデリックはモリス山荘にいて、初めて許可が下りたので、自分の財産を閲覧し、相続手続きを取ることにしていた。平服で、湿った晩冬の夕方に到着していた。仕事があって母はロンドンに足止めされていた。彼は残念でもあり残念でもなく、彼女は残念ではなかった。ドノヴァンは、タクシーならぬ貸し馬車《ハックニーカー》に耳をそば立てながら、階段のてっぺんの天井の高い戸口で、手にランプを持って立っていた。新しいご当主の先を進み、玄関ホールにはいり、テーブルにランプを置くと口上を述べた。ロデリックは、言葉そのものよりも、自分のものになった屋敷に返るこだまのほうを聴いて返事をした。その後、ひとり図書室にはいり、カズン・フランシスがカードに活字体で書きつけていた指示を読んだ。カードは暖炉の火の上の絵画の周囲に挟んであった。彼はドノヴァンが戻ってくるのを待って質問しようと思った。「『レディ・C』とは誰なの?」

「レディ・コンディのことでした」

「なんだって、彼女、もう死んだの? ——だったら」とロデリック。「もう彼女から伝言などないわけだ」彼は絵の回りからそのカードを引き抜いてふたつに裂き、火のなかに落とした。

「——川は氾濫したの、この冬は?」彼は続けた。「番小屋のロッジまで水がきた?」

「いいえ。そこまでは」ドノヴァンが証言した。「しかし、危ないところでした。ミスタ・モリスはどこかよそにロッジを移す計画をつねにお持ちでした。おかしくないですか、サー、彼らがモントゴメリーを第八軍の司令官から外すなんて?」

だがロデリックはまたカードを読んでいた。「子犬だった犬たちはどうなったの? 母はなにも言ってなかったけど。始末したわけじゃないんでしょ?」

「いいえ、サー。ご指示はあいにくでした。多産系のイヌで——この近辺で引き取ってもらいました。子犬をご希望なら、そのうちの一匹をいつでも連れてきますが。大型の老犬でした、ミスタ・モリスがイギリスに帰られる前に射殺したのは。——ミスタ・モリスをここにお戻しするお考えはないのでしょうか?」

「そうしない法はないと思う」ロデリックは感動して言った。「いずれそのうちに。遺骨は本来あちらでいいが。だが無論、話がすっかりこんがらがって――ことの次第を知らせてもらってないんだ」

ドノヴァンは一歩下がって、ドアを広く開けて手で持ち、メアリが大きな夕餉のトレーを持って通れるようにした。ロデリックは見るともなしに、母が話していたふたりの娘たちのうちの若い方に目を向けた。「こんなに遅くなければよかったね！」突然彼が言った。「できたら見たいな――今夜は相当暗いのかな？　外に出て、いろいろと理解しておきたいんだ――いまのところ、到着した感じもほとんどしなくて。この部屋が好ましくないというんじゃないよ、無論」彼は言い足して、天井を尊敬の目で見上げた。「ずっと大きくて高いなあ、とにかく、想像以上だ。しかし、外がどうなってるか、知らないのもまずいからね。――夜は真っ暗かい？」

「まずまずと申しましょうか。目の前の手はご覧になれます。では、ドアの閂は降ろさずに？」

「ドアの閂はもう降ろさないでいいんだ。僕がやります」

メアリは、ものも言わずにロデリックを観察していたが、トレーに最後の仕上げをして、部屋を出て行った。ドノヴァンは、娘の後について出るつもりでいたが、もう一度口を開いた。「ここから下の川までがいきなり崖になっておりまして、騙されますから」彼はそう言いつつ涼しい顔をしている。「聞いた話では、馬車が二頭の馬もろとも、暗闇のなか、崖からまっさかさまに落下して、手すり壁《パラペット》を造る前でした――それにアルパイン道に岩が崩れるところが一か所あって、もしそちらにおいでになるならですが。あとはやや滑りますが、危険はないでしょう。――とはいえ、サー、話に聞いておりますが、訓練怠りなく済ませていらしたとか。このたびの戦争では、そのへん手抜かりなくという要請がありますかな」

「ああ、外に出ればきっと様子はわかるから」ロデリックはそう言って、悠然と椅子をトレーの方に引き寄せて、蓋をとり、食べ始めた。「なにがあるかは聞いているんだ。ただ確認したいだけさ」

夜遅くきたので、彼は自分でドアに閂をかけ、鍵を閉め、チェインもかけ、敬虔な思いを味わったが、不慣れなためにやかましい音を立てた――教会のランプのような小さなランプは、ドノヴァンが火を灯して彼のために玄関ホールの戸棚の上に置いて行ったもの、そのせいで彼の影が大きく映じていた。彼も聞き忘れたし、彼らも深い感動のあまり戸惑ってしまい、二階のどの部屋で彼が休むのか案内していなかった。だから捜索のため、彼はドアからドアを開けて行った。暗闇はものの数ではなく、自分と明日の間にあるベールに過ぎず、鼻孔は塗りたての漆喰のうっとりするような匂いを嗅ぎわけていた。屋敷は彼の関心事で、やっと今夜に間に合ってここに存在している佇まいがあった。母があなたはここで身ごもられたのは間違いないと言っていたのを思い出したが、どの部屋かなとおざなりに思っただけ。残り火の明かりに誘われて部屋のひとつにはいると、支度したベッドの足元に自分のバッグが置いてあるのが見え、彼は探すのをやめた。長靴を脱ぐためのブーツジャックが一列、印刷機の上に並んでいて、フックには無数の紐、暖炉に沿って塗布剤の瓶が勢ぞろい、ロデリックがカズン・フランシスの跡継ぎであることを伝えていた。主寝室はカーテンも壁紙も深紅、それを背景にしてマホガニーの神殿みたいなものがあった。口笛を吹きながら、ロデリックはバッグから私物を取り出しはじめた。

しかし彼は戸外のことで一杯になって戻ってきて、ランプを消し、老人の枕に頭を付けた後で、また胸があふれた。無数の形が、これという感覚を通さずに勝手にでき上がり、その存在を二度と疑わない形が浮上して、彼の中に棲みついた。自分の周囲に小高い丘々が夜をついて重くのしかかり、ミステリアスな下り坂、動かない空気のなかの動く水の吐息を感じた。静寂を超えたなにかが耳につき、葉を落とした木々の頂きに眠たげなミヤマガラスが羽音を立てることもなく、たゆたっている森には軋る枝一本、折れる小枝一本ないのだった。原野の目に見えない広さから漂ってくるのは、動かない静かさと枯れたシダ群の空しさだった。彼は庭園の壁の湿った石まで来て、荷車道に敷かれたでこぼこした砕石の上でしっかりと立ち、手を門に置いて、金網を鳴らし、岩石とトタン板と木の幹に触ってみて、本質的に異なるその非人間性を確かめた。あらゆる地点から行きつ戻りつ、眼下の川の逃げていく輝きをたどった。暗闇が屋敷の輪郭を食い、丘の輪郭も食い、切れ切れに連なる峡谷を飲んでいた。空気が夜そのもので、彼の動作の一つひとつで顔と手にまた夜が刻印された――それでも、彼が室内にはいり、ベッドについても、感覚的には触れてもいない体の各部位に空気が宿っていた。この空気の記憶がある間、彼は眠れなかった。

寒くはなかった。冬が休止点に来たことが、その夜の徹底した空虚さにいたく感じられた。大自然が退却したのか、すべてのものがなくなってモリス山荘の本体だけが残ったみたいだった。その地所はその存在をロデリックひとりに集中していた。いまこそかつてなかった時間だった――穢れなきおとめの夢のすべてが去りゆき、彼がそこに託していたすべてとともに、かつてあった崇高な絵のような、甘美な、安楽な、派手なもののすべてと共に去って行った。彼はこれに取り憑かれ、圧倒され、畏怖の念にいた。こめかみの脈動が枕を打つのを聞いた。自分の土地を歩く自分の足音が自分についいてきた。彼のなかで成就の自覚がなり、それも初めて、死の概念とその恐怖の意味が自分のものになった。この先五日間の現地滞在がある。この先には、もう帰還しないという可能性もあった。彼はこの夜まで、戦争から戻らないこともあると思い描いたことはなかった。

マッチを擦り、それが燃える時間に彼は感心した。それから高いベッドの上で体を持ち上げ、細かい渦巻の彫刻のあるベッドヘッドに両肩を付け、腕を組み、相続の問題を考える姿勢をとった。抽象的な思考を嫌う本能がその問題を彼の三人の父親へ移した――負けたヴィクター、決定するカズン・フランシス、そして認知されない継父ロバートである。彼のなかで、この等しからざる三人が、一瞬合流した。彼らはどうしていたのだろう？　一人ひとりの死には早死だった感じはなかったか、頑固な老人も含めて？　あるいはそれぞれに、そのときになると仕上げられなくなったなにかを放棄したのか？　その反対に、なにひとつ仕上げる可能性はないことを受け入れたのか――誰が好んで最後のひとりになるものか？　継続が大事――だがなにを、なにを続ける？　それについては、岩々のなかに、すなわちここに居続けた人々のなかに閉じ込められた、心の通わぬ知識に近づく道があるはずだ。その間、「欧州の要塞」はロデリックの襲来を待っていた。すべて、すべて、すべてがそれに向き合わねば――ただし例外は、二月の夜のこの所領の存在、この所領はこれから訪れる二月たちを知ることだろう。ロデリックは戻らざるべきや……。

遺書を書くべきだと思い至り、彼は心中、彼にそう忠告しなかった母をそっと責めた。しかし書かれた遺書で人は誰かほかの人を支配するわけだ――だが、世界に、そして彼に大きく働きかけるのは、死者たちの知る由もない心中の意志であることを彼は知った。死は、それが後に残したものを評価しえない。ロバートの死は哀しみを残した――さらに、もしなにかもっとあるとしても、ロデリックの母は彼になにも語らなかった。ロデリックはそれを思いめぐらし、現状では、自分の跡継ぎは母をおいてほかにないとも思った。自分にも母にも悔しいことだ――ふたりでもう少し遠くまで考えないと。彼は反乱を開始した――後から後からマッチを擦り、やっと小さなランプに火が点いた。火が点くと、彼はまた四面の壁のなかにいた。ベッドに倒れ込み、たちまち眠りに落ちた。

次の日は調べてすることがいっぱいあった。「オコネルに言いましたが」彼はドノヴァンに言った。「目下のところ、できればいいと思っているのは、僕が戻るまでは、この場所を現状維持することくらいかな。その後は無論、どうしても収益を上げないといけない。モリス山荘が嫌でも僕の生活費になるんだから。初めにまず勉強しないと――農業学校に一つ二つ通って、二年、三年、四年くらいかな。いまはすべては科学的にやらないとね。素人のままで、失敗続きじゃあ困るでしょ。資本金も入れないと、報酬を得るつもりなら」

「それは、たいそうな金を捨てるようなものでして」

「それはないよ、組織化すればね。それに捨てるほどの金は持ったことがない」と補足して、ドノヴァンを有無を言わせぬ目で見た。

「ミスタ・モリスは改良をお考えになるタイプでした。彼がなさろうということはまったく素晴らしくて、機械類の写真を見せてくださいまして、色んな人たちがひっきりなしに来て私どもにご指示くださり、ついに戦争になりまして、関心がよりそちらに――ボートを引き上げましたが、サー、お役に立つどころか、もう腐っています」

「ボートって?」ぼやっとしてロデリックが言った。だが気を取り直して、言った。「ああ、そうか、そうだ。あのボートね。いや、それは残念だったが、まあいいさ。ありがとう。大仕事だったね。よくわからないが聞きたいね、どうして沈めたりしたの?」

「用心のためです。ミスタ・ロバートソンはそういう感じの方だと申しましょうか」

「ミスタ・ロバートソンて、誰?」

「それがわかりませんでして。この国に目配りしているというのでしょうか。あのころはまだ怪しい時代で、ドイツ軍が撃退される前ですが」ドノヴァンは言い、熱のない様子で窯に薪をくべた――ふたりはキッチンにいた。鶏が二羽、テーブルの端に座ったロデリックがぶらぶらさせている足の下から逃げていった――ふたりの少女も、彼がはいった途端にキッチンから溶けて消え、ティーポットのそばに燃えている蠟燭は残して行った。ハナかメアリの顔が、ドアロの暗闇にときどきのぞいたが、そのたびに足音が石の廊下を踏んで逃げていくのが聞こえた。「あらかたすんでみれば、お見せできるものはなにもありませんでした」とドノヴァン。「しかし、先代は色々なご計画があってお忙しいことでした」

「君の話を聞くと」とロデリック。「このロバートソンとやらは、馬鹿な奴だったんだね――彼のことは聞いたことはないが、それも不思議なことじゃないさ。情報か、嫌だな。ドイツ軍をなんと思ったんだろう? 彼らが上陸しなかったのは、もっけの幸いだったんだから」

ドノヴァンは、敵味方なしに、燃え盛る窯に耳を傾けていた。

「お葬式に男がひとり現れてね」ロデリックが続けた。「しかし彼の名前はハリソンだった」

「あるいは、そんなような名前でした——ロンドンからなにかお聞きになってますか？」ドノヴァンは急に暗い顔を向けて訊いてきた。

「いいや。なぜ？」

「また爆撃がありまして。母上はあちらに？」

「そうだ。なぜ？」

「母上を危険にさらしていますよ」

「ああ、ドノヴァン、そうだね。だが彼女は、いつも自分の好きにしてきたから」

「私なら、彼女はいつもできることをしていらした、と言いますが。なにを潜り抜けたにしろ、とても穏やかでいらっしゃる。それでも、残念です、あなたが母上にここでお待ちになるよう説得できなかったのは」

「ここでなにを待つんだい？」

「もっといい時代を待つんです」

「ああ」


ハリソンは舞い戻っていて、道路の中央に立っていた。彼のほかは誰もいない。道路を照明弾が明るく照らしていた。上空で高射砲が轟く合間に静寂が脈打ち、照明弾の明るさで道路が鏡張りの応接間のように見えた。封筒に書かれたものを覗きこんでいるハリソンの頭上では、愛らしい形をした照明弾が、緑白色を発しながら、ゆっくりと流れ落ちて消えた——東の空はピンクのフラミンゴ色に映え、誰ひとりそれを日の出だとは思えなくて、西の空は炎でめらめらと燃えていた。ロンドンの全住民はあらかた地下に避難していた。ときどき消防車や救急車のけたたましい鐘が聞こえた。自家用車が一、二台走り過ぎる。爆撃が再開していて、ステラの新しいフラットの方角にしつこく踏み出したハリソンは、それをかいくぐって、爆弾が当たって倒壊しそうな建物を機械的に避けて進んだ。

ステラが住んでいる一画は、危険な夜空に、高く、ためらいがちにそびえていた。入り口を入っても門番はいなかった。ハリソンは自分でゴシック風のエレベーターを操作した。それが静かに停まり、彼女のいる階で扉がガラガラと開く音をたて、呼び鈴が鳴る前に彼女に考える時間を与えた。呼び鈴が鳴ると、彼女はすぐさまドアに出たが、これは間違いに違いないと思い定めた人の気配があった。彼女はコートを着て、猫を抱いていた。ふたりは互いに相手をじっと見た。彼女が声を出した。「あなたはどこにいたんですか?」猫が驚いて、彼女の肩に駆け上がろうとした。

「ちょっとまずい時間にお寄りしましたか?」

「あら、いいえ」彼女はどう思ったにしろ、丁寧に言った。「特になにもしていなかったし――本を読んだり、爆撃の音に耳を澄ませたり。さあ、はいって」彼女は彼の先に立ってもうひとつの部屋にはいり、猫を下に降ろした。彼は、この別の玄関ホールが、前より小さくないし、もの慣れないので、帽子をどこに置くべきか、昔の仕事を刷新するのに苦労した。「そう、まったくもって久し振りですね」と答えながら彼は後についていってきた。――「なるほど」と彼は言い足して、第一印象でも確かめたいのか、カーペットの周囲を見回した。「今度は猫を飼ったんですね」

「あら、違うの。私の猫じゃないのよ。このフラットのなにもかも――全部が」彼女はそう言って、あてどない、こだまが返るような微笑を浮かべた。「お隣の猫なんだけど、みなさんお出かけで、遠方なのよ、猫が不安だろうと思って」

「プシー、おいで、プシー、どこにいるんだ?」ハリソンはそう言いながら、指を鳴らした。なにも出てこないので、彼は横目で彼女の本のタイトルを読んだ。黒い毛皮の暖炉用の敷物の上に表を伏せて置かれていた。「昔のままだ」彼が言った。「まったくひどい夜ですよ。動物はこういう夜は嫌でしょうね」

「昔のままね」ステラはそう言って、彼に背中を向けて暖炉のそばに膝をついた。「あなたに出会う前みたい、と言ってもいいわ」彼女は両手を火で温めた。ここ、寒いかしら? 大丈夫よね――どうぞ座って」彼女は肩越しに言い足した。「なにをしていらしたの?」

「あれやこれやとね。事実、国を出ていたんです。でも長い話をしてもしょうがない」

「そうね、そう思うわ。仕事をなくしたんじゃないでしょ? 一度か二度、そうじゃないかと思ったりしたのよ」

「えっ、僕が? ああ、例のことという意味? ああ、ノーノーノーノーノー。だが、残念ながらあれはしくじりました。だからあなたは僕を恨んでいる?」

彼女が返事をしないでいると、それに乗じて彼はふたつある肘掛椅子のひとつにそそくさと座り込み、座ってもいいのか、座るのが分別なのか、どちらにしろこの土壇場を利用した。ステラは、振り向かないまま、背後でなにが起きたか心にとめた。彼は、いかに消極的であれ、これを返事と見て、本気で喜んでいるように見えた。もっとあるかな? 彼女からは明らかになにもなく――もしなにかあるならこちらから出すしかなさそうだ。肘掛け椅子から身を乗り出して、彼はまず顔をしかめ、拳骨を手のひらに押し付けた。「ええ、あれはいけませんでした」彼は認めた。「僕なりに言えば、あれは相当こたえました」

「こたえた？」ステラはそう言いながら暖炉の前の敷物から立ち上がり、いつまでも手を温めていると気が弱くなるだけだとでも思ったようだった。暖炉のあたりにハリソンに出す煙草がないかと探していると、彼女とロバートはハリソンが置いていった一箱に借りがあったのを思い出した。近距離砲弾が炸裂して建物が揺れた――即座に彼女は歩き回り、家具の下を覗きこんで猫を探した。ハリソンは砲弾に黙り込み、同時にステラの後を目で追っている事実を秘している容疑が晴れたと感じたのかもしれない――というか、彼女が彼の椅子の後ろに来たとき、くるりと振り向いて彼女の居場所をまともに見た。彼女は猫をすくい上げると胸に抱いて立った。遠からぬところに斜めに落ちた連発爆弾で、猫の毛が縮んで湿ったような感じがした。やがてすべての音が途絶えた。「久しぶりだわ」彼女が言った。「この空襲は。前とは違う空襲じゃない？」

猫の脇腹を抱いている彼女の手の震えが止まらないのを見て、親しみと無礼を籠めて彼が言った。「じゃあ、もしかしたら君は僕が来たのが嫌じゃなかった？」

「もっと前に来てほしかった。あなたに言いたいことがたくさんある時があったの。前は知りたいことがすごくあったのよ。あなたに会わないといけないと考えるのをやめた後も、心のなかであなたにひっきりなしに話し続けていた――だからあなたが死ぬとは感じられなかったでしょうね、ええ、だって、死んだ人にくどくど話し続ける人はいないわ。というか、人は死んだ人が言ったことを聞き続けるのね、断片を拾ったりくっつけたりしながら、時間がなくて彼らが言えなかったことを形にしようと――理解する時間もなかった人たちだったかもしれない。人が忘れたことでも、なにか大事なことがきっとあって、忘れたのは、後でそれが問題になるなんてそのときにはわからなかったのよ。でも多くの場合、人が忘れなければならないことはあるわね――生きることができるならだけど。戦争があればあるほど、そうよ、私たちは生き残りになる方法をますます多く学ぶのよ――ええ、あなたがいなくて寂しかった。あなたが消えたので、私にはなにひとつなくなったわ。どうして消えたの?」

「話せば長いことに――」

「――作り話はしないでね。なにがあったの?」

「ひとつには配置換えがあって」

彼女はハリソンをじっと見た。

「ということですよ」彼は言い、本気にしてもしなくてもご勝手にという風に肩をすくめた。「あのころは大改編があって、あなたも覚えているでしょう。長い話も短いものです。配置換えになったんですよ」

「ああ、そう」彼女はそう言って一息ついてから、猫を下におろした。「ええ、私はいまもここにいるのよ」彼女の声の調子が変わっていた。「といっても、ほら、ここなんだけど」

「ここでね、君はいまも居心地がいいわけですな?」彼はそう訊きながら部屋を見回し、この環境を全く「異質」にしないよう努力しているのがわかった。壁は、反射しない茶色で、旧ロンドン市街の版画が一式ぐるりと壁面に掛かっていた。アップライトのピアノがあり、鍵がかかっているらしい板ガラス張りの本箱があった。読書用ランプのネックがひどく捻じ曲げられていて、いまは彼女が腰かけていない肘掛椅子のセージグリーンのクッションに明かりが向くようになっていた。便箋が折り畳み式のテーブルの上に重ねてあり、スノードロップの花束を挿したワイングラスも乗っていた——花が傷んでいて、ステラのコートに付けていたのを外したのだろう。地厚のカーテンが短いのは、窓の方が高い造りのせいだろう。彼は自分が八階にいるのはわかっていた。青銅の砲金製の小さな灰皿の鈍い光が彼の目をとらえた——「おかしいんだ、ねえ、君」彼が打ち明けてきた。「まだあのもとの場所を見ているような気がしてならない。君がいたあの場所を」

「そうなの?」

「あそこで過ごした僕らの時間を始終思い出すんです」

「私たちの喧嘩の種はなんだっけ?」ステラはこう訊いてから少したためらったが、セージグリーンの肘掛椅子に元気よく座ると、照明をまともに浴びた。「私はなにをしたのかしら?」

「君は素晴らしかった。言うまでもなく、今夜の君も素晴らしいよ——どこにいたって、素晴らしいんだ。どうしてそうなのかさっぱりわからない!」

「お願いよ!」彼女は手を振り上げて制した。「私は質問をしたのよ。なにがあったの? 結局のところ、あなたがロバートを殺したのよ」

「どうしてそうなるのかなぁ?」

「なにがあったか、あなただけが知ってるからよ」彼女は事実として躊躇しないでそう言った。「私が知らないことをあなたは知ってる。話の全体を。あなたはそれをひとり占めにしたのよ。そして消えた。長い間、あなたにそのことを訊きたかったの。あなたはいま戻ってきた――で、い、ま、になって、なぜ？　なぜ訊くのかしら？　きっともうその時は過ぎたんだわ」

彼は暖炉の黒い敷物の上でおもむろに足を置き換えた。

「どういうこと、まだ過ぎてはいないとでも？」彼女は彼の動作に応じるかのように言った。「いいわよ、じゃあ、そうなると、教えてくださいな――あなたはあの晩ロバートが逮捕されると知っていたの？　あなたにそれがどこまでわかっていたの？　いつそう決まったの？――あるいは、そうじゃなかったの？」

「僕はむしろはじめから」ハリソンが言った。「彼自身がゲームは終わったと受け取っていたものと。つまり、正直、彼は僕と同じくらいわかっていたんですよ。当然、ことは彼次第でした――僕はもう降りていたんだ」

「いつから？」

「その前の晩から」

「私たちが喧嘩した夜からね？」

「喧嘩した？」と彼。「いつ？」

彼女は手を伸ばしてランプが自分に当たらないよう押しやった。「あなたが覚えていないなら」と彼女。「おそらくなにもなかったんだわ。おそらく私の考え過ぎね」

「僕はちゃんと」彼はここで眉を寄せて指の爪を見つめ、それから、いまは影になった彼女の顔を見つめてきた。「僕らの間にあったこのことについては、ちゃんと考えてますよ——でも、なぜあれが『喧嘩』なのかな？」

爆撃がまた始まって彼女は一息ついた。たくさんのクッションにもたれて爆劇音を聞いた。ソケットのなかのランプの電球と窓枠が一斉に揺れた——それを除けばこの部屋は、照明弾で青白く照らされ、爆音が鳴り響く空の下で、黒い裏地が付いた沈黙の中心部のままだった。爆音が鎮静すると、特別電撃部隊員の堂々たるドラムの音が聞こえた。これが続いている間、完全な解決がひとつ、近い将来にあるのが感じられた——しかし、いや、そうならなかった。なにも落ちてこなかった。爆撃はからかうように、また鎮まった、しかも怪しげに。「どっ、ち、が正しいというわけじゃない、そうなのね？」彼女がやっと言った。

ハリソンはその間、なにも聞いていない様子をひたすら保って座っていたが、言葉を続けた。「ああ、君のことを考えていて——それもすごくおかしな所ばかりで考えた」

「この間ずっと、あなたはイギリスを出ていたんでしょ？」

「それははっきりしてる——でしょう？」

「でも、私の居場所は知っていたでしょ」

「ああ、糸を手繰り寄せれば……。さてと、僕らはここにいる、まで戻りましょう。あるいは、君はそうは考えない？」彼は視線を彼女にすえたが、不安げな様子だけが現れていて、助言でも欲しいみたいだった。

「いいえ——誰も決して戻ったりしないわ。元いたところにいる人なんていないのよ。あなたの言うことは正しいかもしれないと思う。私たちの間にはなにかがあったかもしれないと思う――もしなにもなかったら、どうして今夜、それがもうなくなったことが私たちふたりにわかるかしら？　あの後あなたがすぐここに来ていたら――あなたがしたように姿を消していなかったら――どうなっていたかしら？　あなたは彼が残した最後のものだった――いいえ、私が彼の最後のものだわ。じゃあ、あなたは？　そうね、あなたは、なぜか、恋愛に必要な見えない部分だったのね？　あなたがそれを私たちのなかに持ち込んだのよ、もしもあなたが彼を殺したなら。でもいまは、あなたと私はもはや三人のうちのふたりじゃないわ。私たちふたりの間柄から大事なピンが引き抜かれたのよ。私たちはもうばらばら。元の場所にはもういないのよ――ほら、部屋だってもう同じじゃない。あの模様は全部もう掃き出されてしまい、その意味はどこにあるの？　考えてよ！」

　彼はただ繰り返した。「しかし僕はあなたのことを考えていた」譲らぬ口調だった。

「あの晩――そうよ、私たちが最後に会ったとき――私、言ったわね、『では、よくわかったわ、ええ』と、でもあなたは私を家に帰した」

「そう。あれは僕が望んだことじゃなかった」

「じゃあ、なにを望んだの、ことがあそこまで行ってたのよ？」

　彼は親指と親指を突き合わせて、返事をしなかった。

「あなたはわからなかった。どうするべきかわからなかったのよ」

「なに、僕がわからなかった？」彼は追い詰められていた。突然立ち上がり、スノードロップのあるテーブルに向かって歩いた。彼は花にかぶさるように立った――「きれいだな」彼は息を殺して言い、傷んだ花びらに機械的に触れた。「あなたの言うのが」彼は言い足した。「犬がいたあの夜のことだったら、僕は覚えていないんだ。それよりも、もう一晩あったでしょ、雨の降った夜が。僕が知っているのは、何度も言うよ、僕があなたのことを考えているということです。ここまではるばる戻ってきたのは、君にさようならを言うためじゃない――でしょう？」

「さようならにはなんの価値もないと思っているの？　私はあると思っているわ。あなたにさようならを言うことができたらと、ずっと願っていました。それができるようになるまで、あなたに取り憑かれていたわ。終わっていないものに人は取り憑かれるのね。癒されていないものが人に取り憑くんだわ。――ハリソン？」

「君が僕を名指しで呼んだのは初めてじゃないかな」

「あなたの別のほうの名前は、クリスチャンネームは知らないのよ」

「大して関心はなかったことはわかっているが」彼はそう言って、テーブルの後ろのカーテンに肩を入れた。

「あら、それがどうかしたの？――なんというの？」

「ロバートと」

「ああ、そうなの……。まあ、そうね、どっちみち、この先あなたのことは、ハリソンで考えると思うけど。なにを言おうとしてたかというと――」彼女は手首で両眼を覆い、脇へどかしたランプがまだ顔にまともにあたっているみたいだった。

「私はこう言おうとしてたの、あなたの好むように、さようならと言おうと。今夜は泊ってもいいわ、よかったら。それであなたの思いのすべてが晴れるなら」

彼はスノードロップが活けてあるワイングラスを持ち上げて、また下に置いた。

「ええ、そうじゃないと思ったわ」と彼女。「過去のためになにかして、なにか役に立つかしら？」

「いや、それだけじゃない」彼は背を向けたまま言った。「忘れないでくださいよ、僕は君がいたずらになにかするなど思ったこともない」

「いたずらにって、なんのこと？」

「話したでしょう、僕は愛されたことがないんだ——いや」そう言い足すと彼は、テーブルからさっと戻って暖炉の敷物の上に位置をとり、これまでの曖昧さを捨てて彼女が座っている椅子を見下ろした。「僕の強みはどちらかというと計画することだと思う。——君のはなにかな、例えば、この頃は？　ずっとここにいること？」

「ひとつは、結婚しようと思ってるの」

「なるほど。ほんとですか？」彼は一息ついて、このやりとりの間、顔の造作を乱すまいと必死になり、顔の造作が苦労の挙句、力づくで安堵の表情になった。「ああ、そういうこと？」しかし彼は再度もっと間近に彼女を見つめ、見知らぬ他人に成り代わっていた。「とはいえ、どういう意味なの、『思ってる』というのは？　ことが事だから、君は当然わかってることでしょう？」

「そうね、私、——いまわかった」

「はーは。それでいい——誰なのか、聞いてもいいのかな？」

彼女はその名を告げ、補足した。「彼は従兄の従兄なの」

「それどころじゃないでしょ、彼は准将でしょ、たしか？」

「ええ、そうよ」彼女は少し昔の短気を見せた。「それであなたは思ってるのね、彼は途方もないことをするものだなって？」

「違いますよ、僕はそんな――」

「――いいのよ、彼はいい人だわ」

「そうじゃない、まさかステラ、僕が言いたいのはこうだ。もしそうなるなら、これは全く別のことだということですよ。君は自分でもっと気を付けないと。なにをしているつもりですか、こんな夜にフラットの最上階を走り回って、ところかまわず爆弾が降ってくるというのに？　相手の男に対してもフェアじゃない。彼のことを考えないと。なにが起きても、知るもんか？　――はっきり言って、君はそういう印象だった、最初は。これで意味が通じたかな、見通しがついたんでしょう？」

「見通しにも色々あるわ」

「その猫も一緒に、そうしたいんだ、でもこの爆撃がまだ続くなら、玄関まで降りる算段をしないと」

「私はそういうことはあるがままにしているの。――でもどうなの、空襲は終ったみたいよ」

「だとしたら……」ハリソンはそう言って時計を見た。「警報解除まで僕がいたほうがいいというわけ？」

そういう夜が一週間続いたところに、ルウイとコニーは横に並んで髪と顔の手入れをしながら、ウェスト・エンドのカフェの地下の、大理石張りの婦人化粧室の横長の鏡の前にいた。夜の十時ころだった。コニーは完璧を目指して手入れの真っ最中。ルウイはしばし空白状態にいて、弓形のクリップを回しながら、鏡に映った顔から目を離して、赤ん坊が生まれるのよと言った。

コニーは前髪の手入れを続けている。

「ああ、あんたは私の言うことを聴いてくれないんだ」

「あんたはいつもなにか言ってる」この友達はぶつぶつ言いながら、手探りで目に見えないヘアピンを追った。「今度はなんなの？」

「いま言ったわ――どうやら私ね、赤ん坊が生まれるらしいの」

コニーはシッと言った。「お黙り！ ――いまどこにいると思ってんのよ？」彼女は素早く視線を四方に投げた。しかしルウイは、それほどバツの悪い瞬間を選んだわけではないようだった。――ここにいるご婦人はほかに誰もいなかった。「あんたの考えることときたら！ どうしてそんな――？」とはいうものの、コニーは櫛をゆっくりと下に置いた。ふたりの視線が鏡のなかで合った。絶望よりも運命だという感じでコニーが叫んだ。「そうか、あんたはずっ、と、バカな女だから……そうでしょ？」

ルウイは情状酌量でもするみたいに言った。「まあね、私も心でそう思ってたんだ」

「あんたに何度も何度も言ったでしょ！ 自然はすごくはっきりしてるよって！」

ルウイは、尊厳を失った風もなく、賛同した。そして頭を垂れた。

コニーは、驚きあきれた様子で、機械的に残りのヘアピンをかき集め、カールした前髪の元のいろんな場所にピンを戻した――しかしその途中で、この行為の月並みさに、気分が騒いだようだった。急に手をとめると、両手を上に挙げて叫んだ。「私たち、深みにはまったね！――例えば、あんたの夫はなんと言うかねえ？」

「それ、私も考えてたの」ルウイは眉を寄せて、湯の栓をひねった。湯が湯気を立てて勢いよく蛇口からほとばしり、洗面台の周囲をぐるぐる回った。「事情が違っていたら、彼は喜んでくれたかもしれない。彼と私がずっと一緒にくぐり抜けてきたことを思えば、自然に見えないよね、コニー、彼が知らないなんて」

「私になにをして欲しいのよ？」

「まあ、それはよくわからないんだ。私が考えていたのは、自分がどうすべきかってことなの」

「でもあんたは私に訊いてるんでしょ。それはわかっているくせに、私に訊きに来たのよ。みんな私に訊きに来るんだから」コニーはパッと手を出して湯の栓を怒って止めた。湯気が無駄になって消えた。「あんた、頭がおかしいの？」彼女は大きな声で言った。「王さまだって、お風呂に五インチのお湯しか使わないのよ？　これを機に、あんたのセンスで勝手にやっていいとでも？　それがどうしたっていうのよ？――あんたなんか、たくさんいるうちのひとりじゃないか」

ルウイはこれにすがり付いた。「そうよね、私なんかそのうちのひとりにすぎない、のよね――たくさんいるうちのひとりに？」これが一種の光明になり、彼女の顔の造作が緩んだ――ゆっくりと、だが、こと新しくもないことだと察した確信がそこにはあった。コニーから見ればもっと悪いことに、それは内なる自己満足、ましてや崇高さの表情に落ち着いていった。ルウイは認めていた。「私、自分でもときどきそう思っていたんだ」

「へえーえ」コニーは蹴飛ばしにかかった。「で、あんたはご気分がいいわけ？　そりゃけっこう」

ルウイはたちまち尻込みした。唇をぱくぱくさせた。大理石の洗面台の端をつかみ――これが支えにならないなら、それも無意味だった。自分とコニーの鏡像と、コニーの顔の実物に挟まれて、どちらにももはや対面する気はなく、ルウイはただ身体的にどっちを向いたらいいかわからないようだった。「あんた、怒らないでよ。あんたは私が初めて話した人なのよ！　それで、私はどんなふうに見える――そんなにひどい？　毎日の半分は、この半分は本当に思えないのよ、コニー。話で聞いたことみたいなの。どんな気持ちになったらいいか、わからないんだ。笑えるし、泣けるし。これっていったいなんなの？――あんたを見て、わかったわ。あんたは怒ってるのね？」

「怒ってないよ、あんたは大した意気地なしよ、違うの。私はお手上げだわ」

「なにがあっても、あんたを脅かしたくなかったのよ――きっと私が間違ってたのね？」

「よりによってこんなときに」コニーは指摘するほかなかった。「毎晩毎晩、敵は戦闘中なのよ。でも、これは嫌でもわかることだから」彼女はコンパクト、櫛、その他もろもろを片づけてハンドバッグにいれた。そして思い切りカチッとやかましくバッグを閉めたのをきっかけに、もっと言うことを思い付いた。「で、誰なの？――あんたにわかるの？」

ルウイは、混乱とまでは行かないが、うろうろして手袋を探し回った――片方が大理石から床に落ちていた。彼女は二年前、手袋を拾ってくれた優雅なステラを思い出した。私のは彼女と同じ一揃いではない。これは一段と派手で、手首にフリンジが付いていて、それにもっと使い古した感じがある。

彼女は身をかがめて堕ちた手袋を拾った。「友達になった誰かに違いないと思う……。名前を言ってもあんたには意味ないと思うんだけど、コニー」

「どの名前が私になにも意味しないっていうのよ？」

「あんたと私はお互いにほとんど会わなかったから、この一年だけど」

コニーは、ハンドバッグを肘の下の定位置に抱え込むと、ルウイのほうを一瞥し、並んだ洗面台を見渡したが、なんの表情も浮かんでいなかった。「じゃあ、オッケー」人生は、どうやら、進んでいく方策を自分で選ぶものと見える。「いの一番に」彼女は言った。「予定していたことを、いまからしようよ。食べる、のよ――それでいい、それがいいわ。もう一、二回ほど周囲を見て。今度はなにを置き忘れたの、あんた？――夕食が済んだら、考えるとしよう。考えないといけないかも」

コニーはルウイを連れて階段の出口に向かい、下に降りる途中でふたりの女性をやり過ごした。

赤ん坊は、確認すると、七月の半ばになることが分かった。「間違いなくその頃には、第二戦線もできているようね」ルウイが述べた。彼女の大柄でがっちりした体躯は、その状態を、相当の間、目立たなくしてくれるだろう。コニーはルウイにできるだけ長く工場にいなさいと忠告した。つわりのときだけは故郷に、シール・オン・シーに帰りたかった――しかしいよいよはっきりと、我が軍によるヨーロッパの侵攻がひと月ごとに目の前に立ち昇ってくると、その一帯への民間人の立ち入りを厳しく取り締まる禁止令が出た。しかし、ここロンドンでは、ルウイが見るに、目という目が全部海岸区域へ、海へと向けられていた。日が伸びるにつれて春の日が重要度を増した。月の出入りを計算し、ロンドンは、昼夜を分かたず入ってきて誰知らぬ港へ走り去る上陸用トラックの轟音で揺れた。期待が頂点に来て、立ち止まった。みんなが待った。ルウイは気が付くとトムのあの写真を絶えず見つめていた、前は見られなかったのに。控えめで未来を見ているようなその視線に誘い込まれるような気がした――私も自分なりに、これから来るべきものの横に並んでいるのではないかしら？　トムその人はイタリアで戦っている。手紙を書くたびに、空とぼけるのが苦しくなってきていた――どうして彼はこんな自分に手を差し伸べてくれないのか？　私は彼の妻なのだ。彼女は彼に言う必要があった、もはやひとりではないという感覚を。この厄介な、避けられない映像が、彼に捨てられるという通告が来るという恐れとともに、肩を並べて存在することが奇跡みたいだった。その奇跡を支えるものはなにもない。なにも、なにひとつルウイのために弁じてくれるものはない。彼はなんと言うだろう？

　彼にも発言する権利があるということが書かれていると思うと恐ろしくて、彼女は新聞が嫌いになった――新聞の一面自体に妊娠の秘密が行きわたっていた。しかるべき時がきて、コニーはチルコム・ストリートが気付き始めるだろうと判断した――そうなると、例によって誰かが勝手に邪悪な手紙をトムに書かない保証はないだろう？――ルウイはコニーのおかげで半マイル先の別の部屋に引越した。もっともルウイに引き出す金があってのこと、二部屋分の家賃を払う金だった。チルコム・ストリートはそのまま郵便物の宛先にした。イタリアへの手紙もそこから出した。チルコム・ストリートの二階にある二部屋が空いたので、コニーはそこに自分が入るのがベストだと思った――さもないと、誰がドアのあたりに踏み込んでくるか、分かったものじゃないでしょ？　トムが戻ってくる場所もなくなるわよ？――そうして全部隠しておこう。コニーは、最初は、抜け道がいうまでもなく、ひとつあるよとほのめかして助言したのは、正しいことではあった。その住所をいつも持っていたのだ。しかし彼女はその実、ルウイがそこまで分別を見せる、というか、ほかはどうあれ、そこまで行くとは踏んでいなかった。「いいのよ」コニーはルウイの言うがままにした。「あんたが頑固なことはわかっていたけど。実際のところ、私はこいつは怪しいという気がしてきたわ、これはあんたが望んだことじゃないかなって」

「私が望んだのは、これじゃないのよ」

「よく言うよ。でも、見てごらんよ、あんた、しっかり抱っこしてる」

「みんな同じことなら、私も母親になってもいいかなって、思ってね。なんとなく前の自分に戻りたくなくなってさ」

「あんたがなにに祈っているのか」コニーは認めないわけにいかなかった。「私には謎のままだ」

「いつもこれがあってね、トムが知らないということが」ルウイはまた繰り返して、切羽つまった目であたりを見た。「コニー、お願いだから、なにか考えてよ、私がちゃんと伝えられる方法を——なんて書いたらいい？」

質問は自動的に繰り返され、コニーにますますのしかかり、ルウイのあなた任せは、その身体とともに大きくなっていった。コニーは現実世界に独り残され、追い詰められて、世間的な信念にちょっと寄りかかってみた、第二戦線があらゆる事柄を一種の支払い猶予にするのではと。第二戦線は、競馬レースのように、聖霊降臨祭の一日か二日後に結成されると見なされていた。聖霊降臨祭は文句なしに眩しく晴れたレース日和のうちに過ぎた。だがなにも起きなかった。とどのつまり、チルコム・ストリートのある日の午後、非番になったコニーはペンをとった。しばらくの間、テーブルクロスをじっと見つめた、トムが毎晩毎晩ルウイに見守られながら専門書を読んでいた場所だった。彼の視線が、ありうることとして、本のページから移り、読むのをやめて考えはじめ、このテーブルクロスの模様に彼のエゴ、彼の精神世界を残してはいないか、彼はきっと、いまのコニーに劣らず、それをここにたどっていたにちがいない。コニーはゆっくり書き始めた。

ディア・トム　私はあなたの親しい友としてペンをとっていますが、私のことはあなたの妻から聞いているかもしれません。私のお節介を見逃してくださるようお願いしますが、それもルウイがなんと書いたらいいかわからないからで、あなたもすぐそこは理解するでしょう。あなたが正しく見てくれることが彼女には大きな意味があることを、いまから私があなたに言います。彼女はある意味まったくおかしな子で、あなたを恋しがったり、あなたのことで苛々したり、いつも自分だけでうろついている犬みたいで、それもあなたが考慮しなくてはいけないのは、彼女の両親は完全に吹き飛ばされ、彼女が動転していることです。これは男性に頼む相談じゃないと思いますが、とにかく私に言えるのは、特殊に見えることを、最近は自分で考慮しないといけなくなったということです。判断するのはあなたにも私にも無駄なことで、あなたはつまりは、人がどんな目に合うか、認めるほかないし、それについてはあなたが目で見るまで、言うことはありません。彼女はあなたを偉いと思っているので、いったいどうしたのか、あなたが自分で努力して理解して、結果、あなたのために彼女が潜り抜けなくてはいけないことを考えて、いまの彼女を愛しく思ってください。私たちも、いったん自分ひとり取り残されたら、ほとんどみんな特殊になることはごまかせないし、ひとつの間違いが次々と間違いを導くのだから、なにを責めるべきか、あなたはきっとわかるだろうと、信用するしかありません。そろそろ要点に入り、あなたに知らせないといけませんが、つまり、ルウイはそのうち——

——コニーはここで書く手を止められた、道路のドアのベルが命じるように鳴り響き、続いてドアノッカーが打ち鳴らされたのだ。彼女は便箋パッドにペン先を突き刺して、耳を傾け、追われる者のようにうつむいて、じっと待った。攻撃が繰り返された。誰かがドアに出る足音は、午後の屋敷のどこからも聞こえない。彼女は親指で耳をふさぎ、書き進んだ箇所まで手紙をまた読むと、突然、自分でじわじわと考えていた。「これを書き終わらないでよくなったらどうする?」彼女は下に降りて電報を受け取った——それは、そう、ルウイ宛てだった。

電報を開いた後、コニーは畏《かしこ》まって立ちつくした。「ちょっと出しゃばりすぎた」彼女は思った。答えが見つからない問いが、自分で答えを見つけた。彼女は眠くなるような眩しさのなか、五月の午後の通りを何本か通ってもうひとつの部屋に向けて歩き、線路を越えたところにルウイがいた。

「だったらもし私が心配なんかしていたら、それが間違いだったんだ、無駄だったんだ」ルウイが、後になって、最初に言ったことのひとつがこれだった。「もっとよく考えなかったと言って、きっと今頃自分を責めていたわね——その代わり、自分がした通りで、すごくよかった。それはいつだって、ほら、最初から最後まで彼が私に辛抱強くしてくれるのがわかっていたからね、でも彼は曲がったことはしないんだけど——。そう書いてあるやつ、あんた、どうした? もらってもいいかな、持っていたいんだけど」

「電報のこと――持っていたいの」

「ええ、うん。子供のために」

「上陸した！」

それは起きた――風が吹く、予想もつかない、じっとりと蒸した六月の夜だった。この話の全体像が、ルウイには縮尺版で伝わり、それでも彼女の時はまだ先だったので、重い体で窓まで行った。下の通りは声で溢れていた。重なりあった声をよそに、たくさんのラジオから出た声が一本の槍になって突き進んできて、開け放したままのたくさんの窓からも勝手に突き進んできた。ルウイは身を乗り出して叫んだ。「どうしたの――本当なの？」本当だった。だが、彼女はなにをするでもなく、座り込んで結婚以来七年目になる縫物をするしかなかった――だがついに我慢できなくなり、縫物を下に落とすと、握りこぶしで両の頰を押し上げて祈り始めた。それと同時に、群衆が我勝ちに教会になだれ込んでいた。予期されぬと予期されたこの日、それはどこだろうという思いとともに、ラジオ放送が流すコースを走った。なされたことはもう取り戻せない。進軍する明確なヴィジョンと、戦士たちのための通夜は、十日を超えて続き、それから「秘密兵器」の使用が始まった。ロケットのV1号やV2号が発射され始めたのだ。すると恥ずべきことに、恐怖が考察を地上に捻じ曲げた――ブーンと唸るものが、相談もなく国のために作られて、昼も夜も猛烈な勢いでロンドンのキャラコを破り、黙り込んでいた心の底の卑猥な埃を掻きたてた。正常な時間が消えた。コニーはまずルウイをチルコム・ストリートに連れ戻した。いまさらなにが問題なのさ？――それからロンドンの外に出そうとした――だがどこに？　サイレンが、太陽のない悪夢のなかを、鳴っては止まり、また鳴った。コニーは絶えず詰所に駆け戻らなくてはならなかった。

「知らない人ばかりのところに行くのは、嬉しくないな」汗をかいたルウイはそう言って、大きな馴染のベッドの端にしがみついた。するとまた唸り声が上空にのぼった。「サイレンがまたよ――あいつら、なにを考えているんだろう？」「そんなのクソわかりきってるじゃないか、ねえ――あんたはものを学ぶってことをしないんだね？」「だけど、大した違いはないんでしょ、コニー？」

男児が予定より少し早く生まれた。

クリスチャンネームはトマス・ヴィクターと命名、赤ん坊はなににつけ涼しい顔をしていた――だがルウイは彼を、生まれた後に、ロンドンの外に連れ出すことに賛同した。彼と彼女は、しかるべく、病院のドアを出たその足でミッドランド・カウンティに行って一時休養することとし、そこで彼女は運よく、まだ見られる中古品の乳母車に巡り合った。この乳母車を動かしたり、とめたり、傾けたりする方法を覚え、商店街で窓の中を覗き見するときに、自分の後ろに引っ張りながら歩く方法も覚えた。赤ん坊の生き残るぞという意志がそばにいる彼女に伝わって、彼女に分別を教えた。英仏海峡の対岸の港湾から敵軍の最後が掃討されたので、彼女はシール・オン・シーに帰ることができた、正規の母親のひとりとして。

海は、故郷で、何事もなかったかのように煌めいていた。

ルウイは下宿屋に落ち着いた。そして、帰った日のその午後に、もう待ちきれなかった。すぐトムを連れて彼の祖父母の家に向かった。家の周囲を取り囲む薄い空気には、そこに立って息をすると、今日という日と太陽の光が溢れていた。家の土台の名残の土嚢を一面に覆う雑草が光と影のなかでそよいでいる。時は九月、ダリアとシオンが少し向こうの一つ二つの庭園で咲いている。ここは、前からとても静かな通りで、内陸でもあり、舗道に沿ってライムの木が植えられていた。赤ん坊は、家に入る小道に沿って置かれた乳母車のなかで眠っている。坂の上で教会の時鐘が鳴り、それを聞いて彼女は上を見た。

あくる日、太陽は白い静かな光で引き継がれた。夕方の六時が過ぎると、ルウイは乳母車を押して町から少し離れ、運河沿いの道を通って沼地に向かった。葦よしが、茂って動かない水面に入り込んでいる。沼地の先は広大な空間が見渡すかぎり広がっていた——なにも考えないでいい広い未来、全き彼女の人生が広がっていた。運河を横切って丘がいくつか、むき出しのまま、もうひとつ別の土手に映る樫の木々の上にそびえている。誰ひとり通らなかった。羊一匹、そばで草を食むでもなかった。一、二分前に、我が軍の帰還してくる爆撃機が、見えないほど上空で、低音を響かせて飛び去った。赤ん坊は身じろぎもしない——毎日彼を見る彼女は、彼がますますトムに似てくるのがわかった。だが今度は違う音がした——彼女は振り向いて背後の空を見上げた。そして急いでトムを乳母車から抱き取り、高々と上に差し出し、彼もこれを見て、できたら覚えていて欲しいと願った。三羽の白鳥がいっせいに空高く飛んでいく。そして上空を渡り、やがて西の方角に消えていった。

エリザベス・ボウエン略年譜および第二次世界大戦関連事項

――以下はエリザベス・ボウエンの略年譜に重ねて、本書『日ざかり』の歴史的背景である第二次世界大戦時の戦況を本書に関わる事項について簡単に付記したものである。

一八九九年（〇歳）　六月七日、エリザベス・ボウエン生まれる。父ヘンリー・ボウエンと母フローレンスはともにアングロ・アイリッシュの地主階級出身。父ヘンリーはダブリンのハーバート・プレイス一五番地で法廷弁護士を開業しており、夫妻の一人娘エリザベスはここで生まれた。ボウエン家は、冬はダブリンで、五月以降はアイルランド南部のコーク州にあるボウエン一族の居城、ボウエンズ・コートで過ごす二重のライフ・スタイル。なお本書のヒロイン、ステラ・ロドニーは、一九〇〇年前後の生まれとあるので、ボウエンと同じく二十世紀をつぶさに見た目撃者・証人である。

一九〇六年（七歳）　父ヘンリーが心気症を発症、治療専念の必要から、妻と娘はケント州在の親戚を頼って渡英。エリザベスに吃音症が出る。

一九一二年（十三歳）　母、肺癌で死去。エリザベスの吃音が顕著となり、マザーの「M」で特にどもったという。父、健康回復して退院。ハートフォードシャーにあるハーペンデール・ホール校に入学。

一九一四年（十五歳）　ケント州のダウンズ・ハウス女学校に入学。七月、第一次世界戦争勃発。八月、イギリス、対ドイツ宣戦布告。アイリッシュはイングランド軍兵士として参戦。

一九一六年　イースター蜂起、アイルランド義勇軍、ダブリン中央郵便局を本部として英軍と市街戦。蜂起軍降伏。イングランドとアイルランド間の「紛争（The Troubles）」顕在化。

一九一七年（十八歳） ダウンズ・ハウス女学校卒業。この年、アメリカ参戦。

一九一八年（十九歳） 十一月、第一次世界大戦終結。女性参政権が制限付ながら議会通過（一九一四年には否決）。アメリカ兵が流入、「失われた世代」、性の解放が進む。

一九一九年（二十歳） ボウエン、ロンドンに出て絵画を学ぶも、二学期で退学。短篇を書き始める。アイルランド独立戦争始まる。アイルランド共和軍（ＩＲＡ）結成。

一九二〇年（二十一歳） ＩＲＡの対イングランド奇襲作戦激化。英本国はブラック・アンド・タンズを投入。アイルランド南部コーク州を中心としたアングロ・アイリッシュ所有のビッグ・ハウス焼打ち多発。ボウエンズ・コートは難を逃れる。ステラの亡夫の従兄、カズン・フランシス所有の「モリス山荘」も焼打ちを逃れたビッグ・ハウス。

一九二一年（二十二歳） 父、再婚。エリザベス、イギリス軍将校のジョン・アンダソン中尉と婚約、すぐ解消。アイルランドは南北に分割、南の二六州は「アイルランド自由国」として英連邦自治州、北の六州は「北アイルランド」として英国領に留まる。

一九二三年（二十四歳） 最初の短篇集 *Encounters* 出版。ここには、女学校の女教師と女学生のかみ合わない心を描いた「ラッパ水仙」、父亡き後、母だけを愛してきたロザリンドが、母の気持ちが自分から離れたことを知る「カミング・ホーム」などの短篇が含まれている。

アラン・キャメロン（三〇歳）と結婚。アランは第一次世界大戦で塹壕戦を体験、毒ガスの後遺症の眼病に苦しむ。ボウエンの最大・最善の理解者。

一九二五年（二十六歳） アランがオクスフォード州の教育長になり、同市郊外のオールド・ヘディントンに住む。

一九二六年（二十七歳） 短篇集第二作 *Ann Lee's and Other Stories* 出版。表題作「アン・リーの店」は帽子店を営むアン・リーと、夫の金で帽子を買いに来る女性客との対比に新時代が反映。ミステリー小説を思わせる作風をまじえた現代風俗描写により短篇の名手と目される。

一九二七年（二十八歳）　長篇小説第一作 *The Hotel* 出版。結婚しない人生を模索する女性を描きながら、ボウエンが採ったのはジェイン・オースティンの風習喜劇の伝統であることがわかる。

一九二九年（三十歳）　短篇集第三作 *Joining Charles and Other Stories* 出版。表題作「そしてチャールズと暮らした」は、夫を愛していないことを痛感しながら、夫の転勤先のパリに旅立つ妻の心境が生々しく描かれ、そのリアリティは真に迫る。長篇小説第二作 *The Last September* 出版。先述した「紛争」の軋轢と一九二〇年に多発したビッグ・ハウス焼き打ち事件を背景にした小説。確かな創作手法が認められ、作家ボウエンの知名度上がる。これは一九九九年、ジョン・バンヴィル脚本、マギー・スミス、フィオナ・ショーらの出演で映画化、カンヌ映画祭正式出品作。ＤＶＤあり。

一九三〇年（三十一歳）　父、他界。三百年の伝統を持つボウエンズ・コートを相続、一族初の女性当主となる。ヴァジニア・ウルフらを招いてアイリッシュ・ホスピタリティを発揮。

一九三一年（三十二歳）　長編第三作 *Friends and Relations* 出版。世間体と情熱の関係に亀裂が入ったことを示す二十世紀の客間喜劇。

一九三二年（三十三歳）　長編第四作 *To the North* 出版。若くして未亡人になったセシリアと、その義理の妹のエメラインが、それぞれ出会った男との関係に揺れ動き、結末は衝撃的。一九二〇年代のロンドンが目に見えるように活写される。

一九三三年（三十四歳）　ハンフリー・ハウス、モーリス・バウラと恋愛。一九三七年（三十八歳）にはショーン・オフェイロンと恋愛関係。離婚は問題外。

一九三四年（三十五歳）　短篇集第四作 *The Cat Jumps and Other Stories* 出版。表題作「猫が跳ぶとき」は、夫の妻殺しを描いたホラー・ストーリー仕立ての短篇ながら、そこに風習喜劇の要素がからむ傑作。

一九三五年（三十六歳）　長編第五作 *The House in Paris* 出版（阿部知二・良雄訳『パリの家』、集英社、一九六二。太田良子訳『パリの家』、晶文社、二〇一四）。母親を知らない少年と少女、元ガヴァネスでイギリス人将校と結婚したフランス人のマダム・フィッシャー、その娘ナオミ、ナオミの婚約者でユダヤ系フランス人のマックスと恋愛して男児をなしたイギリス上流階級の娘カレン、その夫のレイ、などの人物たちが「パリの家」で過ごす一日を描き、二十世紀という時代とそこに生きる人々をリアルに描いたボウエンの代表作、彼女の最高傑作という評価もある。

一九三七年（三十八歳）

アランがイギリスBBC関係の要職に就き、ロンドンに移住。リージェント・パークにあるフラット、クラレンス・テラス二番（現存）に住む。第二次世界大戦中も夫婦でここにとどまり、アランは国防軍に参加、ボウエンは空襲監視人として、また英国情報局の諜報員も務め、アイルランドの国情をチャーチルに報告、その中立の姿勢を擁護した。

アイルランド自由国、国名をエール（Eire）とし、新憲法制定。

長編第六作 *The Death of the Heart* 出版。ヒロインは十六歳のポーシャ。父親の晩年の不倫でこの世に生まれたポーシャは、父の死後、その遺言によって異母兄のトマスとアナ夫妻のロンドンの家に住むようになる。ボウエンの少女はイギリスと人間と時代の鏡である。

一九三九年（四十歳）

イギリス徴兵制度導入。九月、ポーランドに侵攻したドイツに対して宣戦布告、第二次世界大戦に突入。本書のフランシス・モリスはアングロ・アイリッシュの愛国者、アイルランドが戦争では中立姿勢の国策をひるがえして参戦することを熱望、その画策のためにロンドンに行き英国の諜報員ハリソンと接触していた。

一九四〇年（四十一歳）

チャーチル首相就任。五月、ドイツ軍に包囲されたフランスのダンケルクから、連合国軍将校・兵士三十万余が対岸のイギリスに退却。個人のヨットや漁船や遊覧船までもが救出に当たった。本書のステラの恋人ロバートはダンケルク撤退の際に膝に負傷。戦線復帰ならず。イアン・マキューアンの*Atonement*, 2001（小山太一訳『贖罪』、新潮文庫）は第二次大戦とダンケルクの撤退が持つ意味合いと、その泥沼の惨状を主人公ロビーの経験として詳述している。

六月、パリ陥落。ヴィシーのフランス政府、対英国交断絶。英国孤立無援。

七月から十月、英本土航空決戦「バトル・オブ・ブリテン」。英国徹底抗戦。地下鉄構内を防空壕にして英国市民士気衰えず。

ロンドン大空襲は一九四一年五月まで続く。本書ではステラとロバートが空襲のさなか、一九四〇年九月に初めて出会う。最初に交わした言葉が爆音でかき消される。ルウイの両親も英国各地に拡大した空爆で死亡。セントポール大聖堂、ギルドホール一帯も焦土と化す。英軍はレーダー、サーチライト、対空砲、ドイツ軍の暗号機械エニグマの解読成功などで応戦、一般市民は「普段通りの生活」をモットーに勤労奉仕、軍需産業を支える。本書ではルウイとコニーがその実態を伝えている。チャーチルの演説。

一九四一年（四十二歳）

十二月七日、日本軍、真珠湾攻撃。アメリカ参戦。十二月十一日、ドイツは対米宣戦布告、戦力の分散を余儀なくされる。

短篇集第五作 *Look at All Those Roses and Other Stories* 出版。表題作「あの薔薇を見てよ」は、ロンドンのカップルがドライブの途中で車が故障、電話を借りに立ち寄った薔薇が咲乱れる家には、母と十三歳の娘が住んでいて、咲き誇る薔薇の根元には娘の父親が埋められているかもしれないというミステリアスな幕切れ。

カナダのイギリス駐在外交官チャールズ・リッチー（七歳年少）と知り合う。リッチーは戦後帰国してカナダ国連大使などを歴任。ステラとロバートの年齢差はボウエンとリッチーの年齢差にほぼ同じ。

一九四二年（四十三歳）

Bowen's Court 出版。これは、クロムウェル軍の中佐だったヘンリー・ボウエン一世に始まるボウエン一族三百年におよぶアング

ロ・アイリッシュ年代記。
十月、エジプト戦線、エル・アラメインの戦いで、モントゴメリー率いる第八軍が勝利、最終的に北アフリカ全土から敵軍を一掃。本書ではモントゴメリーの勝利の報で国中が沸き立ち、勝利の予感が全土に広がっている。

一九四三年（四十四歳）　*Seven Winters* 出版。父の発病で母とともに英国に渡るまで、ダブリンで過ごした七年間の日々の回顧録。

一九四四年（四十五歳）　再開したロンドン大空襲でボウエン夫妻の住まい、クラレンス・テラス損壊。
ドイツ軍の戦力分散を狙って第二戦線配置。これはドイツの脅威を懸念するソ連のスターリンの要求が強く、チャーチルは当初は反対。
六月六日、D-Day。連合国軍によるノルマンディー上陸作戦完遂。

一九四五年（四十六歳）　第二次世界大戦終結。膨大な戦時借款返済のため国民の耐乏生活、配給制度続く。

一九四六年（四十七歳）　短篇集第六作 *The Demon Lover and Other Stories* 出版。この表題作「恋人は悪魔」のほか「幻のコー」は戦時小説の傑作。どちらも戦争がなければ出会うこともなかった男女を通して、運命と戦争の残酷さを描いている。

一九四八年（四十九歳）　大英帝国勲章CBE叙勲。王立文藝協会叙勲士。

一九四九年（五十歳）　長篇第七作 *The Heat of the Day* 出版（吉田健一訳『日ざかり』、新潮社、一九五二。太田良子訳『日ざかり』、晶文社、二〇一五）。前作 *The Death of the Heart* (1938) から十一年を経て書かれた小説。ヒロインは若い未亡人で英国情報局員のステラ・ロドニー。第二次世界大戦勃発直後という「あの日の熱気」のなかで、ステラが出会って恋した男は、ドイツのスパイだった。ハロルド・ピンター脚色で、一九八九年にBBCが映画化。パトリシア・ホッジ（ステラ）、マイケル・ガンボン（ハリソン）、マイケル・ヨーク（ロバート）が出演、イメルダ・ストーントンが戦地の夫を思いながらも戦時に流される女工ルウイを演じている。

一九五二年（五十三歳）　アイルランド独立。国名を「エール」から「アイルランド共和国」とし英連邦脱退。アランの体調悪化、ボウエンズ・コートに移住。アラン死去。

一九五五年（五十六歳）　長編第八作 *A World of Love* 出版（太田良子訳『愛の世界』、国書刊行会、二〇〇八）。『最後の九月』に次ぐボウエン二作目のビッグ・ハウス小説。アングロ・アイリッシュ、そしてビッグ・ハウスが抱える問題が、二十世紀を二度襲った世界大戦を背景にして見事に前景化されている。

一九五九年（六十歳）　アランの死去と戦後の物価高騰と人手不足から経済的に維持困難となり、ボウエンズ・コート売却。

一九六〇年（六十一歳）　イタリア旅行記 *A Time in Rome* 出版（篠田綾子訳『ローマ歴史散歩』、晶文社、一九九一）。ボウエンズ・コートを購入したコーネリウス・オキーフによってボウエンズ・コート解体。いまは一面の麦畑。

一九六四年（六十五歳）　長編第九作 *The Little Girls* 出版（太田良子訳『リトル・ガールズ』、国書刊行会、二〇〇八）。セント・アガサ女学校の女学生三人組の学校生活のコミカルな描写が秀逸。二度の大戦のあと五〇年後に再会し、女学校の校庭に埋めたタイムカプセルを掘り出しに行くが……。

一九六五年（六十六歳）　ケント州ハイスに住居を購入。ボウエンズ・コート当主のささやかな最後の棲家。短篇集第七作 *A Day in the Dark and Other Stories* 出版。表題作「闇の中の一日」は、十五歳の少女バービーの残酷な旅立ちの一日を描いた名作。

一九六九年（七十歳）　長編第十作 *Eva Trout, or Changing Scenes* 出版（太田良子訳『エヴァ・トラウト――移りゆく情景』国書刊行会、二〇〇八）。母はエヴァが生まれて二か月後に愛人に会いにフランスに行く途中で飛行機事故死、国際的金融業者の父について世界中の高級ホテルで暮らすうちに、エヴァは数か国語は話せても母語の十分な習得がないままに成長。思うことが言葉にならず、父親がホモセクシャルの仲間同士で交わす暗号のようなやりとりの日常から、言葉による意思疎通に不信感。莫大な財産を受け継ぎ、愛車はジャガー、イギリスに豪邸を買い、電化製品をそろえ、結婚はダメでも養子を求めて渡米するなど、ボウエンのストーリーテリングはシリアスでコミカル、あくまでも巧緻。書き言葉がそのまま読み手に伝わることを前提としてきた小説そのものの解体を予言している、とも言われるボウエンの遺作。

一九七〇年（七十一歳） 『エヴァ・トラウト』、第二回ブッカー賞の最終候補、受賞は逸す。翌年、第三回ブッカー賞審査委員を務める。肺炎を発症。

一九七二年（七十三歳） 声が出なくなり、カナダからリッチーが急遽渡英、ロンドンの病院に入院させる。

一九七三年 二月二十二日、ロンドンのユニヴァーシティ・カレッジ・ホスピタルで永眠。

＊　＊

なおボウエンの短篇は『あの薔薇を見てよ』（ミネルヴァ書房、二〇〇四）に二〇篇、『幸せな秋の野原』（同、二〇〇五）に一三篇収録。『ボウエン幻想短篇集』（国書刊行会、二〇一二）に一七編収録、うち五篇は拙訳を改訳。ここにはボウエンの短篇論、ゴースト・ストーリー論など評論四篇を併せて収録した。

訳者あとがき

一九三九年九月、英国の対独宣戦布告で欧州全域は第二次世界大戦に突入した。翌四〇年六月には隣国フランスがヒットラーに降伏、パリに独軍の行進を許した。英国は孤立無援、独空軍の一斉攻撃に遭うが、同年七月から十月にかけて「バトル・オブ・ブリテン」すなわち「英国本土航空決戦」で徹底抗戦、独軍はロンドン制空を一時断念して侵攻先をソ連に変更する。この史上に名高い決戦のさなかの一九四〇年九月、空爆下のロンドンでステラとロバートが出会い、ボウエンが*The Heat of the Day*（あの日の熱気）と名付けた小説、邦題は『日ざかり』とした本書が始まる。

エリザベス・ボウエンは一八九九年の生まれ、第一次世界大戦勃発時に十五歳、再び始まった第二次世界大戦時には四十歳だった。アーネスト・ヘミングウェイはボウエンと同年の生まれ、第一次大戦には未成年だったために従軍できず、新聞社の従軍記者として戦場に赴いている。第二次大戦時には適年齢を越えていて戦場に行けなかった。数々の戦争小説を残しノーベル賞作家になりながら、一九六一年に猟銃で自殺している。J・D・サリンジャー（一九一九–二〇一〇）は第二次大戦に従軍したが、戦後五年で書いた彼の代表作『キャッチャー・イン・ザ・ライ』（一九五一年）に戦争が一切出てこないのは逆の意味で物語るものがある。精神に微妙な歪みを生じ高校を退学になった主人公、ホールデン・コールフィールドが自宅に帰る途中でさまようニューヨークの街、公園の池のアヒルや博物館のミイラは、彼の精神をさらに苛む現実であり、悪夢の戦場の続きのようにも読める。主人公のコールフィールドという名は作家の耳を離れない「戦場の呼び声」ではないのか。

ボウエンの親しい友人だったイヴリン・ウォーは一九〇三年生まれ（一九六六年没）、第二次大戦に従軍した彼が一九四五年に発表した『ブライヅヘッド再訪』（*Brideshead Revisited*, 1945）にボウエンは深く感動し、『日ざかり』には期するものがあったと思う。近年で見ると、カズオ・イシグロ（一九五四―）の『日の名残り』（*The Remains of the Day*, 1989）と、イアン・マキューアン（一九四八―）の『贖罪』（*Atonement*, 2001）が『日ざかり』との関連で読めると思う。『日の名残り』は原書のタイトルそのものの共通性は無視できないし、ドイツと英国の関わりが両者に共通して問題をはらんでいるからだ。『贖罪』はこの作中にボウエン本人が実名で出てくるし、この戦争の隠れた悲話が少女の犯した罪に始まっていることで、『ブライヅヘッド再訪』における少女の役割につながり、小説における少女の使い方では右に出るものはいないと言われるボウエンの影響も無視できないと思う。この四作で第二次世界大戦カルテットが完成すると言えよう。二〇一四年のノーベル文学賞の受賞者パトリック・モディアノ（一九四五―）の小説は、ドイツに降伏した一九四〇年前後のフランスを主題としたものと聞く。二十世紀が経験した二度の世界戦争は欧米の作家に甚大な影響を与え続け、彼らが書くフィクションに読者は歴史の真実を読むのだ。

ボウエンは *The Death of the Heart*, 1938（『心の死』）までは、敬愛するジェイン・オースティン（一七七五―一八一七）の風習喜劇または客間喜劇の伝承者を自認しながら、オースティンにはなかった女学生の対話、結婚後の夫婦の生態などを描き、二十世紀がイギリス伝統の風習喜劇をいかに変貌させたかを如実に示した。ボウエンが舞台にしたアパーミドルの居間や客間では、ドアがバタンと閉じたり、一隅に暗い影が射したり、見知らぬ客（幽霊）が座っていたりする。居間や客間を出た女たちは裁縫師やバレエの先生になって自活の道を歩く者もいれば、不貞に走る者もいる。

『心の死』を書いた一年後に第二次世界大戦が勃発、ボウエンは先の年譜に書いたとおり、市民としてまた政府の要員として多くの時間を割いた。長編小説『日ざかり』が出版できたのは、前作以来十年余を経た一九四九年のことだった。このあとボウエンは、短篇であれ長編であれ、戦争を抜きにした作品を書くことはない。とはいえコミカルでユーモラスな作風はボウエンが引き継いだ風習喜劇の伝統の柱であって、世界大戦を背景とする『日ざかり』にも思わずにんまりする場面がたくさんある。

『日ざかり』は吉田健一訳で一九五二年に出版された。吉田氏が書いた「訳者あとがき」は作家ボウエンの真価をいち早く認めた的確なもので、僭越ながら要約すれば、以下のようになる。


エリザベス・ボウエンはこの『日ざかり』で一流作家の仲間入りをした。大戦という未曽有の経験で作者の柔軟な神経は死ぬ代わりに、この大戦を一篇の恋愛小説に描き取る力に変わったのだ。ステラとロバートの恋愛は、戦争とスパイ容疑という異常な背景にもかかわらず、清純で抒情的な恋愛関係として描きつくされている。ロバートもステラも戦争と祖国に対する思想があり、最後の寝室の場面で二人が交わす議論は思想の対立であって、二人に和解の余地がないことがわかり、二人の別離はここですでに決定的となっている。付き合いは断たれても、恋愛関係はそのままに残されている。思想とはそういうものだ。（吉田健一訳『日ざかり』、新潮社、一九五二、三三八 - 九頁）

さて、ステラとハリソンの関係も、もう一つの恋愛小説である。生涯を諜報員として過ごしてきたハリソンはこの大戦でステラに出会い、最初で最後の恋に落ちる。彼の恋が本物であることは、巷にはやる「二股小説」にも見えるこの小説の真の狙いを示すための不可欠な要素である。ハリソンはボウエンの「第三の男」である。暗がりに光る彼の煙草の赤い火は、オーソン・ウェルズの足にすり寄る猫の役割を果たしている。運命的な男女の出会い、その真剣な愛情（情熱）、これは戦争が唯一奪いとることのできない真実であって、それが『日ざかり』のメッセージである。ハリソンは深夜、ステラとロバートが寝る寝室で、ステラを目の前に見ている。息詰まる沈黙、灯火管制で暗い寝室、これもう一つのラブシーンである。

『日ざかり』がハリソンをステラに配したことで、ＭＩ５、ＭＩ６などのいまにつながる名高い英国諜報網の徹底ぶりが伝わり、究極、００７の誕生も納得できる一方で、そこには作者のもう一つの意思表示がある。従兄の葬儀で図らずもハリソンと出会い、人生の重荷がまたひとつ増えたことにうんざりしたステラは、「芝生にしつこく生えてくるタンポポ」を連想して慨嘆している。これはヘンリー・ジェイムズ（一八四三―一九一六）の初期の傑作『ある婦人の肖像』（*The Portrait of a Lady*, 1881）で、夫とマダム・マールの関係に懊悩するヒロイン、イザベル・アーチャーの心中に浮かんだイメージ「野原を埋め尽くすキンポウゲ」をただちに連想させる。キンポウゲとタンポポ、buttercups in the field and dandelions in the lawn、自然で素朴でしたたかな雑草のイメージは、不安と苦悩が絶えず付きまとう現実の人生の完璧な比喩になってはいないだろうか。無心に咲乱れるキンポウゲ、花を摘み取っても根っこが残り、芝を押しのけてしつこく出てくるタンポポ、この比喩がステラとハリソンの出会いに用いられたことで、『日ざかり』は戦争をテーマにしながら、実は真剣な男女の出会いと人間対人間の誠実な関係が歴史の根底にあって、真のドラマは個々の人間の生き方にあることを伝えているように思う。

ロバートの家族、ケルウェイ一家は、風習喜劇が消滅した証拠として存在している。母親を「マティキンズ」と呼び、長女の息子はクリストファー・ロビンという。世界大戦のさなかにあっても彼らの遊園地のような家庭は不変、一人の来客もなく、居間で交わされる会話も話題が一家の外に出ることはない。ロバートの姉のアーネスティンは、誠心誠意お国に尽くしている自己満足のかたまりで、自分がコミカルな役割を果たしているとは夢にも思っていない。だがケルウェイ一家は異常な家族なのではない。それは二十世紀の家族が露呈し始めた劣化と衰退なのだ。

そしてルウイとコニーは、戦禍のロンドン市民生活の目撃者、性の解放の時代の経験者である。戦後六十年に当たる二〇〇五年十二月十一日のサンデータイムズマガジンは、「一九四二年、イギリス娘によるアメリカ兵の堕落の惨状に米軍司令部不満を漏らす。イギリスの"the good-time girls"(『日ざかり』の用語と同じ)はそれほどすぐ落ちるのか?」という見出しの特集号になっている。コニーとルウイは、戦争に対抗する人間的な蛮力を示しており、なおかつ二人の対話にただようコミカルタッチは、ボウエンの万感の思いが込められた『日ざかり』が見せる戦争の普遍的な一面である。

吉田健一氏が付けた美しいタイトルはそのままいただき、あとはボウエンの原文に可能な限り忠実に訳したつもりである。力不足はお許しください。

二〇一五年新春　　太田良子

著者について

エリザベス・ボウエン

一八九九—一九七三。アイルランドのダブリンに生まれ、ロンドンに没する。生涯で十編の長編小説と、約九十の短編小説を執筆。代表作「パリの家」がイギリスで二十世紀の世界文藝ベスト50の一冊に選ばれるなど、作家として高い評価を得ている。晩年の作「エヴァ・トラウト」は一九七〇年のブッカー賞候補となる。

訳者について

太田良子（おおた・りょうこ）

東京生まれ。東洋英和女学院大学名誉教授。英米文学翻訳家。日本文藝家協会会員。二〇一三年、エリザベス・ボウエン研究会をたちあげ、その研究と紹介に力を注ぐ。訳書に、ボウエン「パリの家」(晶文社)、同「エヴァ・トラウト」「リトル・ガールズ」「愛の世界」(国書刊行会)、同「あの薔薇を見てよ」「幸せな秋の野原」(ミネルヴァ書房)、ベルニエール「コレリ大尉のマンドリン」(東京創元社)ほか多数。

日《ひ》ざかり

二〇一五年二月五日初版

著者　エリザベス・ボウエン

訳者　太田良子

発行者　株式会社晶文社

東京都千代田区神田神保町一—一一

電話（〇三）三五一八—四九四〇（代表）・四九四二（編集）

URL http://www.shobunsha.co.jp

印刷・製本　ベクトル印刷株式会社

ISBN978-4-7949-6868-5　Printed in Japan